P. C. Cast und Kristin Cast

HOUSE OF NIGHT

GEZEICHNET

Roman

Aus dem Amerikanischen
von Christine Blum

FJB

2. Auflage: Dezember 2009

© 2007 by P. C. Cast and Kristin Cast
Die Originalausgabe erschien unter dem Titel
Marked
A House of Night Novel

Dieses Werk wurde im Auftrag von St. Martin's Press LLC durch die
Literarische Agentur Thomas Schlück GmbH, 30827 Garbsen, vermittelt.
Für die deutschsprachige Ausgabe:
© S. Fischer Verlag GmbH, Frankfurt am Main 2009
Satz: pagina GmbH, Tübingen
Druck und Bindung: GGP Media GmbH, Pößneck
Printed in Germany
ISBN 978-3-596-86003-6

*Für unsere wundervolle Agentin
Meredith Bernstein, die das magische
Wort aussprach: Vampyr-Internat.
Du bist einfach die Beste!*

Danksagung

Ich möchte meinem großartigen Schüler John Maslin
für seine Hilfe bei der Recherche für dieses Buch danken und dafür, dass er uns bei vielen der frühesten
Versionen als kritischer Leser zur Seite stand. Seine
Anregungen waren unschätzbar wertvoll.

Und ein dickes fettes Dankeschön den Teilnehmern
meiner Creative-Writing-Kurse 2005/2006. Das Brain-
storming mit euch war extrem hilfreich (und sehr
amüsant).

Meiner phantastischen Tochter Kristin danke ich
dafür, dass sie dafür gesorgt hat, dass wir uns halbwegs nach Teenagern anhören. Ohne dich hätte ich
das nicht geschafft. (Das zu schreiben hat sie mir befohlen.)

PC

Ich möchte meiner hinreißenden Frau Mama, besser
bekannt als PC, dafür danken, dass sie eine so wahnsinnig begabte Autorin ist und dass man so gut mit

ihr zusammenarbeiten kann. (Okay, das zu schreiben hat *sie* mir befohlen.)

Kristin

PC und Kristin möchten beide ihrem Vater/Großvater, Dick Cast, für seine Mitarbeit an der biologischen Hypothese danken, die den Vampyren des House of Night zugrunde liegt. Wir lieben dich, Papa/Opa!

Aus Hesiods *Ode an Nyx,*
die griechische Personifikation
der Nacht:

*Dort stehen auch die schrecklichen Häuser der
finsteren Nacht,*
verborgen in schwärzlichen Wolken.
*Davor hält Atlas, der Iapetossohn, den weiten
Himmel,*
*ohne zu wanken, mit dem Haupt und nie
ermattenden Armen, dort, wo Nacht und Tag
einander begegnen*
*und sich grüßen beim Schritt über die mächtige
eherne Schwelle.*

Eins

Gerade als ich dachte, noch schlimmer kann dieser Tag nicht werden, sah ich den toten Typen neben meinem Schließfach stehen. Kayla war in ihrem üblichen Labermodus – ohne Punkt und Komma – und bemerkte ihn nicht mal. Erst mal jedenfalls. Hm, jetzt, wo ich drüber nachdenke, fällt mir auf, dass ihn eigentlich niemand außer mir bemerkte, bevor er anfing zu sprechen. Mal wieder ein Beweis dafür, dass ich tragischerweise immer und überall aus dem Rahmen falle.

»Also echt, Zoey«, sagte Kayla gerade, »ich *schwör dir hoch und heilig,* Heath hat sich nach dem Spiel nicht *total* besoffen. Jetzt verurteil ihn doch nicht so.«

»Ja«, murmelte ich abwesend. »Schon okay.« Dann musste ich husten. Schon wieder. Ich fühlte mich beschissen. War wahrscheinlich das, was Mr Wise, mein leicht verblödeter Bio-Förderkurslehrer, als Teeniepest bezeichnete.

Ob die mich von der Geometriearbeit morgen befreien würden, wenn ich starb? War nur zu hoffen.

11

»Zoey, sag mal, hörst du mir überhaupt zu? He, ich würd sagen, er hatte vielleicht vier, na ja, höchstens sechs Bier und vielleicht drei von den härteren Sachen. Aber das ist doch gar nicht der Punkt. Bestimmt hätte er fast gar nichts getrunken, wenn deine doofen Eltern nicht gewollt hätten, dass du sofort nach dem Spiel heimgehst.«

Wir tauschten leidgeprüfte Blicke. Wieder einmal eine Ungerechtigkeit meiner Mom und meines Stiefpenners, den sie vor drei endlos langen Jahren geheiratet hatte, über die wir uns völlig einig waren. Das Schweigen dauerte ungefähr eine halbe Atempause, dann war K zurück im Labermodus.

»Außerdem *musste* er doch feiern! Hey, wir haben die *Unions* geschlagen!« K zog mich an der Schulter zurück und baute sich direkt vor mir auf. »Ey, dein Freund –«

»Fast-Freund«, stellte ich richtig und versuchte sie nicht anzuhusten.

»Egal. Heath ist unser Quarterback, da *muss* er doch feiern! Broken Arrow hat die Unions zum ersten Mal seit hunderttausend Jahren wieder geschlagen!«

»Sechzehn.« Ich bin die totale Null in Mathe, aber gegen Kaylas Gespür für Zahlen bin ich das reinste Wunderkind.

»Was soll's! Lass den Jungen doch mal glücklich sein.«

»Der Punkt ist, er war ungefähr zum fünften Mal

diese Woche total dicht. Sorry, aber ich hab echt keinen Bock auf 'nen Kerl, dessen größte Ambition im Leben sich von In-die-Collegemannschaft-Kommen zu Ein-Sixpack-exen-ohne-zu-Kotzen gewandelt hat. Außerdem wird er fett, wenn er weiter so säuft.« Ich musste husten und brach ab. Als der Anfall vorbei war, atmete ich ein paarmal tief durch, weil mir schwindelig war. Nicht, dass Laber-K es mitgekriegt hätte.

»Ääh! Ein *fetter* Heath! Das will ich mir gar nicht vorstellen.«

Ich unterdrückte erfolgreich den nächsten Hustenanfall. »Und beim Küssen schmeckt er wie Käsfüße in Bier.«

K verzog das Gesicht. »Okay, das ist echt eklig. Schade – wo er so megascharf aussieht.«

Ich verdrehte die Augen. Ich versuchte erst gar nicht zu verbergen, dass mich ihre ständige Oberflächlichkeit nervte.

»Oh Mann, wenn du krank bist, bist du immer *supermies* drauf. Aber Zoey, wenn du wüsstest, was für traurige Hundeaugen er gemacht hat, als du ihn beim Mittagessen so total ignoriert hast. Er hat nicht mal ...«

Da sah ich ihn. Den toten Typen. Okay, im Grunde genommen war er nicht *wirklich* tot, so viel wusste ich. Er war untot. Oder un-menschlich, oder was auch immer. Die Wissenschaftler sagen so, die Leute so. Im Endergebnis ist es jedenfalls dasselbe. Es gab keinen Zweifel daran, was er war. Selbst wenn ich nicht gespürt hätte, welche Macht und Dunkelheit von ihm ausging, hätte ich sein Mal nicht übersehen können: die saphirblaue Mondsichel auf seiner Stirn und dazu die verschlungenen Tätowierungen rund um seine ebenso blauen Augen. Er war ein Vampyr – und nicht nur das. Er war ein Späher.

Und, Shit! Er stand neben meinem Schließfach.

»Zoey, du hörst mir überhaupt nicht zu!«

Da begann der Vampyr zu sprechen. Es hörte sich an wie eine rituelle Formel. Die Worte glitten durch den Raum auf mich zu, gefährlich und verführerisch, wie Blut, gemischt mit geschmolzener Schokolade.

»Zoey Montgomery! Sie wurde von der Nacht erwählt; ihr Tod wird ihre Geburt sein. Die Nacht ruft sie; höre und gehorche sie Ihrer lieblichen Stimme. Das Schicksal erwartet dich im House of Night!«

Er streckte den langen, weißen Zeigefinger aus und deutete auf mich. Meine Stirn zerbarst vor Schmerz. Und Kayla öffnete den Mund und schrie.

Allmählich lösten sich die gleißenden Flecken vor meinen Augen auf. Über mir sah ich Kaylas Gesicht, aus dem jede Farbe gewichen war.

Wie immer sprach ich den ersten dämlichen Gedanken aus, der mir in den Sinn kam. »K, du glotzt wie ein Karpfen.«

»Er hat dich Gezeichnet! Zoey, du hast den Umriss

von dem Ding auf der Stirn!« Sie presste sich die zitternde Hand vor den Mund, aber ein Schluchzen kam trotzdem durch.

Ich setzte mich auf und hustete. Ich hatte mörderische Kopfschmerzen. Probehalber rieb ich mir die Stelle zwischen den Augenbrauen. Es stach wie ein Wespenstich, und der Schmerz schoss mir in Augen, Schläfen und Oberkiefer. Mir war kotzübel.

»Zoey!« K weinte jetzt richtig und schluchzte nach jedem Wort auf. »Ogottogott. Das war ein Späher – ein Vampyr-Späher!«

»K.« Ich versuchte den Schmerz aus meinem Kopf zu kriegen, indem ich die Augen mehrmals kurz zusammenkniff. »Hör auf. Ich hasse es, wenn du heulst, das weißt du.« Ich streckte den Arm aus, um ihr beruhigend die Hand auf die Schulter zu legen.

Sie schrak unwillkürlich zurück.

Ich konnte es nicht fassen. Sie war tatsächlich zurückgeschreckt, so als hätte sie Angst vor mir! Anscheinend hatte sie an meinem Blick gemerkt, wie verletzt ich deshalb war, denn sofort fing sie wieder mit ihrem K-Gelaber an.

»O *Gott*, Zoey! Was machst du denn jetzt? Du kannst da doch nicht hingehen! Du kannst nicht *eins* von diesen Dingern werden. Das ist nicht wahr, das *kann* nicht wahr sein! Mit wem soll ich denn dann zu unseren Footballspielen gehen?«

Ich bemerkte, dass sie während der gesamten Tirade auf Abstand blieb. Mit aller Gewalt schluckte ich das schreckliche Gefühl der Zurückweisung runter, von dem mir fast die Tränen kamen. Aber nur fast. Ich war ziemlich gut darin, mir das Weinen zu verkneifen. Kein Wunder – ich hatte ja drei Jahre Zeit gehabt zu üben.

»Ist doch schon gut. Ich kläre das. Das ist bestimmt ein … ein bescheuerter Fehler«, log ich.

Eigentlich redete ich gar nicht, sondern ließ einfach nur Worte aus meinem Mund fließen. Noch immer mit vor Schmerz verkrampftem Gesicht stand ich auf. Etwas erleichtert sah ich, dass sich außer K und mir niemand im Gang vor den Matheräumen aufhielt. Dann erstickte ich fast an einem hysterischen Lachanfall: Hätte ich mich nicht so verrückt gemacht wegen der Hammer-Geometrie-Arbeit morgen, und wäre ich nicht noch schnell zum Fach gerannt, um das Buch mit nach Hause zu nehmen und den Rest des Tages wie wild (und wahrscheinlich völlig sinnlos) zu lernen, dann hätte der Späher mich draußen erwischt, wo ich zusammen mit der Mehrheit der ungefähr 1300 Schüler der Broken Arrow Intermediate High School auf den Bus gewartet hätte. Ich habe ein Auto, aber es ist eine Art alter Tradition, solidarisch mit denen rumzustehen, die ›die dicken gelben Limousinen‹ nehmen müssen, wie meine hirnlose Schwester, dieser Barbie-Klon, so schön sagt. Außerdem kriegt man so am besten mit, wer was von wem will. Tatsächlich war da doch noch ein Junge im Gang: so ein langer dünner Streber mit absolut krummen Zähnen, die ich leider bis ins Detail bewundern durfte, weil er mich mit offenem Maul anglotzte, so als ob ich gerade einen Wurf fliegende Schweine zur Welt gebracht hätte.

Ich musste wieder husten. Diesmal klang es richtig eklig verschleimt. Der Streber gab so was wie ein Fiepsen von sich und hastete, ein quadratisches Brett gegen die dürre Brust gedrückt, zu Mrs Days Zimmer. Anscheinend traf sich der Schachclub jetzt montags.

Spielten Vampyre Schach? Gab es Vampyr-Streber? Oder Vampyr-Cheerleader, die aussahen wie Barbiepuppen? Gab es Vampyre, die in der Schulband spielten? Oder Vampyr-Emos mit dieser bescheuerten Typ-trägt-Mädchenhosen-Störung und halb übers Gesicht hängendem schwarzen Pony? Oder waren sie alle abgefahrene Gothics, die sich nicht gerne wuschen? Musste ich jetzt auch so eine Gothic-Tusse werden? Oder noch schlimmer, ein Emo? Ich mochte Schwarz nicht besonders, vor allem nicht ausschließlich, und ich hatte weder das Gefühl, plötzlich eine Abneigung gegen Seife und Wasser zu entwickeln, noch den Wunsch, mir eine neue Frisur zuzulegen und um meine Augen massenhaft schwarzen Kajal zu schmieren.

All das wirbelte mir durch den Kopf, während ich mit dem nächsten hysterischen Lachanfall kämpfte. Ich war fast dankbar, dass er zu einem Husten wurde.

»Zoey? Alles okay?« Kaylas Stimme hörte sich kieksig an, als zwickte sie jemand. Sie war noch einen Schritt weiter zurückgewichen.

Ich seufzte und spürte die ersten Anzeichen von Wut in mir aufsteigen. Mann, ich hatte diese Scheiße doch nicht gewollt! K und ich waren seit der dritten Klasse die besten Freundinnen, und jetzt sah sie mich an, als sei ich plötzlich zu einem Monster geworden.

»Was soll das, K? Ich bin noch genau die Gleiche wie vor zwei Sekunden oder zwei Stunden oder zwei Tagen.« Frustriert deutete ich auf meinen schmerzenden Kopf. »Das da ändert doch nichts daran, wer ich bin!«

Kaylas Augen füllten sich wieder mit Tränen, aber glücklicherweise begann in ihrem Handy Madonnas »Material Girl« zu quäken. Automatisch warf sie einen Blick aufs Display. Sie bekam diesen Blick wie ein Kaninchen im Scheinwerferlicht, und ich wusste, dass es ihr Freund Jared war.

»Geh schon.« Meine Stimme war flach und müde. »Fahr mit ihm nach Hause.«

Ihr erleichterter Blick traf mich wie eine Ohrfeige.

»Rufst du mich später an?«, rief sie mir über die Schulter zu, während sie eilig durch die Tür nach draußen flüchtete.

Ich beobachtete, wie sie über den Rasen zum Parkplatz rannte, das Handy am Ohr. Ihre Lippen bewegten sich hektisch. Bestimmt erzählte sie ihm schon, dass ich mich in ein Monster verwandelte.

Das Problem war, dass zu einem Monster zu werden tatsächlich die nettere der beiden Möglichkeiten war, die ich hatte. Möglichkeit 1: Ich werde zum Vampyr, was für die allermeisten Leute mit Monster auf einer Stufe steht. Möglichkeit 2: Mein Körper verweigert sich der Wandlung, und ich sterbe. Aus, vorbei, basta.

Die gute Nachricht war: Um die Arbeit morgen brauchte ich mir keinen Kopf mehr zu machen.

Die schlechte Nachricht war, dass ich ins House of Night ziehen musste; ein privates Internat in der Stadtmitte von Tulsa, allseits bekannt als Vampyr-Pensionat, wo sich über die nächsten vier Jahre sowohl mein Körper als auch mein Leben unsäglich und unwiderruflich verändern würden. Falls das Ganze mich nicht umbrachte.

Toll. Ich wollte nichts von beidem. Ich wollte einfach nur versuchen, so normal zu sein, wie es ging, wenn man megakonservative Eltern, einen Troll von einem jüngeren Bruder und eine ach so perfekte ältere Schwester hatte. Ich wollte die Geo-Arbeit mitschreiben. Ich wollte weiter gute Noten haben, um an der Oklahoma State University Tiermedizin studieren zu können und endlich aus Broken Arrow rauszukommen. Aber vor allem wollte ich dazugehören – wenigstens in der Schule. Zu Hause war da längst alle

Mühe vergeblich, also blieben mir nur noch meine Freunde und das Leben außerhalb der Familie.

Jetzt wurde mir auch noch das genommen.

Ich rieb mir die Stirn und zerwühlte mir dann die Haare so, dass sie mir halb über die Augen und hoffentlich auch über das Mal fielen, das darüber entstanden war. Mit gesenktem Kopf, als sei ich total fasziniert von meiner Handtasche, lief ich zu der Tür, die auf den Schülerparkplatz führte.

Aber ich hielt abrupt inne, bevor ich hinaustrat. Durch die großen Fenster der typischen Schuleingangstüren sah ich Heath auf dem Parkplatz stehen. Umschwirrt von einer Schar Mädels, die alle aufreizend mit dem Arsch wackelten und die Haare zurückwarfen, während sämtliche Typen in der Nähe ihre lächerlich dicken Pick-ups aufröhren ließen und (größtenteils vergeblich) versuchten cool zu wirken. Passt es nicht hervorragend, dass ich auf genau *so was* abfahren musste? Na ja, um fair zu bleiben, Heath konnte auch supersüß sein, auch wenn das in letzter Zeit seltener vorkam. Hauptsächlich dann, wenn er ausnahmsweise mal nüchtern war.

Schrilles Mädchengekicher drang zu mir herein. Na super. Kathy Richter, die Schulnutte vom Dienst, versuchte Heath zum Spaß eine zu kleben. Selbst aus der Ferne war klar, dass sie glaubte, das sei eine Art Paarungsritual. Und wie immer stand er nur blöd da und grinste. Mistkacke, verdammte, der Tag hatte seinen

Tiefpunkt wohl immer noch nicht erreicht! Und genau mittendrin stand mein eisvogelblauer 1966er VW Käfer. Nein, da konnte ich nicht raus. Nicht mit diesem Ding auf der Stirn. Ich würde nie wieder zu denen da gehören. Ich wusste viel zu gut, was sie machen würden, wenn sie mich sahen, von damals, als das letzte Mal ein Späher jemanden von der SIHS auserwählt hatte.

Das war letztes Jahr zu Beginn des Schuljahrs passiert. Der Späher war vor der ersten Stunde gekommen und hatte den Jungen auf dem Weg zu seinem Klassenraum abgefangen. Ich hatte von dem Späher nichts mitgekriegt, aber den Jungen gleich danach gesehen, als er schon seine Bücher fallen gelassen hatte und davongerannt war, das glühende Mal auf der Stirn, das viel zu bleiche Gesicht tränenüberströmt. Ich vergesse bestimmt nie, wie alle in den überfüllten Gängen vor ihm zurückgewichen waren, als ob er die Pest hätte, während er an ihnen vorbei zum Haupteingang geflohen war. Ich war genau wie alle anderen zur Seite ausgewichen und hatte ihn angestarrt, obwohl er mir eigentlich richtig leidtat. Ich hatte nur Angst, dass ich dann auf ewig *die da* sein würde, die Komische, die sich mit der Freakshow abgibt. Im Nachhinein ziemlich paradox, oder?

Statt zu meinem Auto flüchtete ich ins nächste Klo, wo Gott sei Dank niemand sonst war. Es gab drei Kabinen – oh ja, ich schaute bei jeder unten nach, ob

21

Füße darin zu sehen waren. An einer Wand waren zwei Waschbecken mit kleinen Spiegeln darüber. An der gegenüberliegenden Wand hing ein großer Spiegel mit einem Bord für Bürsten, Make-up und solchen Kram. Ich legte meine Handtasche und mein Geometriebuch darauf ab. Dann holte ich tief Atem, hob in einer einzigen Bewegung den Kopf und strich mir das Haar zurück.

Es war, als würde ich einer vertrauten Fremden ins Gesicht starren. Ich meine, so eine, die man in einer Menge sieht und bei der man das Gefühl hat, dass man sie kennt, aber in Wahrheit tut man das gar nicht. Jetzt war das ich. Die vertraute Fremde.

Sie hatte meine Augen. Zumindest die Farbe stimmte, dieses unbestimmte Braun, das sich nicht ganz entscheiden konnte, ob es nicht doch lieber grün wäre. Aber meine Augen waren noch nie so groß und rund gewesen. Oder doch? Mein Haar hatte sie auch – lang, glatt und fast so dunkel wie das meiner Großmutter, bevor es silbern geworden war. Die Fremde hatte auch meine hohen Wangenknochen, meine gerade, kräftige Nase und meinen breiten Mund – das Erbe meiner Großmutter und ihrer Cherokee-Vorfahren. Aber sie war viel bleicher, als ich je gewesen war. Ich hatte immer einen leicht olivfarbenen Teint gehabt, viel dunkler als alle anderen in meiner Familie. Aber vielleicht war es ja gar nicht meine Haut, die plötzlich so hell war ... vielleicht wirkte sie einfach nur hell im Kontrast zu dem dunkelblauen Umriss der Mondsichel genau in der Mitte meiner Stirn. Oder vielleicht lag es auch an dem schrecklichen Neonlicht. Ich hoffte, es war das Licht.

Ich starrte das fremdartige Tattoo an. Zusammen mit meinen indianischen Zügen verlieh es mir irgendwie die Aura von Wildheit ... als käme ich aus uralten Zeiten, als die Welt noch größer war ... und barbarischer.

Von heute an würde mein Leben nie mehr dasselbe sein. Und einen Augenblick lang – nur einen winzigen Augenblick lang – vergaß ich, wie grausam es war, nicht mehr dazuzugehören, und fühlte fast erschrocken eine Woge freudiger Erregung, während tief in mir das Blut des Volks meiner Großmutter frohlockte.

Zwei

Als genug Zeit vergangen war, so dass eigentlich alle die Schule verlassen haben sollten, schüttelte ich mir das Haar wieder in die Stirn, verließ das Klo und huschte zum zweiten Mal zu der Tür, die zum Schülerparkplatz führte. Die Luft schien rein zu sein – nur über die andere Seite des Parkplatzes schlenderte ein Typ in so total unattraktiven Möchtegern-Gangsta-XXL-Hosen. Da er all seine Konzentration dazu brauchte, die Hose am Runterrutschen zu hindern, würde er mich sicher gar nicht wahrnehmen. Ich biss die Zähne zusammen, denn mein Kopf drohte zu zerplatzen, und sauste durch die Tür, schnurstracks auf meinen kleinen Käfer zu.

Das Sonnenlicht traf mich wie ein Faustschlag. Ich meine, es war nicht mal ein besonders sonniger Tag; der Himmel war voll von diesen großen, plüschigen Wolken, die auf Bildern so schön wirken, wenn die Sonne dazwischen rausguckt. Aber das half nichts. Selbst in diesem Wechsel zwischen Licht und Schatten musste ich die Augen fest zusammenkneifen und die

Hand zusätzlich als provisorischen Blendschutz übers Gesicht halten. Vermutlich war ich so von der Qual in Beschlag genommen, die mir das ganz gewöhnliche Sonnenlicht zufügte, dass ich den Pick-up erst bemerkte, als er quietschend vor mir hielt.

»He, Zo! Hast du meine SMS nicht gelesen?«

Shit, Shit, Shit! Heath. Ich blinzelte ihn durch die Finger hindurch an, so wie ich mir die bescheuerten Horrorfilme anschaute, wenn's denn sein musste. Er saß auf der hinteren Kante der offenen Ladefläche. Über seine Schulter hinweg konnte ich in die Fahrerkabine sehen, wo Heath' Freund Dustin und dessen Bruder Drew sich benahmen wie immer – wegen irgendwelchem dummen Jungs-Kram streiten und rangeln. Zum Glück schenkten sie mir überhaupt keine Beachtung. Ich schaute wieder Heath an und seufzte. Er hatte ein dämliches Grinsen im Gesicht und ein Bier in der Hand. Einen Augenblick lang vergaß ich, dass ich soeben Gezeichnet und dazu verdammt worden war, ein elendes blutsaugendes Monster zu werden, und starrte ihn empört an. »Bist du jetzt total verrückt geworden, oder was? Fängst schon in der Schule an zu saufen?«

Sein Kleinejungengrinsen wurde breiter. »Klar bin ich verrückt. Verrückt nach dir, Baby.«

Kopfschüttelnd wandte ich mich meinem Käfer zu, öffnete die knirschende Tür und warf meine Sachen auf den Beifahrersitz. Mit dem Rücken zu Heath fragte ich: »Warum bist du nicht beim Footballtraining?«

»Hast du's nicht gehört? Wir haben heute frei gekriegt, weil wir am Freitag die Unions so eingestampft haben!«

Dustin und Drew hatten uns anscheinend doch halbwegs zugehört, denn aus der Fahrerkabine kam ein sehr Oklahoma-typisches »Yeah!«- und »Whoohoo!«-Gebrüll.

»Oh. Öh. Nein. Muss ich verpasst haben. Bei mir war's heute ziemlich hektisch. Riesen-Geo-Arbeit morgen, weißt du.« Ich versuchte normal und locker zu klingen. Dann hustete ich und fügte hinzu: »Außerdem krieg ich 'ne fette Erkältung.«

»Zo! Also echt. Bist du angepisst oder was? Hat Kayla dir irgendeinen Mist über die Party erzählt? Mann, da lief nix, echt nicht.«

Hä?! K hatte nicht die kleinste Andeutung gemacht, dass Heath mit einer anderen rumgeflirtet hätte. Natürlich vergaß ich – schön blöd – kurzfristig mein neues Mal, hob den Kopf und starrte ihn an.

»*Was* lief da nicht, Heath?«

»Zo – du weißt doch genau, ich würde nie …« – aber sein unschuldiges Getue und seine Ausreden mündeten in eine heillos dämliche Miene des Entsetzens, als er das Mal sah. »Was in –«, fing er an, aber ich schnitt ihm das Wort ab.

»Schht!« Mit dem Kopf deutete ich in Richtung der ahnungslosen Brüder, die jetzt in voller Lautstärke die neueste Toby-Keith-CD mitsangen (wenn man ihr unmusikalisches Gejohle überhaupt so nennen konnte).

Heath' Augen blieben schockgeweitet, aber er senkte die Stimme. »Ist das irgendein Schminkzeugs aus deinem Theaterkurs?«

»Nein«, flüsterte ich. »Nein.«

»Aber du – das geht nicht! Du kannst so was nicht haben! Wir sind doch zusammen!«

»Wir sind nicht zusammen!« Und da überkam mich wieder ein Hustenanfall. Unter heftigem, krampfartigem Husten krümmte ich mich vornüber.

»Ey, Zo!«, rief Dustin aus dem Wagen. »Hör besser mal mit dem Rauchen auf!«

»Ja, dir kommt ja gleich die Lunge hoch«, bestätigte Drew.

»Lasst sie in Ruhe, Jungs, ihr wisst doch, dass sie nicht raucht. Sie ist ein Vampyr!«

Na super. Ganz toll. Mal wieder typisch Heath und sein absoluter, kompletter Mangel an allem, was auch nur entfernt gesundem Menschenverstand glich – er glaubte mich tatsächlich zu verteidigen! Seine Freunde steckten natürlich sofort die Köpfe aus den Fenstern und staunten mich an wie ein missglücktes Forschungsexperiment.

»Wow, krass. Zoey ist 'n Mutant!«, sagte Drew.

Bei dieser ungerührten Feststellung sprudelte der Zorn, der seit Kaylas feiger Reaktion in mir geschmort hatte, hoch und kochte über. Egal wie die

27

Sonne mich folterte, ich blickte Drew geradewegs in die Augen.

»Halt verdammt nochmal den Mund! Mir geht's heute echt scheiße, da brauch ich nicht noch deine blöden Kommentare!« Ich hielt inne und richtete den Blick auf Dustin. »Oder deine.«

Drew sagte nichts mehr. Er hatte riesengroße Augen bekommen. Und in Dustins Blick sah ich etwas, das mich entsetzte und zugleich seltsam erregte: Angst. Echte Angst. Ich blickte zurück zu Drew – er hatte auch Angst. Da spürte ich es. Ein dezentes Kribbeln, das sich über meine ganze Haut ausbreitete und das Mal zum Brennen brachte.

Macht. Ich spürte Macht in mir.

»Zo? Was zum Henker –« Heath' Stimme löste die Spannung. Ich wandte den Blick von den Brüdern ab.

Dustin legte den Gang ein und gab Gas. »Abfahrt, Männer!« Der Pick-up machte einen Satz nach vorn. Heath verlor das Gleichgewicht und rutschte in einem Wirbel aus rudernden Armen, Beinen und einer Bierfontäne auf den Asphalt.

Ohne zu überlegen, eilte ich hin. »Heath! Alles okay?« Er kam auf die Hände und Knie, und ich beugte mich runter, um ihm beim Aufstehen zu helfen.

Und da roch ich es. Irgendwas duftete ganz überwältigend – heiß und süß und köstlich. Benutzte Heath ein neues Eau de Cologne? Vielleicht so ein abgefahrenes mit Pheromonen, von dem Frauen anscheinend angezogen werden wie von einer Mega-Fliegenfalle? Ich merkte erst, wie nahe ich ihm war, als er aufstand und unsere Körper sich beinahe berührten. Er sah fragend auf mich runter.

Ich blieb wie angewurzelt stehen. Obwohl ich wohl besser Abstand genommen hätte. Noch heute Morgen hätte ich es getan … Aber nicht jetzt.

»Zo?«, fragte er leise, mit tiefer, heiserer Stimme.

»Du riechst total gut«, platzte ich heraus. Mein Herz pochte so laut, dass ich das Echo in meinen Schläfen hörte.

»Zoey, du hast mir echt gefehlt. Lass uns wieder zusammen sein, ja? Ich liebe dich, wirklich.« Er wollte mir über die Wange streicheln, und da bemerkten wir beide, dass seine Handfläche blutig war. »Oh Shit. Da bin ich wohl …«

Seine Stimme versiegte, als sein Blick auf mein Gesicht fiel. Ich kann nur raten, wie ich ausgesehen haben muss – totenbleich, das Mal ein glühender saphirblauer Schattenriss und mein Blick auf das Blut an seiner Hand geheftet. Ich konnte mich nicht bewegen. Ich konnte nicht wegsehen.

»Ich will …«, flüsterte ich. »Ich will …« Was wollte ich? Ich konnte es nicht erklären. Nein, falsch: Ich *würde* es nicht erklären. Ich würde nicht sagen, dass ein wahnsinniges, glühendes Verlangen mich zu ersticken drohte. Nicht etwa, weil Heath so nahe bei mir stand. Das war schon oft so gewesen. Mein Gott, wir machten seit einem Jahr miteinander rum, aber nie zuvor hatte ich mich in seiner Gegenwart so gefühlt wie jetzt – niemals. Ich biss mir auf die Unterlippe und stöhnte leise.

Hinter uns machte der Pick-up eine schleudernde Vollbremsung. Drew sprang heraus, packte Heath um die Taille und zerrte ihn rückwärts mit sich in die Fahrerkabine.

»He, was soll das?! Ich red grade mit Zoey!« Heath versuchte sich zu wehren, aber Drew war der dienstälteste Linebacker von Broken Arrow und ein wahrer Gigant. Dustin griff über beide hinweg und knallte die Tür des Transporters zu.

»Lass die Finger von ihm, du Missgeburt«, schrie Drew mich an, während Dustin aufs Gaspedal trat und der Wagen im Tiefflug davonraste – diesmal endgültig.

Ich kroch in meinen Käfer. Meine Hände zitterten so, dass ich drei Versuche brauchte, um den Kleinen zu starten.

»Einfach nach Hause. Nur nach Hause«, murmelte ich während der Fahrt immer wieder dumpf zwischen bösen Hustenanfällen. Ich wollte nicht darüber nachdenken, was gerade passiert war. Ich konnte nicht.

Die Fahrt nach Hause dauerte fünfzehn Minuten, aber heute erschienen sie mir nur ein paar Sekunden lang zu sein. Viel zu schnell stand ich mit abgeschaltetem Motor in der Auffahrt und versuchte mich auf das einzustellen, was mich drinnen erwartete – und zwar so sicher wie das Amen in der Kirche.

Warum war ich eigentlich so erpicht darauf gewesen, nach Hause zu kommen? Na ja, im Grunde war ich wohl nicht so sehr darauf aus gewesen hier zu sein. Ich schätze mal, ich wollte einfach nur vor dem flüchten, was da gerade auf dem Parkplatz zwischen Heath und mir passiert war.

Oh nein! Darüber würde ich jetzt ganz sicher nicht nachdenken. Und überhaupt, es gab bestimmt irgendeine vernünftige Erklärung für das alles, eine vernünftige, einfache Erklärung. Dustin und Drew waren Vollidioten – absolut vorpubertäre Bierhirne. Ich hatte sie nicht mit einer unheimlichen neuen Macht eingeschüchtert – sie waren einfach ausgerastet, weil ich Gezeichnet worden war. Das war alles. Ich meine, vor Vampyren hat man eben nun mal Angst.

»Aber ich *bin* kein Vampyr!«, sagte ich energisch. Dann musste ich wieder husten. Ich dachte daran, wie betörend schön mir Heath' Blut erschienen war, welch rasendes Verlangen ich danach verspürt hatte. Nicht nach Heath. Nach seinem Blut.

Nein! Nein! Nein! Blut war kein bisschen betörend oder schön! Ich hatte bestimmt einen Schock. Ganz bestimmt. Ganz sicher. Ich befand mich im Schockzustand und konnte nicht klar denken. Okay, langsam ... durchatmen ... Instinktiv berührte ich meine

Stirn. Sie brannte nicht mehr, fühlte sich aber immer noch irgendwie anders an. Ich hustete zum millionsten Mal. Na gut – auch wenn ich mich weigerte, über Heath nachzudenken, ich musste zugeben: *Ich* fühlte mich insgesamt anders. Meine Haut war hypersensibel. Meine Brust schmerzte, und obwohl ich meine coole Maui-Jim-Sonnenbrille aufgesetzt hatte, tränten und pochten mir die Augen.

»Ich sterbe«, stöhnte ich – und presste erschrocken die Lippen aufeinander. Möglicherweise war ich wirklich dabei zu sterben. Ich sah zu dem großen Backsteinhaus hinüber, das sich auch nach drei Jahren noch nicht nach Zuhause anfühlte. »Bringt ja doch nichts. Da musst du jetzt durch, Zoey Montgomery.« Wenigstens meine Schwester würde noch nicht daheim sein – Cheerleadertraining. Und der Troll saß hoffentlich total hypnotisiert vor seinem neuen Delta-Force: Black-Hawk-Down-Videospiel (is klar ...). Dann hätte ich Mom für mich. Vielleicht verstand sie mich ja ... vielleicht konnte sie mir einen Rat geben ...

Oh Mann! Ich war sechzehn, aber plötzlich merkte ich, dass ich mir nichts so sehr wünschte wie meine Mom.

»Bitte mach, dass sie es versteht«, sandte ich ein winziges Gebet an welchen Gott oder welche Göttin mich auch immer hören mochte.

Wie immer ging ich durch die Garage hinein, dann den Gang entlang in mein Zimmer und ließ meine

Handtasche, das Geobuch und den Rucksack aufs Bett fallen. Dann holte ich tief Luft und machte mich ein bisschen zittrig auf den Weg zu meiner Mutter.

Sie saß im Wohnzimmer, in eine Ecke der Couch gekuschelt, nippte an einer Tasse Kaffee und las »Hühnersuppe für die Seele – Für Frauen«. Sie sah so normal aus, so wie sie früher ausgesehen hatte. Nur dass sie früher exotische Liebesromane gelesen und Make-up getragen hatte. Beides Dinge, die ihr neuer Mann nicht zuließ (dieser Penner).

»Mom?«

»Hm?« Sie sah nicht mal auf.

Ich schluckte schwer. »Mama.« So hatte ich sie genannt, bevor sie John geheiratet hatte. »Ich hab ein Problem.«

Vielleicht war es das unerwartete »Mama«. Vielleicht rührte auch etwas in meiner Stimme die verschütteten alten Mutterinstinkte in ihr an – jedenfalls hob sie den Blick sofort vom Buch, die Augen sanft und besorgt.

»Was ist denn, Süße –«, begann sie. Der Rest der Worte gefror ihr auf den Lippen, als sie das Mal auf meiner Stirn erblickte.

»O Gott! Was hast du denn *jetzt* schon wieder gemacht?!«

Ich fühlte einen Stich im Herzen. »Mom, ich hab überhaupt nichts gemacht. Das da ist *mit* mir passiert, nicht *wegen* mir. Es ist nicht meine Schuld.«

»Oh bitte, nein!«, jammerte sie los, als hätte ich gar nichts gesagt. »Was wird dein Vater dazu sagen?«

Ich hätte am liebsten geschrien: *Was zum Teufel soll mein Vater schon dazu sagen, wir haben seit vierzehn Jahren nichts von ihm gesehen oder gehört!* Aber ich wusste, dass das die Sache nicht besser machen würde. Sie wurde nur sauer, wenn ich sie daran erinnerte, dass John nicht mein ›echter‹ Vater war. Also wandte ich eine andere Taktik an, eine, die ich vor drei Jahren aufgegeben hatte.

»Mama, bitte. Kannst du es ihm vielleicht erst mal einfach nicht sagen? Zumindest ein, zwei Tage lang? Damit wir uns erst mal … ich weiß nicht … dran gewöhnen können oder so.« Ich hielt den Atem an.

»Aber was soll ich ihm sonst sagen? Das Ding kann man ja noch nicht mal überschminken.« Ihr Mund verzerrte sich eigenartig, während sie den Halbmond nervös beäugte.

»Mom, ich hab nicht vor, in dieser Zeit hierzubleiben. Ich muss weg, das weißt du doch.« Ich musste innehalten, als ein langer Hustenanfall mich durchschüttelte. »Ich bin Gezeichnet worden. Ich muss ins House of Night, sonst werde ich nur immer kränker.« *Und dann sterbe ich*, versuchte ich ihr mit den Augen zu sagen. Es auszusprechen gelang mir nicht. »Ich hätte nur gern ein paar Tage, bevor ich mich mit …« Damit ich ihn nicht beim Namen nennen musste, täuschte ich einen erneuten Hustenanfall vor – was mir nicht schwerfiel.

»Aber was sage ich ihm?«

Die Panik in ihrer Stimme verstörte mich. War nicht sie die Mutter? Sollte sie nicht die Antworten statt der Fragen haben?

»Sag ihm … sag ihm doch einfach, ich schlafe die nächsten Tage bei Kayla, weil wir ein großes Bio-Projekt fertigkriegen müssen.«

Der Gesichtsausdruck meiner Mutter veränderte sich. Die Besorgnis wich einer Härte, die ich nur zu gut kannte. »Du willst also, dass ich ihn anlüge.«

»Nein, Mom. Ich will nur, dass du ein einziges Mal meine Bedürfnisse vor seine Gesetze stellst. Ich will, dass du meine Mama bist. Ich will, dass du mir packen hilfst und mich zu dieser neuen Schule fährst, weil ich krank bin und Angst hab und überhaupt nicht weiß, wie ich das alleine schaffen soll!« Die letzten Worte keuchte ich hastig heraus, weil mich wieder ein Hustenkrampf überkam.

»Ich wusste gar nicht, dass ich nicht mehr deine Mom bin«, sagte sie kühl.

Das hier war noch viel anstrengender als mit Kayla. Ich seufzte. »Vielleicht ist das das Problem, Mom. Du machst dir nicht genug Gedanken darum, um es zu merken. Seit du John geheiratet hast, hast du dich für nichts anderes mehr interessiert als für ihn.«

Ihre Augen wurden schmal. »Wie kannst du nur so

egoistisch sein? Ist dir eigentlich klar, wie viel er für uns getan hat? Seinetwegen konnte ich den fürchterlichen Job bei Dillards kündigen. Seinetwegen haben wir endlich genug Geld und ein großes, wunderschönes Haus. Seinetwegen geht es uns so gut, und wir müssen uns keine Sorgen mehr um die Zukunft machen!«

Ich hatte das so oft gehört, dass ich es mit ihr gemeinsam hätte herunterbeten können. An diesem Punkt unserer Pseudo-Unterhaltungen entschuldigte ich mich üblicherweise und verzog mich in mein Zimmer. Aber heute ging das nicht. Heute war ich anders. Heute war alles anders.

»Nein, Mutter. Weißt du, was seinetwegen passiert ist? Seinetwegen hast du seit drei Jahren absolut nichts mehr von deinen Kindern mitgekriegt. Weißt du eigentlich, dass deine älteste Tochter eine falsche, versnobte Schlampe ist, die sich schon vom halben Footballteam hat flachlegen lassen? Und weißt du, was für widerliche, blutige Videospiele Kevin sich ständig kauft und vor dir versteckt? Nein, natürlich nicht! Weil die zwei so *tun*, als wären sie glücklich und als fänden sie John und dieses beschissene Familiengetue ganz toll, und du lächelst sie an und betest für sie und lässt sie machen, was sie wollen. Und ich? Ich bin die Böse, weil ich nicht so tue als ob. Weil ich ehrlich bin! Weißt du was? Die Scheiße hier kotzt mich so an, dass ich *froh* bin, dass der Späher mich Gezeichnet hat! Nicht mal das House of Night kann trostloser sein als diese ach so perfekte Familie!« Ehe ich anfangen konnte zu heulen oder zu schreien, drehte ich mich um, stolzierte zurück in mein Zimmer und knallte die Tür hinter mir zu.

Sollen sie doch alle verrecken.

Durch die zu dünnen Wände konnte ich hören, wie sie hysterisch mit John telefonierte. Ohne Zweifel würde er sofort nach Hause eilen, um sich mit dem Problem (mir) auseinanderzusetzen. Ich war versucht, mich aufs Bett zu setzen und einfach loszuheulen, aber stattdessen leerte ich meinen Rucksack aus. Da, wo ich hinging, brauchte ich das Schulzeug garantiert nicht. Wahrscheinlich gab es da nicht mal normalen Unterricht. Sondern Kurse wie ›Leuten die Kehle rausreißen I‹ und … hm … ›Einführung in das Sehen bei Dunkelheit‹. Was weiß ich.

Egal was meine Mom tat – oder auch nicht –, hierbleiben konnte ich auf keinen Fall.

Was also sollte ich mitnehmen?

Meine zwei Lieblingsjeans außer der, die ich anhatte. Ein paar schwarze T-Shirts – ich meine, was sollten Vampyre schon sonst tragen? Außerdem macht Schwarz schlank. Beinahe hätte ich mein aquamarinfarbenes Glitzertop dagelassen, aber all das Schwarz machte mich nur noch depressiver, also packte ich es dazu. Dann stopfte ich tonnenweise Slips, BHs, Haar- und Make-up-Zeugs in die Seitentasche. Ich zögerte lange bei meinem Schmusetier, Otis dem Schisch (mit

zwei konnte ich noch nicht Fisch sagen), aber … hm …
Vampyr oder nicht, ich konnte mir einfach nicht vorstellen, ohne ihn richtig schlafen zu können. Also
steckte ich ihn ganz oben in den Rucksack.

Da klopfte es an der Tür, und *die* Stimme rief nach
mir.

»Was denn?«, rief ich und musste mich im nächsten
Moment vor Husten zusammenkrümmen.

»Zoey. Deine Mutter und ich müssen mit dir sprechen.«

Na toll. Offensichtlich waren sie nicht verreckt.

Ich streichelte Otis den Schisch. »Das Leben ist einfach scheiße, Otis.« Dann straffte ich die Schultern,
hustete noch einmal und ging hinaus, um mich dem
Feind zu stellen.

Drei

Auf den ersten Blick sieht John Heffer, mein Stiefpenner, eigentlich ganz okay aus, sogar ziemlich
normal. (Ja, er heißt wirklich Heffer – und meine
Mom inzwischen leider auch: Mrs Heffer. Schrecklich, oder?) Als meine Mutter und er zusammenka-
men, fanden ihn einige ihrer Freundinnen sogar »gutaussehend« und »charmant«. Zuerst. Jetzt hat Mom
natürlich einen brandneuen, auserlesenen Freundes-
kreis, den Mr Charmant & Gutaussehend angemesse-
ner findet als die witzigen Single-Frauen, mit denen
sie früher ihre Zeit verbracht hatte.

Ich konnte ihn vom ersten Augenblick an nicht leiden. Wirklich, ich sag das nicht nur, weil ich ihn heute
hasse. Vom ersten Tag an hab ich da nur eins gesehen –
einen einzigen Fake. *So* ein netter Mensch. *So* ein toller
Ehemann und *so* ein liebender Vater. Alles nur Fassade.

Aussehen tut er wie alle Männer in dem Alter.
Dunkle Haare, hagere Hühnerbeine und Bauchan-
satz. Seine Augen sind wie seine Seele, kalt und seltsam ausgewaschen blassbraun.

39

Als ich ins Wohnzimmer kam, stand er neben der Couch und hielt die Hand meiner Mom, die schon mit roten, verheulten Augen zusammengesunken dasaß. Na super. Jetzt kam ihre Paraderolle: die gekränkte, hysterische Mutter.

John bemühte sich bereits, mich mit Blicken zu durchbohren, aber das Mal schien ihn dabei zu irritieren. Er verzog angewidert das Gesicht.

»Weiche von mir, Satan!«, deklamierte er in seinem nervenden Predigerton.

Ich seufzte. »Nicht Satan. Ich bin's.«

»Sarkasmus ist jetzt nicht angebracht, Zoey«, sagte Mom.

»Überlass das mir, Liebling«, sagte der Stiefpenner und tätschelte ihr geistesabwesend die Schulter, während er seine Aufmerksamkeit wieder mir zuwandte. »Ich habe dir doch gesagt, eines Tages werden dir dein schlechtes Benehmen und deine moralische Einstellung noch zum Verhängnis werden. Ich bin nicht einmal überrascht, dass es so bald passiert ist.«

Ich schüttelte den Kopf. Ich hatte so was erwartet – ich hatte es wahrhaftig erwartet –, aber dennoch war es ein Schock. Die ganze Welt wusste, dass niemand was dafür konnte, wenn einen die Wandlung überkam. Dieses ganze Wenn-du-von-einem-Vampyr-gebissen-wirst-stirbst-du-und-wirst-selbst-Einer ist komplett erfunden. Schon seit Jahren versuchen Wissenschaftler rauszufinden, welche Kombination physischer Faktoren zum Vampyrismus führt, in der Hoffnung, sobald sie die Ursache hätten, auch ein Heilmittel oder wenigstens eine vorbeugende Impfung dafür finden zu können. Bisher nicht gerade erfolgreich. Aber jetzt hatte John Heffer, mein Stiefpenner, das Rätsel auf einen Schlag gelöst: Schlechtes Benehmen – insbesondere *mein* schlechtes Benehmen, bestehend hauptsächlich aus gelegentlichen Lügen, bösen Gedanken, genervten Kommentaren gegenüber meinen Eltern und einer relativ harmlosen Schwärmerei für Ashton Kutcher (schade, dass er auf ältere Frauen steht) – war der unumstößliche Grund für diese physische Reaktion meines Körpers. Tja! Wer weiß?

»Das hat nichts mit meinem Verhalten zu tun«, gelang es mir endlich zu sagen. »So was passiert nicht aus moralischen Gründen. Sondern einfach so. Das bestätigt dir jeder Forscher auf der Welt.«

»Wissenschaftler sind nicht allwissend. Sie sind keine Männer Gottes.«

Ich starrte ihn stumm an. Er war Kirchenältester der Gottesfürchtigen, eine Position, auf die er unsäglich stolz war. Unter anderem aus diesem Grund hatte sich Mom zu ihm hingezogen gefühlt, und rein rational verstand ich auch, warum. Kirchenältester zu sein wies auf Erfolg hin. Auf einen soliden Job und ein schönes Haus. Verantwortungsbewusstsein und Menschlichkeit. Dass er anständig handelte und dachte. In der Kurzbeschreibung die ideale Wahl für einen neuen

Ehemann und Vater. Nur war leider in der Kurzbeschreibung das Kleingedruckte nicht dabei. Und jetzt
fuhr er natürlich wieder die Kirchenältesten-Masche
und holte seinen Joker raus: Gott. Ich hätte meine neu-
en Steve-Madden-Ballerinas verwettet, dass das Gott
genauso nervte wie mich.

Ich versuchte es noch mal. »Wir haben das im Bio-
Förderkurs durchgenommen. Es ist eine physiologi-
sche Reaktion, die im Zuge der Veränderung des Hor-
monhaushalts bei manchen Jugendlichen stattfindet.«
Ich strengte mein Hirn weiter an und war extrem stolz
darauf, dass ich mich an etwas erinnerte, was wir letztes Halbjahr durchgenommen hatten. »Die Hormone
lösen eine Reaktion in einem …«, ich wühlte noch tiefer in meiner Erinnerung, »… einem nichtkodierenden
DNA-Strang aus, was dann zur Wandlung führt.« Ich
lächelte, nicht für John, sondern allein für mich, weil
ich total begeistert darüber war, so alten Stoff noch so
gut zusammenzukriegen. Ich wusste, dass dieses Lächeln ein Fehler gewesen war, als ich das altbekannte
Anspannen von Johns Kiefermuskeln sah.

»Gottes Weisheit übertrifft alle Wissenschaft, und
etwas anderes zu behaupten ist Blasphemie, junge
Dame.«

Ich warf die Hände abwehrend hoch und unterdrückte gewaltsam ein Husten. »Ich hab nicht behauptet, dass die Wissenschaftler klüger sind als Gott!
Ich versuch's dir doch nur zu erklären.«

»Von einer Sechzehnjährigen muss ich mir nichts erklären lassen.«

Na ja – er hatte mal wieder diese schreckliche Hose und ein grottenhässliches Hemd an. Es würde ihm bestimmt nicht schaden, sich ab und zu mal was von Sechzehnjährigen erklären zu lassen. Aber jetzt war nicht der richtige Zeitpunkt, um ihn auf seinen offensichtlichen und bedauernswerten Mangel an Modebewusstsein hinzuweisen.

»John, Schatz, was machen wir denn jetzt mit ihr? Was werden bloß die Nachbarn denken?« Mom wurde noch bleicher und bemühte sich, nicht laut aufzuschluchzen. »Und was sagen wir den Leuten bei der Sonntagszusammenkunft?«

Als ich den Mund öffnete, um etwas zu sagen, verengten sich seine Augen, und er kam mir zuvor.

»Es gibt nur einen richtigen Weg, sich dieser Sache anzunehmen. Wir müssen sie Gott anempfehlen.«

Wollte er mich etwa ins Kloster schicken? Da mich leider wieder ein Riesenhustenanfall überkam, redete er ungehindert weiter.

»Und außerdem rufen wir Dr. Asher. Er wird wissen, wie die Situation am besten beruhigt werden kann.«

Super. Grandios. Unseren Familienpsychologen, das schwarze Loch der Seelen. Ganz toll.

»Linda, ruf doch bitte die Notfallnummer von Dr. Asher an. Und dann sollten wir wohl die Telefonkette des Ältestenrates aktivieren und alle bitten herzukommen.«

Meine Mutter nickte und wollte aufstehen, aber im nächsten Moment sank sie unter dem Schwall der Worte, der aus mir herausbrach, wieder zurück aufs Sofa.

»Was? Ihr wollt diesen Seelenklempner holen, der keine Ahnung von Jugendlichen hat, und dazu noch diese stockkonservativen Kirchenältesten? Als ob die auch nur versuchen würden, irgendwas zu verstehen! Kapiert ihr's nicht? Ich muss weg. Und zwar heute noch.« Ich hustete so brutal, dass ich dachte, mir kämen die Eingeweide hoch. »Hört ihr's? Und das wird nicht besser, wenn ich nicht bald zu den ...« Ich hielt inne. Es war seltsam schwer, »Vampyren« zu sagen. Das klang so fremd – so endgültig – und zugegebenermaßen so phantastisch. »... wenn ich nicht bald ins House of Night komme.«

Mom sprang auf. Eine Sekunde lang dachte ich tatsächlich, sie würde mich retten. Doch da legte John ihr besitzergreifend den Arm um die Schultern. Sie sah zu ihm auf, und als sie mich wieder ansah, lag vielleicht ein Hauch Mitgefühl in ihrem Blick, aber was sie sagte, war wie immer genau das, was John von ihr erwartete.

»Zoey, es macht doch sicher nichts, wenn du wenigstens heute noch zu Hause bleibst?«

»Natürlich nicht«, bekräftigte John. »Ich bin sicher,

dass Dr. Asher sofort herkommen wird, wenn er hört, was los ist. Dann geht es ihr bestimmt schnell wieder besser.« Er tätschelte ihr gekünstelt fürsorglich die Schulter. Mir war zum Kotzen, so schleimig klang er.

Ich schaute von ihm zu Mom. Nein. Sie würden mich nicht gehen lassen. Weder heute noch sonst wann – jedenfalls nicht, bevor ich von den Sanitätern geholt werden müsste. Plötzlich kapierte ich, dass es nicht nur um das Mal oder die Tatsache ging, dass mein Leben gerade völlig umgekrempelt wurde. Es ging um Kontrolle. Wenn sie mich gehen ließen, wäre das für sie irgendwie eine Niederlage. Was Mom anging, redete ich mir ein, dass sie Angst hatte, *mich* zu verlieren. Bei John wusste ich genau, was er nicht verlieren wollte: nämlich seine kostbare Autorität und die Illusion, dass wir seine perfekte kleine Familie waren. Wie Mom schon gesagt hatte: *Was denken die Nachbarn? Was sagen wir bei der Sonntagszusammenkunft?* John musste die Illusion aufrechterhalten, und wenn er dafür in Kauf nehmen musste, dass ich wirklich ernsthaft krank wurde – aber das war der Preis, den er bereit war zu zahlen.

Aber *ich* war nicht bereit, diesen Preis zu zahlen.

Wie es aussah, war es Zeit, dass ich die Sache selbst in die Hände nahm (die waren im Gegensatz zu Johns wenigstens gepflegt).

»Na gut«, sagte ich. »Dann ruft halt Dr. Asher an und aktiviert eure Telefonkette. Darf ich mich hinlegen, bis die alle anrücken?« Für alle Fälle hustete ich noch mal.

»Ja, natürlich, Kleines«, sagte Mom. Sie wirkte sichtlich erleichtert. »Ruh dich aus, das tut dir sicher gut.« Sie wand sich aus Johns beschützendem Griff, lächelte und umarmte mich. »Soll ich dir Hustensaft holen?«

»Nein, geht schon, danke.« Einen flüchtigen Augenblick lang schmiegte ich mich an sie und wünschte mir inständig, es wäre drei Jahre früher und sie wäre noch da ... für mich da. Dann holte ich tief Atem und trat zurück. »Geht schon«, sagte ich noch mal.

Sie sah mich an und nickte, und auf die einzig mögliche Weise, die ihr blieb, sagte sie mir, dass es ihr leidtat: mit den Augen. Ich wandte mich ab und ging in Richtung Zimmer. Der Stiefpenner brummte mir hinterher: »Du könntest uns auch allen einen Gefallen tun und das Ding auf deiner Stirn mit ein bisschen Puder oder so was abdecken.«

Ich hielt nicht mal kurz inne. Ich ging einfach weiter. Und ich würde nicht weinen.

Das vergesse ich nicht, nahm ich mir fest vor. *Ich werde nie vergessen, wie scheußlich sie sich heute mir gegenüber verhalten haben. Und wenn ich allein bin und Angst habe und all das mit mir passiert, was eben passieren wird, dann denke ich daran, dass es nichts gibt, das so schrecklich ist, wie hier festzusitzen. Nichts.*

Vier

Ich saß also hustend auf meinem Bett und konnte hören, wie Mom zuerst panisch bei der Notfallnummer unseres Therapeuten anrief und dann genauso hysterisch die schreckliche Telefonlawine der Gemeinde in Gang setzte. In einer halben Stunde würden die ersten fetten Weiber mit ihren triefäugigen pädophilen Männern bei uns auflaufen. Sie würden mich ins Wohnzimmer rufen. Sie würden mein Mal als hochnotpeinliches Problem deklarieren und mir wahrscheinlich Salböl auf die Stirn schmieren, von dem meine Poren völlig verkleben und mir ein zyklopenartiger Pickel wachsen würde. Und dann würden sie mir die Hände auflegen und Gott bitten, mir dabei zu helfen, kein schrecklicher Teenager und Problemfall mehr zu sein. Oh, und dass er natürlich diese dumme Sache mit dem Mal aus der Welt schaffen möge.

Schön, wenn's so einfach wäre. Ich würde liebend gern einen Deal mit Gott machen und ein nettes braves Kind sein, wenn ich dafür nicht meine Schule und meine Spezies wechseln müsste. Ich würde sogar voller Freude die Geometriearbeit mitschreiben. Na ja, das dann vielleicht doch nicht – aber trotzdem, ich hatte echt nicht darum gebeten, ein Freak zu werden. Ich wollte nicht hier weggehen und woanders ganz allein auf mich gestellt von vorn anfangen müssen. Ohne Freunde. Ich blinzelte heftig und verkniff mir das Weinen. Die Schule war das einzige Zuhause, das ich noch hatte; meine Freunde waren meine einzige Familie. Mit geballten Fäusten knetete ich mein Gesicht, um die Tränen zurückzuhalten.

Immer eines nach dem anderen. Das war momentan das Wichtigste. Jedenfalls wurde ich momentan auf keinen Fall mit den Klonen meines Stiefpenners fertig. Und als ob das nicht schon genug wäre, würde sich der grauenvollen Gebetssitzung direkt eine genauso unsägliche Sitzung mit Dr. Asher anschließen. Er würde mir alle möglichen Fragen stellen – was dies und jenes für Gefühle bei mir auslöste. Und dann würde er mich damit zutexten, dass in meinem Alter Angst und Aggressionen ja ganz normal seien, aber dass es an mir läge, inwieweit ich mich davon beeinflussen ließe ... bla ... bla ... Und weil es sich um einen ›Notfall‹ handelte, würde er mich hundertpro noch irgendwas zeichnen lassen, das mein inneres Kind repräsentierte oder was weiß ich.

Ich musste definitiv raus hier.

Gut, dass ich immer ›das schwarze Schaf‹ gewesen und deshalb auf solche Fälle exzellent vorbereitet war.

Gut, ich hatte nicht gerade damit gerechnet, von zu Hause abhauen und zu den Vampyren flüchten zu müssen, als ich meinen Ersatzautoschlüssel unter dem Blumentopf außen vor meinem Fenster deponiert hatte. Eher hatte ich sicher sein wollen, dass ich mich im Zweifelsfall mal unbemerkt zu Kayla schleichen konnte. Oder (ganz böse) mit Heath im Park rumknutschen. Aber dann hatte Heath angefangen zu trinken und ich mich in einen Vampyr zu verwandeln. Manchmal ist das Leben schon seltsam.

Ich nahm den Rucksack, öffnete das Fenster und drückte mit einer Leichtigkeit, die viel mehr über meine sündige Natur aussagte als die einfallslosen Vorträge des Stiefpenners, das Fliegenfenster heraus. Ich setzte meine Sonnenbrille auf und spähte hinaus. Es war erst halb fünf oder so und noch lange nicht dunkel, daher war ich froh, dass unser dichter Zaun mich vor den Blicken unserer ultraneugierigen Nachbarn verbarg. Die einzigen anderen Fenster auf dieser Seite des Hauses gehörten zum Zimmer meiner Schwester, und die war ja wohl hoffentlich noch beim Cheerleading. (Unfassbar, dass ich mich wahrhaftig mal darüber freute, dass ihre Welt nur aus dem ›Sport des Jubels‹ bestand!) Ich ließ zuerst den Rucksack nach draußen fallen und kletterte dann vorsichtig hinterher, wobei ich mich echt anstrengte, leise zu sein und nicht mal bei der Landung im Gras ein kleines »Uff« von mir zu geben. Dann blieb ich elend lange dort hocken, das

Gesicht im Ärmel vergraben, um den schrecklichen Husten zu dämpfen. Endlich konnte ich den großen Blumentopf mit der Lavendelstaude, die Grandma Redbird mir geschenkt hatte, leicht anheben und in dem zerdrückten Gras darunter tasten, bis ich den Schlüssel gefunden hatte.

Das Tor quietschte zum Glück nicht mal, als ich es einen Spaltbreit aufdrückte und mich wie einer von Charlies Engeln hinauswand. Mein süßer Käfer hockte auf seinem Stammplatz, auf der Fläche vor dem letzten Tor unserer Dreiergarage. Der Stiefpenner erlaubte nicht, dass ich ihn reinstellte, weil er der Meinung war, der Rasenmäher hätte den Schutz nötiger. (Nötiger als ein Original-VW-Käfer? Wie bitte? Das ergab keinen Sinn … Himmel, ich hörte mich an wie ein Kerl! Seit wann scherte ich mich darum, dass mein Käfer ein Oldtimer war? Das musste die Wandlung sein.) Ich schaute nach rechts, dann nach links. Nichts. Ich huschte zum Auto, sprang hinein, nahm den Gang raus und war maßlos dankbar darüber, dass unsere Einfahrt so lächerlich steil war, denn mein Kleiner rollte lautlos und sanft auf die Straße. Jetzt war es ein Leichtes, ihn zu starten und mit Vollgas unserem Bonzen-Wohnviertel zu entkommen.

Ich schaute noch nicht mal in den Rückspiegel.

Stattdessen nahm ich mein Handy und schaltete es aus. Ich hatte echt keine Lust, mit irgendwem zu reden.

Nein, das stimmte nicht ganz. Es gab genau eine Person, mit der ich sehnlichst gern reden wollte. Die einzige auf der Welt, von der ich sicher war, dass sie mich nicht für ein Monster, eine Missgeburt oder für total abartig halten würde.

Mein Käfer schien meine Gedanken lesen zu können – wie von selbst schlug er den Weg über den Highway zur Muskogee-Schnellstraße ein, die zum schönsten Ort der Welt führte – zur Lavendelfarm meiner Großmutter.

Im Gegensatz zum Weg von der Schule nach Hause schien die Anderthalb-Stunden-Fahrt zu Grandma Redbirds Farm nicht enden zu wollen. Als ich endlich von der kleinen Landstraße auf den ausgefahrenen Schotterweg abbog, der zu ihrem Haus führte, hatte ich am gesamten Körper noch mehr Schmerzen als damals, als diese ätzende neue Sportlehrerin uns kichernd und peitschenknallend durch ein unglaubliches Zirkeltraining gescheucht hatte. Na gut, eine Peitsche hatte sie nicht, aber trotzdem. Mir tat jeder einzelne Muskel unfassbar weh. Es war jetzt fast sechs, und die Sonne würde gleich untergehen, aber meine Augen tränten noch immer. Und auf meiner Haut kribbelte selbst das schwächer werdende Sonnenlicht noch komisch. Ich war froh, dass es Ende Oktober und inzwischen kühl genug für mein Borg-Invasion-4D-Kapuzenshirt war (jep, von genau diesem Star-Trek-Event in Las Vegas, und ja, so traurig es auch ist, aber manchmal bin ich total Star-Trek-besessen), das zum Glück den Großteil meiner Haut bedeckte. Bevor ich ausstieg, wühlte ich auf dem Rücksitz, bis ich meine alte Oklahoma-State-University-Baseballkappe gefunden hatte. Ich zog sie tief ins Gesicht, damit auch über mein Gesicht Schatten fiel.

Das Haus meiner Grandma lag zwischen zwei Lavendelfeldern, umrahmt von hohen alten Eichen. Es war 1942 aus unbehauenen Feldsteinen erbaut worden und hatte eine gemütliche Veranda und riesige Fenster. Ich liebte es heiß und innig. Schon als ich die paar Holzstufen zur Veranda hochstieg, fühlte ich mich besser ... in Sicherheit. Dann sah ich den Zettel, der außen an der Tür hing. Grandmas schöne Handschrift war unverkennbar. *Ich bin auf den Felsklippen, Wildblumen pflücken.*

Ich berührte das weiche, nach Lavendel duftende Papier. Sie wusste immer, wann ich zu Besuch kommen würde. Als Kind fand ich das komisch, aber später lernte ich diesen seltsamen sechsten Sinn zu schätzen. Mein ganzes Leben lang hab ich immer gewusst, auf Grandma Redbird kann ich zählen, egal was auch passiert. Ich bin sicher, dass ich in den ersten furchtbaren Monaten nach Moms Hochzeit mit John verwelkt und eingegangen wäre, hätte ich nicht jedes Wochenende zu Grandma fliehen können.

Einen Moment lang überlegte ich reinzugehen (Grandma schloss nie ab) und auf sie zu warten, aber ich musste sie einfach sehen – ich wollte, dass sie mich in den Arm nahm und mir das sagte, was ich so gern von Mom gehört hätte. *Keine Angst … alles wird gut … wir kriegen das schon hin.* Also suchte ich den kleinen Pfad am Rand des nördlichen Lavendelfeldes, der zu den Klippen führte, und folgte ihm. Ich ließ meine Fingerspitzen über die Gräser neben dem Weg streichen, und diese erfüllten die Luft mit ihrem süßen, silbrigen Geruch, als hießen sie mich willkommen.

Es kam mir vor, als sei ich unendlich lange nicht hier gewesen, dabei war es erst vier Wochen her. John mochte Grandma nicht. Er fand sie unheimlich. Einmal hatte ich sogar gehört, wie er zu Mom sagte, sie sei »eine Hexe und käme in die Hölle«. Was für ein Arsch.

Plötzlich überkam mich ein Gedanke, bei dem ich verblüfft stehen blieb. Meine Eltern kontrollierten nicht mehr länger, was ich tat. Ich würde nie wieder bei ihnen leben. John hatte mir nichts mehr zu sagen.

Wow! Krass!

So krass, dass mich ein Hustenanfall überkam, bei dem ich das Gefühl hatte, mich selbst umklammern zu müssen, um nicht auseinanderzubrechen. Ich musste Grandma Redbird finden, und zwar schnell.

Fünf

Der Pfad die Klippen hinauf war schon immer steil gewesen, aber ich war ihn bestimmt schon hunderttausendmal mit und ohne Grandma gegangen und hatte mich dabei nie so gefühlt wie jetzt. Es waren nicht mehr allein der Husten oder die Muskelschmerzen. Mir war schwindelig, und mein Magen rumorte so heftig, dass ich mir vorkam wie Meg Ryan in *French Kiss*, nachdem sie den ganzen Käse gegessen und einen Laktoseintoleranzschock bekommen hatte. (Kevin Kline ist echt süß in dem Film – also zumindest für einen so alten Typen …)

Und ich kriegte Schnupfen. Und nicht etwa so ein bisschen. Sondern so, dass ich mir die Nase am Ärmel abwischen musste (igitt). Ich konnte nur durch den Mund atmen, wodurch ich noch mehr husten musste, und meine Brust tat unbeschreiblich weh. Ich versuchte mich daran zu erinnern, woran die Leute, die die Wandlung nicht überlebten, offiziell starben. Bekamen sie einen Herzinfarkt? Oder husteten und rotzten sie sich womöglich zu Tode?

Hör auf, darüber nachzudenken!

Ich brauchte Grandma Redbird. Selbst wenn sie
nicht auf Anhieb wusste, was zu tun war, würde sie
es herausfinden. Grandma hatte wahnsinnig viel Ein-
fühlungsvermögen. Sie sagte, das komme daher, weil
sie das überlieferte Wissen der Weisen Frauen der
Cherokee in ihrem Blut noch lebendig halte. Selbst
jetzt musste ich bei dem Gedanken daran lächeln, wie
sie immer die Stirn runzelte, sobald die Rede auf den
Stiefpenner kam (sie ist die einzige Erwachsene, die
weiß, dass ich ihn so nenne). Sie meinte, an ihrer
Tochter sei das Blut der Redbird-Frauen spurlos vor-
übergegangen, dafür habe es dann ihrer Enkelin eine
Extradosis alter Cherokee-Magie vermacht.

Als kleines Mädchen war ich an Grandmas Hand
diesen Pfad öfter entlanggegangen, als ich zählen
konnte. Auf der hohen wilden Wiese voller Blumen
hatten wir dann eine bunte Decke ausgebreitet und
gepicknickt, und Grandma hatte mir Märchen und Sagen der Cherokee erzählt und mich ihre geheimnisvoll
klingende Sprache gelehrt. Jetzt schienen diese uralten
Geschichten in mir umherzuwirbeln, schemenhaft,
wie der Rauch von einem Ritualfeuer … Etwa die
traurige Sage davon, wie die Sterne entstanden waren:
Ein Hund wurde dabei erwischt, wie er Maismehl
stahl, und der Stamm verjagte ihn mit der Peitsche,
und als der Hund jaulend in seine Heimat im Norden floh, wurde das Maismehl über den Himmel ver-

streut, und dank der Magie darin wurde es zur Milchstraße. Oder wie der Große Bussard mit seinen Flügeln die Berge und Täler formte. Oder meine Lieblingsgeschichte von dem Mädchen Sonne, das im Osten lebte, und ihrem Bruder Mond, der im Westen lebte, und dem roten Vogel Redbird, der Tochter der Sonne.

»Toll. Und ich, eine Redbird – eine Nachfahrin der Sonne – verwandle mich in ein Monster der Nacht.« Beim Klang meiner eigenen Stimme erschrak ich darüber, wie schwach sie war, vor allem, da die Worte um mich herum widerzuhallen schienen, als spräche ich in eine große Trommel hinein.

Trommel ... Bei dem Wort stiegen Erinnerungen an die Powwows in mir hoch, zu denen mich Grandma als kleines Mädchen mitgenommen hatte. Und plötzlich, als hätten meine Gedanken ihnen Leben eingehaucht, konnte ich tatsächlich den feierlichen Rhythmus von Ritualtrommeln hören. Ich spähte umher und musste dabei immer noch die Augen zusammenkneifen, selbst im schwächer werdenden Abendlicht. Meine Augen brannten, ich sah alles total verschwommen. Obwohl kein Wind ging, schienen die Schatten der Felsen und Bäume sich zu bewegen ... länger zu werden ... nach mir zu greifen.

»Grandma, ich hab Angst!«, schrie ich zwischen heftigen Hustenstößen, die mir die Luft abschnürten.

Du musst die Geister des Landes nicht fürchten, Zoeybird.

»Grandma?« War das wirklich ihre Stimme, die mich bei meinem Kosenamen rief? Oder waren es noch mehr unheimliche und verrückte Echos, diesmal aus meiner Erinnerung? »Grandma!«, rief ich noch mal und horchte dann ganz still auf Antwort.

Nichts. Nur der Wind.

U-no-le ... Wie ein halbvergessener Traum wehte das Cherokee-Wort für Wind durch mein Gedächtnis.

Wind? Moment! Gerade noch war es windstill gewesen – jetzt musste ich mit der einen Hand die Baseballkappe festhalten und mir mit der anderen das Haar zurückstreichen, das mir wild ins Gesicht peitschte. Und dann trieb es der Wind an meine Ohren: den Klang vieler Cherokee-Stimmen, die im feierlichen Rhythmus der Ritualtrommeln sangen. Durch einen Schleier aus Haar und Tränen sah ich Rauch. Mein Mund füllte sich mit dem nussig-süßen Geruch nach Steinkiefernholz. Ich schmeckte die Lagerfeuer meiner Ahnen. Überrascht sog ich die Luft ein und musste nach Atem ringen.

Da spürte ich sie. Sie waren überall, beinahe sichtbare Schemen, wie Hitzewellen über einer Asphaltdecke im Sommer. Ich spürte, wie sie mich streiften, während sie mit anmutigen, komplizierten Schritten rund um das schattenhafte Leuchten des Feuers tanzten.

Tanz mit uns, u-we-tsi a-ge-hu-tsa ... tanz mit uns, Tochter ...

Geister der Cherokee ... ich erstickte an meinem eigenen Schleim ... der Streit mit Mom und John ... mein altes Leben vorbei ...

Es war alles zu viel. Irgendwas in mir setzte aus, und ich fing blindlings an zu rennen.

Es muss wirklich was dran sein an dem, was wir in Bio darüber gelernt hatten, wie der Körper in solchen Kampf-oder-Flucht-Situationen komplett von Adrenalin beherrscht wird. Obwohl sich meine Brust anfühlte, als wollte sie gleich explodieren, und es war, als versuchte ich unter Wasser zu atmen, sprintete ich den letzten, steilsten Teil des Pfades hoch, als gäbe es da oben einen Ausverkauf an Designerschuhen.

Stolpernd rang ich nach Luft, kämpfte mich höher und höher, nur weg von den beängstigenden Geistern, die um mich waberten wie Nebel, doch anstatt sie hinter mir zu lassen, geriet ich immer tiefer in ihr Reich aus Schatten und Rauch. Würde ich sterben? Fühlte sich so das Ende an? Konnte ich deshalb Geister sehen? Wo war das helle Licht? Total kopflos stürmte ich weiter und wedelte dabei wild mit den Armen, als könnte ich so das Entsetzliche von mir fernhalten.

Die Wurzel, die aus dem festgestampften Boden des Pfades aufragte, sah ich überhaupt nicht. Völlig desorientiert versuchte ich noch, das Gleichgewicht wiederzufinden, aber meine Reflexe funktionierten nicht mehr. Ich schlug hart auf. In meinen Kopf schoss greller Schmerz, aber nur einen Augenblick lang. Dann schluckte mich Schwärze.

Das Erwachen war absolut gruselig. Eigentlich hätte mir alles höllisch weh tun müssen, vor allem der Kopf und die Brust, aber stattdessen fühlte ich ... na ja ... ich fühlte mich gut. Eigentlich besser als gut. Ich musste nicht husten. Meine Arme und Beine waren erstaunlich leicht, warm und etwas kribbelig, als wär ich gerade nach einem anstrengenden Tag in die heiße Badewanne gestiegen.

Hä?

Verwirrt öffnete ich die Augen. Direkt über mir war ein Licht, aber erstaunlicherweise blendete es mich nicht. Anders als das brüllende Sonnenlicht war das jetzt ein sanfter Regen aus Kerzenlicht, der langsam auf mich niederfiel. Ich setzte mich auf – und merkte, dass es ganz anders war. Nicht das Licht fiel auf mich herab – ich bewegte mich aufwärts, darauf zu!

Ich komme in den Himmel. Na, das wird aber ein paar Leute schocken.

Ich schaute nach unten – *und da lag mein Körper!* Ich, oder er, oder ... was auch immer lag schrecklich still ganz nah an der Abbruchkante der Felswand. Meine Stirn war aufgeschlagen, es blutete saumäßig. Das Blut tropfte stetig in einen Riss im Fels. Ein Strom roter Tränen, der sich ins Herz der Klippe ergoss.

59

So auf sich selbst runterzuschauen war unvorstellbar seltsam. Ich hatte keine Angst. Aber ich hätte welche haben sollen, oder? Das bedeutete doch wohl, dass ich tot war? Vielleicht konnte ich die Cherokee-Geister jetzt deutlicher sehen. Nicht mal dieser Gedanke jagte mir Angst ein. Eigentlich war es eher, als sei ich eine Beobachterin, als hätte all das nicht wirklich etwas mit mir zu tun. (Wie bei diesen Mädels, die's mit jedem treiben und glauben, *sie* werden ganz bestimmt nicht schwanger oder stecken sich mit irgendwas Fiesem an, das einem das Hirn wegfrisst oder so. Ich würde sagen, wir sprechen uns in zehn Jahren noch mal ...)

Die Welt war einfach wunderschön, glitzernd und wie neu, aber meine Aufmerksamkeit wanderte immer wieder zu meinem Körper zurück. Ich schwebte näher heran. Ich atmete noch, sehr schnell und flach. Das heißt, *mein Körper* atmete so, nicht das Ich, das ich war. (Da soll man mal noch durchblicken.) Und ich/sie sah überhaupt nicht gut aus. Ich/sie war kreidebleich und meine/ihre Lippen blau. Hey! Weißes Gesicht, blaue Lippen, rotes Blut! Also, wenn ich keine vorbildliche Patriotin bin, weiß ich's auch nicht!

Ich musste lachen – und es war unglaublich! Ich konnte mein Lachen *sehen*. Es schwebte um mich herum wie diese puscheligen Dinger von Pusteblumen, nur nicht weiß, sondern leuchtend blau wie Zuckerperlen. Wahnsinn. Hätte nie gedacht, dass es so spaßig sein könnte, mir den Schädel aufzuschlagen und das Bewusstsein zu verlieren! Ich fragte mich, ob es sich ungefähr so anfühlte, high zu sein.

Das Pusteblumen-Zuckerperlenlachen verblasste, und ich hörte das leuchtend kristallene Murmeln von Wasser. Ich schwebte noch näher zu meinem Körper und entdeckte, dass der Riss im Boden in Wirklichkeit ein tiefer Spalt war. Das lebhafte Plätschern kam von dort unten. Neugierig spähte ich hinein, und aus dem Fels trieben silberne Silhouetten von Worten zu mir hoch. Ich strengte mein Gehör an und wurde mit einem leisen, silberhellen Flüstern belohnt.

Zoey Redbird … komm zu mir …

»Grandma!«, schrie ich in den Fels hinein. Meine Worte waren von strahlendem Lila und füllten die Luft um mich herum aus. »Bist du das, Grandma?«

Komm zu mir …

Das Silber vermischte sich mit dem Violett meiner eigenen Stimme, und es entstand ein leuchtendes Lavendelfarben. Das war ein Omen! Ein Zeichen! Wie die spirituellen Gefährten und Geleiter, an die die Cherokee seit uralten Zeiten glauben, gab Grandma Redbird mir zu verstehen, dass ich dort runtersollte.

Ohne noch länger zu zögern, stürzte ich mein geisterhaftes Ich in den Spalt hinab, an der Spur meines eigenen Blutes und der silbernen Erinnerung an das Flüstern meiner Grandma entlang. Ich landete am Boden einer Art Grotte. Mittendrin plätscherte eine kleine Quelle, aus der sichtbare, gläsern-regenbogenfarbene Klangsplitter emporsprühten. Gemeinsam mit den scharlachroten Tropfen meines Blutes tauchten sie die Höhle in ein flackerndes Licht von der Farbe von Herbstlaub. Es reizte mich, mich neben die Quelle zu setzen und vorsichtig mit dem Gewebe ihrer Musik zu spielen, aber die Stimme rief wieder nach mir.

Zoey Redbird … folge mir, dein Schicksal wartet …

Also folgte ich dem Wasserlauf und der weiblichen Stimme. Die Höhle verengte sich zu einem runden Gang. Er wand sich lang in einer sanften Spirale dahin und endete dann abrupt an einer Wand, in die seltsam fremde und zugleich vertraute Symbole gemeißelt waren. Ratlos betrachtete ich den feinen Riss in der Wand, in dem das Wasser verschwand. Was nun? Sollte ich ihm weiter folgen?

Ich blickte in den Gang zurück. Nichts außer tanzendem Licht. Als ich mich wieder zur Wand umdrehte, durchfuhr es mich wie ein Blitz. Huh! Direkt vor der Wand saß im Schneidersitz eine Frau! Sie trug ein weißes Kleid mit Fransen, bestickt mit den gleichen Symbolen wie an der Wand hinter ihr. Sie war unbegreiflich schön. Ihr langes glattes Haar war so schwarz, dass es blau und purpurn schimmerte wie ein Rabenflügel. Ihre vollen Lippen deuteten ein Lächeln an, als sie zu sprechen begann. Die Luft zwischen uns füllte sich mit der silbernen Kraft ihrer Stimme.

Tsi-lu-gi U-we-tsi a-ge-hu-tsa. Willkommen, Tochter. Du bist am richtigen Ort.

Sie sprach Cherokee, und obwohl ich mich in den letzten Jahren nicht mehr mit der Sprache beschäftigt hatte, verstand ich alles.

»Du bist gar nicht meine Grandma!«, entfuhr es mir. Ich fühlte mich unbehaglich und fehl am Platze, auch wenn meine lila Worte sich mit den ihren mischten und atemberaubende lavendelglitzernde Muster zwischen uns bildeten.

Ihr Lächeln war wie die aufgehende Sonne.

Nein, meine Tochter, das bin ich nicht, aber ich kenne Sylvia Redbird sehr gut.

Ich holte tief Atem. »Bin ich tot?«

Ich befürchtete, sie würde mich auslachen, aber das tat sie nicht. Ihr Blick wurde weich und besorgt.

Nein, U-we-tsi a-ge-hu-tsa. Du bist dem Tod sehr fern, auch wenn es deinem Geist vorübergehend gestattet wurde, frei im Reich der Nunne'hi zu wandeln.

»Das Geistervolk!« Ich blickte in den Gang zurück, ob ich vielleicht Gesichter und Gestalten in den Schatten sehen würde.

Deine Großmutter hat dich gut gelehrt, u-s-ti Do-tsu-wa … Kleiner Roter Vogel. In dir verbinden sich die Alten Bräuche und die Neue Welt auf einzigartige Weise – das uralte Blut der Stämme und der Herzschlag der Fremden.

Bei ihren Worten wurde mir heiß und kalt zugleich. »Wer bist du?«

Man kennt mich unter vielen Namen. Die Sich

Wandelnde, Gaea, A'akuluujjusi, Kuan Yin, Groß-
mutter Spinne oder sogar als Morgendämmerung ...

Bei jedem Namen veränderte sich ihr Gesicht, und
mir wurde schwindelig davon, welche Macht sich dahinter verbarg. Sie bemerkte das wohl, denn sie lächelte wieder ihr wunderschönes Lächeln und verwandelte sich zurück in die Frau, die ich zu Beginn
gesehen hatte.

Aber du, Zoeybird, meine Tochter, sollst mich bei
dem Namen nennen, unter dem deine Welt mich
heute kennt – Nyx.

»Nyx.« Ich konnte kaum mehr als flüstern. »Die
Göttin der Vampyre?«

Tatsächlich verehrten mich unter diesem Namen
zuerst die von der Wandlung berührten Menschen im
antiken Griechenland, die in mir die tröstende Mutter
sahen, bei der sie in ihrer endlosen Nacht Halt suchen
konnten. Seither habe ich durch viele Jahrhunderte
mit Freuden all ihre Nachfahren meine Kinder gehei-
ßen. Und ja, in deiner Welt werden diese Kinder
Vampyre genannt. Nimm diesen Namen für dich an,
U-we-tsi a-ge-hu-tsa. In ihm wirst du dein Schicksal
finden.

Das Mal auf meiner Stirn brannte. Plötzlich wollte
ich am liebsten weinen. »Ich – ich verstehe das nicht.
Was heißt das, mein Schicksal finden? Ich will einfach
nur mit meinem neuen Leben klarkommen. Irgendwie
Ordnung in das alles bringen. Göttin, ich will einfach

nur irgendwo dazugehören. Ich weiß nicht, ob ich mein Schicksal finden will.«

Die Züge der Göttin wurden wieder mitfühlend und weich. Als sie zu sprechen begann, hatte ihre Stimme Ähnlichkeit mit der meiner Mutter – nur stärker. Als strömte aus ihren Worten die Liebe jeder einzelnen Mutter auf der ganzen Welt.

Glaube an dich, Zoey Redbird. Ich habe dich als die Meine Gezeichnet. In diesem Zeitalter wirst du meine erste wahre U-we-tsi a-ge-hu-tsa v-hna-i Sv-no-yi sein ... meine Tochter der Nacht. Du bist etwas Besonderes. Nimm diese Tatsache an, und du wirst erkennen, dass in deiner Einzigartigkeit die wahre Macht liegt. In dir vereint sich die Magie der Weisen Frauen und Stammesältesten mit dem Verständnis der modernen Welt.

Die Göttin stand auf und ging leichtfüßig auf mich zu. Ihre Stimme malte silberne Symbole der Macht in die Luft. Sie strich mir die Tränen von den Wangen und nahm dann mein Gesicht zwischen beide Hände.

Zoey Redbird, Tochter der Nacht, ich bestimme dich zu meinen Augen und Ohren in dieser Zeit, wo Gut und Böse um das Gleichgewicht in der Welt kämpfen.

»Aber ich bin erst sechzehn! Ich kann nicht mal rückwärts einparken! Wie soll ich deine Augen und Ohren sein?«

Sie lächelte gelassen. *Nicht die gelebten Jahre allein*

machen dein Alter aus, Zoeybird. Glaube an dich, und du wirst einen Weg finden. Doch denk daran: Die Dunkelheit und das Böse sind nicht immer gleichzusetzen, ebenso wie das Licht nicht immer Gutes verheißt.

Und dann beugte die Göttin Nyx, die uralte Verkörperung der Nacht, sich vor und küsste mich auf die Stirn. Und zum dritten Mal an diesem Tag verlor ich das Bewusstsein.

Schönste, sieh, die Wolken – die Wolken so nah,
Schönste, sieh, der Regen – der Regen ist da ...

Leise wehte das uralte Lied durch meinen Geist. Ich träumte wohl wieder von Grandma Redbird. Ein Gefühl von Wärme, Sicherheit und Glück durchströmte mich, was besonders deshalb sehr schön war, weil ich mich vor kurzem noch so beschissen gefühlt hatte ... Warum, wusste ich nicht mehr so genau. Hm. Komisch.

Wer sprach?
Die Maisähre klein,
Hoch auf dem grünen Halm ...

Die Stimme meiner Grandma sang weiter. Ich rollte mich auf der Seite zusammen und grub meine Wange tief in das weiche Kissen. Leider schoss mir sofort, als ich den Kopf bewegte, ein fieser Schmerz durch die Schläfen – und wie eine splitternde Glasscheibe ging das schöne Gefühl in Scherben, und die Erinnerung an alles, was heute geschehen war, überwältigte mich.

Ich war dabei, mich in einen Vampyr zu verwandeln.

Ich war von zu Hause weggelaufen.

Ich war gestürzt und hatte danach eine Art abgespacte Nahtod-Erfahrung gehabt.

Oh Gott. Ich wurde zum Vampyr.

Mann, tat mir der Kopf weh.

»Zoeybird! Bist du wach, Kleines?«

Ich blinzelte so lange, bis sich mein Blick klärte. Auf einem kleinen Stuhl neben dem Bett, in dem ich lag, saß Grandma Redbird.

»Grandma!«, krächzte ich und streckte die Hand nach ihr aus. Meine Stimme klang genauso katastrophal, wie sich mein Kopf anfühlte. »Was ist passiert? Wo bin ich?«

»In Sicherheit, Kleiner Vogel. Alles ist gut.«

»Mir tut der Kopf weh.« Ich tastete und fand die Stelle, die spannte und sich wund anfühlte. Unter meinen Fingerspitzen spürte ich eine Naht.

»Kein Wunder. Du hast mich zu Tode erschreckt.« Sie streichelte mir sanft den Handrücken. »So viel Blut ...« Mit einem Schauder schüttelte sie den Kopf. Dann lächelte sie. »Das machst du nicht noch mal, versprichst du das?«

»Hoch und heilig«, sagte ich. »Also hast du mich gefunden ...?«

»Ja, bewusstlos und blutüberströmt, Kleiner Vogel.« Grandma strich mir die Haare aus der Stirn, und einen Moment lang hielten ihre Finger auf meinem Mal inne. »Und so bleich, dass der dunkle Halbmond hier im Kontrast zu deiner Haut fast zu glühen schien. Mir war klar, dass du ins House of Night gebracht werden musstest, und das habe ich dann auch getan.« Sie schmunzelte, und ihre Augen glitzerten schelmisch. In diesem Moment wirkte sie wie ein junges Mädchen. »Ich hab auch deine Mutter angerufen, um ihr zu sagen, dass ich dich ins House of Night bringe. Ich musste so tun, als wäre der Akku leer, sonst hätte sie wohl nie ein Ende gefunden. Sie ist ziemlich böse auf uns beide, fürchte ich.«

Ich grinste zurück. Hihi, also war Mom auch auf Grandma sauer.

»Aber was um Himmels willen hast du bloß tagsüber draußen gemacht, Zoey? Und warum hast du mir nicht schon früher erzählt, dass du Gezeichnet worden bist?«

Mit einem unterdrückten Stöhnen wegen meiner pochenden Kopfschmerzen versuchte ich mich aufzusetzen. Erfreulicherweise hatte ich wenigstens keinen Hustenreiz mehr. *Vielleicht, weil ich endlich hier bin – im House of Night …* Aber der Gedanke verflog, als mein Hirn allmählich verarbeitete, was Grandma alles gesagt hatte.

»Ich hätte es dir gar nicht früher erzählen können.

Der Späher hat mich erst heute in der Schule Gezeichnet. Dann bin ich erst mal nach Hause gefahren. Ich hatte echt gehofft, Mom würde es verstehen und mir helfen.« Ich verstummte. Ich musste mir die schreckliche Szene mit meinen Eltern wieder vorstellen. Grandma drückte mir verständnisvoll die Hand. »Es war eigentlich so, dass sie und John mich mehr oder weniger in mein Zimmer gesperrt und unseren Psychoklempner und die Kirchengemeinde alarmiert haben.«

Sie rümpfte die Nase.

»Also bin ich aus dem Fenster geklettert und direkt zu dir gefahren«, schloss ich.

»Darüber bin ich ausgesprochen froh, Zoeybird. Aber das ergibt keinen Sinn.«

»Ich weiß«, seufzte ich. »Ich kann auch nicht glauben, dass ich Gezeichnet worden bin. Warum gerade ich?«

»Das meine ich nicht, meine Kleine. Es überrascht mich nicht, dass du erspäht und Gezeichnet wurdest. In unserem Blut schlummert noch immer starke Magie. Es war nur eine Frage der Zeit, bis eine von uns Erwählt werden würde. Was ich nicht verstehe, ist, dass du *gerade erst* Gezeichnet wurdest. Der Halbmond ist nicht nur eine schwache Silhouette, er ist ganz eingefärbt.«

»Das kann nicht sein!«

»Doch – schau selbst, U-we-tsi a-ge-hu-tsa.« Als sie das Cherokee-Wort für Tochter gebrauchte, erinnerte sie mich plötzlich sehr an jene uralte, geheimnisvolle Göttin.

Sie kramte in ihrer Handtasche nach dem antiken silbernen Puderdöschen, das sie immer bei sich trug, und reichte es mir wortlos. Ich drückte auf die kleine Schließe. Es sprang auf und zeigte mir mein Spiegelbild ... die vertraute Fremde ... das Ich, das nicht wirklich ich war. Ihre Augen waren zu groß und ihre Haut zu weiß, aber das nahm ich kaum wahr. Es war das Mal, das meinen Blick anzog – der Halbmond, vollständig ausgefüllt in dem charakteristischen Saphirblau der Vampyr-Tätowierungen. Ich hatte das Gefühl, noch immer zu träumen. Ich hob die Hand und fuhr mit dem Finger das exotisch wirkende Zeichen nach, und noch einmal glaubte ich die Lippen der Göttin auf der Haut zu spüren.

»Was bedeutet das?«, fragte ich, ohne den Blick von dem Mal lösen zu können.

»Wir dachten, vielleicht könntest du uns diese Frage beantworten, Zoey Redbird.«

Sie hatte eine wunderschöne Stimme. Schon ehe ich aufsah, wusste ich, dass sie einzigartig und hinreißend sein musste. Und so war es auch. Sie war so schön wie ein Filmstar, wie ein Model. Ich hatte noch nie jemanden getroffen, der selbst aus solcher Nähe so vollkommen war. Sie hatte riesige mandelförmige Augen von tiefem Moosgrün. Ihr Gesicht hatte eine fast ideale Herzform, und ihre Haut war so makellos cremefarben, wie man es sonst nur im Fernsehen sieht. Ihr Haar war tiefrot – kein schreiendes Karottenrot oder ausgeblichenes Rotblond, sondern ein dunkles, schimmerndes Kastanienrot – und fiel ihr in schweren, vollen Wellen weit über die Schultern. Ihre Figur war – man kann es nicht anders sagen – einfach perfekt. Sie war nicht dürr wie die gestörten Mädels, die sich auf eine Art heißersehntes Paris-Hilton-Ideal runterhungerten und -kotzten. (»That's hot« – schon klar, Paris ...) Der Körper dieser Frau war perfekt in seiner Vereinigung von Kraft und Weiblichkeit. Und sie hatte tolle Möpse. (Ich wünschte, das könnte ich von mir auch behaupten.)

»Hä?«, fragte ich und dachte im selben Moment: Ich klinge auch nicht viel intelligenter. Als Paris, meine ich.

Die Frau lächelte. Sie hatte beneidenswert weiße, gerade Zähne – keine Fänge. Oh, ich glaube, ich habe vergessen zu erwähnen, dass zur Krönung ihrer Vollkommenheit natürlich genau in der Mitte ihrer Stirn eine saphirblaue Mondsichel prangte, von der verschlungene Linien und Ornamente ausgingen, die sich wie Meereswellen oberhalb ihrer Brauen entlang bis zu den Wangenknochen zogen.

Sie war ein Vampyr.

»Ich sagte, ich hoffte, du könntest uns erklären, warum du als Jungvampyr, der sich noch nicht einmal gewandelt hat, das Mal eines ausgereiften Wesens auf der Stirn trägst.«

Ohne ihr Lächeln und die zarte Besorgnis in ihrer Stimme hätte das hart geklungen. So wirkte es eher beunruhigt und leicht verwirrt.

»Das heißt, ich bin gar kein Vampyr?«, entfuhr es mir.

Ihr Lachen klang wie Musik. »Nein, noch nicht, aber ich würde sagen, dass sich dein Mal schon vervollständigt hat, ist ein hervorragendes Omen.«

»Oh ... ich ... ja, gut. Sehr gut«, stammelte ich.

Zum Glück rettete mich Grandma vor einer Komplettblamage. »Zoey, das ist die Hohepriesterin des House of Night, Neferet. Sie hat sich sehr lieb um dich gekümmert, während du ...« – sie hielt inne, offensichtlich wollte sie das Wort ›bewusstlos‹ vermeiden – »geschlafen hast.«

»Willkommen im House of Night, Zoey Redbird«, sagte Neferet warm.

Ich warf Grandma einen Blick zu und sah dann wieder Neferet an. Ziemlich verlegen stotterte ich: »Äh – das ist nicht mein richtiger Nachname. Ich heiße Montgomery.«

»Tatsächlich?« Neferet zog die tizianroten Brauen hoch. »Einer der Vorteile, wenn man ein neues Leben beginnt, ist, dass man noch mal neu beginnen und Entscheidungen treffen kann, die einem zuvor nicht offenstanden. Wenn du die Wahl hättest, welchen Namen würdest du als deinen wahren betrachten?«

Ich musste nicht überlegen. »Zoey Redbird.«

»Dann sollst du von nun an Zoey Redbird sein. Willkommen in deinem neuen Leben.« Sie streckte die Hand aus, und ich hielt ihr automatisch meine hin im Glauben, sie wolle sie schütteln. Aber sie nahm nicht meine Hand, sondern packte meinen Unterarm. Das war seltsam, aber auf irgendeine Art richtig.

Ihr Griff war fest und warm. Ihre Augen strahlten Willkommen aus. Sie war atemberaubend und ehrfurchtgebietend. Kurz gesagt, sie war, was alle Vampyre waren: übermenschlich. Stärker, klüger, begabter. Es schien, als brenne tief in ihr ein strahlendes Licht – hm, mir fällt auf, eine ziemlich paradoxe Beschreibung angesichts der allgemeinen Vampyr-Klischees (von einigen davon wusste ich ja schon, dass sie definitiv stimmten): dass sie das Tageslicht scheuen, in der Nacht am mächtigsten sind, zum Überleben Blut trinken müssen (uah!) und eine Göttin verehren, die als Verkörperung der Nacht gilt.

»D-danke. Freut mich«, sagte ich, bestrebt, wenigstens semiintelligent und halbwegs normal zu wirken.

»Wie ich deiner Großmutter schon erzählt habe, war deine Ankunft die ungewöhnlichste, die wir je hatten – bewusstlos und mit einem vollendeten Mal. Kannst du dich erinnern, was mit dir passiert ist, Zoey?«

Ich wollte ihr schon alles haarklein erzählen: wie ich so brutal hingefallen war ... wie ich mich selbst gesehen hatte, als ich als Geist herumgeschwebt war ...

wie die seltsamen sichtbaren Worte mich in den Spalt gelockt hatten und wie ich dort die Göttin Nyx getroffen hatte. Aber gerade als ich anfangen wollte, überkam mich ein seltsames Gefühl, so als hätte mir gerade jemand in den Magen geschlagen. Es war ganz klar und eindeutig, was es wollte. Ich sollte den Mund halten.

»Ich – ich weiß nicht mehr viel …« Ich brach ab und tastete nach der Naht an meinem Kopf. »Zumindest nachdem ich mir den Kopf angeschlagen habe. Ich meine, bis dahin weiß ich noch alles. Der Späher hatte mich Gezeichnet, ich hab das meinen Eltern gesagt und hatte einen Riesenkrach mit ihnen, und dann bin ich zu Grandma abgehauen. Da ging's mir schon total schlecht. Und als ich dann den Pfad zu den Klippen rauf bin …« Ich erinnerte mich auch an alles andere – wirklich *alles* –, an die Geister der Cherokee, das Feuer, den Tanz. *Halt den Mund!*, befahl mir das Gefühl. »Ich … wahrscheinlich bin ich ausgerutscht, weil ich so schrecklich husten musste. Das Nächste, woran ich mich erinnere, ist, wie Grandma gesungen hat, und dann bin ich hier aufgewacht.« Zum Schluss überschlug ich mich beim Reden beinahe selbst. Ich hätte mich gern von ihrem grünen, eindringlichen Blick gelöst, aber dasselbe Gefühl, das mir befohlen hatte zu schweigen, sagte mir jetzt ganz klar, dass ich den Augenkontakt halten musste – dass ich mir alle Mühe geben musste, so zu tun, als verberge ich nichts, auch wenn ich keine Ahnung hatte, warum ich überhaupt irgendwas verbarg.

Grandma durchbrach die Stille. »Bei so einer Verletzung ist es normal, dass man sich an nichts erinnern kann«, stellte sie sachlich fest.

Ich hätte sie küssen können.

»Ja, natürlich«, sagte Neferet rasch, und die Schärfe wich aus ihrer Miene. »Sorgen Sie sich nicht um die Gesundheit Ihrer Enkelin, Sylvia Redbird. Sie wird schnell wieder in Ordnung kommen.«

Der Ton, in dem sie mit Grandma sprach, war respektvoll, und die Spannung, die sich in mir aufgebaut hatte, löste sich ein bisschen. Wenn sie Grandma Redbird mochte, musste sie einfach ein netter Mensch sein. Oder Vampyr oder was auch immer.

»Sicher wissen Sie, dass bei Vampyren – selbst bei Jungvampyren –«, Neferet lächelte mich an, »die Selbstheilungskräfte ungewöhnlich stark ausgeprägt sind. Ihre Enkelin ist schon so weit wiederhergestellt, dass sie die Krankenstation vollkommen ungefährdet verlassen kann.« Sie sah von Grandma zu mir. »Zoey, würdest du gern deine neue Zimmergenossin kennenlernen?«

Nein. Ich schluckte hart und nickte. »Ja.«

»Sehr schön!«, sagte Neferet. Zum Glück sah sie über die Tatsache hinweg, dass ich dasaß wie ein bescheuerter grinsender Gartenzwerg.

»Sind Sie sicher, dass sie nicht noch einen Tag

76

zur Beobachtung hierbleiben sollte?«, fragte Grandma.

»Ich verstehe Ihre Sorge, aber ich versichere Ihnen, Zoeys physische Wunden heilen bereits mit einer Geschwindigkeit, die Sie als verblüffend bezeichnen würden.«

Sie lächelte mich nochmals an, und obwohl ich eingeschüchtert und tierisch nervös war und mir der Arsch gerade komplett auf Grundeis ging, lächelte ich tapfer zurück. Es wirkte, als freue sie sich aufrichtig darüber, mich hier zu haben. Und ehrlich gesagt gab mir ihre Art zum ersten Mal das Gefühl, dass es vielleicht nicht ganz so schlimm war, sich in einen Vampyr zu verwandeln.

»Grandma, mir geht's gut. Echt. Mein Kopf tut fast nicht mehr weh, und der Rest fühlt sich viel, viel besser an.« Als ich das sagte, wurde mir klar, dass es wirklich so war. Ich hatte komplett aufgehört zu husten. Meine Gliederschmerzen waren weg. Bis auf das bisschen Kopfweh fühlte ich mich rundum gut.

Da tat Neferet etwas, was mich nicht nur überraschte, sondern was dazu führte, dass ich sie richtig mochte – und ihr zu vertrauen begann. Sie trat vor Grandma und sagte langsam und bedächtig: »Sylvia Redbird, ich schwöre Ihnen feierlich, dass Ihre Enkelin hier in guten Händen ist. Jeder Jungvampyr wird einem erwachsenen Mentor zugeteilt. Um meinen Schwur zu untermauern, werde ich dieses Amt für

Zoey übernehmen. Und jetzt bitte ich Sie, sie meiner Obhut zu überlassen.«

Neferet legte sich die Faust aufs Herz und verbeugte sich förmlich vor Grandma. Diese zögerte nur einen Augenblick, ehe sie antwortete.

»Ich nehme Sie beim Wort, Neferet, Hohepriesterin der Nyx.« Und sie ahmte Neferets Geste des Faust-aufs-Herz-Legens nach und verneigte sich gleichfalls vor ihr. Dann drehte sie sich zu mir um und umarmte mich fest. »Ruf mich an, wenn du mich brauchst, Zoeybird. Ich liebe dich.«

»Mach ich, Grandma. Ich hab dich auch lieb. Und vielen Dank, dass du mich hergebracht hast.« Ich atmete ihren vertrauten Lavendelduft tief ein und versuchte, nicht loszuheulen.

Sie küsste mich noch einmal sanft auf die Wange und verließ mit ihrem raschen, sicheren Schritt den Raum. Zum ersten Mal in meinem Leben war ich allein mit einer Vampyrin.

»Nun, Zoey, fühlst du dich bereit, dein neues Leben in Angriff zu nehmen?«

Ich sah sie an und war immer noch fasziniert von ihr. Wenn ich mich wirklich in einen Vampyr wandelte, würde ich dann auch so selbstsicher und machtvoll wirken, oder war das allein einer Hohepriesterin vorbehalten? Für eine Sekunde schoss mir der Gedanke durch den Kopf, wie abgefahren es sein müsste, eine Hohepriesterin zu sein – dann übernahm mein Verstand wieder. Hallo, ich war nur ein harmloses Mädchen. Ein ziemlich verwirrtes noch dazu. Definitiv *kein* geeignetes Hohepriesterin-Material. Ich wäre schon erleichtert, wenn ich mich hier überhaupt irgendwie zurechtfinden würde. Immerhin hatte Neferet es mir schon mal leichter gemacht, zu ertragen, was mit mir geschah.

»Ja.« Ich war froh, dass ich zuversichtlicher klang, als ich mich fühlte.

Sieben

W ie spät ist es eigentlich?«
Wir gingen einen schmalen, leicht gewundenen
Flur entlang. Die Wände bestanden aus einer seltsamen Mischung aus dunklem Fels und von Zeit zu Zeit
hervorragenden Klinkersteinen. Alle paar Meter zier-
ten flackernde Gaslampen in altmodischen schwarzen
Eisenleuchtern die Wand, deren weicher gelber Schein
meinen Augen zum Glück kaum etwas ausmachte.
Der Flur hatte keine Fenster, und wir begegneten niemandem sonst (obwohl ich mich dauernd nervös um-
schaute und mich fragte, wie es wohl sein würde, zum
ersten Mal auf Vampyre in meinem Alter zu treffen).

»Es ist fast vier Uhr morgens, das heißt, der Unterricht ist seit etwa einer Stunde vorbei«, gab Neferet
zurück und lächelte flüchtig, als sie meinen wahrscheinlich total fassungslosen Gesichtsausdruck sah.
»Der Unterricht fängt um acht Uhr abends an und
dauert bis drei Uhr morgens«, erklärte sie. »Die Lehrer stehen bis um halb vier zur Verfügung, falls ein
Schüler noch ein Problem hat. Die Turnhalle ist bis

Sonnenaufgang geöffnet. Wann das jeweils ist, wirst du immer genau wissen, sobald du dich vollständig gewandelt hast. Bis dahin findest du die Sonnenaufgangszeit täglich in allen Klassenzimmern, Gemeinschaftsräumen und öffentlichen Bereichen, einschließlich des Speisesaals, der Bibliothek und der Turnhalle, ausgehängt. Der Tempel der Nyx ist natürlich jederzeit offen, aber Andachtsriten werden nur zweimal die Woche nach der Schule gehalten. Das nächste Ritual ist morgen.« Neferet sah mich an, und ihr feines Lächeln wurde wärmer. »Das überfordert dich jetzt sicher erst mal alles, aber du wirst dich schnell daran gewöhnen. Und deine Zimmergenossin und ich werden dir gern dabei helfen.«

Ich hatte gerade den Mund geöffnet, um ihr die nächste Frage zu stellen, als uns ein orangefarbenes Fellbündel entgegengerast kam und sich ohne einen Laut in Neferets Arme warf. Ich fuhr zusammen und gab ein ziemlich peinliches Quieken von mir – und kam mir im nächsten Moment total behämmert vor, als ich begriff, dass das Fellbündel nicht etwa irgendein fliegender Dämon oder so was war, sondern einfach nur ein unglaublich fetter Kater.

Neferet lachte und kraulte das Fellbündel zwischen den Ohren. »Zoey, das ist Skylar. Er schleicht meistens hier rum, um sich unerwartet auf mich stürzen zu können.«

»Ich hab noch nie so eine große Katze gesehen«,

sagte ich und streckte die Hand aus, um ihn daran schnuppern zu lassen.

»Vorsicht, manchmal beißt er.«

Als ich schnell meine Hand wegziehen wollte, fing Skylar an, sein Gesicht an meinen Fingern zu reiben. Ich hielt den Atem an.

Neferet neigte ihren Kopf, als horche sie auf Worte in der Luft. »Er mag dich. Höchst ungewöhnlich. Eigentlich mag er niemanden außer mir. Er hält sogar die anderen Katzen von dieser Ecke des Campus fern. Er ist ein ganz schöner Rabauke«, sagte sie zärtlich.

Vorsichtig kraulte ich Skylar, so wie Neferet es getan hatte. »Ich mag Katzen«, sagte ich leise. »Früher hatte ich eine, aber als meine Mutter wieder geheiratet hat, musste ich sie ins Tierheim geben. Ihr neuer Mann mag keine Katzen.«

»Nach meiner Erfahrung kann man jemandes Charakter meist ausgezeichnet danach beurteilen, wie gern er Katzen mag – und wie gern sie ihn mögen.«

Ich sah hoch in Neferets grüne Augen und hatte den Eindruck, dass sie weit mehr von abgrundtiefem Familienmist verstand, als sie durchblicken ließ. Dadurch fühlte ich mich irgendwie mit ihr verbunden, und mein Stresslevel sank etwas. »Gibt's hier viele Katzen?«

»Ja. Katzen haben sich schon immer gern mit Vampyren zusammengetan.«

Ach ja, davon hatte ich schon gehört. In Weltgeschichte bei Mr Shaddox (besser bekannt als Puff Shaddy, aber das sollte man ihm besser nicht sagen) hatten wir gelernt, dass in der Vergangenheit massenhaft Katzen abgeschlachtet worden waren, weil man der Meinung war, sie würden die Menschen irgendwie in Vampyre verwandeln. Echt lächerlich. Noch ein Beweis für die Dummheit der Menschen ... Als mir dieser Gedanke durch den Kopf schoss, erschrak ich im selben Moment darüber, wie sehr ich mich innerlich schon von ›den Menschen‹ abgrenzte – als gehörte ich schon gar nicht mehr dazu.

»Wäre es vielleicht möglich, dass ich auch eine Katze haben könnte?«

»Wenn eine dich auswählt, wirst du zu ihr gehören.«

»Mich auswählt?«

Neferet lächelte und streichelte Skylar, der die Augen schloss und laut zu schnurren anfing. »Katzen kann man nicht besitzen. Sie treffen die Wahl.« Wie um zu bekräftigen, dass sie recht hatte, sprang Skylar wieder auf den Boden und verschwand mit einem arroganten Schwanzzucken im Gang.

Neferet lachte. »Er ist wirklich schrecklich. Aber ich vergöttere ihn. Ich glaube, das würde ich selbst dann tun, wenn es nicht Teil von Nyx' Gabe an mich wäre.«

»Gabe? Skylar wurde Ihnen von der Göttin geschenkt?«

»Gewissermaßen. Jede Hohepriesterin erhält eine bestimmte Affinität von Nyx – du würdest es wohl als eine spezielle Fähigkeit bezeichnen. Unter anderem daran erkennen wir, wer von uns zur Hohepriesterin bestimmt ist. So eine Fähigkeit kann eine besondere kognitive Gabe sein, wie Gedanken lesen zu können oder Visionen zu haben und die Zukunft voraussagen zu können. Es kann sich aber auch um etwas aus der physischen Sphäre handeln, wie eine spezielle Verbindung zu einem der vier Elemente oder auch zu Tieren. Ich habe zwei Gaben von der Göttin erhalten. Meine Hauptaffinität ist die zu Katzen – ich habe eine Verbindung zu ihnen, die selbst für einen Vampyr außergewöhnlich ausgeprägt ist. Zudem hat Nyx mir besondere Heilfähigkeiten geschenkt.« Sie lächelte. »Darum weiß ich auch, dass deine Genesung gut voranschreitet. Meine Gabe hat es mir gesagt.«

»Wow, cool«, war alles, was mir dazu einfiel. Von all dem, was sich seit gestern ereignet hatte, schwirrte mir der Kopf.

»Jetzt bringen wir dich aber erst mal auf dein Zimmer. Du hast sicher Hunger und bist müde. In etwa …«, sie legte den Kopf schief, als flüstere ihr jemand etwas ins Ohr, »… einer Stunde gibt es Abendessen.« Sie warf mir ein verschwörerisches Lächeln zu. »Vampyre wissen immer instinktiv die genaue Uhrzeit.«

»Oh – auch cool.«

»Und das, meine liebe Jungvampyrin, ist nur die Spitze des ›coolen‹ Eisbergs.«

Ich hoffte nur, ihr Vergleich hatte nichts mit titanicmäßigen Katastrophen zu tun. Auf unserem weiteren Weg durch den Gang dachte ich über das mit der Uhrzeit und so weiter nach, und dann fiel mir wieder ein, was ich eigentlich gerade hatte fragen wollen, als Skylar mich aus dem Konzept gebracht hatte (nicht, dass ich wirklich eins gehabt hätte …). »Warten Sie mal. Also der Unterricht fängt um acht Uhr *abends* an?« Also, eigentlich bin ich nicht so schwer von Begriff, aber vieles von dem, was sie mir da die ganze Zeit erzählte, hätte sie genauso gut auf Chinesisch sagen können. Ich fand es echt schwierig, das alles zu kapieren.

»Wenn du genauer darüber nachdenkst, ist es logisch. Zwar sollte ich wohl klarstellen, dass weder junge noch voll ausgereifte Vampyre im direkten Sonnenlicht explodieren oder in Flammen aufgehen oder was auch immer, aber unangenehm ist es für uns schon. War es nicht heute schon schwer für dich, das Sonnenlicht zu ertragen?«

Ich nickte. »Und die Maui Jim hat auch nicht viel geholfen.« Dann fügte ich schnell hinzu und kam mir wieder ziemlich blöd dabei vor: »Ähm, Maui Jim ist eine Sonnenbrillenmarke.«

»Ja, ich weiß, Zoey«, sagte Neferet unverändert gutmütig. »Ich kenne mich auch mit Sonnenbrillen aus. Ganz gut sogar.«

»O Gott, Entschuldigung, ich –« Ich brach ab, weil ich mich plötzlich erschrocken fragte, ob es nicht unpassend war, hier »Gott« zu sagen. Vor allem zu Neferet, der Hohepriesterin der Göttin, die ihr Mal mit solchem Stolz trug. Oder würde es sogar Nyx selbst verärgern? Himmel. (Was war mit »Himmel«? Das war doch neutral, oder? Aber »Hölle«? Oder »Teufel«? Nicht dass ich generell besonders viel fluchte. Aber die Gottesfürchtigen predigten die Meinung, Vampyre huldigten einer falschen Göttin und seien grundsätzlich selbstsüchtige, dunkle Kreaturen, die sich um nichts außer Geld, Luxus und das Trinken von Blut scherten, und selbstverständlich kämen sie alle geradewegs in die Hölle, also wäre es vielleicht schon besser, ich passte auf, wann und wie ich solche Worte …)

»Zoey?«

Ich blickte auf. Neferet betrachtete mich besorgt, und mir wurde klar, dass sie wahrscheinlich schon mehrmals meinen Namen gesagt hatte, während ich ganz in Gedanken versunken gewesen war.

»Entschuldigung«, sagte ich noch mal.

Neferet hielt an und legte mir die Hände auf die Schultern, so dass ich ihr ins Gesicht sehen musste.

»Zoey, du musst dich nicht andauernd entschuldigen. Denk daran, jeder hier hat die gleiche Situation durchgemacht, wie du es gerade tust. Eines Tages war das alles für jeden von uns neu. Wir wissen, wie sich das anfühlt – die Angst vor der Wandlung. Der Schock darüber, dass einem das eigene Leben plötzlich fremd vorkommt.«

»Und dass man es nicht mehr selbst bestimmen kann«, fügte ich nachdenklich hinzu.

»Auch das. Aber das wird vergehen. Wenn du ein ausgereifter Vampyr geworden bist, wirst du auch wieder das Gefühl bekommen, die Kontrolle zu haben. Du wirst deine eigenen Entscheidungen treffen und deinen eigenen Weg gehen können. Den Weg, den dein Herz, deine Seele und deine Begabungen dich führen.«

»*Falls* ich ein ausgereifter Vampyr werde.«

»Das wirst du, Zoey.«

»Wie können Sie da so sicher sein?«

Neferet lenkte den Blick auf das tiefblaue Mal auf meiner Stirn. »Auf dir liegt Nyx' besondere Gnade. Warum, wissen wir nicht. Aber Nyx hat dich ganz offensichtlich auserwählt. Das hätte sie nicht getan, nur um dich scheitern zu lassen.«

Ich dachte an die Worte der Göttin zurück – *Zoey Redbird, Tochter der Nacht, ich bestimme dich zu meinen Augen und Ohren in dieser Zeit, wo Gut und Böse um das Gleichgewicht in der Welt kämpfen* – und wandte rasch die Augen von Neferets forschendem Blick ab. Verzweifelt wünschte ich, ich wüsste, warum mein Bauchgefühl mir immer noch befahl, mein Zusammentreffen mit der Göttin geheim zu halten.

»Es ist einfach alles ein bisschen viel für einen Tag.«

»In der Tat. Vor allem auf leeren Magen.«

Wir gingen wieder weiter, da ließ mich plötzlich das Klingeln eines Handys zusammenfahren. Neferet seufzte, lächelte mich entschuldigend an und kramte dann ein kleines Handy aus der Tasche.

»Neferet«, meldete sie sich. Dann hörte sie eine Weile zu. Ihre Brauen zogen sich zusammen, und ihre Augen verengten sich. »Nein, es war schon gut, dass du mich angerufen hast. Ich komme zurück und sehe nach ihr.« Und sie klappte das Handy zu. »Tut mir leid, Zoey, aber eine Schülerin hat sich heute das Bein gebrochen, und anscheinend hat sie noch Schmerzen. Ich sollte mal nachschauen, ob da alles in Ordnung ist. Geh doch den Gang weiter, immer nach links bis zum Haupttor. Du kannst es nicht verfehlen, es ist ziemlich groß und aus sehr altem Holz. Gleich davor steht eine Steinbank. Da kannst du auf mich warten. Ich beeile mich.«

»Okay, mach ich.« Noch ehe ich fertiggesprochen hatte, war Neferet schon in die Richtung davongeeilt, aus der wir gekommen waren. Ich seufzte. Ich fand die Vorstellung, allein in einem riesigen Gebäude voller Vampyre und – wie war das? – Jungvampyre zu sein, nicht gerade prickelnd. Und das flackernde Licht kam mir ohne Neferet an meiner Seite überhaupt nicht mehr so einladend vor. Es warf unheimliche, geisterhafte Schatten an die Wände.

Fest entschlossen, nicht völlig durchzudrehen, ging

ich weiter den Gang entlang. Ziemlich bald schon wünschte ich mir beinahe, ich würde irgendjemandem begegnen – selbst wenn es ein Vampyr war. Es war viel zu still. Beklemmend. Und gruselig. Ein paarmal zweigten Gänge nach rechts ab, aber wie Neferet mir gesagt hatte, hielt ich mich links. Ehrlich gesagt schaute ich schon deshalb hauptsächlich nach links, weil in den meisten dieser Seitengänge überhaupt kein Licht brannte.

Leider wandte ich bei der nächsten Abzweigung nach rechts meinen Blick diesmal *nicht* ab. Okay, es gab einen Grund dafür. Ich hatte nämlich was gehört, und zwar ein Lachen. Ein leises Mädchenlachen, bei dem ich seltsamerweise eine Gänsehaut kriegte und das mich innehalten ließ. Ich spähte in den rechten Gang hinein, und mir war, als sähe ich da in den Schatten eine Bewegung.

Zoey ..., flüsterte etwas aus der Dunkelheit meinen Namen.

Ich blinzelte überrascht. Hörte ich das wirklich, oder hatte ich schon Paranoia? Die Stimme klang fast vertraut. War das vielleicht wieder Nyx? Rief die Göttin meinen Namen? Mindestens genauso ängstlich wie neugierig hielt ich den Atem an und schlich mich ein paar Schritte in den Gang hinein.

Als ich um eine sanfte Biegung kam, sah ich etwas, das mich sofort anhalten und instinktiv an die Wand pressen ließ. In einer kleinen Nische nicht weit vor mir befanden sich zwei Leute. Zuerst wollte mir nicht so ganz in den Kopf rein, was da vor sich ging – dann kapierte ich es auf einen Schlag.

Spätestens jetzt hätte ich verschwinden sollen. Leise rückwärts zurück, und ja nicht mehr darüber nachdenken, was ich gesehen hatte. Aber das tat ich nicht. Meine Füße waren plötzlich so schwer, dass ich sie nicht mehr heben konnte. Ich konnte nicht anders, als hinzusehen.

Der Mann – und dann merkte ich mit Schrecken, dass es kein Mann war, sondern ein Junge, vielleicht ein Jahr älter als ich. Er stand mit dem Rücken an die Wand der Mauernische gelehnt, hatte den Kopf zurückgeworfen und atmete schwer. Sein Gesicht lag im Schatten, aber auch wenn ich nur wenig erkennen konnte – er sah definitiv gut aus. Dann wurde mein Blick von einem neuen atemlosen Lachen nach unten gelenkt.

Sie kniete vor ihm. Alles, was ich von ihr erkennen konnte, war das blonde Haar – so viel, dass es wirkte, als trüge sie eine Art altertümlichen Schleier. Dann bewegten sich ihre Hände an den Oberschenkeln des Typen hinauf nach oben.

Verschwinde!, schrie mein Verstand mir zu. *Weg hier, mach schon!* Ich wollte einen Schritt rückwärts machen. Da traf mich seine Stimme. »Stopp!«

Ich erstarrte mit aufgerissenen Augen, weil ich glaubte, er spräche mit mir.

»Ach komm, das willst du doch eigentlich gar nicht.«

Als ich ihre Stimme hörte, wurde mir vor Erleichterung fast schwindelig. Er hatte mit ihr geredet, nicht mit mir. Sie hatten mich nicht mal bemerkt.

»Doch, will ich.« Es klang, als zermahle er die Worte zwischen den Zähnen. »Steh auf.«

»Dir gefällt es – ich weiß, dass es dir gefällt. Genauso wie du weißt, dass du mich immer noch willst.«

Ihre Stimme war rauchig und bemüht sexy, aber darunter irgendwie weinerlich und fast verzweifelt. Ich beobachtete ihre Hände, und auf einmal sah ich entgeistert, wie sie mit dem Nagel des Zeigefingers an seinem Schenkel runterfuhr. Ich konnte es nicht glauben: Der Nagel schnitt wie ein Messer durch seine Jeans, und durch den Schnitt wurde eine erschreckend rote, flüssige Linie aus frischem Blut sichtbar.

Und das Schlimmste – ich ekelte mich selbst total an, ich schwör's! – war, dass mir bei dem Anblick das Wasser im Mund zusammenlief.

»Nein!«, fuhr er sie an, packte sie an den Schultern und versuchte sie wegzustoßen.

»Ach, tu doch nicht so!« Sie lachte wieder, diesmal klang es gehässig, sarkastisch. »Du weißt, dass wir immer zusammen sein werden.« Und sie leckte mit ihrer Zunge an der Linie aus Blut entlang.

Mich überlief ein Schauder. Wider Willen war ich völlig gebannt.

»Hör auf damit!« Er hielt sie noch immer an den Schultern von sich weg. »Ich will dir nicht weh tun, aber so langsam kotzt du mich an. Versteh das bitte mal: Das hier ist Vergangenheit. Ich will dich nicht mehr.«

»Du willst mich! Du wirst mich immer wollen!« Sie zog den Reißverschluss seiner Hose auf.

Ich sollte nicht hier sein. Ich sollte das nicht sehen. Ich riss meine Augen von seinem blutenden Oberschenkel los und trat einen Schritt zurück.

Der Blick des Typen hob sich. Und er sah mich.

In diesem Moment passierte etwas wirklich Abgefahrenes. Ich fühlte, wie er mich durch unsere Blicke hindurch berührte. Ich konnte nicht wegschauen. Das Mädchen vor ihm schien zu verschwinden, und im Gang waren nur noch er und ich und der süße, verführerische Duft seines Blutes.

»Du willst mich also nicht? Das sieht aber gerade ganz anders aus«, gurrte sie mit einem widerlichen Säuseln in der Stimme.

Wie unter Zwang begann ich abwehrend den Kopf zu schütteln, rechts – links, rechts – links. In diesem Moment schrie er »Nein!« und wollte sie wegschieben, um sich mir zu nähern.

Ich riss den Blick gewaltsam von ihm los und stolperte zurück.

»Nein!«, sagte er noch einmal. Diesmal wusste ich, dass er mich meinte, nicht sie. Sie merkte das wohl auch, denn mit einem Laut, der sich beängstigend nach Raubtierknurren anhörte, fuhr sie hoch und begann sich umzudrehen. Mein Körper wurde endlich wieder beweglich. Im nächsten Augenblick wirbelte ich herum und rannte zurück in den Hauptgang.

Bestimmt folgten sie mir schon, also sprintete ich weiter, bis ich das große Tor erreicht hatte, das Neferet beschrieben hatte. Ich lehnte mich gegen das kühle Holz und versuchte meinen Atem zu beruhigen, damit ich auf näher kommende Schritte horchen konnte.

Was, wenn sie mich kriegten? Mein Kopf pochte wieder quälend, und ich fühlte mich schwach und extrem verängstigt. Und absolut, zutiefst angeekelt.

Natürlich wusste ich über die ganze Oralsex-Sache Bescheid. Ich glaube, es gab kein Mädchen in Amerika, das nicht wusste, dass die erwachsene Öffentlichkeit glaubte, einem Typen einen zu blasen sei für uns genauso banal wie damals für sie, Kaugummis auszutauschen (oder irgendwelchen besser geeigneten Lutschkram). Dieser totale Schwachsinn hat mich schon immer aufgeregt. Klar gibt's Mädels, die glauben, es sei ›cool‹, Jungs ständig Blowjobs zu geben. So was von gestört. Diejenigen von uns, deren Hirne funktionieren, wissen, dass das *nicht* cool ist.

Okay, theoretisch war mir also alles klar. Aber gesehen hatte ich's noch nie. Deshalb war ich gerade so ausgetickt. Aber noch mehr als die Tatsache, dass die Blonde es ihm mitten im Gang besorgen wollte, hatte mich geschockt, wie ich auf das Blut des Typen reagiert hatte. Ich hätte es am liebsten abgeleckt.

Und das ist einfach krank.

Und dann war da auch noch diese total krasse Sache, als wir Blickkontakt hatten. Was hatte das zu bedeuten?

»Zoey, alles in Ordnung?«

»Himmel!«, japste ich und fuhr zusammen. Neferet stand hinter mir und sah mich ziemlich verwirrt an. »Geht es dir nicht gut?«

»Ich – ich …« Meine Gedanken überschlugen sich. Ich konnte ihr unmöglich sagen, was ich gerade gesehen hatte. »Mir tut nur der Kopf gerade ziemlich weh«, bekam ich schließlich heraus. Und das stimmte. Ich hatte Mörder-Kopfschmerzen.

Sie runzelte besorgt die Stirn. »Komm, ich helfe dir.« Leicht legte sie mir die Hand über die Naht an der Schläfe, schloss die Augen und murmelte etwas in einer Sprache, die ich nicht verstand. Plötzlich wurde ihre Hand warm, und die Wärme schien flüssig zu werden und in meine Haut einzudringen. Ich schloss die Augen und seufzte erleichtert, als der Schmerz in meinem Schädel abebbte.

»Besser?«

»Ja«, flüsterte ich kaum hörbar. Sie nahm die Hand weg, und ich öffnete die Augen.

»Damit sollte es gut sein. Ich verstehe nicht, warum der Schmerz plötzlich so stark zurückkam.«

»Keine Ahnung. Aber jetzt ist er weg«, sagte ich schnell.

Sie betrachtete mich noch eine Weile. Ich hielt den Atem an. Dann fragte sie: »Hat dich irgendetwas aufgeregt?«

Ich schluckte. »Ich hab ein bisschen Angst, meine Mitbewohnerin zu treffen.« Was nicht mal eine Lüge war. Es war zwar nicht das, was mich so aufgewühlt hatte, aber Angst hatte ich schon.

Neferets Lächeln war mitfühlend. »Alles wird gut, Zoey. Und nun lass uns dein neues Leben beginnen.«

Sie öffnete die dicke Holztür, und wir traten hinaus auf einen großen Hof vor dem Schulgebäude. Sie machte einen Schritt beiseite, damit ich freien Blick hatte. Auf dem Hof und dem durch einen Grünstreifen abgetrennten gepflasterten Fußweg direkt vor dem Gebäude schlenderten in Gruppen Jugendliche herum. Sie trugen Uniformen, die irgendwie cool und individuell, aber trotzdem gleichartig wirkten. Ich konnte ihr trügerisch normal klingendes Reden und Lachen hören. Ich sah fasziniert von ihnen zur Schule und wieder zurück und wusste nicht, was ich zuerst angaffen sollte. Ich entschied mich für die Schule. Sie erschien mir weniger einschüchternd (außerdem hatte ich ziemliche Angst, *ihn* zu entdecken). Die Schule hätte direkt aus einem Gruselfilm stammen können. Es war mitten in der Nacht, eigentlich hätte es stockfinster sein müssen, aber über den riesigen alten Eichen, die alles überschatteten, leuchtete strahlend hell der Mond. Der Fußweg dicht am Gebäude wurde von frei stehenden Gaslaternen in grün angelaufenen Kupfergehäusen beleuchtet. Die Schule selbst hatte drei Stockwerke und bestand ganz aus dem gemischten Fels-Backstein-Mauerwerk, das mir schon im Gang aufgefallen war. Das Dach war merkwürdig hoch und steil und oben abgeflacht. Die schweren Vorhänge in den meisten Fenstern waren zurückgezogen, und drinnen herrschte warmes, gelbes, flackerndes Licht, das dem Ganzen einen erstaunlich lebendigen und einladenden Eindruck verlieh. In der Mitte der Gebäudefront wölbte sich ein runder Turm vor, was die Illusion verstärkte, eher ein Schloss denn eine Schule vor sich zu haben. Wirklich, statt eines Wegs mit gepflegtem, azaleenbestandenem Rasenstreifen hätten sie genauso gut einen Wassergraben darum herumbauen können.

Dem Hauptgebäude gegenüber lag ein kleineres Bauwerk. Es wirkte älter und vage kirchenähnlich. Dahinter konnte ich zwischen den Eichenstämmen hindurch die dunkle hohe Mauer sehen, die das gesamte Gelände umgab. Vor dem Kirchenbau stand die Marmorstatue einer Frau in langer, fließender Robe.

»Nyx!«, entfuhr es mir.

Neferet hob überrascht eine Augenbraue. »Ja, Zoey. Das ist eine Statue der Göttin, und dahinter steht ihr Tempel.« Sie bedeutete mir, neben ihr den Weg entlangzugehen, und wies mit der Hand schwungvoll über den eindrucksvollen Campus, der sich vor uns erstreckte. »Der ganze Komplex, der heute als House of Night bekannt ist, wurde in den 1920er Jahren im neugotischen Stil als Augustinerkloster der Gottesfürchtigen erbaut. Die Steine wurden aus Europa importiert. Später wurde daraus eine Privatschule für menschliche Jugendliche aus besserem Hause, Cascia Hall. Und vor fünf Jahren haben wir den Komplex gekauft, weil wir dringend eine Schule in diesem Teil des Landes brauchten.«

Ich erinnerte mich nur vage an die Zeit, als das hier noch eine aufgeblasene Nobelschule war. Eigentlich war das Einzige, woran ich mich überhaupt erinnern konnte, dass mal ein ganzer Haufen Cascia-Schüler wegen Drogenbesitzes aufgeflogen war – und dass alle Erwachsenen damals total geschockt waren. Pfff. Also von uns allen hat es niemanden gewundert, dass die Bonzenkids total geil auf Drogen waren.

»Erstaunlich, dass die es an Sie verkauft haben«, sagte ich gedankenverloren.

Sie gab ein tiefes Lachen von sich, das etwas Gefährliches an sich hatte. »Sie waren nicht gerade begeistert, aber wir haben ihnen ein Angebot gemacht, das selbst der arrogante Rektor nicht ausschlagen konnte.«

Ich hätte sie gern gefragt, was sie meinte, aber ihr Lachen verursachte mir Gänsehaut. Und außerdem

97

war ich beschäftigt. Ich kam aus dem Glotzen nicht raus. Also, das Erste, was mir auffiel, war, dass alle, deren Vampyrtattoo vollständig war, unwahrscheinlich gut aussahen. Ich meine, das war der absolute Irrsinn. Klar wusste ich, dass Vampyre attraktiv waren. Das wusste jeder. Die erfolgreichsten Schauspieler der Welt waren Vampyre. Und die erfolgreichsten Sänger, Tänzer, Musiker und Schriftsteller. Die ganze Kulturszene wurde von Vampyren dominiert – einer der Gründe, warum sie so viel Geld hatten. Und auch einer der Gründe (von sehr vielen), warum die Gottesfürchtigen sie selbstsüchtig und unmoralisch schimpften. *In Wirklichkeit sind sie bestimmt nur eifersüchtig, weil sie nicht auch so gut aussehen.* Oh, die Gottesfürchtigen gingen fleißig in die Konzerte, Filme, Theaterstücke von Vampyren und kauften ihre Bücher und Bilder, aber gleichzeitig verteufelten sie sie und schauten auf sie runter, und Gott bewahre, sie würden sich davor hüten, sich jemals mit ihnen abzugeben. Bravo – schön geheuchelt!

Wie auch immer, bei all den phänomenal aussehenden Leuten um mich rum hätte ich mich am liebsten unter die nächste Parkbank geflüchtet, auch wenn viele von ihnen Neferet grüßten und dann auch mich freundlich anlächelten. Ich grüßte verlegen zurück. Dazwischen warf ich verstohlene Blicke auf die Jungs und Mädels, an denen wir vorbeikamen. Sie verhielten sich Neferet gegenüber extrem respektvoll. Einige verbeugten sich förmlich vor ihr, mit über dem Herzen gekreuzten Fäusten. Dann lächelte Neferet und verneigte sich ebenfalls leicht. Die Kids waren nicht ganz so atemberaubend schön wie die Erwachsenen. Okay, gut sahen sie schon aus, und interessant, mit ihrem Halbmondzeichen und den Uniformen, die eher nach Designermode als nach Schulklamotten aussahen. Aber sie hatten nicht dieses glänzende, übermenschlich attraktive Leuchten, das bei jedem erwachsenen Vampyr von innen heraus zu strahlen schien. Ach, und wie ich ja schon vermutet hatte, war die Uniform wirklich größtenteils schwarz. (Man sollte eigentlich denken, dass solche Kunst-Insider, wie die Vampyre es waren, erkennen sollten, wie lächerlich klischeehaft so ein langweiliges Gothic-Outfit ist. Ich mein ja nur ...) Aber wenn ich ehrlich bin, muss ich zugeben, es sah gar nicht so schlecht aus. In das Schwarz waren unauffällige Karomuster in Dunkellila, Marineblau oder Smaragdgrün eingearbeitet. Auf die Brusttasche der Jacke oder Bluse war jeweils ein verschlungenes Symbol in Gold oder Silber aufgestickt. Manche davon wiederholten sich, aber ich konnte nicht erkennen, was sie genau darstellten. Übrigens hatten hier verdammt viele Leute lange Haare. Ehrlich – die Mädchen hatten lange Haare, die Jungs hatten lange Haare, die Lehrer hatten lange Haare. Selbst die Katzen, die ich gelegentlich auf dem Weg sah, waren wuschelige Fellknäuel. Seltsam. Gut, dass ich mich erfolgreich dagegen gewehrt hatte, mir die Haare im Duck-Butt-Style schneiden zu lassen, so wie Kayla letzte Woche.

Es gab aber noch was anderes, das alle, Lehrer und Schüler, gemeinsam hatten. Und das waren ihre unverhohlen neugierigen Blicke, die an meinem Mal hängen blieben. Na toll. Ich begann mein neues Leben also als Kuriosität – was mich irgendwie nicht wirklich überraschte. Aber umso mehr ankotzte.

Acht

Der Teil des House of Night, in dem die Schüler wohnten, lag auf der entgegengesetzten Seite des Campus, daher hatten wir eine ganz schöne Strecke zu gehen. Ich glaube, Neferet ging extra langsam, damit ich Zeit hatte, mich umzusehen und Fragen zu stellen. Nicht, dass ich was dagegen gehabt hätte. Der lange Weg quer durch das weite schlossparkähnliche Gelände, auf dem Neferet mich auf alle möglichen Kleinigkeiten aufmerksam machte, vermittelte mir schon mal ein Gefühl für den Ort. Er war schon seltsam, aber auf eine gute Art. Außerdem hatte so ein Spaziergang was erleichternd Normales. Tatsächlich bekam ich langsam das Gefühl – so seltsam das klingt –, wieder ich selbst zu sein. Ich musste nicht mehr husten. Mir tat nichts weh. Nicht mal mehr der Kopf. Ich dachte absolut überhaupt gar nicht an die verstörende Szene, die ich gerade mit angesehen hatte. Ich strich sie einfach aus dem Kopf. Das Letzte, was ich brauchen konnte, war, mit noch mehr Dingen außer meinem sonderbaren Mal und meinem neuen

Leben klarkommen zu müssen. Also, Blowjob – abgehakt.

In meiner Verdrängungstaktik redete ich mir ein, dass, würde ich nicht mitten in der Nacht Seite an Seite mit einer Vampyrin über ein Schulgelände laufen, eigentlich alles fast noch so wie gestern wäre. Fast.

Na gut. Vielleicht nicht mal fast, aber das mit meinem Kopf war schon ein großer Gewinn. Als Neferet die Tür zum Schlaftrakt der Mädchen öffnete, war ich halbwegs bereit dafür, meine Zimmergenossin kennenzulernen.

Der Gemeinschaftsraum war eine Überraschung. Keine Ahnung, was ich erwartet hatte – vielleicht dass alles schwarz und gruselig sein würde. Aber es war richtig gemütlich. Die Hauptfarben waren weiches Blau und gedecktes Goldgelb. Überall im Raum standen bequem wirkende Sofas, und dicke runde Sitzkissen lagen verstreut herum wie pastellfarbene Smarties. Im sanften Licht der gasbetriebenen antiken Lüster wirkte der Raum wie der Salon einer Prinzessin. An den cremeweißen Wänden hingen große Ölgemälde von historisch gekleideten, exotisch und mächtig aussehenden Frauen. Kristallvasen voller Blumen – hauptsächlich Rosen – ragten auf jedem der vielen Beistelltische zwischen Büchern, Handtaschen und anderem ziemlich normal wirkenden Mädchenkram hervor. Es gab mehrere Flachbildfernseher, und ich konnte hören, dass in einem gerade *The Real World* auf MTV lief. Das alles erfasste ich in einem Augenblick, während ich mich bemühte, den Mädchen freundlich zuzulächeln, die bei unserem Eintreten sofort verstummt waren und mich anstarrten. Ähm, wobei das nicht ganz richtig war. Sie starrten nicht wirklich *mich* an. Sondern das Mal auf meiner Stirn.

»Hallo, Ladys. Das ist Zoey Redbird. Sie ist heute zu uns gestoßen. Heißt sie im House of Night willkommen.«

Eine Sekunde lang dachte ich, keine würde etwas sagen, und ich wäre am liebsten im Boden versunken vor Neuzugangs-Peinlichkeit. Aber da erhob sich ein Mädel aus einer Gruppe, die um einen der Fernseher saß. Sie war zierlich und blond und sah verdammt gut aus. Sie erinnerte mich an eine junge Version von Sarah Jessica Parker (die ich übrigens absolut nicht leiden kann, sie ist so … so nervtötend überdreht).

»Hi, Zoey. Willkommen in deinem neuen Zuhause.« SJP-in-jung lächelte mich offen und warm an und gab sich sichtlich große Mühe, mir in die Augen zu schauen, statt nur mein ausgefülltes Mal anzustarren. Sofort tat es mir leid, dass mein erster Gedanke über sie so negativ gewesen war. »Ich bin Aphrodite«, fügte sie hinzu.

Aphrodite? Ach was. Vielleicht war mein Vergleich doch nicht ganz so vorschnell gewesen. Niemand, der seinen Verstand einigermaßen beisammenhatte, würde sich den Namen Aphrodite geben – dazu brauchte es schon einen latenten Größenwahn, oder? Ich meißelte mir trotzdem ein Lächeln ins Gesicht und antwortete fröhlich: »Hi, Aphrodite!«

»Neferet, wenn Sie wollen, kann ich Zoey ihr Zimmer zeigen.«

Neferet zögerte, was mich sehr irritierte. Statt sofort zu antworten, heftete sie stumm die Augen auf Aphrodite. Und dann, so plötzlich wie das stille Blickduell begonnen hatte, erstrahlte ein Lächeln auf ihrem Gesicht.

»Danke, Aphrodite. Das wäre toll. Ich bin zwar Zoeys Mentorin, aber bestimmt ist es netter, wenn jemand in ihrem Alter sie zu ihrem Zimmer bringt.«

Blitzte da Ärger in Aphrodites Augen auf? Nein, das musste ich mir eingebildet haben – das heißt: Ich hätte geglaubt, es mir eingebildet zu haben, wenn dieses seltsame neue Bauchgefühl mir nicht das Gegenteil gesagt hätte. Und dann brauchte ich meinen neuen Instinkt gar nicht mehr, um mich auf den Trichter zu bringen, dass da was nicht stimmte, denn Aphrodite lachte – *und ich kannte dieses Lachen.*

Wie ein Schlag in den Magen kam mir die Erkenntnis, dass dieses Mädchen dasjenige gewesen war, das ich vorhin mit dem Typen in dem Gang beobachtet hatte.

Aphrodites Lachen und ihr supereifriges »Natürlich, ich zeige ihr gern alles! Sie wissen doch, dass ich

Ihnen immer gern helfe, Neferet« waren so falsch und aufgesetzt wie Pamela Andersons monströse Titten, aber Neferet nickte nur und wandte sich dann an mich.

»Dann lasse ich dich jetzt allein, Zoey.« Sie drückte mir die Schulter. »Aphrodite zeigt dir dein Zimmer, und deine Mitbewohnerin wird dir helfen, dich fürs Abendessen fertigzumachen. Wir sehen uns im Speisesaal.« Sie schenkte mir noch einmal ihr warmes, mütterliches Lächeln, und ich hatte den lächerlich kindischen Drang, sie zu umarmen und anzuflehen, mich nicht mit dieser Aphrodite allein zu lassen.

Als könnte sie meine Gedanken lesen, fügte sie kaum hörbar hinzu: »Keine Angst, Zoeybird. Dir passiert schon nichts. Alles ist gut.« Sie klang so sehr nach Grandma, dass ich heftig blinzeln musste, um nicht zu weinen. Dann nickte sie Aphrodite und den anderen Mädchen flüchtig zu und ging. Die Tür schloss sich hinter ihr mit einem dumpfen, endgültigen Geräusch. Oh Himmel … Ich wollte einfach nur nach Hause.

»Komm, Zoey. Zu den Zimmern geht's hier lang.« Aphrodite winkte mir, ihr zu der breiten Treppe zu folgen, die rechts von uns nach oben führte. Ich gehorchte und versuchte das Stimmengewirr zu ignorieren, das sofort hinter uns aufbrandete, als wir nach oben stiegen.

Wir sagten beide kein Wort, und ich fühlte mich zum Schreien unbehaglich. Hatte sie mich im Gang noch gesehen? Also, *ich* würde sie ganz sicher nicht darauf ansprechen. Niemals. (Was mich anging, war das Ganze überhaupt nie passiert.)

Ich räusperte mich und sagte: »Der Gemeinschaftsraum sieht nett aus. Sehr gemütlich, meine ich.«

Sie warf mir einen Seitenblick zu. »Nett oder gemütlich ist gar kein Ausdruck. Es ist grandios hier.«

»Oh. Schön. Das freut mich.«

Sie lachte. Es klang total widerlich, fast höhnisch, und wieder bekam ich eine Gänsehaut davon.

»Grandios ist es natürlich vor allem wegen mir.«

Ich sah sie schräg an, weil ich sicher war, dass sie einen Witz gemacht hatte, aber da begegnete ich ihren kalten blauen Augen.

»Ja, du hast schon richtig gehört. Hier ist es cool, weil ich cool bin.«

O. Mein. Gott. Was bitte sollte das denn sein? Ich hatte keine Ahnung, wie ich auf so eine blasierte Information reagieren sollte. Ich meine, neben der kleinen Herausforderung eines Schul-/Spezies-/Lebenswechsels konnte ich echt nicht noch den zusätzlichen Stress gebrauchen, es mir mit Miss Ich-bin-die-Allergeilste zu verscherzen. Und ich wusste immer noch nicht, ob sie wusste, dass ich diejenige im Gang gewesen war.

Okay. Ich wollte einfach nur irgendwie dazugehören. Ich wollte mich in dieser neuen Schule daheimfühlen können. Also wählte ich den einfachsten Weg und hielt den Mund.

Nach diesem Wortwechsel sagte keine von uns mehr irgendwas. Die Treppe führte auf einen breiten Gang, von dem viele Türen abgingen. Ich hielt den Atem an, als Aphrodite vor einer stehen blieb, die angenehm fliederfarben gestrichen war. Aber statt anzuklopfen, drehte sie sich zu mir um. Ihr perfektes Gesicht war plötzlich hasserfüllt und eiskalt und alles andere als schön.

»Pass mal auf, Zoey. Die reden sich jetzt alle den Mund fusselig über dich, weil du dieses abgefahrene Mal hast und jeder wissen will, was mit dir los ist.« Sie verdrehte die Augen, legte sich dramatisch die Hand aufs Dekolleté und verfiel in einen ultrahysterischen, künstlichen Tonfall. »Oooh! Habt ihr gesehen, die Neue hat ein komplettes Mal! Was das wohl bedeutet? Ist sie was Besonderes? Hat sie vielleicht geheime tolle Kräfte? Wow, wie aufregend!« Sie ließ die Hand wieder fallen und kniff die Augen zusammen. Ihre Stimme wurde so abweisend und drohend wie ihre Miene. »Damit du Bescheid weißt: Hier sag *ich*, wo's langgeht. Ich und niemand sonst. Wenn du klarkommen willst, vergisst du das besser nicht. Wenn doch, kannst du dich auf 'ne Menge Ärger gefasst machen.«

Langsam fing sie an, mich zu nerven. »Schau mal«, sagte ich, »ich bin gerade erst angekommen. Ich will mich mit keinem anlegen, und ich kann nichts dafür, was die Leute über mein Mal reden.«

Ihre Augen wurden noch schmaler. Oh, Shit. Stürzte sie sich jetzt etwa gleich auf mich? Ich hatte mich noch nie in meinem Leben geprügelt! Mein Magen verknotete sich, und ich machte mich bereit, mich zu ducken oder wegzurennen oder irgendwas zu tun, was mich sonst retten konnte.

Doch dann, genauso schnell, wie sie bedrohlich und hasserfüllt geworden war, entspannte sich ihre Miene zu einem Lächeln, und sie wurde wieder zu der netten süßen Blondine. (Nicht, dass ich mich davon täuschen ließ.)

»Gut. Nur, dass wir uns verstehen.«

Hä? Alles, was ich verstand, war, dass sie meiner Meinung nach in die Klapse gehörte.

Aphrodite gab mir nicht die Zeit, noch etwas zu sagen. Mit einem letzten, schauerlich warmen Lächeln klopfte sie an die Tür.

»Immer rein!«, rief eine muntere Stimme in breitem Oklahoma-Dialekt.

Aphrodite öffnete die Tür.

»Hi, Leute! Ohmanney, kommt schon rein.« Meine neue Zimmerkameradin, ebenfalls blond, wirbelte zu uns herum wie ein kleiner Tornado auf dem Land und grinste über das ganze Gesicht. Als sie aber Aphrodite sah, fiel ihr das Grinsen aus dem Gesicht, und sie blieb stehen.

»Ich bring dir deine neue Zimmergenossin.« Technisch gesehen stimmte alles mit Aphrodites Worten –

nur der Ton war voller Verachtung und mit einem furchtbaren, falschen Okie-Akzent gespickt. »Stevie Rae Johnson, das ist Zoey Redbird. Zoey Redbird, das ist Stevie Rae Johnson. Ach, sind wir nich 'n richtig süßes Trio?«

Ich warf einen Blick auf Stevie Rae. Sie sah aus wie ein verängstigtes kleines Häschen.

»Danke, dass du mich hochgebracht hast, Aphrodite«, sagte ich und drehte mich in einer schnellen Bewegung zu ihr um. Sie machte automatisch einen Schritt zurück und landete somit wieder im Gang. »Bis dann mal.« Und ich schloss die Tür vor ihr, gerade als ihr Gesichtsausdruck sich von Überraschung in Wut wandelte. Dann wandte ich mich an Stevie Rae, die immer noch ganz blass war.

»Was ist denn mit der los?«

»Die ist … die ist …«

Obwohl ich sie überhaupt nicht kannte, war nicht schwer zu erkennen, dass Stevie Rae schwankte, wie offen sie mit mir sein sollte. Also beschloss ich ihr zu helfen. Immerhin teilten wir ab jetzt ein Zimmer.

»Was für eine eingebildete Zicke«, sagte ich.

Stevie Rae machte große Augen. Dann fing sie an zu kichern. »Ja, so richtig nett isse nich, das ist mal klar.«

»Die bräuchte pharmazeutische Unterstützung, *das* ist mal klar«, sagte ich und brachte sie damit noch mehr zum Lachen.

Schließlich sagte sie, noch grinsend: »Ich glaub, wir werden gut miteinander klarkommen, Zoey Redbird. Also, willkommen in deinem neuen Zuhause!« Mit einer ausladenden Geste trat sie beiseite, als wollte sie mich statt in ein kleines Zimmer in einen Palast bitten.

Ich sah mich um und blinzelte. Mehrmals. Das Erste, was ich sah, war das lebensgroße Kenny-Chesney-Poster, das über einem der Betten hing, und der Cowboyhut (Cowgirlhut?) auf dem dazugehörigen Nachttisch. Dort stand auch eine altertümliche Gaslampe, deren Fuß wie ein Cowboystiefel geformt war. Meine Güte. Stevie Rae war ja der totale Okie!

Auf einmal überrumpelte sie mich völlig, indem sie mich wild umarmte. Mit ihren kurzen blonden Löckchen und dem strahlenden runden Gesicht erinnerte sie mich an einen niedlichen Welpen. »Zoey, ach wie schön, dass es dir wieder bessergeht! Ich hab mir so Sorgen gemacht, als ich gehört hab, dass dir was passiert war. Ich bin total froh, dass du endlich hier bist.«

»Danke«, sagte ich, immer noch gefangen von dem Anblick des Zimmers, das nun auch meines sein sollte. Ich war völlig überwältigt und schon wieder den Tränen nahe.

»Ganz schön heftig, oder?« Stevie Rae beobachtete mich mit großen, ernsten blauen Augen, in denen ebenfalls mitfühlende Tränen glitzerten. Ich nickte nur, da ich meiner Stimme momentan nicht traute.

»Ich weiß. Ich hab die ganze erste Nacht durchge-
heult.«

Ich schluckte meine Tränen hinunter. »Wie lange
bist du schon hier?«

»Drei Monate. Und Mann, ich war so froh, als die
mir gesagt haben, dass ich Gesellschaft krieg!«

»Du wusstest, dass ich …?«

Sie nickte heftig. »Klar, 'türlich! Neferet hat mir
schon vorgestern gesagt, dass der Späher dich aufge-
spürt und Gezeichnet hat. Ich hatte schon gestern mit
dir gerechnet, aber dann hieß es, du hattest 'nen Unfall und kommst erst mal in die Krankenstation. Was
war denn?«

Ich zuckte die Schultern. »Ich hab meine Großmutter gesucht und bin dabei hingefallen und hab mir den
Kopf aufgeschlagen.« Diesmal hatte ich zwar nicht
dieses komische Gefühl, dass ich den Mund halten
sollte, aber trotzdem wollte ich Stevie Rae erst mal
nicht zu viel erzählen, und ich war erleichtert, als sie
nur verständnisvoll nickte und mir keine weiteren
Fragen über den Unfall stellte – oder auch über mein
seltsames vollständiges Mal.

»Haben deine Eltern die Krise gekriegt, als du Gezeichnet wurdest?«

»Total. Und deine?«

»Für meine Mama war's eigentlich sogar ganz
okay. Sie meinte, Hauptsache, ich komm aus Henryetta raus.«

»Henryetta, Oklahoma?«, fragte ich, froh, über etwas reden zu können, was nichts mit mir zu tun hatte.

»Jep. Leider.«

Stevie Rae ließ sich auf das Bett unter dem Kenny-Chesney-Poster fallen und bedeutete mir, mich auf das gegenüberliegende zu setzen. Das ließ ich mir nicht zweimal sagen – und mich durchfuhr fast ein kleiner Schreck, als ich erkannte, dass auf dem Bett meine coole grellpink-grüne Ralph-Lauren-Bettdecke von zu Hause lag. Ich schaute zu dem kleinen Eichennachttisch und dachte, ich sehe nicht recht. Da stand mein nervtötender, hässlicher Wecker, daneben lag meine Streberbrille, die ich aufsetzte, wenn ich keine Lust auf Kontaktlinsen hatte, dahinter stand das Foto von mir und Grandma im letzten Sommer. In den Bücherregalen über dem Computertisch auf meiner Seite des Zimmers standen meine Gossip-Girl- und Bubbles-Buchserien (gemeinsam mit ein paar anderen Lieblingsbüchern von mir, zum Beispiel Bram Stokers »Dracula« – was für 'ne Ironie), ein paar CDs, mein Laptop und – *o mein Gott, Hilfe* – meine *Monster-AG*-Figuren! *Wie unfassbar peinlich.* Und auf dem Boden neben dem Bett stand mein Rucksack.

»Die Sachen hat deine Grandma hier raufgebracht. Die ist echt nett«, sagte Stevie Rae.

»Nett ist total untertrieben. Das war wahnsinnstapfer von ihr, meiner Mom und ihrem blöden Mann unter die Augen zu treten, um die Sachen für mich zu

112

holen. Ich kann mir vorstellen, was für ein Drama meine Mom veranstaltet haben muss.« Ich seufzte und schüttelte den Kopf.

»Ja, ich hab wohl schon Glück gehabt. Wenigstens meine Mama hat das alles echt cool genommen.« Stevie Rae tippte auf den Umriss des Halbmonds auf ihrer Stirn. »Nur mein Pa ist voll ausgetickt, weil ich halt ›sein einziges kleines Mädchen‹ bin und alles.« Sie zuckte mit den Schultern und kicherte. »Meine drei Brüder fanden's total cool und wollten sofort, dass ich sie mit 'n paar Vampyrweibern bekannt mache.« Sie verdrehte die Augen. »Jungs sind so bescheuert.«

»Und wie«, stimmte ich zu und lächelte. Wenn sie Jungs auch für Deppen hielt, dann würden wir beide uns echt gut verstehen.

»Inzwischen find ich das meiste hier auch echt okay. Ich mein, die Fächer sind schon abgefahren, aber besser als alles vorher – vor allem Taekwondo find ich geil. Irgendwie hau ich ganz gern Leuten eine rein.« Sie grinste schelmisch, wie eine kleine blonde Fee. »Und mir gefallen sogar die Uniformen. Das hat mich am Anfang selbst geschockt. Ich mein, wer mag schon *Schuluniformen*? Aber wir dürfen sie noch 'n bisschen persönlicher machen, damit sie nich aussehen wie normale ätzende Schuluniformen. Und außerdem gibt's 'n paar echt geile Typen hier – auch wenn Jungs bescheuert sind.« Ihre Augen funkelten. »Meistens bin ich eh so froh, aus Henryetta raus zu sein, dass mir alles andere egal is, auch wenn mir Tulsa fast Angst macht, weil's so groß ist.«

»Tulsa muss dir keine Angst machen«, gab ich unwillkürlich zurück. Anders als viele andere Kids aus Broken Arrow und anderen Vorstädten fand ich mich in Tulsa gut zurecht, dank der von Grandma so genannten ›Exkursionen‹, die sie mit mir dorthin unternommen hatte. »Man muss sich nur ein bisschen auskennen. In der Brady Street gibt's einen großen Perlenladen, wo man sich selber Schmuck machen kann, und direkt nebendran ist das Lola's – da gibt's die besten Desserts der Welt. Die Cherry Street ist auch cool. Die ist übrigens gar nicht weit weg von hier. Ach, und gleich um die Ecke sind das Philbrook Museum of Art – das ist wirklich toll – und der Utica Square. Da kann man super einkaufen, und ...«

Plötzlich wurde mir klar, was ich da redete. Liefen Vampyrkids überhaupt an normalen Orten rum? Ich dachte scharf nach. Nein. Ich hatte weder beim Philbrook Museum noch im Gap am Utica Square noch im Banana Republic oder Starbucks jemals Kids mit Halbmondumriss auf der Stirn herumhängen sehen. Im Kino auch nicht. Himmel! Vor heute hatte ich *überhaupt noch nie* einen Jungvampyr gesehen. Hieß das, sie würden uns hier vier Jahre lang einsperren? Mit dem leicht klaustrophobischen Gefühl, keine Luft zu kriegen, fragte ich: »Kommen wir eigentlich jemals hier raus?«

»Jep, aber da gibt's ne Menge Regeln, die man beachten muss.«

»Regeln? Was denn zum Beispiel?«

»Also, erstens darf man nicht in Schuluniform gehen –« Mit einem Mal brach sie ab. »Shit! Das erinnert mich an was. Wir müssen uns beeilen! In 'n paar Minuten gibt's Essen, und du musst dich noch umziehen.« Sie sprang auf und fing an, in dem Wandschrank auf meiner Seite des Zimmers herumzuwühlen. Über die Schulter redete sie dabei die ganze Zeit weiter. »Gestern Abend hat Neferet 'n paar Sachen herbringen lassen. Um die Größe brauchste dir keine Sorgen zu machen, irgendwie wissen sie immer schon, was wir für 'ne Größe haben, bevor sie uns sehen – das is total krass, die erwachsenen Vampyre wissen immer viel mehr, als sie eigentlich sollten. Und keine Angst. Wie gesagt, die Uniformen sind echt nich halb so schlimm, wie du vielleicht denkst. Du kannst sie auch noch mit eigenem Zeugs aufpeppen – so wie ich meine.«

Ich schaute sie an. Ich meine, genau. Sie trug eine waschechte Roper-Jeans, so eine countrymäßige, viel zu eng und ohne Gesäßtaschen. Ehrlich, ich hab keine Ahnung, wie jemand auf die Idee kommen konnte, viel zu eng und ohne Taschen sähe gut aus. Stevie Rae war spindeldürr, aber in den Jeans wirkte selbst ihr Hintern breit. Was sie für Schuhe anhatte, war mir schon klar, bevor ich hinguckte – Cowboystiefel. Ich sah an ihr runter und seufzte. Natürlich. Aus braunem Leder, mit flachen Absätzen und vorne spitz zulaufend. In ihre Country-Jeans hatte sie eine schwarze, langärmelige Baumwollbluse gesteckt, die nicht ganz billig aussah, so Richtung Saks oder Neiman Marcus, nicht so ein transparentes überteuertes Ding von Abercrombie, das einfach nur nuttig ist, egal was die Werbung sagt. Als Stevie Rae sich zu mir umdrehte, sah ich, dass sie in jedem Ohr zwei Löcher mit kleinen Silberringen drin hatte. Mit einer Hand hielt sie mir jetzt eine schwarze Bluse wie ihre eigene hin und mit der anderen einen Pullover. Auch wenn der Cowboylook echt nicht mein Ding war, sah sie irgendwie total goldig aus in ihrer Mischung aus Landei und Chic.

»Na bitte. Zieh die mal schnell an, und wir können gehen. Die Jeans ist okay, die kannste anlassen.«

Im flackernden Licht der Cowboystiefellampe glitzerte kurz eine silberne Stickerei auf der Vorderseite des Pullovers auf, den sie mir reichte. Ich stand auf, nahm Stevie Rae die beiden Sachen ab und faltete den Pullover auseinander, um das Ornament besser sehen zu können. Es war eine silberne Spirale, die sich in einem feinen Kreis immer enger wand, ehe sie genau über dem Herzen endete.

»Das ist unser Zeichen«, sagte Stevie Rae.

»Unser Zeichen?«

»Jep. Jede Klasse – die heißen hier Unter- und Ober-sekunda, Unter- und Oberprima, voll schräg, wie vor hundert Jahren – hat ihr eigenes Zeichen. Wir in der Untersekunda haben das Silberlabyrinth der Göttin Nyx.«

»Und was bedeutet es?«, fragte ich mehr mich selbst, während ich mit dem Finger die silberne Linie entlangfuhr.

»Steht für unseren Neuanfang. Dass wir uns auf den Pfad der Nacht begeben und den Weg der Göttin und die Möglichkeiten unseres neuen Lebens kennenlernen.«

Ich sah zu ihr auf, erstaunt, wie ernst sie plötzlich klang. Sie grinste etwas schüchtern und zuckte die Achseln. »Das lernste so ungefähr als Erstes in Vampyrsoziologie I. Neferets Fach übrigens. Kannste gar nicht vergleichen mit den todnervigen Fächern in Henryetta High, Heimat der Kampfhühner. Ugh. Kampfhühner. Wie kann man sich schon son Maskottchen aussuchen?« Sie schüttelte den Kopf und verdrehte die Augen. Ich musste lachen.

»Na, jedenfalls hab ich gehört, Neferet ist deine Mentorin, da haste echt Glück. Das macht sie total selten, und abgesehen davon, dass sie Hohepriesterin ist, ist sie die absolut coolste Lehrerin hier.«

Was sie nicht sagte, war, dass ich nicht einfach nur Glück hatte. Ich war ›ein Spezialfall‹ mit meinem mysteriösen, ausgefüllten Mal. Apropos …

»Sag mal, Stevie Rae, warum hast du eigentlich nicht nach meinem Mal gefragt? Ich meine, ich bin echt dankbar dafür, dass du mich nicht mit tausend Fragen bombardierst, aber unten im Gemeinschaftsraum hat jeder nur mein Mal angestarrt. Und Aphrodite hat sofort davon angefangen, kaum dass wir allein waren. Du hast es nicht mal richtig angeschaut. Warum?«

Da betrachtete sie endlich offen meine Stirn. Dann zuckte sie mit den Schultern und blickte mir wieder in die Augen. »Weißte, wir teilen uns ein Zimmer. Ich dachte, du sagst's mir schon, wenn's für dich okay ist. Wenn man in 'ner Kleinstadt wie Henryetta aufwächst, checkt man schnell, dass man sich besser nich in fremde Angelegenheiten einmischt, wenn man Wert auf Freundschaften legt. Und wir werden hier vier Jahre lang zusammen wohnen ...« Sie verstummte, und in der Leere zwischen den Worten lauerte die unausgesprochene, bedrohliche Wahrheit, dass wir uns nur dann vier Jahre lang dieses Zimmer teilen würden, wenn wir beide die Wandlung überlebten. Stevie Rae schluckte hart und beendete rasch den Satz: »Also, was ich eigentlich sagen wollte, ist, dass ich hoffe, dass wir Freundinnen sein können.«

Ich lächelte sie an. Sie sah so jung und voller Hoffnung aus – total nett und normal und überhaupt nicht so, wie ich mir ein Vampyrmädchen vorgestellt hätte. Auch in mir regte sich ein bisschen Hoffnung. Vielleicht gab es hier doch eine Möglichkeit für mich, dazuzugehören. »Ich will auch mit dir befreundet sein.«

»Juhu!« Sie sah schon wieder aus wie ein aufgeregtes kleines Hundebaby. »Aber los jetzt! Sonst kommen wir noch zu spät, und das willste sicher nich.«

Sie schob mich zu einer Tür zwischen den beiden Schränken und eilte dann zu einem Schminkspiegel auf ihrem Computertisch, um sich mit der Bürste durch die Locken zu fahren. Hinter der Tür war ein kleines Bad. Ich zog mir rasch mein Broken-Arrow-Tigers-T-Shirt aus und stattdessen die Baumwollbluse und den Strickpullover an – er war aus dunkellila Seide, mit schwarzen Fäden dazwischen. Schon wollte ich zurück ins Zimmer gehen, um aus dem Rucksack meine Make-up- und Frisiersachen zu holen, als mein Blick in den Spiegel über dem Waschbecken fiel. Mein Gesicht war noch blass, aber nicht mehr so ungesund aschfahl wie zuvor. Meine Haare waren total zerzaust und ungekämmt, und ganz schwach erkannte ich noch die feine Naht dicht über der linken Schläfe. Aber wieder war es das saphirblaue Mal, das meinen Blick anzog. Während ich es ganz bezaubert von seiner exotischen Schönheit anstarrte, fing sich das Badezimmerlicht in dem silbernen Labyrinth über meinem Herzen. Ich fand, die beiden Symbole passten irgendwie zueinander, so verschieden sie auch in Form und Farbe waren ...

Aber passte ich zu ihnen? Und passte ich in diese seltsame neue Welt? Ich kniff die Augen fest zu und wünschte mir verzweifelt, dass das Abendessen, was auch immer es sein mochte (o Gott, bitte lass bloß kein Blut eine Rolle dabei spielen ...), meinen jetzt schon nervösen Magen nicht noch mehr reizen würde.

»Wär doch nur typisch für mich«, murmelte ich, »wenn ich jetzt auch noch akuten Durchfall bekäme.«

Neun

Also, die Mensa war echt cool (ups, natürlich der »Speisesaal«, wie auf einem silbernen Schild außen vor dem Eingang zu lesen war). Überhaupt nicht zu vergleichen mit der eiskalten, riesigen Mensa an der SIHS, wo die Akustik so schlecht war, dass ich nur die Hälfte von dem verstand, was Kayla die ganze Zeit auf mich einlaberte, selbst wenn ich direkt neben ihr saß. Dieser Saal war warm und freundlich. Die Wände bestanden aus derselben merkwürdigen Mischung aus schwarzem Fels und vorspringenden Backsteinen wie die Außenmauern des Gebäudes, und im Raum verteilt standen massive Holztische samt dazu passenden Bänken mit gepolsterten Sitzen und Rückenteilen. An jeden Tisch passten etwa sechs Leute. Den Mittelpunkt bildete ein größerer Tisch, an dem niemand saß, der aber überladen war mit Schüsseln und Platten voller Obst, Käse und Fleisch, und dazwischen stand eine Kristallkaraffe mit etwas, was verdächtig nach Rotwein aussah. (Bitte? Wein in der Schule?) Die Decke war niedrig, und die hintere Wand bestand aus einer

121

Fensterfront mit einer Glastür in der Mitte. Die schweren weinroten Samtvorhänge davor waren zurückgezogen, und draußen sah man einen hübsch angelegten kleinen Garten mit Steinbänken, gewundenen Pfaden, Ziersträuchern und Blumen. In der Mitte stand ein Marmorbrunnen. Das Wasser sprudelte aus etwas hervor, das irgendwie an eine Ananas erinnerte. Es sah trotzdem wirklich schön aus, vor allem im Licht des Mondes und der vereinzelten Gaslaternen.

Die meisten Tische waren schon von essenden, redenden Schülern belegt, die mit unverhohlener Neugier aufsahen, als Stevie Rae und ich den Saal betraten. Ich holte tief Luft und hob den Kopf. Sollten sie das Mal nur gründlich begaffen können, wenn sie schon so versessen darauf waren. Stevie Rae führte mich auf die Seite des Saales, wo typische Mensa-Angestellte hinter einer Glastheke standen und das Essen austeilten.

»Wofür ist denn der Tisch in der Mitte gedacht?«, fragte ich.

»Ein symbolisches Opfer an Nyx. An dem Tisch ist immer 'n Platz für sie gedeckt. Sieht zuerst 'n bisschen schräg aus, aber wenn du dich dran gewöhnt hast, kommt's dir irgendwie richtig vor.«

Tatsächlich fand ich es gar nicht so schräg. Auf gewisse Weise hatte es Sinn. Die Göttin war hier so lebendig. Ihr Mal war überall. Vor ihrem Tempel stand stolz ihre Statue. Mir war inzwischen auch aufgefallen, dass überall in der Schule verteilt kleine Bilder und Statuetten von ihr standen. Ihre Hohepriesterin war meine Mentorin, und ich musste mir selbst eingestehen, dass ich mich Nyx sowieso schon verbunden fühlte. Ich musste mich gewaltsam davon abhalten, das Mal auf meiner Stirn zu berühren. Stattdessen nahm ich mir ein Tablett und reihte mich hinter Stevie Rae ein.

»Mach dir keine Gedanken, das Essen ist echt gut«, flüsterte sie mir zu. »Sie lassen dich kein Blut trinken oder irgend so was.«

Erleichtert entspannte ich meinen Kiefer. Die meisten anderen saßen schon beim Essen, daher war die Schlange kurz. Als Stevie Rae und ich näher zur Theke kamen, begann mir das Wasser im Mund zusammenzulaufen. Spaghetti! Ich schnupperte intensiv: *mit Knoblauch!*

»Der ganze Kram von wegen Vampyre vertragen keinen Knoblauch ist der totale Schwachsinn«, erklärte Stevie Rae leise, während wir unsere Teller beluden.

»Okay, und der von wegen Vampyre müssen Blut trinken?«, wisperte ich zurück.

»Nee«, hauchte sie.

»Nein?«

»Nee, ich meinte: kein Schwachsinn.«

Na toll. Super. Phantastisch. Genau das, was ich *nicht* hatte hören wollen.

Ich gab mir Mühe, nicht über Blut und was weiß ich noch alles nachzudenken, nahm das Glas Tee, das Stevie Rae mir hinhielt, und folgte ihr an einen Tisch, wo schon zwei Jungvampyre saßen und sich angeregt unterhielten. Natürlich war die Unterhaltung sofort zu Ende, als ich dazukam. Stevie Rae schien sich nicht daran zu stören. Während ich ihr gegenüber auf die Bank glitt, übernahm sie in ihrem Okie-Singsang die Vorstellung.

»Hey, Leute! Das ist Zoey Redbird, meine neue Mitbewohnerin. Zoey, das ist Erin Bates.« Sie zeigte auf die unverschämt hübsche Blonde neben mir. (Mann, wie viele hübsche Blondinen konnte es an einer einzigen Schule eigentlich geben? Gab es da nicht irgendeine Art Limit?) »Oder auch ›die Hübsche‹.« Ohne ihren gleichmütigen Okie-Tonfall zu verlieren, deutete sie mit den Händen die Anführungszeichen an. »Außerdem ist sie witzig und schlau und hat mehr Schuhe als alle, die ich kenn, zusammen.«

Erin riss ihre blauen Augen gerade lange genug von meinem Mal los, um schnell »Hi« zu sagen.

»Und das hier ist unser Quoten-Kerl, Damien Maslin. Er ist allerdings schwul, ich schätze mal, deswegen zählt er eigentlich gar nicht als Mann.«

Anstatt beleidigt zu sein, blieb Damien heiter und unbeeindruckt. »Ich würde sagen, als Schwuler zähle ich sogar doppelt. Erstens kriegt ihr durch mich nämlich die männliche Perspektive mit, und zweitens müsst ihr trotzdem keine Angst davor haben, dass ich euch an die Titten will.«

Er hatte ein schmales Gesicht mit beneidenswert reiner Haut und dunkelbraune Haare und Augen, die mich an ein Rehkitz erinnerten. Er war richtig süß. Nicht so übertrieben mädchenhaft wie so viele schwule Jungs, bei denen niemand überrascht ist, wenn sie jedem erzählen, was sowieso schon jeder wusste (na ja, außer ihren natürlich völlig ahnungslosen und/oder die Augen verschließenden Eltern). Damien war kein bisschen tuntig, sondern einfach ein schnuckeliger Kerl mit einem netten Lächeln. Er gab sich auch sichtlich Mühe, nicht mein Mal anzustarren, wofür ich ihm sehr dankbar war.

»Na, da haste wohl recht. Hatte ich bisher nich so gesehen«, sagte Stevie Rae durch einen großen Bissen Knoblauchbrot hindurch.

»Ignorier sie einfach, Zoey. Der Rest von uns ist fast normal«, sagte Damien. »Und was glaubst du, wie froh wir sind, dass du endlich da bist. Stevie Rae hat uns schon fast in den Wahnsinn getrieben damit, wie du wohl bist, wann du kommen würdest ...«

»Ob du sone ungepflegte Trantüte wärst, die glaubt, als Vampyr hat man einfach nur die Arschkarte gezogen«, fiel Erin ein.

»Oder eine von *denen*«, sagte Damien mit einem Blick auf einen Tisch links von uns.

Ich folgte seinem Blick, und es durchfuhr mich wie

ein Blitz, als ich erkannte, über wen er sprach. »Du meinst Aphrodite?«

»Ja. Und ihre Meute blasierter Faktoten.«

Was? Ich glotzte ihn irritiert an.

Stevie Rae seufzte. »An Damiens Fremdwort-Obsession musste dich gewöhnen. Faktoten sind ja noch harmlos, das kriegen wir hier öfter zu hören. Bei anderen Sachen musste erst mal um eine Übersetzung betteln.« Voller Stolz, als wüsste sie die Antwort bei einem Vokabeltest, erklärte sie mir: »Faktoten – unterwürfige Arschkriecher.«

»Was auch immer. Wenn ich die anschaue, kriege ich das große Kotzen«, sagte Erin, ohne die Aufmerksamkeit von ihren Spaghetti zu wenden.

»Die?«, fragte ich.

»Die Töchter der Dunkelheit«, erklärte Stevie Rae. Mir fiel auf, dass sie automatisch die Stimme senkte.

»Man könnte sie eine Art Schülerinnenverbindung oder Schwesternschaft nennen«, fügte Damien hinzu.

»Hexenclub«, sagte Erin.

»Hey, macht sie Zoey doch nich von vornherein madig. Vielleicht kommt sie ja gut mit ihnen klar.«

»Mir scheißegal! Das sind Hexen der Hölle«, widersprach Erin.

»Pass auf deinen Mund auf, Erinbärchen. Da musst du noch draus essen«, sagte Damien etwas steif.

Unendlich erleichtert darüber, dass hier niemand Aphrodite zu mögen schien, wollte ich gerade noch mehr über ihren merkwürdigen Club fragen, als ein Mädchen heranstürmte, mit einem wütenden Schnauben ihr Tablett neben Stevie Rae auf den Tisch knallte und sich neben sie fallen ließ. Sie war eine üppige Schönheit mit cappuccinofarbener Haut (wie richtiger Cappuccino von gescheiten Cafés, nicht das eklige, pappsüße Zeug von Quick Trip), hatte einen tollen Schmollmund und hohe Wangenknochen. So ungefähr musste eine afrikanische Prinzessin aussehen. Ihre Haare waren auch richtig klasse – dicke, schwarz glänzende Wellen, die ihr über die Schultern fielen. Ihre Augen waren so schwarz, dass es aussah, als hätte sie keine Pupillen. »Oh Mann! Also echt. Hat *niemand*«, ihr Blick bohrte sich in Erin, »es für nötig gehalten, mich mal zum Essen zu wecken?«

»Ich dachte, ich wär deine Mitbewohnerin, nicht deine Mama«, gab die träge zurück.

»Bald schneid ich dir noch mitten in der Nacht deine Jessica-Simpson-Haare ab«, knurrte die afrikanische Prinzessin.

»Das müsstest du der logischen Folgerichtigkeit gemäß eigentlich anders formulieren: ›Bald schneid ich dir noch mitten am Tag deine Jessica-Simpson-Haare ab.‹ Technisch gesehen ist Tag für uns Nacht, und also wäre Nacht Tag. Das Zeitschema ist hier umgekehrt.«

Das schwarze Mädchen starrte Damien finster an. »Du raubst mir noch den letzten Nerv mit deiner Formulierungsscheiße.«

»Hey, Shaunee«, unterbrach Stevie Rae hastig, »meine Zimmergenossin ist endlich da. Zoey Redbird. Zoey, das ist Erins Mitbewohnerin Shaunee Cole.«

»Hi«, sagte ich, den Mund voller Spaghetti, als Shaunee den Blick von Erin löste und auf mich richtete.

»Also Zoey, was ist denn das jetzt mit deinem ausgefüllten Mal? Du bist doch auch jetzt erst Gezeichnet worden, oder?«

Der ganze Tisch verfiel in betretenes Schweigen. Shaunee sah sich um. »Was denn?! Jetzt tut bloß nicht so, als würde euch diese Frage nicht auch schon die ganze Zeit unter den Nägeln brennen.«

»Schon, aber wir sind so höflich, nich gleich damit rauszuplatzen«, sagte Stevie Rae nachdrücklich.

»Oh bitte. Also ehrlich.« Sie schüttelte den Protest ungerührt ab. »Ich find das zu wichtig. Jeder will über ihr Mal Bescheid wissen. Wenn es um 'ne gute Story geht, gibt es keine Zeit zu vergeuden.« Shaunee wandte sich wieder an mich. »Also, was ist mit deinem abgefahrenen Mal?«

Bringt sowieso nichts, es noch weiter rauszuschieben. Ich nahm noch rasch einen Schluck Tee, um den letzten Bissen runterzuspülen. Jetzt sahen mich alle vier gespannt an und warteten ungeduldig auf meine Erklärung.

»Also, ich bin auch noch ein Jungvampyr, genau wie ihr. Ich glaub nicht, dass ich irgendwie anders bin als der Rest von euch.« Und dann faselte ich schnell irgendwas daher, was ich mir überlegt hatte, als die anderen rumdiskutierten. Ich meine, ich bin ja nicht blöd – total verwirrt vielleicht, aber nicht blöd. Mir war klar, dass die Frage früher oder später kommen würde, und mein Bauchgefühl sagte mir, dass ich mit was Glaubhaftem aufwarten musste, ohne mein körperloses Zusammentreffen mit Nyx zu erwähnen. »Ich hab wirklich keine Ahnung, warum mein Mal sich voll verfärbt hat. Ganz am Anfang, als der Späher mich Gezeichnet hatte, war's noch nicht so. Aber später am Tag hatte ich einen Unfall. Ich bin hingefallen und hab mir den Kopf aufgeschlagen. Als ich danach aufwachte, war das Mal so, wie's jetzt ist. Ich kann mir eigentlich nur vorstellen, dass es eine Art Reaktion auf meine Verletzung ist. Ich war bewusstlos und hab viel Blut verloren. Vielleicht hat der Stress irgendwas ausgelöst, was die Färbung beschleunigt? Keine Ahnung.«

»Hm«, brummte Shaunee. »Ist ja gar nicht so spektakulär, wie ich dachte. Ich hätte lieber was Spannendes zum Tratschen gehabt.«

»Sorry …«, murmelte ich.

»Pass bloß auf, Zwilling«, sagte Erin und deutete mit dem Kinn zu den Töchtern der Dunkelheit hinüber. »Du klingst, als würdest du besser an den Tisch da passen.«

Shaunee verzog zornig das Gesicht. »Nicht um alles

in der Welt würd ich den Schlampen jemals meine Seele verkaufen!«

»He, Zoey versteht so langsam nur noch Bahnhof«, sagte Stevie Rae.

Damien seufzte leidgeprüft. »Dann werde ich mal wieder unter Beweis stellen, wie wertvoll ich für diese Gruppe bin – Penis oder kein Penis –, und dir alles erklären.«

»Das P-Wort kannst du gern weglassen«, sagte Stevie Rae. »Ich versuche gerade zu essen.«

»Ich find's in Ordnung«, widersprach Erin. »Wenn man die Dinge immer beim Namen nennen würde, gäbe es viel weniger Verwirrung. Wenn ich zum Beispiel sage, dass ich mich mal frisch machen gehe, ist doch eh klar, was gemeint ist: Meine Blase ist randvoll mit Urin und muss geleert werden. Ganz klar und einfach.«

»Eklig und geschmacklos«, kommentierte Stevie Rae.

»Ich bin auf deiner Seite, Zwilling«, sagte Shaunee. »Wär doch alles viel einfacher, wenn wir offen über so Sachen wie Urinieren und Menstruieren reden würden.«

»Okay, jetzt reicht's mir auch.« Damien hob die Hand, als könnte er damit die Unterhaltung unterbrechen. »Selbst bei mir gibt's eine Grenze, was Frauenthemen während des Essens angeht.« Er beugte sich zu mir herüber und fing mit seinen Erläuterungen an.

»Erstens, Shaunee und Erin nennen sich gegenseitig Zwilling, weil sie, auch wenn sie unübersehbar *nicht* miteinander verwandt sind – Erin extrem weiß und aus Tulsa, Shaunee mit jamaikanischen Wurzeln, herrlich mokkafarben und aus Connecticut –«

»Danke, dass du meinen Teint zu schätzen weißt«, warf Shaunee ein.

»Keine Ursache. Obwohl sie also nicht blutsverwandt sind«, fuhr er nahtlos fort, »sind sie sich verblüffend ähnlich.«

»Als wären sie bei der Geburt getrennt worden oder so«, ergänzte Stevie Rae.

Im exakt gleichen Moment grinsten Erin und Shaunee sich an und zuckten mit den Schultern. Und da bemerkte ich, dass sie genau die gleichen Klamotten trugen – dunkle Jeansjacken mit einer wunderschönen Stickerei in Form goldener Flügel auf den Brusttaschen, schwarze T-Shirts und tiefsitzende bodenlange Hosen. Sie trugen sogar die gleichen Ohrringe – große goldene Creolen.

»Wir haben sogar die gleiche Schuhgröße«, sagte Erin und streckte einen Fuß vor, damit wir alle ihre spitz zulaufenden eleganten schwarzen Stilettostiefel sehen konnten.

»Und was macht schon son kleiner Unterschied in der Hautpigmentierung, wenn's um wahrhaftige, tiefe Liebe zu Schuhen geht?« Auch Shaunee hob einen Fuß und zeigte ein anderes großartiges Paar Schuhe aus weichem Leder mit polierten Silberschnallen über den Knöcheln.

Damien verdrehte die Augen. »Nächster Punkt! Die Töchter der Dunkelheit. Die Kurzfassung ist, sie sind eine Gruppierung hauptsächlich der zwei ältesten Jahrgänge, die behaupten, sie seien dafür verantwortlich, den Schulgeist aufrechtzuerhalten und so was.«

»Nein, die Kurzfassung ist, sie sind Hexen der Hölle«, sagte Shaunee.

Erin lachte auf. »Genau das hab ich auch gesagt, Zwilling!«

»Ihr seid nicht sehr hilfreich«, schalt Damien. »Wo war ich?«

»Schulgeist aufrechterhalten und so«, lieferte ich ihm das Stichwort.

»Ja. Genau. Also, eigentlich sollten sie eine ehrenhafte und bedeutsame Organisation sein, die sich für die Schule und die Vampyre einsetzt. Ihre Anführerin wird grundsätzlich zur Hohepriesterin ausgebildet, folglich wird von ihr erwartet, dass sie die Schule angemessen in Herz, Seele und Geist repräsentiert und sich später außerdem als führende Persönlichkeit in die Vampyrgesellschaft einbringt, und so weiter, bla bla ... Denk dir eine National-Scholarship-Stipendiatin als Vorsitzende einer Mischung aus Ehrenverbindung und Cheerleadern.«

»Und dem Footballteam – denk dran, es gibt ja auch Söhne der Dunkelheit«, ergänzte Erin.

»Oh ja«, rief Shaunee. »Es ist wirklich eine Schande und ein Verbrechen, dass so eine elitäre Schwesternschaft die geilsten Typen der Schule einsaugt –«

»Und das meint sie wörtlich.« Erin grinste anzüglich.

»Ja, Höllenhexen, verfickte!«, brummte Shaunee.

»Hallo! Ihr glaubt doch wohl nicht im Ernst, dass ich die Jungs vergessen hätte! Ich werde nur die ganze Zeit unterbrochen.«

Die drei Mädchen lächelten ihn entschuldigend an. Stevie Rae tat, als zöge sie einen imaginären Reißverschluss vor ihren Lippen zu. Erin und Shaunee verdrehten stöhnend die Augen, sagten aber sonst nichts mehr.

Ich hatte registriert, dass die beiden mit dem Wort »saugen« gespielt hatten, und fragte mich, ob die Szene im Gang, die ich mit angesehen hatte, vielleicht gar nicht mal so ungewöhnlich gewesen war.

Damien fuhr fort. »Aber die traurige Wahrheit ist, die Töchter der Dunkelheit sind eine Clique arroganter Schnepfen, die sich mordsmäßig daran aufgeilen, alle anderen ihre Macht spüren zu lassen. Sie wollen allen ihre überdrehten Ideen aufdrücken, was es heißt, ein Vampyr zu werden oder zu sein. Was sie am meisten hassen, sind die Menschen. Und wenn du da nicht mit ihnen übereinstimmst, bist du gleich unten durch.«

»Und sie hacken auf dir rum«, ergänzte Stevie Rae.

Dass sie darin Erfahrung haben musste, sagten mir ihr Gesichtsausdruck und die Tatsache, wie verschreckt sie gewirkt hatte, als Aphrodite mich zu ihr gebracht hatte. Ich beschloss, sie später mal zu fragen, was da gelaufen war.

»Aber lass dich nicht von ihnen einschüchtern«, sagte Damien. »Sei einfach ein bisschen vorsichtig mit ihnen, und –«

»Hallo, Zoey. Schön, dich wiederzusehen.«

Alle am Tisch fuhren zusammen, einschließlich mir. Diesmal hatte ich keine Mühe, die Stimme wiederzuerkennen. Sie war genau wie Honig – viel zu süß und klebrig. Aphrodite trug so einen Pullover wie ich, nur dass bei ihr über dem Herzen die silbernen Silhouetten dreier göttinnenartiger Frauen eingestickt waren, von denen eine etwas in der Hand hielt, das wie eine Schere aussah. Ansonsten trug sie einen *sehr* kurzen schwarzen Plisseerock, schwarze, silbern glitzernde Nylonstrumpfhosen und kniehohe schwarze Stiefel. Hinter ihr standen zwei weitere Mädchen, die ziemlich genauso gekleidet waren. Die eine war schwarz und hatte unfassbar langes Haar (sehr fachmännische Haarverlängerung, muss ich sagen), die andere war – mal wieder – blond (bei näherer Betrachtung ihrer Augenbrauen vermutete ich allerdings, dass sie von Natur aus genauso blond war wie ich).

»Hallo, Aphrodite«, sagte ich, da es allen anderen die Sprache verschlagen zu haben schien.

»Ich hoffe, ich störe nicht«, sagte Aphrodite schein-
heilig.

Erin lächelte übertrieben und falsch. »Nein, nein.
Wir reden nur gerade über den Müll, der dringend
mal wieder entsorgt werden müsste.«

»Damit kennt ihr euch ja sicher bestens aus«, sagte
Aphrodite höhnisch und drehte Erin bewusst den Rücken zu. Die ballte die Fäuste, als wollte sie sich im
nächsten Moment über den Tisch hinweg auf sie stürzen.

»Zoey, ich hätte dir das schon vorhin sagen sollen,
aber es war mir wohl gerade entfallen. Ich möchte
dich einladen, dich morgen Nacht bei unserem eigenen privaten Vollmondritual den Töchtern der Dunkelheit anzuschließen. Sicher ist es unüblich, dass jemand, der erst so kurz hier ist, schon an einem Ritual
teilnehmen darf, aber dein Mal lässt ganz klar darauf
schließen, dass du anders bist als, na ja, der Durch-
schnitts-Jungvampyr.« Sie warf einen langbewimper-
ten Blick auf Stevie Rae. »Ich habe es schon Neferet
gesagt, und sie ist auch der Meinung, es wäre eine
gute Idee. Die Einzelheiten bespreche ich später mit
dir, wenn du nicht gerade mit, äh, *Müll* beschäftigt
bist.« Sie schenkte dem Rest des Tisches ein dünnes,
sarkastisches Lächeln, warf ihr langes Haar zurück,
und sie und ihr Gefolge verzogen sich.

»Ätzende Schlampen der Hölle«, sagten Shaunee
und Erin wie aus einem Mund.

Zehn

ch glaube immer noch, eines Tages wird die Hybris Aphrodite zu Fall bringen«, sagte Damien.

»Hybris«, erklärte Stevie Rae, »ist gottgleiche Selbstüberschätzung.«

Ich war noch damit beschäftigt, Aphrodite und ihren Hofdamen nachzuschauen. »Das weiß ich sogar. Wir haben in Englisch gerade *Medea* gelesen. Jasons Hybris war sein Untergang.«

»Irgendwann hau ich ihr ihre Hybris links und rechts um die Ohren«, sagte Erin.

»Und ich halt sie dabei für dich fest, Zwilling!«

»Nein!«, warf Stevie Rae ein. »Das hatten wir doch schon öfter – ihr wisst genau, wie hart die Strafe für Prügeln ist! Das ist es echt nicht wert.«

Ich sah Erin und Shaunee bleich werden und wollte schon fragen, was daran so furchteinflößend sein konnte, als Stevie Rae sich an mich wandte. »Sei bloß vorsichtig, Zoey. Manchmal kommen dir die Töchter der Dunkelheit – gerade Aphrodite – vielleicht fast nett vor, aber genau dann sind sie am gefährlichsten.«

Ich schüttelte den Kopf. »Äh, keine Sorge. Ich geh bestimmt nicht zu diesem Vollmondding.«

»Du solltest aber vermutlich«, sagte Damien leise.

Erin und Shaunee nickten. Stevie Rae sagte: »Wenn Neferet ja gesagt hat, wird sie von dir erwarten, dass du gehst. Sie ist deine Mentorin, da kannste dich nich einfach widersetzen.«

»Vor allem nicht bei Neferet, Hohepriesterin der Nyx«, ergänzte Damien.

»Kann ich nicht einfach sagen, dass ich mich noch nicht reif fühle für … für … was auch immer die von mir wollen, und Neferet fragen, ob sie mich für diesmal noch von dieser Vollmondgeschichte entschuldigt oder befreit oder wie auch immer?«

»Schon, aber dann würde Neferet es den Töchtern der Dunkelheit sagen, und die würden denken, du hast Angst vor ihnen.«

Ich musste daran denken, wie viel Stress ich in dieser kurzen Zeit schon mit Aphrodite gehabt hatte. »Äh, Stevie Rae, vielleicht hab ich ja schon Angst vor ihnen.«

Stevie Rae blickte verlegen auf ihren Teller. »Das darfste ihnen nie zeigen. Das ist schlimmer, als sich ihnen zu widersetzen.«

Damien tätschelte ihr tröstend die Hand. »Hör auf, dich deswegen fertigzumachen, Süße.«

Stevie Rae lächelte ihn offen und dankbar an. Dann sagte sie zu mir: »Fass dir 'n Herz und geh hin. Die werden schon nichts wahnsinnig Schlimmes mit dir machen. Das Ritual ist schließlich hier auf dem Campus, das würden sie sich gar nicht trauen.«

»Ja, den echt heftigen Scheiß machen sie woanders, wo die erwachsenen Vampyre sie nicht so leicht erwischen können«, bestätigte Shaunee. »Hier machen sie alle auf schleimig nett, damit niemand dahinterkommt, wie sie wirklich sind.«

»Niemand außer uns.« Mit einer ausladenden Geste schloss Erin nicht nur unseren Tisch, sondern den gesamten Speisesaal ein.

»Also wisst ihr, vielleicht kommt Zoey mit 'n paar von denen doch ganz gut klar«, sagte Stevie Rae ohne eine Spur Sarkasmus oder Eifersucht.

Ich schüttelte energisch den Kopf. »Nein. Auf keinen Fall. Ich mag so Leute nicht, die versuchen, andere niederzumachen und doof aussehen zu lassen, damit sie sich selber besser fühlen. Und ich will nicht zu diesem idiotischen Vollmondritual!« Ich fühlte mich immer mehr an meinen Stiefvater und seine Busenfreunde erinnert. Die reinste Ironie, wie viel Ähnlichkeit sie mit einer Gruppe von Jugendlichen hatten, die sich als Töchter einer Göttin betrachteten!

»Ich würd dich echt gern begleiten, Zoey – und die anderen sicher auch –, aber wenn du keine Tochter der Dunkelheit bist, kommst du ohne Einladung nich rein«, sagte Stevie Rae bedrückt.

»Ist schon okay. Ich – ich werde es schon irgendwie

hinkriegen.« Plötzlich hatte ich keinen Hunger mehr. Ich war einfach nur noch unendlich müde, und ich wollte definitiv nicht mehr über das Thema reden. »Sagt mal, was sind das eigentlich für verschiedene Symbole, die wir da tragen? Von unserem hast du mir schon erzählt – das Labyrinth der Nyx. Damien hat es auch, also muss er auch ...« Ich überlegte kurz, wie das hier noch mal genannt wurde, »in der Untersekunda sein. Aber Erin und Shaunee haben Flügel und Aphrodite noch was anderes.«

»Du meinst, außer 'nem Sprung in der goldenen Schüssel?«, murmelte Erin.

»Sie meint die drei Moiren«, unterbrach Damien, bevor Shaunee ihren Senf dazugeben konnte. »Die drei Moiren sind die Töchter der Göttin Nyx. Sie werden von den Oberprimanern getragen. Dabei symbolisiert die Schere der Atropos das Ende der Schulzeit.«

»Und für manche von uns das Ende des Lebens«, ergänzte Erin düster.

Darauf sagte keiner etwas. Als ich die unbehagliche Stille nicht mehr aushielt, räusperte ich mich. »Und was ist mit den Flügeln von Erin und Shaunee?«

»Die Schwingen des Eros, Sohn der Nyx ...«

»Der Liebesgott«, fügte Shaunee genüsslich hinzu und kreiste im Sitzen mit der Hüfte.

Damien schenkte ihr einen vorwurfsvollen Blick. »Die goldenen Schwingen des Eros sind das Symbol der Obersekunda.«

»Wir sind der Liebesjahrgang«, sang Erin, wiegte sich im Takt und wackelte mit den Hüften.

»Eigentlich soll es uns daran erinnern, dass Nyx auch lieben kann, und die Flügel symbolisieren außerdem unsere stetige Vorwärtsbewegung.«

»Und was für ein Symbol hat die Unterprima?«, fragte ich.

»Nyx' goldener Wagen, der eine Spur aus Sternen hinter sich herzieht.«

»Den finde ich von allen am schönsten«, sagte Stevie Rae. »Die Sterne funkeln wie verrückt.«

»Der Wagen bedeutet, dass wir Nyx' Reise auf ihren Spuren fortsetzen. Die Sterne stehen für die Magie der beiden schon vergangenen Jahre.«

»Setzen, sehr gut«, grinste Erin.

»Ich hab dir doch gleich gesagt, wir hätten ihn überreden sollen, uns beim Lernen für den Test in menschlicher Mythologie zu helfen«, bemerkte Shaunee.

»Ich dachte, *ich* hätte zu *dir* gesagt, dass wir seine Hilfe …«

»Also«, rief Damien über das Gekabbel hinweg, »das wär dann schon alles, was es zu den vier Symbolen zu sagen gibt. Total easy, wirklich.« Betont schaute er die Zwillinge an, die inzwischen verstummt waren. »Jedenfalls wenn man im Unterricht aufpasst, statt sich Zettel zu schreiben und Jungs anzustarren, die man süß findet.«

»Mann, bist du spießig, Damien«, sagte Shaunee.

»Vor allem dafür, dass du schwul bist«, fügte Erin hinzu.

»Erin, deine Haare sehen heute so spröde aus. Ich will nicht gemein sein, aber ich weiß nicht, vielleicht solltest du mal eine andere Spülung nehmen. Wenn du nicht aufpasst, kriegst du demnächst noch Spliss.«

Erins Augen weiteten sich, und sie tastete automatisch nach ihrem Haar. Shaunee plusterte sich auf wie ein mokkafarbener Kugelfisch. »Also echt, das glaub ich jetzt nicht, Damien! Du weißt doch genau, wie besessen sie von ihren Haaren ist!«

Damien lächelte nur und wandte sich wieder seinen Spaghetti zu. Die Unschuld in Person.

Da stand Stevie Rae auf und gab mir unauffällig einen Stoß mit dem Ellbogen. »Ähm, Leute ... Zoey sieht ziemlich fertig aus. Ihr wisst ja noch, wie das bei euch selbst war, als ihr hier ankamt. Wir gehen mal zurück in unser Zimmer. Außerdem muss ich noch für den Vampsozi-Test morgen lernen, also sag ich für heute mal tschüs.«

»Okay, bis morgen dann«, gab Damien zurück. »Zoey, freut mich wirklich, dich kennengelernt zu haben.«

»Ja, willkommen im ersten Kreis der Hölle«, erklärten Erin und Shaunee noch simultan, ehe Stevie Rae mich aus dem Saal zerrte.

»Danke, ich bin echt müde«, sagte ich, während

wir einen Korridor entlanggingen, den ich erfreut als denjenigen wiedererkannte, der zum Haupteingang ins eigentliche Schulgebäude führte. Da hielt Stevie Rae an, weil vor uns eine seidig silbern glänzende Katze einer kleineren, sehr mitgenommen wirkenden Tigerkatze nachjagte. »Beelzebub! Lass Cammy in Ruhe! Damien reißt dir das Fell aus!«

Sie versuchte den Silbergrauen zu packen, verfehlte ihn aber. Immerhin ließ er von dem Tiger ab und trollte sich den Gang hinunter in die Richtung, aus der wir gekommen waren. Stevie Rae schaute ihm finster nach. »Dem müssen Shaunee und Erin echt mal 'n paar Manieren beibringen, der hat nur Unsinn im Kopf!« Dann wandte sie sich wieder mir zu, während wir aus dem Gebäude in die weiche Dunkelheit traten, die schon die Morgendämmerung ahnen ließ. »Die süße Kleine heißt Cameron und gehört zu Damien. Beelzebub ist Erins und Shaunees Kater, er hat sich beide zusammen ausgesucht. Jep. Hört sich vielleicht komisch an, aber bald hast du dich bestimmt dran gewöhnt und fängst auch an, sie als echte Zwillinge zu sehen.«

»Also, nett sind sie, finde ich.«

»Ja, die sind klasse. Die ganze Zeit am Kabbeln, aber wenn's um ihre Freunde geht, sind sie total treu. Die würden nie erlauben, dass jemand dummes Zeug über dich redet.« Sie grinste. »Okay, sie selber zerreißen sich den Mund über dich, aber das ist was anderes, und sie würden's nie hinter deinem Rücken machen.«

»Und Damien mag ich auch echt gern.«

»Der ist total süß und megaschlau. Manchmal tut er mir nur ganz schön leid.«

»Wieso das?«

»Na ja, als er vor ungefähr 'nem halben Jahr hier ankam, kam er zu 'nem anderen Typen aufs Zimmer. Aber als der peilte, dass Damien schwul ist – und hey, er macht nicht grade 'n Geheimnis draus –, hat er sich bei Neferet beschwert und meinte, er will auf keinen Fall mit 'ner Schwuchtel zusammenwohnen.«

Ich verzog das Gesicht. Solche intoleranten Leute widern mich echt an. »Und Neferet hat ihm das durchgehen lassen?«

»Nee. Sie hat dem Typen – oh, er hat sich übrigens Thor genannt, als er herkam. Passt doch genau, oder?« Sie schüttelte fassungslos den Kopf. »Jedenfalls hat Neferet ihm klargemacht, dass er da gar nix zu melden hat, aber sie hat Damien gefragt, ob er weiter mit Thor zusammenwohnen oder 'n anderes Zimmer haben will. Klar hat Damien sich fürs Umziehen entschieden. Hätte wohl jeder, oder?«

Ich nickte. »Logisch. Auf keinen Fall würde ich mit Homophobie-Thor zusammenwohnen wollen.«

»Genau unsere Meinung. Seither wohnt Damien allein.«

»Gibt's hier denn sonst keine Schwulen?«

Stevie Rae zuckte die Achseln. »Es gibt 'n paar Lesben, die sich aber ziemlich abschotten. Ein paar sind ganz in Ordnung und hängen auch mit uns anderen rum, aber die meisten machen eher ihr eigenes Ding. Die haben's ziemlich mit dem Nyxglauben und sind die meiste Zeit im Tempel. Außerdem gibt's natürlich diese unterbelichteten Partytussis, die's cool finden, miteinander rumzumachen – aber natürlich nur, wenn süße Jungs zuschauen.«

Ich schüttelte den Kopf. »Ich hab das nie kapiert, warum manche Mädels denken, sie finden einen Freund, indem sie sich gegenseitig befummeln. Man sollte doch denken, das wär kontraproduktiv.«

»Und will ich etwa 'nen Freund, der mich nur toll findet, wenn ich mit 'nem anderen Mädel rumknutsche? Bäh.«

»Und was ist mit schwulen Jungs?«

Stevie seufzte. »Es gibt schon 'n paar außer Damien, aber die meisten davon sind ihm zu tuntig. Das tut mir echt leid. Ich glaub, er ist manchmal ziemlich allein. Nich mal seine Eltern schreiben ihm.«

»Wegen der Vampyrsache?«

»Nee. Das war ihnen eigentlich ziemlich egal. Ich glaub fast – aber sag ihm das nich, das ist ganz schön hart –, dass sie erleichtert waren, als er Gezeichnet wurde. Weil sie nich wussten, was sie mit 'nem schwulen Sohn machen sollten.«

»Wieso wollten sie irgendwas *machen*? Er ist doch immer noch ihr Sohn, auch wenn er Jungs mag.«

»Na ja, sie wohnen in Dallas, und sein Vater steckt

ziemlich in den Gottesfürchtigen drin. Ich glaub, er ist sone Art Prediger oder so was …«

Ich hielt die Hand hoch. »Schon okay. Ich hab's vollkommen kapiert.« Diese Denkweise der Gottesfürchtigen von wegen ›unser Weg ist der einzig richtige‹ kannte ich nur zu gut. Es frustrierte mich schon, nur daran zu denken.

Stevie Rae öffnete die Tür zum Gemeinschaftsraum. Hier waren jetzt nur noch eine Handvoll Mädchen, die sich eine Wiederholung der *That '70s*-Show ansahen. Stevie Rae winkte ihnen beiläufig zu.

»Hey, würdest du gern was zu trinken mit hochnehmen oder so?«

Ich nickte. Sie führte mich durch den Gemeinschaftsraum in einen kleineren Nebenraum, der als Küche eingerichtet war, komplett mit einer großen Spüle, zwei Mikrowellenherden, einer Menge Einbauschränken und der echt beeindruckenden Anzahl von vier Kühlschränken. In der Mitte stand ein schöner Esstisch aus hellem Holz. Alles war sauber und ordentlich. Stevie Rae öffnete einen der Kühlschränke, und ich spähte ihr über die Schulter. Der ganze Schrank stand voller Getränke – alles von Softdrinks über verschiedene Säfte bis hin zu eklig saurem Sprudelwasser.

»Was willst du?«

»Am liebsten was Colaähnliches.«

Sie hielt mir zwei Cola light hin und nahm sich

selbst zwei Fresca. »Die Sachen sind für uns alle. In den zwei Kühlschränken da drüben sind Obst und Gemüse und so was und in dem dort mageres Fleisch für Sandwiches. Wird alles täglich neu aufgefüllt. Aber so was wie Chips oder Cremeschnitten gibt's nich, die Vampyre sind total versessen darauf, dass wir uns gesund ernähren.«

»Keine Schokolade?«

»Ja, doch, in dem einen Vorratsschrank gibt's 'n paar Sorten richtig noble Schokolade. Schokolade in Maßen ist gut für uns, meinen sie.«

Oh Mann, wer isst denn schon Schokolade in Maßen? Aber ich behielt den Gedanken für mich, während wir die Treppe hinauf zu unserem Zimmer gingen.

»Also halten die, äh«, ich stolperte irgendwie immer noch über das Wort, »die Vampyre viel von gesunder Ernährung?«

»Ja, schon, aber ich glaub, hauptsächlich bei uns Jungvampyren. Ich mein, es gibt zwar keine fetten Vampyre, aber ich hab auch noch nie einen an Karotten oder Sellerie nagen sehen. Meistens essen sie sowieso unter sich in ihrem eigenen Speisesaal, und nach dem, was man hört, lassen sie's sich ganz gutgehen.« Sie blickte mich an und senkte die Stimme. »Es heißt, sie essen viel rotes Fleisch. *Rohes* rotes Fleisch.«

»Iih.« In mein Gehirn schob sich ein absolut ekliges

Bild von Neferet, wie sie mit den Zähnen ein Stück aus einem blutigen Steak riss.

Stevie Rae schauderte. »Manchmal setzt sich der Mentor von jemandem mit an den Tisch, aber dann isst er eigentlich nie was, sondern trinkt höchstens 'n Glas Wein oder so.«

Sie öffnete unsere Tür. Mit einem Seufzer ließ ich mich auf mein Bett sinken und zog mir die Schuhe aus. Himmel, war ich müde. Ich massierte mir die Füße und überlegte kurz, warum die erwachsenen Vampyre wohl nicht mit uns aßen, aber dann beschloss ich, dass ich besser gar nicht erst anfangen sollte, darüber nachzudenken. Das würde nur wieder zu weiteren Fragen führen, wie etwa: Was essen sie wirklich? Muss ich das auch essen, wenn / falls ich je ein erwachsener Vampyr werde …? Urgh.

Und außerdem weckte es die leise Erinnerung daran, wie ich gestern auf Heaths Blut reagiert hatte. (War das wirklich erst gestern gewesen?) Und dann auch noch auf das Blut von dem Typen in dem Gang. Darüber wollte ich definitiv nicht nachdenken, über keinen einzigen Aspekt davon. Daher konzentrierte ich mich schnell wieder auf die Sache mit dem gesunden Essen. »Also, wenn sie selber nicht besonders darauf achten, sich gesund zu ernähren, warum wollen sie es dann bei uns unbedingt?«

Stevie Rae sah mich an, besorgt und ziemlich ängstlich. »Aus dem gleichen Grund, warum sie uns auch jeden Tag Sport machen lassen – damit unsre Körper so gut in Form sind wie möglich. Wenn man nämlich schwach oder dick oder krank wird, ist das 'n erstes Anzeichen dafür, dass der Körper die Wandlung nich verkraftet.«

»Und dann stirbt man«, sagte ich ruhig.

»Und dann stirbt man«, nickte sie.

Elf

Ich hätte nicht gedacht, dass ich einschlafen könnte. Ich dachte, ich würde wach liegen, und meine Gedanken würden ununterbrochen um die bizarre Wende kreisen, die mein Leben genommen hatte. Mir schoss zwar ein paarmal kurz die verstörende Erinnerung an die Augen des Typen in dem Gang durch den Kopf, aber ich war so müde, dass ich nicht weiterdenken konnte. Selbst Aphrodites zwanghafte Gehässigkeit schien weit weg zu sein, in einer anderen, traumhaften Wirklichkeit. Meine letzten Sorgen, bevor mich das Nichts übermannte, galten tatsächlich meiner Stirn. Sie schmerzte wieder leicht. War das wegen des Mals, wegen der Naht – oder bekam ich etwa einen fetten Pickel? Und würden meine Haare sich morgen, am ersten Schultag, einigermaßen benehmen? Aber dann rollte ich mich unter meiner Decke zusammen, atmete den vertrauten Duft nach Daunen und zu Hause ein. Ich fühlte mich überraschend sicher und warm … und dann war ich weg.

Ich hatte auch keine Albträume. Stattdessen träum-

te ich von Katzen. Ausgerechnet. Mördergutausse-
hende Jungs? Nö. Coole neue Vampyrkräfte? Natürlich nicht. Einfach nur Katzen. Besonders eine, ein
kleines rotes Tigerchen mit winzigen Pfoten und einem Kugelbauch mit einer Tasche wie bei einem Beu-
teltier. Sie schimpfte mich mit der Stimme einer alten
Frau aus, warum ich so lange gebraucht hätte, hierherzukommen. Dann wurde die Katzenstimme plötzlich zu einem lästigen Summen und Piepen, und ...

»Zoey! Hilfe, mach diesen unfassbaren Wecker
aus!«

»Wa – hah?« Shit. Warum muss man morgens nur
aufstehen. Ich patschte wild mit der Hand herum, auf
der Suche nach dem Knopf, mit dem man den unerträglichen Alarm abstellte. Hab ich schon erwähnt,
dass ich ohne Kontaktlinsen blind bin wie ein Maul-
wurf? Ich fand meine Streberbrille und schaute blinzelnd auf den Wecker. Achtzehn Uhr dreißig. Und ich
wachte gerade mal auf. So viel zum Thema ›bizarre
Wende‹.

»Willst du zuerst duschen, oder soll ich?«, fragte
Stevie Rae schläfrig.

»Ich würde gern, wenn's dir nichts ausmacht.«

Sie gähnte. »Nee.«

»Okay.«

»Aber lass dir nich zu viel Zeit. Weil, ich weiß nich,
wie's bei dir ist, aber ich muss frühstücken, sonst sterbe ich bis zum Mittagessen vor Hunger.«

Ich wurde etwas wacher. »Gibt's Cornflakes?« Cornflakes sind meine große Leidenschaft, ich hab zum Beweis sogar irgendwo ein *I* ♥ *Cornflakes*-T-Shirt. Besonders gern mag ich Count Chocula ... noch so eine Vampyr-Ironie.

»Ja, es gibt 'ne Menge von diesen kleinen Müslischachteln und Bagels, Obst, hartgekochte Eier und alles Mögliche andere.«

»Ich beeile mich.« Plötzlich hatte ich das Gefühl, gleich zu verhungern. »He, Stevie Rae, sollte ich was Bestimmtes anziehen?«

»Nö.« Sie gähnte noch einmal. »Einfach 'nen Pullover oder 'ne Jacke mit unserem Symbol, das reicht schon.«

Ich beeilte mich wirklich, obwohl ich das Gefühl hatte, total unmöglich auszusehen, und mir wünschte, ich hätte noch stundenlang Zeit, um mich noch ein paarmal neu zu frisieren und zu schminken. Während Stevie Rae im Bad war, setzte ich mich vor ihren Schminkspiegel und beschloss, lieber weniger zu nehmen als zu viel. Es war schon krass, wie das Mal mein Gesicht veränderte. Ich hatte schon immer ganz schöne Augen gehabt – ziemlich groß, rund und dunkel, mit dichten Wimpern. So dicht, dass Kayla sich andauernd beklagte, wie unfair es sei, dass ich Wimpern für drei hätte und sie nur so kurze helle blonde Dinger. (Apropos ... ich vermisste Kayla schon, vor allem jetzt, wo ich ohne sie in eine neue Schule gehen musste. Vielleicht konnte ich sie später mal anrufen. Oder ihr mailen. Oder ... Da fiel mir die Bemerkung ein, die Heath über die Party gemacht hatte, und ich überlegte, es vielleicht doch lieber zu lassen.) Jedenfalls ließ das Mal die Augen irgendwie noch größer und dunkler wirken. Ich wählte rauchschwarzen Lidschatten mit leichtem Glitzereffekt. Aber sparsam, nicht so übertrieben wie diese Prolltussen, die glauben, es sieht cool aus, sich die Augen mit schwarzem Kajal zuzukleistern. Ja, sicher. Sie sehen aus wie behämmerte Waschbären. Ich verwischte die Linie, fügte noch Mascara hinzu, trug dezent Bräunungspuder und Lipgloss auf (Letzteres auch, um die Tatsache zu verdecken, dass ich mir aus Nervosität auf den Lippen herumgekaut hatte).

Dann betrachtete ich mich kritisch.

Zum Glück zickte mein Haar nicht rum, selbst mein komischer spitzer Haaransatz fiel nicht so enorm auf wie an manchen Tagen. Ich sah immer noch ... hm ... fremd und vertraut gleichzeitig aus. Immer noch ließ das Mal das Indianische an mir stark hervortreten: die dunklen Augen, die hohen Wangenknochen, die stolze, gerade Nase. Selbst der olivfarbene Schimmer meiner Haut war zurückgekehrt. Als hätte das saphirblaue Mal einen Schalter umgelegt, das Cherokee-Mädchen in mir befreit und erstrahlen lassen.

»Du hast echt tolle Haare«, sagte Stevie Rae, die

gerade aus dem Bad kam und sich die Haare mit einem Handtuch trockenrubbelte. »Wenn meine bloß auch so gut aussehen würden, wenn ich sie wachsen lassen würde. Aber die werden immer nur brüchig und stumpf wie 'n Pferdeschweif.«

»Ich find deine Haare total klasse«, sagte ich, gab den Platz vor dem Spiegel frei und schlüpfte in meine schwarzen Glitzerballerinas.

»Ja, okay, aber hier fall ich damit total raus. Niemand sonst hat kurze Haare.«

»Das hab ich auch schon bemerkt, aber warum eigentlich?«

»Liegt an der Wandlung. Die Haare und auch die Fingernägel von Vampyren wachsen abartig schnell.«

Ich musste an Aphrodites Fingernagel denken, wie er Jeans und Haut durchschnitten hatte, und unterdrückte einen Schauder.

Glücklicherweise wusste Stevie Rae nichts von meinen Gedanken und redete schon weiter. »Wirst merken, bald musst du nich mehr auf die Symbole schauen, um zu sehen, in welchen Jahrgang jemand gehört. Aber das lernst du sowieso alles in Vampyrsoziologie. Oh! Das erinnert mich an was.« Sie kramte in dem Papierstapel auf ihrem Schreibtisch, bis sie einen Zettel fand, den sie mir gab. »Hier, dein Stundenplan. Die dritte und fünfte Stunde haben wir zusammen. Und schau dir die verschiedenen Wahlfächer für die zweite Stunde an. Du kannst nehmen, was du magst.«

Oben auf dem Stundenplan stand in fetten Buchstaben mein Name – **Zoey Redbird, Neuzugang Untersekunda** – zusammen mit einem Datum: fünf (?!) Tage, bevor der Späher mich Gezeichnet hatte!

1. Stunde: Vampyrsoziologie I. Raum 215.
Prof. Neferet
2. Stunde: Schauspiel I. Probebühne. Prof. Nolan
oder
Zeichnen I. Raum 312. Prof. Doner
oder
Einführung in die Musik. Raum 314.
Prof. Vento
3. Stunde: Literatur I. Raum 214. Prof. Penthesilea
4. Stunde: Fechten. Turnhalle. Prof. D. Lankford

MITTAGSPAUSE

5. Stunde: Spanisch I. Raum 216. Prof. Garmy
6. Stunde: Einführung in die Pferdekunde.
Stallungen. Prof. Lenobia

»Keine Geometrie?«, war alles, was ich herausbrachte. Auf den ersten Blick war ich total überfordert, also versuchte ich die positiven Aspekte zu sehen.

»Nee, zum Glück nich. Im nächsten Halbjahr kriegen wir Wirtschaftslehre. Aber das kann nie im Leben so schlimm sein.«

»Fechten? Einführung in die Pferdekunde?«

»Ich hab dir doch gesagt, die halten uns in Form. Fechten ist zwar hart, aber mir gefällt's. Nich dass ich besonders gut wär, aber sie lassen uns viel mit älteren Schülern zusammen machen, als 'ne Art Tutoren. Und ach, 'n paar von den Jungs sind einfach echt geil! In Reiten bin ich dieses Halbjahr nich drin, die haben mich ja in Taekwondo gesteckt. Aber das ist supergenial, echt!«

»Echt?« Ich nahm es ihr noch nicht so recht ab. *Wie dieser Pferde-Unterricht wohl sein würde?*

»Jep. Was nimmst du von den Wahlfächern?«

Ich blickte zurück auf die Liste. »Was machst du?«

»Musik. Professor Vento ist spitze, und, ähm …« Sie grinste und wurde rot. »Ich will Country-Star werden. Ich mein, Kenny Chesney, Faith Hill, Shania Twain sind ja alles Vampyre – und das sind nur drei Beispiele. Mann, Garth Brooks! Vampyr hoch zehn, und aus Oklahoma kommt er auch noch! Also, warum soll's bei mir nich klappen?«

»Ja, klar, warum nicht?«

»Kommst du mit mir in Musik?«

»Hm, gern, wenn ich auch halbwegs singen oder irgendwas spielen könnte, das auch nur annähernd an ein Instrument erinnert. Kann ich aber leider nicht.«

»Oh, schade, dann wohl nich.«

»Ich überlege, ob ich Schauspiel nehme. Auf meiner alten Schule war ich auch im Theaterkurs, und das war ganz gut. Weißt du was über Professor Nolan?«

»Ja. Sie kommt aus Texas und hat 'nen fetten Akzent, aber sie hat in New York Schauspiel studiert, und alle mögen sie.«

Ich musste fast laut loslachen. Von wegen Akzent – Stevie Raes Akzent war mindestens so breit wie ein Werbespot für einen Trailer Park. Aber ich hielt mich zurück, um sie nicht zu verletzen. »Na, dann wär das wohl entschieden.«

»Gut, nimm den Stundenplan und komm. Hey«, rief sie, während wir aus dem Zimmer und die Treppe hinunterflitzten, »vielleicht wirst du die nächste Nicole Kidman!«

Hm, wäre sicher nicht schlecht (nicht dass ich den Plan hätte, einen übergeschnappten kleinen Kerl zu heiraten und mich wieder von ihm scheiden zu lassen). Allerdings, wo Stevie Rae es gerade erwähnte – seit der Späher mein Leben ins totale Chaos gestürzt hatte, hatte ich tatsächlich noch keinen Gedanken daran verschwendet, wie meine weitere Zukunft aussehen sollte. Aber nun, da ich darüber nachdachte, stellte ich fest, dass ich immer noch Tierärztin werden wollte.

Gerade jagte eine korpulente langhaarige schwarzweiße Katze an uns vorbei hinter einer anderen her, die aussah wie ihr Klon. Bei so vielen Katzen sollte man doch denken, dass ein Bedarf an Tierärzten für Vampyre herrschte. Oder für Vampyrtiere. Oder wie auch immer. (Vampyrtiere, Tiervampyre – mir doch wurst, was ich kuriere! Toller Werbespruch …)

Der Gemeinschaftsraum und die Küche waren voller Mädchen, die aßen, sich unterhielten oder hektisch herumliefen. Ich gab so viele Hallos wie möglich zurück, während mich Stevie Rae einem scheinbar niemals versiegenden Strom von Mädchen vorstellte und ich gleichzeitig versuchte, eine Schachtel Count Chocula zu finden. Als ich schon anfangen wollte zu verzweifeln, fand ich sie, versteckt hinter einer Wand aus Frosties (die wären meine zweite Wahl gewesen, wenn auch leider ohne Schokolade und leckere kleine Marshmallow-Stückchen). Stevie Rae goss sich rasch Milch über eine Schale Lucky Charms, und wir ließen uns zu einem schnellen Frühstück am Küchentisch nieder.

»Hi, Zoey!«

Diese Stimme. Schon zog Stevie Rae neben mir den Kopf ein und starrte in ihre Schale.

»Hi, Aphrodite.« Ich gab mir Mühe, neutral zu klingen.

»Ich wollte nur sichergehen, dass du weißt, wo du heute Abend hinmusst, falls ich dich später nicht mehr sehe. Unser Vollmondritual findet um vier statt, gleich nach dem offiziellen Schulritual. Du wirst zwar das Abendessen verpassen, aber das macht nichts, wir haben genug zu essen da. Wir sind im Freizeitraum drüben an der Ostmauer. Ich kann dich vor dem Schulritual vor dem Nyxtempel abholen, dann können wir dorthin schon gemeinsam gehen, und hinterher kann ich dich zu unserem Ritual begleiten.«

»Leider hab ich schon Stevie Rae versprochen, dass wir gemeinsam zum Schulritual gehen.« Ich hasse aufdringliche Leute.

Zu meiner Freude schaute Stevie Rae auf und sagte: »Ja, sorry, tut mir leid.«

»Du weißt doch sicher auch, wo dieser Freizeitraum ist, oder?«, fragte ich Stevie Rae in meinem unschuldigsten, ahnungslosesten Ton.

»Jep, klar.«

»Dann kannst du mir ja sagen, wie ich hinkomme. Das heißt, du musst dir keine Sorgen machen, dass ich verlorengehen könnte, Aphrodite.«

»Ich helf doch immer gern«, zwitscherte Stevie Rae, wieder ganz die Alte.

Ich schenkte Aphrodite ein strahlendes Lächeln. »Problem gelöst.«

»Ja dann. Schön. Dann sehe ich dich um vier. Komm nicht zu spät.« Und sie schwirrte ab.

»Wenn sie noch stärker mit dem Arsch wackelt, bricht sie sich noch was«, sagte ich.

Stevie Rae prustete los, dass ihr fast die Milch aus der Nase kam. Nach Luft ringend, keuchte sie: »Sag so was doch nicht, wenn ich esse!« Dann schluckte sie und grinste. »Du hast sie ganz schön abserviert.«

»Du aber auch.« Ich schlürfte den letzten Löffel aus. »Fertig?«

»Fertig. Okay, die erste Stunde ist kein Problem. Da bist du in dem Raum neben meinem. Alle Pflichtfächer für die Untersekunda sind im selben Gang. Komm, ich zeig dir den Weg.«

Wir spülten unsere Schalen aus und räumten sie in eine der fünf Spülmaschinen. Dann eilten wir nach draußen in die Dunkelheit des wunderschönen Herbstabends. Es war schon echt komisch, abends in die Schule zu gehen, auch wenn mein Körper mir sagte, dass alles ganz normal war. Dann drängten wir uns mit der Flut der Schüler durch die dicke Holztür nach drinnen.

»Der Gang für die Untersekunda ist gleich hier.« Stevie Rae führte mich um eine Ecke und eine kurze Treppe hinauf. »Sind das die Toiletten?«, fragte ich, als wir an zwei Türen vorbeikamen, zwischen denen ein Trinkwasserspender installiert war.

»Jep. So, hier ist mein Raum, und hier ist deiner. Bis denn also, mach's gut!«

»Ja, danke!«, rief ich zurück.

Wenigstens war das Klo in der Nähe. Falls ich also nervösen Durchfall kriegte, musste ich nicht weit rennen.

Zwölf

Zoey! Hier drüben!«

Mir kamen fast die Tränen vor Erleichterung, als ich Damiens Stimme hörte und ihn auf ein leeres Pult neben sich zeigen sah. Ich setzte mich und lächelte ihn dankbar an. »Hi.«

»Und, bereit für deinen ersten Schultag?«

Nein.

Ich nickte. »Ja.« Ich hätte noch mehr gesagt, wenn nicht eine Glocke fünfmal rasch hintereinander geschlagen hätte. Kaum war das Echo verklungen, da rauschte Neferet in den Raum. Sie trug einen langen schwarzen Rock mit Schlitz, der den Blick auf ihre tollen eleganten Stiefel freigab, und ein dunkelviolettes Seidenoberteil. Über ihrer linken Brust war ein silbernes Abbild einer Göttin mit erhobenen Armen eingestickt, die Hände schalenförmig um eine Mondsichel gelegt. Ihr kastanienrotes Haar war zu einem dicken Zopf frisiert. Mit den fein tätowierten Ornamenten um ihre Augen sah sie aus wie eine Kriegerpriesterin aus uralten Zeiten. Sie lächelte uns an, und ich spürte, dass nicht nur ich, sondern die ganze Klasse von ihrer atemberaubenden Präsenz in den Bann geschlagen war.

»Guten Abend! Schön, dass wir endlich mit einem Thema anfangen können, auf das ich mich schon lange freue. Ich hoffe, die komplexe Gesellschaftsform der Amazonen macht euch genauso viel Spaß wie mir.« Sie deutete auf mich. »Da hat unsere neue Mitschülerin Zoey Redbird einen richtig guten Zeitpunkt erwischt. Da ich Zoeys Mentorin bin, hoffe ich doch, dass meine Schüler sie freundlich willkommen heißen werden. Damien, würdest du mit Zoey bitte ihr Lehrbuch holen gehen und ihr zeigen, wie das bei uns mit den Kabinetten funktioniert? Euch andere würde ich derweil bitten, in Stichpunkten aufzuschreiben, was ihr schon über das antike Volk von Vampyrkriegerinnen gehört habt, die wir als Amazonen kennen.«

Während hinter uns das übliche Gemurmel und Geraschel begann, führte Damien mich zu den Kabinetten, die die Rückwand des Klassenzimmers einnahmen. Er öffnete eines, das mit der silbernen Zahl 12 versehen war. Darin lagen auf sauberen, geräumigen Böden Lehrbücher und Materialien.

»Hier im House of Night gibt's keine Schließfächer wie in normalen Schulen. Der Raum, in dem wir unsere erste Stunde haben, ist unser Klassenzimmer, und dort hat jeder sein eigenes Kabinett. Du kannst hier jederzeit rein, um Sachen daraus zu holen, wie bei einem Schließfach auf dem Gang. Der Raum wird nie abgeschlossen. Hier ist dein Buch.«

Er reichte mir ein dickes ledergebundenes Buch mit dem Titel »Vampyrsoziologie I« und der Silhouette einer Göttin darunter. Ich nahm mir noch ein Schreibheft und ein paar Stifte. Dann schloss ich die Tür und zögerte. »Gibt's kein Schloss oder so?«

»Nein.« Damien senkte die Stimme. »Das ist hier nicht nötig. Wenn jemand was klaut, wissen die Erwachsenen es sofort. Ich will gar nicht wissen, was die mit jemandem tun würden, der so dumm wäre, es zu versuchen.«

Wir setzten uns wieder. Ich schrieb das wenige auf, was ich über die Amazonen wusste – dass sie Kriegerinnen gewesen waren, die nicht viel von Männern hielten –, aber meine Gedanken waren woanders. Ich fragte mich, warum Damien, Stevie Rae und selbst Erin und Shaunee solche Angst davor hatten, Ärger zu kriegen. Ich meine, ich bin sowieso relativ brav – nicht perfekt, aber unauffällig. Bisher hatte ich erst einmal nachsitzen müssen, und das war nicht mal meine Schuld. Ehrlich. Damals hatte so ein Idiot zu mir gesagt, ich solle seinen Schwanz lutschen. Was bitte sollte ich da machen? Heulen? Kichern? Beleidigt sein? Na ja, ich hab ihm eine gescheuert. Und *ich* musste dafür nachsitzen.

Obwohl das auch nicht so schlimm gewesen war. In der Zeit hatte ich all meine Hausaufgaben fertig-

gemacht und dann das neue Gossip-Girl-Buch angefangen. Womit auch immer man hier bestraft wurde,
es schien nicht ganz so harmlos zu sein, wie einfach
nach der Schule noch eine Dreiviertelstunde in einem
Klassenzimmer absitzen zu müssen. Ich musste unbedingt Stevie Rae genauer befragen …

»Nun«, rief mich Neferets Stimme in die Wirklichkeit zurück. »Welche Bräuche der Amazonen werden
denn hier im House of Night noch praktiziert?«

Damien hob die Hand. »Erstens die respektvolle
Verbeugung mit der Faust über dem Herzen. Und
zweitens unsere Art der Begrüßung, indem wir den
Unterarm des anderen umfassen.«

»Exakt, Damien.«

Ah. Das erklärte das seltsame Händeschütteln.

»So, und was habt ihr schon über die Amazonen-
kriegerinnen gehört?«, fragte sie in die Klasse hinein.

Ein blondes Mädchen auf der anderen Seite des
Raums meldete sich. »Die Amazonengesellschaft war
äußerst matriarchalisch, wie alle Vampyrgesellschaf-
ten.«

Wow, hörte die sich schlau an.

»Das stimmt, Elizabeth. Aber diese geschichtliche
Tatsache wurde durch die Legendenbildung noch um
eine Nuance erweitert. Was meine ich damit?«

»Na ja, dass die meisten Leute – vor allem die Menschen – die Amazonen als Männerfeindinnen betrachten.« Das war wieder Damien.

163

»Genau. Wir dagegen wissen, dass matriarchalische Gesellschaftsformen – wie die unsere – nicht automatisch männerfeindlich sein müssen. Auch Nyx hat ja einen Gefährten, den Gott Erebos, dem sie treu ergeben ist. Die Amazonen hingegen waren insofern einzigartig, als sie eine rein weibliche Gesellschaft von Vampyrinnen bildeten, die beschlossen, selbst als Krieger und Verteidiger zu agieren. Wie die meisten von euch wohl wissen, ist unsere heutige Gesellschaft zwar immer noch matriarchalisch, aber die Söhne der Nacht haben darin als unsere Beschützer und Gefährten einen festen, wertvollen Platz. So, jetzt schlagt bitte Kapitel drei auf und lest euch den Text über Penthesilea, die berühmteste der Amazonen, durch. Aber achtet darauf, dass ihr Legende und historische Wirklichkeit sorgfältig trennt.«

Und damit begann eine der coolsten Schulstunden, die ich je gehabt hatte. Ich vergaß völlig die Zeit, und als die Glocke klingelte, war ich total überrascht. Ich schob gerade mein Buch zurück in mein Fach (von mir aus auch Kabinett oder wie auch immer), als Neferet meinen Namen rief. Rasch nahm ich ein neues Schreibheft und einen Stift und eilte an ihren Tisch.

Sie lächelte mich freundlich an. »Und, wie geht's?«

»Ganz gut. Alles in Ordnung«, sagte ich schnell.

Sie hob skeptisch eine Augenbraue.

»Na ja, ich bin immer noch ziemlich nervös und verwirrt.«

164

»Das ist ganz natürlich. Wenn man die Schule wechselt, stürmt immer ziemlich viel auf einmal auf einen ein. Ganz zu schweigen davon, sich gleichzeitig in einer neuen Schule und in einem neuen Leben eingewöhnen zu müssen.« Sie warf einen Blick über meine Schulter hinweg. »Damien, du könntest Zoey doch sicher zur Schauspielstunde bringen, oder?«

»Klar«, nickte Damien.

»Wir sehen uns heute Abend beim Ritual, Zoey. Ach, und hat Aphrodite dich schon offiziell zu dem separaten Ritual der Töchter der Dunkelheit eingeladen?«

»Ja.«

»Ich wollte mich noch einmal vergewissern, dass dir das auch nicht zu viel wird. Ich könnte durchaus verstehen, wenn du lieber absagen würdest, aber ich würde dir raten hinzugehen. Du solltest hier alle Möglichkeiten ergreifen, die sich dir bieten, und die Töchter der Dunkelheit sind eine exklusive Vereinigung. Dass sie jetzt schon an dir als eventuellem Mitglied interessiert sind, ist eine Ehre.«

»Das ist schon okay, kein Problem.« Ich zwang mich dazu, locker zu klingen. Neferet erwartete ganz offensichtlich von mir, dass ich hinging, und das Letzte, was ich wollte, war, sie zu enttäuschen. Außerdem würde ich Aphrodite auf überhaupt gar keinen Fall zeigen, dass ich Angst vor ihr hatte.

»Das ist wirklich toll«, sagte Neferet erfreut. Sie

drückte mir den Arm, und unwillkürlich lächelte ich sie an. »Falls du noch Rat oder Hilfe brauchen solltest, mein Büro ist im selben Flügel wie die Krankenstation.« Sie betrachtete meine Stirn. »Die Naht ist ja schon fast nicht mehr zu sehen. Wunderbar. Tut der Kopf noch weh?«

Ich griff mir an die Schläfe. Wo gestern mindestens zehn Stiche gewesen waren, spürte ich heute nur noch einen oder zwei. Sehr, sehr erstaunlich. Und – noch erstaunlicher – ich hatte den ganzen Morgen noch nicht an die Wunde gedacht.

Jetzt erst merkte ich, dass ich auch nicht an Mom oder Heath oder selbst Grandma Redbird gedacht hatte ...

Da fiel mir auf, dass Neferet und Damien auf meine Antwort warteten. »Äh, nein. Nein, mein Kopf tut überhaupt nicht mehr weh.«

»Sehr gut! Nun, dann geht ihr besser los, bevor ihr zu spät kommt. Schaupiel wird dir bestimmt gefallen, Zoey. Ich glaube, Professor Nolan arbeitet gerade an Monologen.«

Ich war schon ein ganzes Stück hinter Damien den Gang entlanggehastet, als es mich plötzlich traf wie ein Schock. »Woher hat sie gewusst, dass ich Schauspiel nehme? Das hab ich doch vorhin erst entschieden.«

»Die erwachsenen Vampyre wissen manchmal viel zu viel«, flüsterte Damien. »Oder nein: Sie wissen *immer* viel zu viel, vor allem Hohepriesterinnen.«

Angesichts dessen, was ich Neferet alles nicht erzählt hatte, wollte ich darüber lieber nicht zu lange nachdenken.

»Hey, Leute!« Stevie Rae kam hinter uns hergerannt. »Wie war Vampsozi? Habt ihr mit den Amazonen angefangen?«

»Es war cool.« Ich war froh, dass ich nicht mehr über zu mysteriöse Vampyre nachdenken musste. »Ich hatte keine Ahnung, dass sie sich wirklich die rechte Brust abschnitten, um sie aus dem Weg zu haben.«

»Hätten sie bestimmt nich, wenn sie so flach gewesen wären wie ich.« Stevie Rae schaute etwas unglücklich an sich herunter.

»Na, und ich erst«, seufzte Damien dramatisch.

Ich hatte noch nicht aufgehört zu kichern, als sie mich bei der Probebühne absetzten. Anders als Neferet strahlte Professor Nolan nicht Macht aus, sondern unbändige Energie. Sie hatte einen athletischen, aber dennoch weiblichen Körper und langes, glattes braunes Haar. Und Stevie Rae hatte recht – man hörte Texas vom ersten Wort an.

»Hallo, Zoey, schön, dich zu sehen! Setz dich einfach irgendwohin.«

Ich sagte hi und setzte mich neben diese Elizabeth aus Vampsozi. Sie sah ganz nett aus, und es hatte immer Vorteile, neben jemand Schlauem zu sitzen.

»Wir wollten gerade damit anfangen, dass sich jeder einen Monolog auswählt, um ihn nächste Woche vor der Klasse vorzutragen. Aber zuerst dachte ich mir, ich gebe euch mal eine Vorstellung davon, wie ein Monolog vorgetragen werden sollte. Dazu habe ich eines unserer großen Talente aus der Unterprima eingeladen. Er wird hier kurz vorbeischauen und uns den berühmten Monolog aus *Othello* vortragen, einem der bekanntesten Stücke des großen Vampyrdichters Shakespeare.« Professor Nolan hielt inne und warf einen Blick aus dem Fensterchen in der Tür. »Da ist er ja.«

Die Tür öffnete sich, und *o mein Gott, ach du Scheiße* ich glaube wirklich, mein Herz hörte für ein paar Sekunden auf zu schlagen. Mein Mund klappte jedenfalls auf, als wär ich schwachsinnig. Das war der umwerfendste Typ, den ich in meinem Leben je gesehen hatte. Er war groß und hatte dunkles Haar mit einer hinreißenden Superman-Locke, und seine Augen waren strahlend saphirblau, und … Oh. Shit! Shit! Shit!

Es war der Typ aus dem Gang.

»Komm rein, Erik. Dein Timing ist perfekt, wie immer. Wir sind bereit, dir zu lauschen.« Sie wandte sich wieder zur Klasse. »Die meisten werden Erik Night aus der Unterprima schon kennen und wissen, dass er letztes Jahr den internationalen House-of-Night-Monologwettbewerb in London gewonnen hat. Und als Tony in unserer Produktion von *West Side Story* hat er sogar schon in Hollywood und am Broadway für Wirbel gesorgt.« Professor Nolan strahlte. »Die Bühne gehört dir, Erik.«

Ich klatschte mit den anderen, als hätte mein Körper auf Automatik umgestellt. Lächelnd und selbstsicher erklomm Erik die kleine Bühne, die den vorderen Teil des großen, hohen Raumes bildete.

»Hi, ihr. Und, alles klar?«

Er sprach mit mir. Ich meine: *direkt* mit mir. Unausweichlich fühlte ich mich knallrot werden.

»Monologe haben für viele was leicht Abschreckendes, aber der Trick dabei ist, nicht einfach seinen Text runterzurattern, sondern sich dabei vorzustellen, dass man eben *nicht* allein auf der Bühne steht, sondern mit anderen Schauspielern interagiert. Ungefähr so.«

Und er fing mit dem *Othello*-Monolog an. Ich weiß nicht viel über das Stück, außer dass es eine von Shakespeares Tragödien ist. Aber Eriks Vortrag war phänomenal. Er war ja groß, definitiv über eins achtzig, aber als er zu sprechen begann, schien er plötzlich noch größer, älter und kraftvoller zu werden. Seine Stimme wurde tiefer, und seine Aussprache bekam einen Akzent, den ich nicht einordnen konnte. Seine unglaublichen Augen wurden dunkler und verengten sich zu Schlitzen, und als er Desdemonas Namen aussprach, war es wie ein Gebet. Es gab keinen Zweifel daran, dass er sie liebte, schon bevor er die letzten beiden Zeilen sprach:

Sie liebte mich, weil ich Gefahr bestand;
ich liebte sie um ihres Mitleids willen.

Und bei diesen beiden letzten Zeilen fing er meinen Blick auf und hielt ihn fest. Und genau wie am Tag zuvor im Gang war es, als wären wir beide allein in diesem Zimmer – nein, als wären wir allein auf der ganzen Welt. Tief drinnen erzitterte ich, ganz ähnlich wie die beiden Male, als ich Blut gerochen hatte, seit ich Gezeichnet worden war. Nur war hier im Zimmer kein Blut vergossen worden. Hier war nichts außer Erik. Dann lächelte er, berührte mit den Fingern leicht seine Lippen, als wolle er mir einen Kuss zuwerfen, und verneigte sich. Die ganze Klasse klatschte wie wild, einschließlich mir. Ich konnte nicht anders.

»Also, so funktioniert das«, sagte Professor Nolan. »Dort hinten auf dem roten Regal stehen Ordner mit Kopien von Monologen. Nehmt euch alle ein paar davon und schaut sie durch. Versucht eine Szene zu finden, die euch etwas sagt, die etwas in euch anrührt. Ich gehe herum; fragt mich, wenn ihr etwas zu bestimmten Monologen wissen wollt. Sobald jeder ein Stück ausgesucht hat, gehe ich mit euch Schritt für Schritt durch, wie ihr sie vorbereiten solltet.« Mit einem lebhaften Lächeln und Nicken gab sie uns das Zeichen, uns an die Abermillionen von Ordnern zu machen.

Ich fühlte mich immer noch irgendwie atemlos und

war garantiert noch knallrot, aber ich stand mit den anderen auf, auch wenn ich einfach nicht anders konnte, als noch einen heimlichen Blick zurück auf Erik zu werfen. Der war (leider) gerade dabei zu gehen. Aber er drehte sich noch einmal um und erwischte mich dabei, wie ich ihn anstarrte. Ich wurde rot – schon wieder. Er begegnete meinem Blick und lächelte mich an – schon wieder. Und dann war er weg.

»Der ist so hammergeil«, flüsterte mir jemand ins Ohr. Ich drehte mich um – zu meinem Erstaunen starrte Miss Musterschülerin Elizabeth hinter Erik her und grinste paralysiert.

»Der hat doch sicher 'ne Freundin, oder?«, platzte ich total idiotisch heraus.

»Nur in meinen Träumen«, sagte Elizabeth. »Es heißt, er und Aphrodite hatten was miteinander, aber in den paar Monaten, die ich hier bin, lief zwischen denen definitiv nichts mehr. Übrigens, hier.« Sie ließ mir ein paar Ordner in die Hände fallen. »Ich bin Elizabeth, kein Nachname.«

Ich muss ein riesiges Fragezeichen im Gesicht gehabt haben.

Sie seufzte. »Ich hieß mit Nachnamen Titsworth. Mehr muss ich dazu wohl nicht sagen. Als ich dann vor ein paar Wochen hierherkam und meine Mentorin mir sagte, dass man sich hier nach Lust und Laune einen neuen Namen geben kann, war mir sofort klar, dass ich das Titsworth definitiv loswerden wollte. Aber dann war es mir viel zu anstrengend, mir einen neuen Nachnamen zu überlegen. Also hab ich beschlossen, meinen Vornamen zu behalten und mich wegen eines Nachnamens nicht bekloppt zu machen.« Elizabeth Kein-Nachname zuckte die Achseln.

»Okay. Ich bin Zoey«, sagte ich. Hier gab es echt ein paar schräge Leute.

Als wir zurück an unsere Plätze gingen, meinte sie: »He, Erik hat dich angeschaut.«

»Er hat alle angeschaut«, sagte ich, während mein blödes Gesicht schon wieder ganz heiß und rot wurde.

»Ja, schon, aber dich hat er *richtig* angeschaut.« Sie grinste. »Oh, dein ausgefülltes Mal ist übrigens cool.«

»Danke.« Auf meinem himbeerroten Gesicht sah es sicher komplett daneben aus.

In dem Moment zuckte ich zusammen, weil neben mir eine Stimme fragte: »Kommst du mit der Suche nach deinem Monolog klar, Zoey?«

»Ja, danke, Professor Nolan«, sagte ich. »Ich war auf meiner früheren Schule im Theaterkurs, da haben wir uns auch schon mit Monologen beschäftigt.«

»Sehr gut. Sprich mich einfach an, wenn du noch etwas wegen der Rolle oder des Settings klären willst.« Sie tätschelte mir den Arm und ging weiter. Ich schlug den ersten Ordner auf und fing an zu blättern, während ich (erfolglos) versuchte, Erik aus meinem Kopf zu verbannen und mich auf die Monologe zu konzentrieren.

Er *hatte* mich angeschaut. Aber warum? Bestimmt wusste er, dass ich das im Gang gewesen war. Warum hatte er also offensichtlich irgendein Interesse an mir? Und wollte ich überhaupt, dass ein Typ sich für mich interessierte, dem ausgerechnet Aphrodite schon einen geblasen hatte? Eher nicht, oder? Ich meine, ich wollte ganz bestimmt nicht ihre abgelegten Typen übernehmen. Hm, vielleicht hatte er auch einfach nur mein bescheuertes eingefärbtes Mal spannend gefunden, so wie praktisch jeder andere hier.

Aber so hatte es nicht gewirkt ... Es hatte gewirkt, als sähe er *mich* an. Und das hatte sich verdammt gut angefühlt.

Ich blickte zum ersten Mal bewusst auf den aufgeschlagenen Ordner. Das Kapitel war richtig: *Dramatische Monologe für Frauen.* Und der erste Monolog auf der Seite war aus »Always Ridiculous« von José Echegaray.

Allzeit lächerlich – na super. Wenn das mal kein Zeichen war.

Dreizehn

Den Weg zur Literaturstunde fand ich tatsächlich selbst. Gut, der Raum lag direkt gegenüber von meinem »Klassenzimmer«, aber es tat gut, mal nicht herumgeführt werden zu müssen wie der letzte Volltrottel.

»Zoey! Wir haben ein Pult für dich reserviert!«, schrie Stevie Rae mir zu, kaum dass ich den Raum betreten hatte. Sie saß neben Damien und hüpfte vor Aufregung buchstäblich auf dem Stuhl auf und ab, was wieder sehr viel von einem aufgekratzten Welpen hatte. Ich musste lächeln und merkte, dass ich mich riesig freute, sie wiederzusehen. »Und? Und? Wie war's in Schauspiel? War's gut? Wie findest du Professor Nolan? Ist ihr Tattoo nicht abgefahren? Ich find, es sieht aus wie 'ne Maske – na ja, zumindest so ähnlich.«

Damien hielt sie am Arm fest. »Atme erst mal tief durch und lass Zoey auch mal zu Wort kommen.«

»Sorry«, murmelte sie kleinlaut.

»Das Tattoo ist bestimmt cool«, sagte ich.

»Wie, bestimmt?«

»Na ja, ich war abgelenkt.«

»Was?« Ihre Augen verengten sich. »Was war los? Hat dich jemand blöd angemacht wegen deinem Mal? Das gibt's doch nich, wie assig manche Leute sind!«

»Nein, keine Sorge. Diese Elizabeth Kein-Nachname hat sogar gemeint, es sieht cool aus. Ich war abgelenkt, weil …« Mein Gesicht wurde schon wieder heiß. Ich hatte mir vorgenommen, die beiden nach Erik zu fragen, aber jetzt, wo ich dicht davorstand, konnte ich mich nicht überwinden. Konnte ich ihnen etwas von der Sache im Gang sagen?

Damien wurde hellhörig. »Ah, jetzt wird's interessant! Ja, Zoey? Du warst abgelenkt, weiiiiil?«

Ich schluckte. »Okay, okay. Ich kann's in zwei Worten zusammenfassen. Erik Night.«

Stevie Rae fiel die Kinnlade runter, und Damien verdrehte die Augen und tat, als fiele er in Ohnmacht – musste sich allerdings hastig wieder aufrichten, weil es in diesem Augenblick klingelte und Professor Penthesilea den Raum betrat.

»Später!«, zischte Stevie Rae.

»Unbedingt!«, wisperte Damien.

Ich lächelte unschuldig. Das hatte sich ja allein schon deshalb gelohnt, weil ich mir ins Fäustchen lachen konnte, dass die beiden jetzt die ganze Stunde lang auf heißen Kohlen sitzen würden.

Die Literaturstunde war ein Abenteuer für sich.

Erstens hatte ich noch nie einen derartig eingerichteten Klassenraum gesehen. Jeder Zentimeter Wand war mit bizarren Postern, Drucken und original aussehenden Gemälden bedeckt. Von der Decke hingen unzählige Windspiele und Kristallmobiles. Und Professor Penthesilea (aus Vampsozi wusste ich ja nun, dass das der Name der Bedeutendsten aller Amazonen war, aber sie wurde von allen nur Prof P genannt) sah aus wie aus einem Film (Fantasy, um genau zu sein). Sie hatte irrsinnig langes rotblondes Haar, große haselnussbraune Augen und einen tollen kurvigen Körper, bei dem sicher alle Jungs anfingen zu sabbern (nicht, dass es viel braucht, damit Jungs in meinem Alter anfangen zu sabbern). Zarte keltische Muster zogen sich an ihren Schläfen herunter und betonten ihre Wangenknochen, was ihr Gesicht edel und ausdrucksvoll erscheinen ließ. Sie trug eine teuer aussehende schwarze Hose und einen moosgrünen Cardigan aus Seide, auf dem über der Brust dieselbe Göttinnenfigur aufgestickt war wie bei Neferet. Jetzt, wo ich darüber nachdachte (ausnahmsweise nicht nur über Erik), fiel mir auf, dass die Stickerei auch auf der Brusttasche von Professor Nolans Bluse gewesen war. Hmmmm.

»Ich wurde im April 1902 geboren«, sagte Professor Penthesilea. Damit hatte sie sofort unsere Aufmerksamkeit. Ich meine, ehrlich, sie sah aus wie kaum dreißig! »Also war ich im April 1912 zehn Jahre alt. Ich kann mich noch sehr gut an die Katastrophe erinnern. Weiß jemand, wovon ich rede? Irgendeine Idee?«

Okay, mir war sofort klar, wovon sie sprach – aber nicht, weil ich der totale Geschichte-Streber bin, sondern weil ich früher unsterblich in Leonardo di Caprio verliebt gewesen war und meine Mom mir zum zwölften Geburtstag die komplette DVD-Kollektion mit all seinen Filmen gekauft hatte. Gerade diesen Film hatte ich so oft gesehen, dass ich ihn immer noch zum größten Teil auswendig kann (und ich weiß nicht, wie oft ich Rotz und Wasser geheult habe, wenn er von diesem Brett rutscht und so herzzerreißend davontreibt ... wie ein verführerisches Eis am Stiel ...)

Ich schaute mich um. Außer mir schien niemand eine Ahnung zu haben, also hob ich seufzend die Hand.

Prof P lächelte. »Ja, Miss Redbird?«

»Im April 1912 ist die Titanic gesunken. Sie wurde spätabends am Vierzehnten von dem Eisberg gerammt und sank ein paar Stunden später, am Fünfzehnten.«

Neben mir hörte ich Damien ein anerkennendes Pfeifen andeuten und Stevie Rae »hui« wispern. Himmel, hatte ich bisher wirklich einen dermaßen beschränkten Eindruck gemacht, dass es sie jetzt total umhaute, wenn ich mal die Antwort auf eine Frage kannte?

»Es freut mich immer enorm, wenn ein neuer Jungvampyr etwas weiß«, sagte Professor Penthesilea. »Absolut korrekt, Miss Redbird. Ich wohnte zur Zeit der Tragödie in Chicago, und ich werde nie vergessen, wie die Zeitungsjungen an jeder Straßenecke die grausame Nachricht verkündeten. Es war damals ein schrecklicher Schock für jeden, vor allem, weil der Verlust all dieser Menschenleben eigentlich zu verhindern gewesen wäre. Außerdem signalisierte das Ereignis das Ende eines Zeitalters und den Beginn eines anderen, und nicht zuletzt brachte es einige dringend erforderliche Änderungen in den Schifffahrtsgesetzen mit sich. Auf all das sowie auf die überaus melodramatischen Ereignisse jener Nacht werden wir anhand unseres nächsten literarischen Werkes eingehen. Es stammt von Walter Lord und heißt »Die letzte Nacht der Titanic«, ein minuziös recherchiertes Buch. Lord war zwar kein Vampyr – was wirklich schade ist«, fügte sie halblaut hinzu, »aber seine Sichtweise, sein Stil und Tonfall sind fesselnd und sehr empfehlenswert. Okay, fangen wir an! Ich würde diejenigen, die ganz hinten sitzen, bitten, jeweils die Bücher für die ganze Reihe aus dem breiten Wandschrank hinten zu holen.«

He, cool! Das war definitiv interessanter als »Große Erwartungen« von Charles Dickens (was will ich mit Pip und Estella?!). Ich schlug das Buch und mein Schreibheft auf, um – na ja – etwas aufzuschreiben, falls notwendig. Prof P begann uns das erste Kapitel laut vorzulesen. Sie las wirklich gut. Schon fast drei Schulstunden vorbei, und ausnahmslos jede davon hatte mir Spaß gemacht! War diese Vampyrschule womöglich wirklich mehr als nur ein blöder Ort, wo man jeden Tag hinging, weil man nun mal musste und weil dort außerdem alle Freunde waren? Gut, nicht jeder Unterricht auf der SIHS war öde gewesen, aber die Amazonen oder die Titanic hatten wir nicht behandelt (zumal bei einer Lehrerin, die den Untergang noch miterlebt hatte!).

Während Prof P vorlas, ließ ich meinen Blick durch die Klasse wandern. Es waren etwa fünfzehn Schüler da, ähnlich wie in den vorherigen Stunden. Alle hatten die Bücher geöffnet und passten auf.

Da fiel mein Blick auf etwas Rotes, Buschiges auf der anderen Seite ziemlich weit hinten. Ich muss mich verbessern – nicht alle Schüler passten auf. Einer hatte seinen Kopf auf die Arme gelegt und schlief tief und fest, was ich deutlich sehen konnte, weil sein pausbäckiges, bleiches Gesicht voller Sommersprossen zu mir gedreht war. Sein Mund stand offen, und ich glaube, er sabberte sogar ein bisschen. Ich fragte mich, was Prof P davon hielt. Sie wirkte nicht gerade wie die Sorte von Lehrern, die es nicht weiter interessiert, wenn irgendeine Dumpfbacke ihren Unterricht verpennt. Aber sie las einfach weiter vor, wobei sie manchmal den einen oder anderen spannenden Sachverhalt aus dem frühen 20. Jahrhundert einfließen ließ, was ich sehr interessant fand (mir gefielen vor allem die rebellischen jungen Frauen, die sich »Flapper« nannten. Ich wäre ganz bestimmt eine davon gewesen, wenn ich damals gelebt hätte). Erst kurz vor dem Klingeln, als Prof P uns schon das nächste Kapitel als Hausaufgabe gegeben und uns erlaubt hatte, uns leise zu unterhalten, schien sie den schlafenden Jungen überhaupt zu bemerken. Der hatte jetzt angefangen, sich zu rühren, und hob schließlich den Kopf. Die knallrote Druckstelle vom Liegen auf Schläfe und Wange sah neben dem Mal total unmöglich aus.

»Elliott, kommst du bitte mal her?«, sagte Prof P.

Der Typ ließ sich ganz schön Zeit aufzustehen und schlurfte dann mit offenen Schnürsenkeln zu ihrem Pult hin. »Mhm?«

»Elliott, dir ist klar, dass du auf diese Weise kläglich in Literatur versagen wirst? Aber noch viel wichtiger: Du wirst auch im Leben versagen. Männliche Vampyre sind starke, respektgebietende und unabhängige Individuen. Es ist seit unzähligen Generationen ihre Aufgabe, uns zu verteidigen und zu schützen. Wie willst du dich in ein solches Wesen wandeln, das mehr Krieger als Mann ist, wenn du nicht mal die Disziplin aufbringst, im Unterricht wach zu bleiben?«

Er zuckte mit den rundlichen Schultern.

Ihre Miene wurde härter. »Ich gebe dir die Möglichkeit, die null Punkte wegen Unaufmerksamkeit auszugleichen, die ich dir heute eingetragen habe, wenn du mir eine kurze schriftliche Abhandlung über irgendein wichtiges Thema aus dem frühen 20. Jahrhundert ablieferst. Und zwar bis morgen.«

Ohne eine Antwort begann Elliott sich abzuwenden.

»Elliott«, sagte Prof P sehr leise. In ihrer Stimme schwang solcher Zorn mit, dass sie mir mit einem Mal extrem bedrohlich vorkam. Ich konnte die Macht spüren, die von ihr ausging, und fragte mich, wozu sie jemals so was wie einen männlichen Krieger oder was auch immer brauchen sollte, um sie zu beschützen. Der Junge hielt inne und drehte sich wieder zu ihr um.

»Ich habe noch nicht gesagt, dass du gehen kannst. Was sagst du zu der schriftlichen Hausaufgabe?«

Er blieb einfach stumm vor ihr stehen.

»Die Frage verlangt eine Antwort, Elliott. Sofort!« Der Befehl ließ die Luft um sie knistern, und mir stellten sich alle Härchen auf.

Scheinbar unbeeindruckt hob er nochmals die Schultern. »Glaub nicht, dass ich sie machen werd.«

»Das offenbart einiges über deinen Charakter, Elliott. Und es ist nichts Gutes. Du beschämst nicht nur dich selbst, sondern auch deinen Mentor.«

Ein weiteres Schulterzucken, und selbstvergessen bohrte er sich in der Nase. »Dragon kennt mich schon gut genug.«

Es klingelte. Mit angewidertem Gesichtsausdruck

bedeutete Prof P Elliott zu gehen. Damien, Stevie Rae und ich waren auf dem Weg zur Tür, als Elliott sich an uns vorbeidrängte, schneller, als ich ihm zugetraut hätte, so phlegmatisch, wie er wirkte. Dabei stieß er mit Damien zusammen, der ein Stück vor mir ging. Damien gab ein kleines Geräusch von sich und geriet ins Stolpern.

»Lass mich durch, du dumme Schwuchtel«, grunzte der Depp und drängte Damien mit der Schulter beiseite, um vor ihm durch die Tür zu kommen.

Stevie Rae beschleunigte. »Diese Vollassel, das nächste Mal scheuer ich ihm das Hirn zu den Ohren raus!«

Damien wartete draußen auf uns. »Reg dich nicht auf«, sagte er kopfschüttelnd. »Der hat einfach ein echtes Problem.«

»Ja, zum Beispiel Kacka im Gehirn.« Ich schaute dem Typen hinterher. Seine Haare waren definitiv unattraktiv.

Damien lachte auf. »*Kacka?!*« Er hängte sich bei Stevie Rae und mir ein und führte uns den Gang hinunter wie im *Zauberer von Oz.* »Unsere Zoey. Wie grandios sie mit der Vulgärsprache umgeht!«

»Kacka ist doch gar nicht vulgär«, verteidigte ich mich.

Stevie Rae lachte. »Ich glaub, genau das ist der Punkt, Süße.«

»Oh.« Ich lachte mit. Es hatte sich wahnsinnig schön

angehört, wie Damien »unsere Zoey« gesagt hatte. Als gehörte ich dazu ... als könnte ich hier zu Hause sein.

Fechten war supercool, was mich echt überraschte. Es fand in einem großen Raum neben der Turnhalle statt, der aussah wie ein Tanzstudio, komplett mit einer ganz mit Spiegeln verkleideten Wand. Auf der einen Seite hingen makabre lebensgroße Trainingspuppen von der Decke, die aussahen wie dreidimensionale Schießbudenfiguren. Professor Lankford wurde von allen nur Dragon genannt, und mir wurde schnell klar, warum. Sein Tattoo bestand aus zwei Drachen, deren schlangengleiche Leiber sich seine Kieferknochen entlangwanden. Die Köpfe über seinen Brauen spien aus geöffneten Mäulern Flammen auf die Mondsichel seines Mals. Man konnte kaum den Blick abwenden, so eindrucksvoll sah es aus. Außerdem war Dragon der erste erwachsene männliche Vampyr, den ich aus der Nähe sah. Zuerst war ich etwas verwirrt. Hätte man mich gefragt, wie ich mir einen männlichen Vampyr vorstelle, wäre wohl das genaue Gegenteil von ihm dabei rausgekommen. Um ehrlich zu sein, ich hatte diesen Filmstar-Vampyrtypus im Kopf: groß, gutaussehend, gefährlich. Vin-Diesel-mäßig eben. Tja. Dragon war ziemlich klein, hatte lange dunkelblonde Haare, die er im Nacken zurückband, und (abgesehen von dem martialischen Drachentattoo) ein niedliches Gesicht mit einem netten Lächeln.

Erst als er mit den Aufwärmübungen anfing, spürte ich seine Macht. Von dem Augenblick an, als er sein Schwert (beziehungsweise Degen, wie ich später herausfand) zum traditionellen Fechtergruß hob, verwandelte er sich in jemand anderen – jemanden, der sich mit unglaublicher Schnelligkeit und Anmut bewegte. Im Vergleich zu seinen Finten und Ausfällen wirkte der Rest der Klasse – selbst die, die ziemlich gut waren, zum Beispiel Damien – wie unbeholfene Marionetten. Nach dem Aufwärmen teilte Dragon uns in Paare ein und ließ uns ›die Standards‹ üben. Ich war erleichtert, als er mir Damien als Partner zuteilte.

Dann schüttelte Dragon mir im traditionellen amazonischen Vampyrgruß die Hand. »Zoey, schön, dich im House of Night begrüßen zu dürfen«, sagte er. »Damien wird dir die Fechtkleidung und die Waffen erklären, und ich gebe dir noch eine schriftliche Einführung mit, die du dir über die nächsten Tage durchlesen kannst. Ich nehme an, du hast noch keine Erfahrung im Fechten?«

»Nein«, sagte ich und fügte nervös hinzu: »Aber ich würd's gern lernen. Ich meine, allein schon die Idee, ein Schwert zu benutzen, ist echt abgefahren.«

Dragon lächelte. »Ein Florett. Du wirst hier lernen, mit dem Florett umzugehen. Das ist die leichteste der drei Waffengattungen, die es beim Fechten gibt, für Frauen eine sehr gute Wahl. Weißt du eigentlich, dass Fechten eine der wenigen Sportarten ist, in denen Männer und Frauen zu genau den gleichen Bedingungen gegeneinander antreten können?«

»Nein«, sagte ich fasziniert. Wie cool wäre das denn bitte – einen Kerl im Sport fertigzumachen?!

»Das liegt daran, dass man beim Fechten etwaige körperliche Mängel, so wie Kraft oder Reichweite, durch Intelligenz und Konzentration ausgleichen oder gar zu seinem Vorteil nutzen kann. Mit anderen Worten, man muss nicht stärker oder schneller sein als der Gegner, solange man es schafft, sich länger und besser zu konzentrieren. Nicht wahr, Damien?«

Der grinste. »Stimmt.«

»Damien ist einer der konzentriertesten Fechter, die ich seit Jahrzehnten unterrichten durfte. Das macht ihn zu einem gefährlichen Gegner.«

Ich warf einen Seitenblick auf Damien, der vor Freude und Stolz errötete.

»Die nächste Woche lang soll Damien mit dir Grundstellung und Ausfallstellung üben. Denk daran, beim Fechten bauen die einzelnen Fähigkeiten aufeinander auf. Wenn man die eine nicht gründlich gelernt hat, wird es schwierig, sich die nächste anzueignen, und der Fechter wird immer große Nachteile haben.«

»Okay, ich werde dran denken«, sagte ich. Wieder lächelte Dragon mir freundlich zu. Dann wandte er sich ab, um den einzelnen Paaren bei den Übungen behilflich zu sein.

»Damit meint er, dass du nicht verzweifeln und das Handtuch werfen sollst, wenn ich dich tausendmal dieselbe Übung machen lasse«, sagte Damien.

»Du willst mir also erzählen, dass du mir extrem auf die Nerven gehen wirst, aber dass das Ganze einen Sinn hat?«

»Genau. Und der liegt zum Teil darin, deinen süßen kleinen Arsch noch ein bisschen knackiger zu kriegen.« Er gab mir mit dem Florett einen frechen Klaps auf den Po.

Ich verdrehte die Augen und hieb nach ihm, aber nach geschlagenen zwanzig Minuten Grundstellung – Ausfallstellung – zurück in die Grundstellung wusste ich: Er hatte recht. Mein Hintern würde mich morgen umbringen.

Nach der Stunde duschten wir schnell (netterweise hatten wir Mädchen Einzelduschen mit Vorhängen und mussten nicht so ein barbarisches Kollektivduschen abhalten wie im Knast oder so), dann stürzte ich mit den anderen zur Mensa, ach nein: zum Speisesaal. Und ›stürzen‹ meine ich ernst. Ich war am Verhungern.

Zu Mittag gab es ein gigantisches Salatbuffet – alles von Thunfischsalat (bäh) bis hin zu diesen seltsamen eingelegten Mini-Maiskolben, die wie alles schmecken, nur nicht wie Mais. (Was genau ist das eigentlich? Babymais? Zwergmais? Mutantenmais?) Ich schaufelte mir den Teller voll, nahm mir ein großes Stück Brot, das frisch gebacken aussah und roch, und rutschte zu Stevie Rae auf die Bank. Damien kam einen Moment später. Erin und Shaunee waren bereits dabei, sich über irgendwas zu streiten, das anscheinend damit zu tun hatte, wessen Aufsatz für Literatur besser gewesen war, obwohl sie beide 96 von 100 Punkten bekommen hatten.

»Also, Zoey. Was war da jetzt mit Erik Night?«, fragte Stevie Rae gerade in dem Augenblick, als ich mir einen Riesenbissen Salat in den Mund gestopft hatte. Ihre Worte brachten die Zwillinge sofort zum Schweigen. Die geballte Aufmerksamkeit des kompletten Tischs lag auf mir.

Ich hatte mir inzwischen Gedanken darum gemacht, was ich ihnen von Erik erzählen sollte, und beschlossen, dass ich noch nicht so weit war, sie in die dumme Sache mit der Blowjob-Szene einzuweihen. Ich sagte also nur: »Er hat mich die ganze Zeit angeschaut.« An ihren ratlosen Gesichtern merkte ich, dass ich durch den Salat hindurch vermutlich so was gesagt hatte wie: »Eh hack miff gie ganke Cheik angekau.« Ich schluckte runter und versuchte es noch mal. »Er hat mich die ganze Zeit angeschaut. In Schauspiel. Das war ziemlich komisch irgendwie.«

»Beschreib das mal näher, ›angeschaut‹«, verlangte Damien.

»Na ja, es fing schon an, als er in die Klasse reinkam, aber vor allem hat man's gemerkt, als er uns einen Monolog vorführte. Aus *Othello*. Und als er das mit der Liebe und so gesagt hat, hat er mich direkt angestarrt. Also, das hätte ja noch Zufall sein können oder so, aber er hatte mich schon angeschaut, bevor er anfing zu sprechen, und dann, beim Gehen, hat er's noch mal getan.« Ich seufzte und wand mich ein bisschen unter ihren verdammt bohrenden Blicken. »Keine Ahnung. Was soll's, war vermutlich Teil der Vorführung.«

»Mann, Erik Night ist mit Abstand das heißeste Teil der ganzen Schule«, sagte Shaunee.

»Vergiss es! Er ist mit Abstand das heißeste Teil des gesamten Planeten!«, verbesserte Erin.

»Also halt mal, besser als Kenny Chesney isser nich«, sagte Stevie Rae schnell.

»Ach, du mit deinem Countryfimmel!« Shaunee warf Stevie Rae einen entrüsteten Blick zu. Dann wandte sie sich an mich. »Lass dir *auf gar keinen Fall* diese Gelegenheit entgehen!«

»Nee«, bekräftigte Erin. »Auf keinsten!«

»Entgehen lassen? Was soll ich denn machen? Er hat nicht mal was zu mir gesagt.«

»Äh, Zoey, Schätzchen, hast du ihn denn wenigstens angelächelt oder so?«, fragte Damien.

189

Ich überlegte verblüfft. Hatte ich? Verdammt. Garantiert nicht! Wahrscheinlich hatte ich nur dagesessen und blöd geglotzt. Vielleicht sogar gesabbert. Na gut, gesabbert vielleicht nicht, aber trotzdem. »Keine Ahnung«, sagte ich statt der bitteren Wahrheit, aber Damien ließ sich nicht täuschen.

Er schnaubte. »Das nächste Mal lächelst du ihn an.«

»Und du könntest hi sagen«, schlug Stevie Rae vor.

»Zuerst hab ich ja gedacht, Erik wär nur son Modelgesicht …«, erzählte Shaunee.

»Und Modelkörper«, warf Erin ein.

»… bis er Aphrodite in die Wüste geschickt hat«, sprach Shaunee weiter. »Da hab ich gepeilt, dass der Kerl vielleicht auch was im Oberstübchen hat.«

»Also, in der Hose hat er jedenfalls definitiv was!«, sagte Erin und zog anerkennend die Augenbrauen hoch.

»Mmmmhmmm!« Shaunee leckte sich die Lippen, als wollte sie gleich in ein köstliches Stück Schokolade beißen.

»Bei euch kann man das Niveau aber auch im Keller suchen«, sagte Damien.

»Wir meinten doch nur, dass der Typ den süßesten Arsch weit und breit hat«, sagte Shaunee.

»Als ob *du* das noch nicht bemerkt hättest«, fügte Erin hinzu.

»Wenn du anfangen würdest, mit Erik zu reden«,

bemerkte Stevie Rae, »wär Aphrodite ultraange-
pisst.«

Alle starrten sie an, als hätte sie gerade das Rote
Meer geteilt oder so.

»Stimmt«, sagte Damien.

»Aber so was von«, erklärte Shaunee. Erin nickte
heftig.

»Also hatte er tatsächlich mal was mit Aphrodite«,
sagte ich.

»Sagt man«, nickte Erin.

»Weiß man«, verbesserte Shaunee. »Umso cooler,
dass er jetzt auf dich steht!«

»Leute, vielleicht hat er einfach nur mein dummes
Mal angestarrt«, warf ich dazwischen.

»Vielleicht auch nich. Du bist schon ziemlich süß,
Zoey«, meinte Stevie Rae mit ihrem lieben Lächeln.

»Oder vielleicht ist ihm auch zuerst das Mal aufgefallen, aber dann fand er dich so toll, dass er weiter
hingeschaut hat«, sagte Damien.

»Egal warum er guckt, Aphrodite wird auf jeden
Fall angepisst sein«, erklärte Shaunee.

»Ha! Sehr schön«, freute sich Erin.

Stevie Rae schnitt ihnen mit einer Geste das Wort
ab. »Mach dir keinen Kopf um Aphrodite und das
Mal und was weiß ich noch alles. Sag einfach hallo
zu ihm, wenn er dich wieder anschaut. Fertig.«

»Easy«, sagte Shaunee.

»Peasy«, sagte Erin.

»Okay«, murmelte ich und wandte mich wieder meinem Salat zu. Ich hätte viel darum gegeben, wenn diese Erik-Night-Geschichte so easy-peasy gewesen wäre, wie sie glaubten.

Eines hatte das Mittagessen im House of Night mit dem an der SIHS und an jeder anderen Schule, in der ich jemals gegessen hatte, gemeinsam – es war viel zu schnell vorbei. Und Spanisch ging auch rum wie nix. Profesora Garmy war wie ein kleiner südländischer Wirbelwind. Ich mochte sie sofort (ihre Tattoos sahen ein bisschen aus wie Federn, daher erinnerte sie mich an einen winzigen spanischen Vogel), aber zu meinem Schrecken hielt sie die gesamte Stunde auf Spanisch ab. Komplett. Vielleicht sollte ich erwähnen, dass ich seit der achten Klasse kein Spanisch mehr gehabt hatte, und davor hatte ich auch nicht gerade wahnsinnig gut aufgepasst. Also kam ich ziemlich ins Schwimmen. Aber ich schrieb mir die Hausaufgaben auf und nahm mir vor, mich hinzusetzen und Vokabeln zu lernen. Ich hasse es, nicht mitzukommen.

Die Einführung in die Pferdekunde fand in einem Komplex langgezogener niedriger Ziegelsteingebäude bei der Südmauer statt, der sich an eine riesige Reithalle anschloss. Hier war alles durchtränkt von diesem Duft nach Sägespänen, Pferden und Leder, der seltsam angenehm roch, auch wenn man wusste, dass ein Teil davon Scheiße war – Pferdescheiße.

Nervös wartete ich mit den anderen aus dem Kurs am Eingang der Reithalle, wohin uns ein großer, streng wirkender Oberstufenschüler geschickt hatte. Wir waren insgesamt nur zu zehnt, alle aus der Untersekunda. Und (na super) dieser widerliche Elliott lehnte an der Wand und kickte mit dem Fuß die Sägespäne hoch. Er wirbelte genug Staub auf, dass das ihm am nächsten stehende Mädchen niesen musste. Sie warf ihm einen vernichtenden Blick zu und nahm ein paar Schritte Abstand. Mann, musste der eigentlich *jeden* nerven? Und warum konnte er nicht mal so was wie ein Shampoo benutzen?

Da ertönten Hufschläge, und ich sah gerade noch rechtzeitig hin, um mitzukriegen, wie eine hinreißende pechschwarze Stute in vollem Galopp in die Bahn donnerte. Einen Meter vor uns schlingerte sie in den Halt. Während wir sie alle wie Idioten anglotzten, stieg ihre Reiterin elegant ab. Sie hatte lichtblondes, ja fast weißes dichtes Haar, das ihr bis zur Hüfte reichte, und eigentümlich schiefergraue Augen. Sie war zierlich wie ein Püppchen, und ihre Körperhaltung erinnerte mich an die Mädchen, die wie bescheuert zum Ballett rennen, bis sie auch außerhalb des Unterrichts dastehen, als hätten sie einen Stock im Arsch. Ihr Tattoo bestand aus kunstvoll verschlungenen Schnörkeln und Knoten rund um ihr Gesicht – ich glaubte in der saphirblauen Fülle springende Pferde zu entdecken.

»Guten Abend. Ich bin Lenobia, und *das*«, sie deutete auf die Rappstute und warf uns einen verächtlichen Blick zu, bevor sie fortfuhr, »ist ein Pferd.« Ihre Stimme hallte von den Wänden wider. Die Stute schnaubte wie zur Bestätigung. »Und ihr seid meine neuen Untersekundaner. Ihr wurdet alle zu meinem Unterricht eingeteilt, weil wir glauben, dass ihr möglicherweise eine Begabung fürs Reiten habt. Tatsache ist, dass weniger als die Hälfte von euch dieses Halbjahr durchstehen wird, und von denen wird wiederum nur knapp die Hälfte anständige Reiter werden. Noch Fragen?« Sie wartete gar nicht erst darauf, dass irgendjemand etwas fragen könnte. »Gut. Dann kommt mit, wir fangen an.« Sie drehte sich um und stapfte zurück zu den Stallungen. Wir folgten ihr.

Ich hätte gern gefragt, wer diese »wir« waren, die glaubten, ich hätte Talent fürs Reiten, aber ich traute mich nicht und tappte ihr einfach hinterher wie alle anderen. Vor einer Reihe leerer Boxen hielt sie an. Im Gang standen Mistgabeln und Schubkarren. Lenobia drehte sich zu uns um. »Pferde sind keine großen Hunde, und sie sind auch nicht die romantische Kleinmädchen-Traumvorstellung vom besten Freund, der immer alles versteht.«

Zwei Mädchen, die neben mir standen, zogen schuldbewusst den Kopf ein. Lenobias schiefergrauer Blick durchbohrte sie. »Pferde sind Arbeit. Sie verlangen Hingabe, großes Verständnis und Zeit. Wir fangen mit der Arbeit an. In der Sattelkammer dort hinten im Gang stehen Gummistiefel. Sucht euch rasch ein Paar aus und außerdem ein Paar Handschuhe. Und dann nehmt euch jeweils eine Box vor und fangt an.«

Ein etwas dralleres Mädchen mit niedlichem Gesicht hob zögernd die Hand. »Professor Lenobia?«

»Lenobia reicht. Der Name der antiken Vampyrkönigin, zu deren Ehren ich mich so genannt habe, braucht keinen weiteren Titel.«

Ich hatte keinen blassen Schimmer, wer Lenobia war, und machte mir die gedankliche Notiz, es nachzuschlagen.

»Was wolltest du fragen, Amanda?«

»Ja, äh, hm.«

Lenobia zog eine Augenbraue in die Höhe und musterte sie unverwandt.

Amanda schluckte nervös. »Womit anfangen, Pr… äh, Lenobia, bitte?«

»Ausmisten natürlich. Der Mist kommt in die Schubkarre. Wenn die voll ist, fahrt ihr sie zum Misthaufen hinter dem Stall. Frische Sägespäne sind im Lagerraum neben der Sattelkammer. Ihr habt fünfzig Minuten. Ich komme fünf Minuten vor der Zeit wieder und kontrolliere eure Arbeit.«

Wir starrten sie unschlüssig an.

»Ihr könnt anfangen. Jetzt.«

Wir fingen an.

Also, ich weiß, es klingt irgendwie komisch, aber ich fand es echt okay, die Box auszumisten. Ich meine, Pferdemist ist einfach nicht wirklich eklig. Außerdem sah die Box aus, als sei sie heute schon mindestens fünfmal ausgemistet worden. Ich nahm mir ein Paar Gummistiefel (total hässlich, aber sie schützten meine Hosen bis zu den Knien) und Handschuhe und machte mich ans Werk. Über mir kam leise Musik aus ziemlich guten Lautsprechern – wenn ich mich nicht irre, war es das neueste Enya-Album (meine Mom hatte Enya gehört, bevor sie John geheiratet hatte, aber dann hatte er sich überlegt, dass das Hexenmusik sein könnte, also hatte sie damit aufgehört – ein Grund, warum ich Enya immer gut finden werde). Ich hörte also den sehnsüchtigen gälischen Texten zu und schaufelte Mist. Mir war, als sei kaum Zeit vergangen, als ich die volle Schubkarre wegfuhr und mir im Lagerraum neue Sägespäne holte. Ich verteilte sie gerade in der Box, als ich das kribbelnde Gefühl bekam, beobachtet zu werden.

»Gute Arbeit, Zoey.«

Ich fuhr herum. Vor der Box stand Lenobia. In der einen Hand hielt sie Striegel und Bürste, in der anderen den Halfterstrick einer rehäugigen Rotschimmelstute.

»Das hast du nicht zum ersten Mal gemacht.«

»Meine Großmutter hatte einen supersüßen grauen Wallach, Bunny«, erzählte ich, bevor mir auffiel, wie

196

blöd ich klang. Mit heißen Wangen sagte ich schnell: »Na ja, ich war zehn, als sie ihn bekam, und seine Farbe hat mich an Bugs Bunny erinnert, also hab ich ihn so genannt – und dabei blieb es dann.«

Auf Lenobias Lippen zeichnete sich die entfernte Ahnung eines Lächelns ab. »Dann hast du also Bunnys Stall ausgemistet?«

»Ja. Ich wollte ihn gerne reiten, aber Grandma meinte, dass niemand auf einem Pferd reiten sollte, der nicht auch dafür sorgt.« Ich zuckte die Achseln. »Also habe ich eben auch ausgemistet und mich um ihn gekümmert.«

»Deine Großmutter ist eine kluge Frau.«

Ich nickte.

»Und hat es dir was ausgemacht, bei Bunny ausmisten zu müssen?«

»Nein, gar nicht.«

»Schön. Das hier ist Persephone.« Lenobia nickte zu dem Pferd hin. »Du hast gerade ihre Box saubergemacht.«

Als sie die Stute in die Box ließ, kam diese geradewegs auf mich zu, stupste mir mit der Schnauze ins Gesicht und blies mich sanft an. Das kitzelte, und ich rieb ihr kichernd die Nase und drückte unwillkürlich einen Kuss auf das samtweiche Maul. »Hallo, Persephone, du Hübsche.«

Lenobia nickte anerkennend. »In fünf Minuten klingelt es, das heißt, der eigentliche Unterricht ist fast vorbei, und du kannst gern gehen. Aber wenn du willst, hast du dir, denke ich, das Recht verdient, Persephone striegeln zu dürfen.«

Ich war gerade dabei, der Stute den Hals zu kraulen, und sah überrascht auf. »Kein Problem, ich bleibe da«, hörte ich mich sagen.

»Sehr schön. Wenn du fertig bist, bring die Sachen bitte wieder in die Sattelkammer. Bis morgen, Zoey.« Sie gab mir Striegel und Bürste, klopfte der Stute den Hals und ließ uns in der Box allein.

Während ich daranging, Persephone zu striegeln, streckte sie den Kopf in das Futtergitter mit frischem Heu und begann zu kauen. Ich hatte ganz vergessen, wie entspannend es war, ein Pferd zu striegeln. Bunny war vor zwei Jahren plötzlich und qualvoll an einem Herzinfarkt gestorben, und Grandma hatte das so sehr mitgenommen, dass sie sich kein neues Pferd zulegen wollte. Für sie war »das Kaninchen«, wie sie ihn nannte, unersetzlich. Es war also zwei Jahre her, dass ich mit Pferden zu tun gehabt hatte, aber es war alles sofort wieder da – alles. Die Gerüche, das träge, friedliche Mahlen des kauenden Pferdes und das sanfte *wuusch* der Bürste, die über das glatte Fell glitt.

Ganz am Rande hörte ich vage Lenobias Stimme. Sie klang scharf und wütend, offenbar nahm sie gerade einen Schüler gründlich auseinander – garantiert den nervtötenden Rotschopf. Ich spähte über Persephones Rücken hinweg die Boxen entlang. Tatsächlich, da stand er mit hängenden Schultern vor seiner Box, und vor ihm stand Lenobia, die Hände in die Seiten gestemmt. Selbst von hier aus konnte ich sehen, dass sie supersauer war. Hatte dieser Blödmann vielleicht den geheimen Auftrag, sämtliche Lehrer zur Weißglut zu bringen? Und sein Mentor war tatsächlich Dragon? Der sah zwar ganz nett aus, aber nur, solange er kein Schwert (äh, ich meine Florett, Degen, was auch immer) in die Hand nahm. Dann war Schluss mit lustig, dann war tödlich-gefährlicher Vampyrkrieger angesagt.

»Dieser Höhlentroll muss lebensmüde sein«, erklärte ich Persephone, als ich mich ihr wieder zuwandte. Sie drehte mir ein Ohr zu und schnaubte sacht. »Ja, da bist du ganz meiner Meinung, hm? Willst du meine Theorie darüber hören, wie meine Generation Amerika auf einen Schlag von so verblödeten Losern befreien könnte?« Sie wirkte interessiert. Also begann ich eifrig, ihr meine Pflanzt-euch-nicht-mit-Idioten-fort-Rede vorzutragen ...

»Zoey! Da bist du ja!«

»Himmelherrgott! Stevie Rae! Ich mach mir noch in die Hose vor Schreck!« Rasch beruhigte ich Persephone, die bei meinem Aufschrei gescheut hatte.

»Sag mal, was zur Hölle machst'n du da?!«

Ich schwenkte den Striegel. »Nach was sieht's denn aus? Fußmassage?«

»Lass den Scheiß! In zwei Minuten fängt das Voll-mondritual an!«

»Oh Mist!« Ich gab Persephone einen letzten zärtli-chen Klaps und hastete nach hinten in die Sattelkam-mer.

»Du hast es total vergessen, oder?«, fragte Stevie Rae und hielt meine Hand fest, um mir balancieren zu helfen, als ich meine Gummistiefel von den Füßen strampelte und wieder in meine süßen kleinen Balleri-nas schlüpfte.

»Nein«, log ich.

Dann wurde mir klar: Ich hatte nicht nur dieses Ritual hier vergessen. Sondern auch das der Töchter der Dunkelheit danach.

»Oh, Shit!«

Fünfzehn

Etwa auf halbem Wege zum Nyxtempel merkte ich, dass Stevie Rae ungewöhnlich still war. Ich schielte zu ihr rüber. War sie etwa auch bleich? Mir wurde etwas unheimlich zumute.

»Stevie Rae, alles in Ordnung?«

»Na ja, es is 'n bisschen traurig und beängstigend.«

»Was? Das Vollmondritual?« Ich fing an, Magenschmerzen zu kriegen.

»Nein, das ist echt schön – oder wenigstens *dieses* hier ist schön.« Ich wusste, sie meinte das im Vergleich zum Ritual der Töchter der Dunkelheit, aber darüber wollte ich nicht reden. Und nach Stevie Raes nächsten Worten kam mir die ganze Geschichte mit den Töchtern der Dunkelheit plötzlich sowieso wie ein lächerliches kleines Problemchen vor. »Letzte Stunde ist ein Mädchen gestorben.«

»Was? Wie?«

»So wie alle anderen auch, die die Wandlung nicht schaffen. Ihr Körper hat einfach …« Stevie Rae überlief ein Schauder. »Es war fast am Schluss von Taekwondo. Sie hatte beim Aufwärmen gehustet, als ob sie nicht genug Luft kriegte. Ich hab mir nichts dabei gedacht. Oder vielleicht doch, aber ich hab's verdrängt.« Sie lächelte mich traurig an und sah aus, als ob sie sich schämte.

»Kann man so jemanden denn dann noch retten? Ich meine, sobald man merkt, dass … irgendwie …?« Ich endete mit einer vagen, unbehaglichen Geste.

»Nee. Wenn dein Körper sich gegen die Wandlung wehrt, gibt's für dich keine Rettung mehr.«

»Dann musst du aber kein schlechtes Gewissen wegen des Mädchens haben. Du hättest ja gar nichts machen können.«

»Ich weiß. Es war nur … es war so schrecklich. Und Elizabeth war so nett.« Die Worte trafen mich wie ein Schlag in die Magengrube. »Du meinst doch nicht etwa Elizabeth Kein-Nachname?«

Stevie Rae nickte und kniff ein paarmal die Augen zu, um die Tränen zurückzuhalten.

»O Gott«, sagte ich. Meine Stimme war fast weg, es kam kaum noch ein Flüstern. Ich erinnerte mich, wie rücksichtsvoll sie auf mein Mal eingegangen war und dass ihr aufgefallen war, dass Erik mich angesehen hatte. »Aber sie war gerade noch mit mir in Schauspiel, und da ging's ihr blendend!«

»Das ist immer so. Im einen Moment sind sie noch total munter, und im nächsten …« Sie erschauerte noch einmal.

»Und in der Schule geht alles ganz normal weiter? Obwohl gerade jemand gestorben ist?« Ich musste ans letzte Jahr denken, als ein paar Zehntklässler aus der SIHS am Wochenende einen Autounfall gehabt hatten und zwei von ihnen starben. Am Montag waren extra psychologische Berater in die Schule gekommen, und die ganze nächste Woche hatten keine Sportwettkämpfe stattgefunden.

»Ja, alles geht einfach weiter. Wir sollen uns daran gewöhnen, dass das jeden treffen kann. Du wirst's gleich mitkriegen. Alle werden so tun, als sei nichts passiert, vor allem die Älteren. Man wird's höchstens uns anmerken und den Leuten, die eng mit Elizabeth befreundet waren, so wie ihre Zimmerkameradin. Von uns, das heißt der Untersekunda, wird erwartet, dass wir uns schnell wieder einkriegen. Elizabeth' Freunde werden sich vielleicht 'n paar Tage zurückziehen, aber dann sollen sie bitte auch wieder mitmachen.« Sie senkte die Stimme. »Weißt du was, ich glaub, für die Vampyre sind wir noch gar nich *wirklich* da. Erst wenn wir uns tatsächlich gewandelt haben.«

Darüber musste ich nachdenken. Ich fand nicht, dass Neferet mich behandelt hatte wie etwas Flüchtiges. Sie hatte sogar gesagt, es sei ein gutes Zeichen, dass mein Mal schon eingefärbt war (nicht dass ich so viel Vertrauen in meine Zukunft hatte wie sie offensichtlich). Aber ich würde jetzt auf keinen Fall irgendwas sagen, das so klang, als kriegte ich eine Sonderbehandlung. Ich wollte nicht ›die Komische‹ sein. Ich wollte einfach nur mit Stevie Rae befreundet sein und mich in meine neue Clique einfügen.

»Furchtbar«, sagte ich deshalb nur.

»Ja, aber wenn's passiert, geht's wenigstens schnell.«

Ein Teil von mir hätte gern mehr darüber gewusst, wie genau es passierte, aber ein anderer Teil konnte sich nicht überwinden, nach etwas zu fragen, das mir eigentlich totale Panik machte. Zum Glück unterbrach uns Shaunee, bevor ich genug Mut gesammelt hatte, es doch zu tun.

»Wo bleibt ihr denn so lange?«, rief sie uns von der Vortreppe des Tempels aus zu. »Erin und Damien sind schon drin und halten uns einen Platz im Kreis frei, aber ihr wisst doch, sobald das Ritual anfängt, lassen sie keinen mehr rein. Los, macht schon!«

Wir spurteten die Treppe rauf und hinter Shaunee her in den Nyxtempel. Schon in dem gotisch gewölbten Vorraum umströmte mich das süße, wabernde Aroma von Weihrauch. Unwillkürlich verlangsamte ich meinen Schritt.

Stevie Rae und Shaunee drehten sich zu mir um. »Keine Angst, da passiert nichts Schlimmes.« Als Stevie Rae meinen Blick auffing, fügte sie hinzu: »Zumindest nicht *hier*.«

»Das Vollmondritual ist klasse. Du wirst es mögen«, sagte Shaunee. »Ach, und wenn dir gleich eine Vampyrin ein Pentagramm auf die Stirn malt und ›Sei gesegnet‹ zu dir sagt, sagst du einfach auch ›Sei gesegnet‹. Und dann folgst du uns in den Kreis.« Sie lächelte mir ermutigend zu und eilte voraus in den schwach erleuchteten Hauptraum.

Ich packte Stevie Rae am Ärmel. »Wart mal. Ich weiß nicht, ob ich irgendwie doof bin, aber ist das Pentagramm nicht das Zeichen des Bösen oder so was?«

»Hab ich auch gedacht, bis ich hierherkam. Aber das ist nur Müll, den die Gottesfürchtigen verzapfen, um uns glauben zu machen, dass ... Scheiße«, sie zuckte mit den Schultern, »ich weiß nich mal genau, warum sie's den Leuten – den Menschen – unbedingt als böses Zeichen verkaufen müssen. Eigentlich ist das Pentagramm nämlich 'n uraltes Symbol für Weisheit, Schutz und Vollkommenheit. Und ähnlich gutes Zeug. Ein fünfzackiger Stern, mehr nich. Vier Zacken stehen für die Elemente. Der fünfte, der nach oben zeigt, verkörpert den Geist. Das ist alles. Kein Voodoo-Kram oder so.«

»Kontrolle«, murmelte ich, froh, über ein anderes Thema reden zu können als Elizabeth und den Tod.

»Hä?«

»Die Gottesfürchtigen würden gern alles kontrollieren, und ein Teil der Kontrolle besteht darin, dass jeder genau das Gleiche zu glauben hat. Also wollen

sie, dass alle glauben, das Pentagramm sei schlecht.«
Angewidert schüttelte ich den Kopf. »Egal. Komm.
Ich bin bereit – mehr als ich dachte. Gehen wir rein.«

Weiter hinten im Foyer plätscherte Wasser, und
bald kamen wir an einem wunderschönen kleinen
Brunnen vorbei. Danach machte der Eingangsbereich
eine sanfte Biegung nach links, und in einem gewölbten steinernen Torbogen stand eine Vampyrin, die ich
nicht kannte. Sie war ganz in Schwarz gekleidet, mit
einem langen Rock und einer Seidenbluse mit Glo-
ckenärmeln. Der einzige Schmuck, den sie trug, war
die silberne Göttinnenstickerei über der Brust. Ihr
langes Haar war weizenblond. Von ihrem Halbmond
ausgehend umspielten saphirfarbene Spiralen ihr ma-
kelloses Gesicht.

»Das ist Anastasia, die Lehrerin für Zauberei und
Rituale. Und die Frau von Dragon«, flüsterte Stevie
Rae schnell, ehe sie vor die Vampyrin trat und re-
spektvoll die Faust aufs Herz legte.

Anastasia lächelte und tauchte einen Finger in eine
steinerne Schale, die sie in der Hand hielt. Mit der
Flüssigkeit zog sie einen fünfstrahligen Stern über Stevie Raes Stirn.

»Sei gesegnet, Stevie Rae«, sagte sie.

»Sei gesegnet«, erwiderte Stevie Rae. Sie schenkte
mir noch einen aufmunternden Blick, bevor sie in
dem mit Rauchschwaden durchzogenen Raum hinter
dem Torbogen verschwand.

Ich holte tief Luft und schob bewusst jeden Gedanken an Elizabeth, den Tod und all dieses Was-wäre-Wenn von mir weg, zumindest für das Ritual. Festen Schrittes trat ich vor Anastasia hin und legte wie Stevie Rae die Faust aufs Herz.

Die Vampyrin tippte den Finger in die Flüssigkeit, die ich jetzt als Öl erkannte. »Frohes Treffen, Zoey Redbird. Herzlich willkommen im House of Night und in deinem neuen Leben«, sagte sie, während sie mir das Pentagramm auf die Stirn zeichnete. »Und sei gesegnet.«

»Sei gesegnet«, murmelte ich, überrascht über den elektrisierenden Schauer, der durch meinen Körper ging, als der feuchtkalte Stern Form auf meiner Stirn angenommen hatte.

»Geh und schließ dich deinen Freunden an«, sagte sie freundlich. »Du musst nicht nervös sein. Ich glaube, die Göttin hält bereits die Hand über dich.«

»D-danke«, sagte ich und betrat eilig den Raum. Er war ganz in Kerzenlicht getaucht. Von der Decke hingen eiserne Kronleuchter, bestückt mit dicken weißen Kerzen, und entlang der Wände standen mehrere große Kerzenpyramiden. In den Wandleuchtern waren nicht wie in der restlichen Schule pflegeleichte Öllampen installiert – hier waren die Kerzen echt. Ich wusste ja, dass dies hier einst eine dem heiligen Augustinus geweihte Kirche der Gottesfürchtigen gewesen war, aber sie ähnelte keiner Kirche, die ich je zuvor gesehen hatte. Neben der Tatsache, dass sie nur von Kerzen erleuchtet war, gab es auch keine Sitzbänke. (Ich hatte Kirchenbänke sowieso nie gemocht – gibt es irgendwas Unbequemeres?) Das einzige Möbelstück in dem großen Saal war ein alter massiver Holztisch genau in der Mitte, der aussah wie der im Speisesaal – nur dass sich auf diesem hier nicht nur Essen und Wein türmten. Auf dem hier stand zudem eine Marmorstatue der Göttin mit erhobenen Armen, die stark an die Stickerei auf der Kleidung der erwachsenen Vampyre erinnerte. Außerdem brannten auf dem Tisch ebenfalls mehrere dicke, weiße Kerzen in einem großen Leuchter, und daneben qualmten mehrere Räucherstäbchen.

Und dann wurde mein Blick von der offenen Flamme gefesselt, die aus einer Vertiefung mitten im Steinboden brannte. Sie war fast hüfthoch und tanzte wie wild. Sie besaß diese geheimnisvolle Schönheit der gezähmten Gefahr, und sie schien mich zu sich zu locken. Glücklicherweise sah ich noch Stevie Raes Winken, ehe ich dem Impuls folgen konnte. Erst jetzt bemerkte ich – keine Ahnung, wie ich das hatte übersehen können –, dass sich ein dichter Kreis von Schülern und erwachsenen Vampyren gebildet hatte, der sich bis in die Ecken des Saales erstreckte. Unsicher und ehrfürchtig zugleich, zwang ich meine Füße vorwärts und nahm neben Stevie Rae meinen Platz im Kreis ein.

»Na endlich«, hauchte Damien lautlos.

»Sorry«, flüsterte ich zurück.

»Lass sie«, wisperte Stevie Rae. »Sie ist schon nervös genug.«

»*Psst!* Es fängt an«, zischte Shaunee.

Aus der Dunkelheit in den Ecken des Raumes schienen sich vier Gestalten zu lösen. Sie entpuppten sich als Frauen, die sich auf vier entgegengesetzte Punkte des lebenden Kreises verteilten, wie die vier Hauptrichtungen einer Windrose. Aus dem Eingang, durch den ich soeben gekommen war, traten zwei weitere Gestalten. Die eine war ein hochgewachsener Mann – beziehungsweise Vampyr – und Himmel, war der scharf! Diesmal war es wirklich das perfekte Beispiel für das Stereotyp des umwerfend schönen Vampyrs – leibhaftig und aus nächster Nähe. An die eins neunzig groß und mit einem Gesicht, das auf eine Kinoleinwand gehörte.

»Und hier haben wir den einzigen Grund, warum ich diese Scheiß-Lyrik als Wahlfach habe«, flüsterte Shaunee.

»Bin absolut bei dir, Zwilling«, hauchte Erin schwärmerisch.

»Wer ist das?«, fragte ich Stevie Rae ins Ohr.

»Loren Blake, Meisterpoet der Vampyre. Seit zweihundert Jahren der erste männliche Vampyr, der den Titel trägt. Und er ist erst Mitte, Ende zwanzig, und zwar wirklich, nicht nur vom Aussehen her!«

Ich wollte etwas dazu sagen, aber da begann er zu

sprechen, und beim Klang seiner Stimme war mein Mund zu sehr damit beschäftigt, aufzuklappen und offen stehenzubleiben, als dass ich noch irgendwas anderes außer zuhören hätte machen können.

> *In ihrer Schönheit wandelt sie*
> *Wie wolkenlose Sternennacht ...*

Während er sprach, schritt er langsam in den Kreis hinein. Und als ob seine Stimme Musik sei, begann die Frau, die mit ihm gekommen war, sich im Rhythmus zu wiegen und schließlich anmutig um die äußere Seite des Kreises herumzutanzen.

> *Vermählt auf ihrem Antlitz sieh'*
> *Des Dunkels Reiz, des Lichtes Pracht ...*

Wir alle blickten nun zu der tanzenden Frau hin. Plötzlich durchzuckte mich die Erkenntnis, dass es Neferet war. Sie trug ein langes Seidenkleid, das über und über mit winzigen Kristallperlen besetzt war, so dass das Kerzenlicht jede ihrer Bewegungen einfing und ihre Gestalt glitzern und funkeln ließ wie den nächtlichen Sternenhimmel. Ihr Tanz schien das alte Gedicht zum Leben zu erwecken (immerhin war ein Teil meines Hirns noch fähig, so weit zu denken, dass ich es als »In ihrer Schönheit wandelt sie« von Lord Byron erkannte).

Der Dämmrung zarte Harmonie,
Die hinstirbt, wenn der Tag erwacht.

Wie durch Geisterhand waren sowohl Loren als auch Neferet am Ende der Strophe in der Kreismitte angelangt. Neferet nahm einen Kelch vom Tisch und hob ihn in die Höhe, als wolle sie uns allen zu trinken anbieten.

»Seid willkommen zur Feier des vollen Mondes unserer Göttin, Kinder der Nyx!«

»Frohes Treffen«, antworteten die erwachsenen Vampyre im Chor.

Neferet lächelte, stellte den Kelch zurück auf den Tisch und ergriff eine lange weiße Kerze in einem einzelnen Kerzenständer. Mit ihr schritt sie zu einer der um den Kreis verteilten vier Vampyrinnen, die wohl so etwas wie den Kopf des Kreises bildete. Die Vampyrin grüßte sie mit der Faust über dem Herzen und drehte sich dann um, so dass sie Neferet den Rücken zuwandte.

»Pst«, flüsterte Stevie Rae. »Wir drehen uns jetzt nacheinander in die vier Himmelsrichtungen, wenn Neferet die vier Elemente beschwört und so den Kreis der Nyx formt. Zuerst kommen Osten und Luft.«

Schon drehten sich alle – mit kurzer Verspätung auch ich – nach Osten. Aus den Augenwinkeln sah ich, wie Neferet die Arme über den Kopf hob, und ihre Stimme hallte von den Mauern des Tempels wider.

211

Aus dem Osten rufe ich die Luft. Ich bitte dich,
trage die Gabe der Weisheit in diesen Kreis, auf
dass unser Ritual mit Erkenntnis erfüllt sein möge.

Kaum begann Neferet die Beschwörung zu sprechen,
als ich spürte, wie sich die Luft um mich herum veränderte. Sie kam in Bewegung und zauste mein Haar,
und in meinen Ohren rauschte der Gesang des Win-
des in Baumkronen. Ich sah mich um in der Erwartung, alle seien von einem solchen Mini-Wirbelwind
umgeben, aber nirgends bemerkte ich flatterndes
Haar. Merkwürdig.

Die Vampyrin, die im Osten stand, zog eine dicke
gelbe Kerze aus den Falten ihres Kleides, und Neferet
entzündete sie mit ihrer eigenen. Die Frau hob die
flackernde Kerze hoch in die Luft, dann stellte sie sie
zu ihren Füßen ab.

»Dreh dich nach rechts, fürs Feuer«, flüsterte Stevie
Rae wieder. Wir alle drehten uns herum, und Neferet
erhob die Stimme.

Aus dem Süden rufe ich das Feuer. Ich bitte dich,
entfache in diesem Kreis die Gabe der Willenskraft,
auf dass unser Ritual von bindender Macht sein
möge.

Der Wind, der mich sanft angeweht hatte, wich einem
Gefühl von Hitze. Nicht unbehaglich, eher wie die Hit-

ze, die über einem zusammenschlägt, wenn man in eine heiße Badewanne steigt; aber warm genug, dass ich leicht ins Schwitzen kam. Ich schielte zu Stevie Rae hinüber. Sie hatte den Kopf erhoben und die Augen geschlossen, ohne jedes Anzeichen von Schweiß auf ihrem Gesicht. Plötzlich nahm die Hitze noch ein Stück zu. Ich blickte wieder zu Neferet. Sie hatte soeben die große rote Kerze entzündet, die Penthesilea in den Händen hielt. Wie die Vampyrin im Osten hob Penthesilea das Licht in die Höhe, als biete sie es zum Opfer dar, und stellte es dann auf den Boden.

Diesmal brauchte mich Stevie Rae nicht darauf hinzuweisen, mich nach Westen zu drehen. Seltsamerweise wusste ich nicht nur, dass es an der Zeit war, sich dem nächsten Element zuzuwenden, sondern auch, dass es sich dabei um das Wasser handeln würde.

Aus dem Westen rufe ich das Wasser. Ich bitte dich, lass Barmherzigkeit in diesen Kreis strömen, auf dass das Licht des Vollmonds einem jeden von uns Heilung und Verständnis schenke.

Und Neferet entzündete die blaue Kerze der Vampyrin, die im Westen stand. Die Frau hob sie über den Kopf und stellte sie nieder, und in meinen Ohren klang eine sanfte Brandung, und ich roch Salz und Tang. Erwartungsvoll wandte ich mich nach Norden, um den Kreis mit dem Element Erde zu vollenden.

Aus dem Norden rufe ich die Erde. Ich bitte dich,
lass in diesem Kreis die Gabe der Erfüllung aufkei-
men, auf dass die Wünsche und Gebete dieser Nacht
Frucht tragen mögen.

Mit einem Mal spürte ich weiches, dichtes Gras unter meinen Füßen, es roch nach Heu, und Vögel zwitscherten. Eine grüne Kerze wurde entzündet und zu Füßen der Vampyrin des Elements Erde gestellt.

All diese komischen Gefühle, die da über mich hereingebrochen waren, hätten beängstigend sein können, aber sie erfüllten mich mit einer wahnsinnigen, kaum noch erträglichen Leichtigkeit – ich fühlte mich *gut*! So gut, dass ich meine Lippen fest aufeinanderpressen musste, als Neferet sich der Flamme in unserer Mitte zuwandte und wir uns alle wieder zur Mitte orientierten – sonst hätte ich laut aufgelacht vor Glück. Der zum Sterben schöne Dichter stand jenseits der Flamme Neferet gegenüber und hielt eine große violette Kerze in den Händen.

Zuletzt rufe ich den Geist, um unseren Kreis zu voll-
enden. Ich bitte dich, schenke uns Zusammenhalt,
auf dass wir als deine Kinder gemeinsam gedeihen
mögen.

In den völlig irrealen Sekunden, als der Dichter seine Kerze an der großen Flamme entzündete und sie auf den Tisch stellte, schien mein eigener Geist in die Höhe zu sausen, wie von Schwingen getragen, deren Rauschen ich in der Brust spüren konnte. Dann begann Neferet innen im Kreis entlangzugehen und sprach zu uns, und ihre Augen erfassten jeden von uns und schlossen uns in ihre Worte ein.

»Dies ist die Zeit des vollen Mondes. Alles auf der Welt muss wachsen und schwinden, selbst Nyx' Kinder, ihre Vampyre. Doch heute Nacht stehen die Kraft des Lebens, die Magie und die schöpferischen Kräfte auf ihrem Höhepunkt, so wie der Mond unserer Göttin. Dies ist die Zeit zu erschaffen. Die Zeit zu handeln.«

Mit wild pochendem Herzen hörte ich Neferet zu – und begriff mit einem kleinen Schreck, dass sie doch tatsächlich eine Predigt hielt! Das hier war ein Gottesdienst, aber gemeinsam mit der Beschwörung des Kreises der Elemente übten Neferets Worte eine Wirkung auf mich aus, die keine andere Predigt jemals auch nur annähernd erreicht hatte. Ich sah mich um. Vielleicht lag es an der Umgebung. Der Saal war weihrauchgeschwängert und in das flackernde Licht der vielen Kerzen getaucht, was ihm etwas Mystisches verlieh. Neferet war wahrhaftig der Inbegriff einer Hohepriesterin. Ihre strahlende Schönheit machte den Flammen Konkurrenz, und ihrer Stimme war eine Magie eigen, die jeden Anwesenden fesselte. Niemand döste vor sich hin oder machte heimlich Sudoku.

»Dies ist die Zeit, da der Schleier zwischen der Welt der Sterblichen und den unergründlichen, wunderbaren Gefilden der Göttin dünner wird als jemals sonst. In dieser Nacht ist es möglich, mit Leichtigkeit die Grenzen zwischen den Welten zu überwinden und der Wunder und Geheimnisse teilhaftig zu werden, von denen Nyx umgeben ist.«

Ihre Worte brandeten gegen meine Haut und ließen meine Kehle eng werden. Ich erschauerte, und das Mal auf meiner Stirn wurde plötzlich warm und begann zu kribbeln. Dann erhob der Dichter seine tiefe, kraftvolle Stimme. »Dies ist die Zeit, da das Ätherische ins Dasein gewoben werden kann. Aus den Fäden von Raum und Zeit entsteht die Schöpfung. So schließt sich der Kreis des Lebens, das Mysterium der ewigen Wiederkehr. Und die Göttin und ihr Gefährte Erebos wissen darum.«

Bei diesen Worten spürte ich, wie Elizabeth' Tod plötzlich weniger schwer auf mir lastete. Irgendwie kam er mir nicht mehr ganz so grausam und entsetzlich vor. Er wurde auf seltsame Art Teil der natürlichen Welt, in der wir alle unseren Platz hatten.

»Licht und Dunkelheit ... Tag und Nacht ... Tod und Leben ... alles ist miteinander verbunden durch den Geist und die Berührung der Göttin. Solange wir die Balance wahren und unseren Blick auf die Göttin richten, wird es uns möglich sein, aus dem Mondlicht einen Zauber zu weben und daraus einen magischen

Stoff zu wirken, der alle Tage unseres Lebens für uns bewahrt. Schließt die Augen, Kinder der Nyx, und sendet eurer Göttin einen tiefen Wunsch. Heute Nacht, da der Schleier zwischen den Welten dünn ist und die Magie auch das Diesseits durchdringt, wird Nyx vielleicht eure Bitten gewähren und euren Träumen mit ihrem Atem Leben einhauchen.«

Magie! Sie beteten wahrhaftig um Magie! Ob das echt funktionieren würde? Gab es *wirklich* Magie auf dieser Welt? Ich dachte daran zurück, wie mein Geist hatte Worte sehen können, wie mich die Göttin mit ihrer sichtbaren Stimme in den Spalt hinuntergerufen und meine Stirn geküsst und mein Leben für immer verändert hatte. Und wie ich gerade eben noch diese unglaubliche Kraft gespürt hatte, als Neferet die Elemente rief. Das hatte ich mir nicht eingebildet. Das *konnte* ich mir einfach nicht eingebildet haben.

Ich schloss die Augen und konzentrierte mich auf die Magie, die mich förmlich einzuhüllen schien. Und dann sandte ich meinen Wunsch in die Nacht hinaus. *Ich wünsche mir, dazuzugehören … ich wünsche mir, endlich ein Zuhause zu haben, das mir niemand nehmen kann.*

Trotz der Hitze, die von meinem Mal ausging, fühlte ich mich leicht und unwahrscheinlich glücklich, als Neferet uns bat, die Augen wieder zu öffnen. Mit sanfter und zugleich machtvoller Stimme – Frau und Kriegerin in einem – setzte sie das Ritual fort.

»Dies ist die Zeit, ungesehen im vollen Mondlicht zu wandern, die Zeit, zu lauschen, bis man eine Musik vernimmt, die nicht menschlichen noch vampyrischen Ursprungs ist. Die Zeit, eins zu werden mit dem Wind, der uns streichelt«, sie neigte den Kopf leicht nach Osten, »und mit dem Blitzstrahl, in dem sich der erste Schöpfungsfunke wiederholt.« Sie neigte den Kopf nach Süden. »Es ist die Zeit, im ewigen Meer zu versinken und sich vom milden Regen liebkosen zu lassen, um sich schließlich inmitten des grünen Landes wiederzufinden, das uns umgibt und erhält.« Nacheinander erwies sie auch dem Westen und Norden die Ehre.

Und jedes Mal, wenn Neferet ein Element nannte, durchlief mich ein prickelnder Strom.

Dann begaben sich die vier Frauen, die die Himmelsrichtungen symbolisiert hatten, in einer Einheit zum Tisch. Jede von ihnen wie auch Neferet erhoben einen Kelch.

»Gruß dir, o Göttin der Nacht und des Vollmonds!«, sagte Neferet. »Gruß dir, o Nacht, von der unser Heil kommt. In dieser Nacht gilt dir unser Dank!«

Die Frauen nahmen ihren Platz im Kreis wieder ein, jetzt mit den Kelchen in der Hand.

»Im Namen der Nyx, unserer mächtigen Göttin«, sagte Neferet.

»Und ihres starken Gefährten Erebos«, ergänzte der Dichter.

»Aus deinem heiligen Kreis heraus bitten wir dich, schenke uns die Einsicht, die Sprache der Wildnis zu sprechen, mit der Freiheit des Vogels zu fliegen, die Macht und Anmut einer Raubkatze unser zu nennen und im Leben eine Erfüllung und Glückseligkeit zu finden, die uns über uns selbst erheben möge. Seid gesegnet!«

Ich konnte nicht aufhören zu grinsen. So was hatte ich noch nie in einer Kirche gehört, und ganz bestimmt hatte ich mich dort nie so von Energie durchströmt gefühlt, niemals!

Neferet nahm einen Schluck aus ihrem Kelch und bot ihn dann Loren an, der ebenfalls daraus trank und erwiderte: »Sei gesegnet.« Die vier Frauen taten es ihnen nach, indem sie sich rasch den Kreis entlangbewegten, damit jeder, Jungvampyr oder gereifter Vampyr, aus einem der Kelche trinken konnte. Als ich an der Reihe war, freute ich mich über das bekannte Gesicht von Penthesilea, die mir den Kelch und den Segen gab. Das Getränk war Rotwein, und ich erwartete, dass er sauer sein würde wie der Schluck, den ich mal von Moms verstecktem Cabernet probiert (und echt eklig gefunden) hatte, aber das war er nicht. Er war süß und würzig und führte dazu, dass mir noch leichter im Kopf wurde.

Als alle einen Schluck genommen hatten, wurden die Kelche zurück zum Tisch gebracht.

»Heute Nacht möchte ich jeden von euch bitten, zumindest ein bisschen Zeit allein unter dem Vollmond zu verbringen. Lasst sein Licht euch erfrischen und euch dabei helfen, euch daran zu erinnern, wie außergewöhnlich ihr seid ... oder gerade werdet.« Sie lächelte einige der Jungvampyre an, auch mich. »Sonnt euch in eurer Einzigartigkeit. Genießt eure Kraft. Wir stehen durch unsere Gaben abseits der Welt. Vergesst das niemals, denn die Welt wird es ganz sicher niemals vergessen. Nun lasst uns den Kreis schließen und die Nacht in unsere Herzen aufnehmen und dort bewahren.«

In umgekehrter Reihenfolge sprach Neferet jedem Element ihren Dank aus und entließ sie, während die jeweilige Kerze ausgeblasen wurde, und jedes Mal fühlte ich einen kleinen Stich Traurigkeit, als müsste ich von einem guten Freund Abschied nehmen. Dann schloss sie das Ritual mit den Worten: »Die Feier ist beendet. Frohes Treffen, frohes Scheiden, frohes Wiedersehen.«

Und der ganze Kreis antwortete im Chor: »Frohes Treffen, frohes Scheiden, frohes Wiedersehen!«

Und das war's. Mein erstes Ritual der Göttin war vorbei.

Der Kreis löste sich schnell auf – schneller, als ich mir gewünscht hätte. Ich wäre gern noch länger dagestanden und hätte die erstaunlichen Dinge Revue passieren lassen, die ich gespürt hatte, vor allem beim Rufen der Elemente. Aber das war schlicht unmöglich. Eine

Woge von Reden und Lachen schwemmte mich aus dem Tempel. Ich war froh, dass sich alle so angeregt unterhielten, dass sie nicht merkten, wie still ich war. Ich hätte nicht gewusst, wie ich ihnen hätte erklären sollen, was gerade mit mir passiert war. Himmel! Ich konnte es ja nicht mal mir selbst erklären.

»He, glaubt ihr, heute Abend gibt's wieder was Chinesisches?«, fragte Shaunee. »Dieses Mu-Gu-Zeugs letzten Vollmond war *so* geil. Und in meinem Glückskeks stand ›Sie werden sich einen Namen machen‹ – das war fast noch besser.«

»Mir so egal, was wir kriegen, Hauptsache, wir kriegen überhaupt was. Ich verhungere!«, sagte Erin.

»Ich auch«, verkündete Stevie Rae.

»In diesem Punkt kann ich euch nur vollauf zustimmen«, sagte Damien und hakte Stevie Rae und mich unter. »Gehen wir essen.«

Da fiel es mir siedend heiß wieder ein. »Äh, Leute.« Das schöne kribbelnde Gefühl, das das Ritual in mir verursacht hatte, war wie weggeblasen. »Ich kann nicht. Ich muss –«

»Mann, sind wir blöd!« Stevie Rae schlug sich so hart gegen die Stirn, dass es klatschte. »Das hab ich total vergessen.«

»Oh, Shit!«, sagte Shaunee.

»Die Hexen der Hölle«, sagte Erin.

»Soll ich dir eine Portion aufheben?«, fragte Damien fürsorglich.

221

»Nein. Aphrodite meinte, da gäb's genug zu essen.«

Shaunee verzog das Gesicht. »Rohes Fleisch wahrscheinlich.«

»Ja, von einem armen Kerl, den sie in ihrem fiesen Spinnennetz gefangen hat«, schlug Erin vor.

»Nämlich in dem zwischen ihren Beinen«, erklärte Shaunee.

»Hört auf, ihr macht sie nur verrückt.« Stevie Rae begann mich zur Tür zu schieben. »Ich zeig ihr, wo der Freizeitraum ist, und danach komm ich zu euch an den Tisch.«

Draußen sagte ich schnell zu ihr: »Okay, bitte sag mir, dass das mit dem rohen Fleisch nur ein dummer Spruch war!«

»Es war nur ein dummer Spruch«, meinte sie wenig überzeugend.

»Na toll. Ich mag nicht mal blutiges Steak. Was soll ich machen, wenn sie mich wirklich mit rohem Fleisch füttern wollen?« Darüber, *was* für Fleisch das wäre, wollte ich gar nicht erst nachdenken.

»Wart mal, irgendwo hab ich noch Magentabletten. Soll ich dir eine mitgeben?«, fragte Stevie Rae.

»Ja, danke ...« Mir war jetzt schon ganz schlecht.

Sechzehn

D a sind wir.« Verlegen und voller Unbehagen war Stevie Rae vor ein paar Stufen stehen geblieben, die zu einem runden Backsteinbau auf einem kleinen Hügel im östlichen Teil des Schulgeländes hinaufführten. Er war von dicken Eichen umgeben, die ihn in noch größere Dunkelheit tauchten, als es die Nacht sowieso schon tat. Ich konnte nur vage einen Schimmer von Gaslichtern oder Kerzen am Eingang ausmachen. Durch die hohen Bogenfenster, in denen ich Buntglasmosaike zu erkennen meinte, drang nicht mal die Ahnung von Licht nach außen.

»Okay, ja dann … Danke für die Tablette.« Ich versuchte unbekümmert zu klingen. »Und halt einen Platz für mich frei. Das hier dauert sicher nicht so lange. Wenn es fertig ist, kann ich hoffentlich noch zum Essen nachkommen.«

»Mach dir kein' Stress. Vielleicht triffst du ja wen, mit dem du dich noch unterhalten willst. Ist schon okay. Ich hab damit kein Problem. Und Damien und den Zwillingen sag ich, du machst Feindbeobachtung.«

»Ich werde ganz bestimmt keine von denen, Stevie Rae.«

»Glaub ich dir«, sagte sie, aber ihre Augen waren verdächtig weit aufgerissen.

»Also bis nachher dann.«

»'kay. Bis dann.« Und sie machte sich auf den Weg zurück zum Hauptgebäude.

Ich konnte den Anblick nicht ertragen – sie sah so richtig verloren aus, wie ein geprügeltes Hündchen. Um nicht länger hinsehen zu müssen, stieg ich die Stufen hoch und redete mir ein, dass es auf keinen Fall schlimmer werden konnte als damals, als meine Barbie-Schwester mich dazu überredet hatte, mit ihr ins Cheerleading-Camp zu fahren (keinen blassen Schimmer, was ich mir dabei bloß gedacht hatte). Wenigstens würde *dieses* Fiasko keine ganze Woche dauern. Vermutlich würde es einfach noch mal so einen coolen Kreis mit ungewöhnlicher Predigt geben, was sogar ganz nett wäre, und dann was zu essen. Das wäre dann mein Stichwort, um mich freundlich lächelnd zu verdünnisieren. Easy-peasy.

In den Fackelhaltern links und rechts vom Eingang brannten Gaslampen, keine offenen Flammen wie im Nyxtempel. Ich wollte gerade nach dem schweren eisernen Türklopfer greifen, aber mit einem Geräusch, das beunruhigend einem Seufzen ähnelte, entzog sich die Tür meiner Berührung und schwang nach innen auf.

»Frohes Treffen, Zoey.«

Ohmeingott. Erik. Ganz in Schwarz. Mit seinem dunklen Haar und den unwahrscheinlich blauen Augen sah er aus wie Clark Kent – na ja okay, zum Glück ohne die Streberbrille und die Pomadenfrisur … Äh, ich verglich ihn also schon wieder mit Superman – ohne Cape und Catsuit mit S-Emblem auf der Brust, aber darauf konnte er von mir aus gern verzichten …

Im nächsten Moment wurden alle wirren Gedankensprünge in meinem Kopf beendet, weil Erik mir mit seinem in Öl getauchten, warmen Zeigefinger sanft das Pentagramm auf die Stirn zeichnete.

»Sei gesegnet«, sagte er.

»Sei gesegnet«, erwiderte ich, und ich war heilfroh, dass ich nicht quiekte oder krächzte und überhaupt einen Ton rauskriegte. Und, o Gott, er roch unendlich gut, aber ich konnte nicht ausmachen, wonach. Jedenfalls nicht nach so einem penetranten, künstlichen Aftershave. Er roch wie … wie … so wie ein Wald riecht, nachts nach einem Regen. Erdig und rein und …

Da hörte ich ihn sagen: »Du kannst reingehen.«

»Oh. Äh. Danke«, erwiderte ich äußerst intelligent.

Ich trat ein – und blieb sofort stehen. Das Gebäude bestand aus einem einzigen großen runden Raum. Wände und Fenster waren ganz mit schwarzem Samt verhängt, der keinen Strahl des silbernen Mondlichts durchließ. Unter dem Stoff zeichneten sich groteske Umrisse ab, und mein Magen zog sich schon wieder nervös zusammen, da fiel mir ein – so viel zum Thema Intelligenzbestie –, dass das hier ja ein Freizeitraum war. Sie hatten Fernseher, Spieltische und sonstigen Kram, der hier normalerweise stand, an die Wände geschoben und zugedeckt, damit es, na ja, unheimlicher aussah. Dann wurde mein Blick von dem Kreis angezogen, der in der Mitte des Raums leuchtete. Er bestand aus Kerzen in hohen roten Gläsern – wie die Gebetskerzen in den mexikanischen Abteilungen von Supermärkten, die nach Rosen und alten Damen riechen. Es waren bestimmt über hundert. Die Silhouetten der Jungs und Mädels, die sich redend und kichernd lose darum geschart hatten, wirkten in ihrem Licht geisterhaft rötlich. Alle waren in Schwarz gekleidet, und mir fiel sofort auf, dass niemand hier ein Abzeichen auf der Brust trug. Stattdessen trug jeder eine dicke Silberkette mit einem seltsamen Anhänger um den Hals. Er bestand aus zwei Mondsicheln, deren Rücken einen Vollmond flankierten.

»Hi, Zoey!«

Aphrodites Stimme glitt nur kurz vor ihrem Körper durch den Raum. Sie trug ein schwarzes Kleid, auf dem Onyxperlen schimmerten. Es wirkte auf unheimliche Art wie das dunkle Gegenstück von Neferets wunderschönem Kleid. Auch sie trug die Silberkette, aber ihr Anhänger war größer, mit einem Rand aus roten Edelsteinen – vielleicht Granat. Ihr offenes Haar umgab sie wie ein goldener Schleier. Sie war schon fast unnatürlich schön.

»Danke, Erik, dass du Zoey begrüßt hast. Ab jetzt kann ich mich um sie kümmern.« Sie klang ganz normal, und ganz kurz legte sie ihm sogar die ultragepflegten Fingerspitzen auf den Arm – für jemanden, der nicht eingeweiht war, eine scheinbar freundschaftliche Geste. Aber ihr Gesicht war hart und kalt, und ihr Blick versengte ihn buchstäblich.

Erik sah kaum zu ihr hin und entzog seinen Arm ganz offensichtlich ihrer Berührung. Mir lächelte er noch flüchtig zu und entfernte sich dann, ohne Aphrodite weiter zu beachten.

Super. Ich konnte es hervorragend gebrauchen, mitten in so ein bescheuertes Trennungstheater zu geraten. Aber irgendwie konnte ich nichts dagegen tun, dass mein Blick Erik durch den Raum folgte.

Ich war so dumm. Mal wieder. Seufz.

Aphrodite räusperte sich, und ich versuchte (erfolglos) nicht so auszusehen, als wäre ich gerade dabei erwischt worden, etwas zu tun, was ich besser nicht tun sollte. Ihr scheinheiliges tückisches Lächeln ließ keinen Zweifel daran, dass sie absolut kapiert hatte, dass ich Erik nicht uninteressant fand (und er mich). Wieder fragte ich mich, ob sie wusste, dass das im Gang gestern ich gewesen war.

Nicht, dass ich sie einfach hätte fragen wollen.

Aphrodite winkte mir, mit ihr mitzukommen. »Ich hab dir was zum Anziehen mitgebracht. Du solltest dich beeilen.« Über die Schulter warf sie mir einen ungnädigen Blick zu. »So kannst du definitiv nicht zu einem Ritual der Töchter der Dunkelheit erscheinen.«

Unser Ziel entpuppte sich als das Mädchenklo. Hier reichte sie mir eilig ein Kleid, das über einer der Trennwände gehangen hatte, und schob mich unsanft in die Kabine. »Häng deine Klamotten auf den Haken und nimm sie später einfach so in dein Zimmer mit.«

Ich hatte nicht den Eindruck, dass man ihr widersprechen sollte. Außerdem fühlte ich mich sowieso schon genug als Außenseiter. In meinen Schulklamotten kam ich mir vor, als sei ich auf einer Party im Entenkostüm erschienen, weil niemand mir gesagt hatte, dass es *kein* Kostümfest war – und alle anderen trugen Jeans und T-Shirt.

Hastig streifte ich meine Sachen ab und zog das schwarze Kleid über den Kopf. Es passte – wunderbar. Es war schlicht, aber elegant und aus diesem weichen anschmiegsamen Stoff, der nie knittert. Es hatte lange Ärmel und einen weiten runden Ausschnitt, so dass meine Schultern fast ganz bloßlagen (zum Glück trug ich einen schwarzen BH). Um den gesamten Ausschnitt herum, an den Säumen der Ärmel und über dem Knie war es mit winzigen roten Glitzerperlen bestickt. Es war richtig schön. Und als ich wieder in meine Schuhe schlüpfte, war ich sehr darüber erleichtert, dass schöne, neutrale Ballerinas zu jedem Outfit passen. Dann trat ich wieder nach draußen. »Also, passen tut's.«

Aber Aphrodite beachtete das Kleid gar nicht, sondern blickte wieder auf mein Mal. So langsam kriegte ich die Krise. Ja, verdammt, mein Scheiß-Mal ist ausgefüllt, jetzt kommt endlich mal drüber weg! Aber ich sagte natürlich nichts. Das hier war ihre ›Party‹, und ich war nur Gast – im Klartext: Ich war zahlenmäßig klar unterlegen –, also verhielt ich mich besser schön unauffällig.

»Da ich das Ritual leiten werde – natürlich –, werde ich währenddessen leider keine Zeit haben, dir das Händchen zu halten.«

Okay, ich hätte einfach den Mund halten sollen, aber sie raubte mir echt den letzten Nerv. »Ich brauche niemanden, der mir die Hand hält, Aphrodite.«

Ihre Augen verengten sich, und ich machte mich auf die nächste Psycho-Szene gefasst. Aber sie lächelte nur – alles andere als nett. Es sah aus wie ein Zähnefletschen. Falsche Schlange, dachte ich und erwartete fast, Gift von ihren Zähnen tropfen zu sehen.

»Nein, natürlich nicht«, sagte sie. »Son kleines Ritual nimmst du doch mal schnell im Vorbeigehen mit auf deiner Kometenbahn nach oben, Neferets neuer kleiner Liebling.«

Na toll. Phantastisch. Zusätzlich zu der Erik-Sache und dieser völlig gestörten Fixierung auf mein Mal war sie also auch noch eifersüchtig auf mich, weil Neferet meine Mentorin war.

»Aphrodite, ich bin ganz bestimmt nicht Neferets neuer Liebling. Ich bin *neu*, das ist alles.« Ich versuchte ganz neutral zu klingen und schaffte es sogar zu lächeln.

»Von mir aus. Also, bist du fertig?«

Ich nickte. Dann halt kein vernünftiges Gespräch. Hoffentlich war dieses blöde Ritualzeug schnell vorbei.

»Na dann los.« Wir verließen das Klo, und sie führte mich zu zwei Mädchen im Kreis, die ich als zwei von den ›Hexen der Hölle‹ wiedererkannte, die im Speisesaal um sie herumscharwenzelt waren. Außer dass sie diesmal nicht aussahen, als hätten sie gerade eine Zitrone gefrühstückt, sondern freundlich lächelten.

Oder sagen wir: Sie taten so. Und ich genauso. Auf feindlichem Terrain empfiehlt es sich, sich unschuldig und/oder dumm zu stellen.

»Hi, ich bin Enyo«, sagte die Größere der beiden. Sie war – natürlich – blond, aber wenigstens nicht so goldblond, sondern eher weizenblond, wobei das im Kerzenlicht schwer zu sagen war. Aber ich war immer noch sicher, dass die Farbe auf keinen Fall echt war.

»Hi«, sagte ich.

»Und ich bin Deino«, erklärte die andere. Sie vereinigte in sich die Traumkombination von samtig kaffeebrauner Haut – mit einem guten Schuss Milch – und beneidenswert dichten Locken, die sich bestimmt nie wild durch die Gegend ringelten, egal wie nass sie waren. Die zwei waren einfach unverschämt perfekt.

»Hi«, begrüßte ich sie ebenfalls. Sie rückten beiseite, und ich stellte mich zwischen sie. Irgendwie hatte ich ein bisschen Platzangst dabei.

»Viel Spaß, ihr drei«, sagte Aphrodite.

»Den werden wir haben!«, grinsten Enyo und Deino im Chor. Bei dem Blick, den alle drei tauschten, überlief es mich kalt. Ich riss meine Aufmerksamkeit von ihnen los, bevor mein gesunder Menschenverstand meinen Stolz besiegen konnte und ich die Flucht ergriff.

Jetzt hatte ich freie Sicht auf die Mitte des Kreises. Wieder war sie ähnlich gestaltet wie im Nyxtempel, nur dass hier neben dem Tisch ein Stuhl stand, auf dem jemand saß. Also, mehr oder weniger. Eigentlich war der Jemand eher in sich zusammengesunken und hatte eine Kapuze übers Gesicht gezogen.

Hmmm …

Der Tisch war jedenfalls wie die Wände mit einem schwarzen Tuch verhängt, und darauf standen eine Göttinnenstatue, eine Schüssel mit Obst und Brot, einige Kelche und ein Krug. Und ein Messer. Mit zusammengekniffenen Augen vergewisserte ich mich, dass ich richtig sah. Ja, eindeutig. Ein Messer mit Elfenbeingriff und langer, fies gebogener Klinge, die viel zu scharf wirkte, um damit gefahrlos Brot oder Obst zu schneiden. Ein Mädchen, das ich glaubte schon im Gemeinschaftsraum gesehen zu haben, zündete gerade die dicken Räucherstäbchen an, die in verzierten Halterungen auf dem Tisch verteilt standen, ohne das auf dem Stuhl zusammengesunkene Etwas im mindesten zu beachten.

Ich schwör's: Der Rauch, der aufstieg, war grünlich und breitete sich sofort wie geisterhafte Tentakel im ganzen Raum aus. Ich hatte den gleichen süßen Geruch erwartet wie im Tempel der Nyx, aber als einer der fedrigen Rauchfetzen auch mich erreichte, roch er bitter und seltsam bekannt. Ich runzelte die Stirn. Was roch bloß so? Fast wie Lorbeer mit einem Hauch Nelken. (Irgendwann musste ich Grandma mal dafür danken, dass sie mir beigebracht hatte, den Geruch von Gewürzen auseinanderzuhalten.) Ich schnupperte neugierig. Mit einem Mal bekam ich ein leicht schwummriges Gefühl. Komisch. Und der Weihrauch war auch komisch. Er schien ständig den Geruch zu ändern, wie ein teures Parfüm, das auf jeder Haut anders riecht. Ich atmete nochmals ein. Ja, Lorbeer und Nelken, aber mit einem seltsam strengen, bitteren Nachgeschmack … dunkel, mystisch und verlockend … und verrucht.

Verrucht? Oh. Jetzt wusste ich es.

Ach du Schande! Sie räucherten uns mit einer Mischung aus Gewürzen und Marihuana ein! Unglaublich.

Seit Jahren wehrte ich mich heldenhaft gegen den Gruppenzwang und sagte jedes Mal nein, egal wie höflich man mir auf Partys oder wann auch immer einen Zug aus einer dieser zusammengespachtelten Tüten anbot. (Ich meine, bitte. Das ist ja nicht mal hygienisch, und warum sollte ich mir ein Zeug reinziehen wollen, von dem man nur Heißhunger auf fettes Junkfood kriegt?) Und jetzt stand ich hier mitten im Haschnebel. Seufz. Kayla würde vom Glauben abfallen.

Plötzlich kriegte ich Paranoia (lag vielleicht an der Gras-Invasion) und schaute mich um, ob nicht gleich ein Lehrer reinstürmte und uns alle packte und, keine Ahnung, an irgendeinen unaussprechlich schrecklichen Ort verschleppte, in so ein grauenhaftes Boot-Camp oder so …

Aber anders als beim offiziellen Ritual im Nyxtempel war hier kein Lehrer zu sehen. Überhaupt waren nur etwa zwanzig Leute da. Es waren immer noch leise Unterhaltungen im Gange, und niemand schien sich um das Hasch zu scheren (Pot-Heads). Ich versuchte flach zu atmen und wandte mich dem Mädchen rechts von mir zu. Bei Zweifeln (oder Panik) – betreibe Smalltalk.

»Deino … Das ist ein ziemlich, äh, ungewöhnlicher Name. Bedeutet er was Besonderes?«

Sie lächelte zuckersüß. »Ja. Die Schreckliche.«

Von der anderen Seite mischte sich gutgelaunt die

große Blonde ein. »Und Enyo heißt ›die Kriegerische‹.«

»Oh.« Es gab nicht viel, was ich sonst sagen konnte, um höflich zu bleiben.

»Ja, und die dort bei den Räucherstäbchen ist Pemphredo, die Wespe«, erklärte Enyo weiter. »Die Namen stammen aus der griechischen Mythologie, es waren die drei Schwestern der Gorgonen. Dem Mythos nach wurden sie schon als Greisinnen geboren und hatten nur ein Auge und einen Zahn. Aber wir sind der Meinung, dass das nur bescheuerte Chauvi-Propaganda ist, die die Menschenmänner verzapft haben, um starke Frauen kleinzuhalten.«

»Ach, echt?« Mehr fiel mir dazu nicht ein. Echt nicht.

»Ja, echt«, sagte Deino. »Menschenmänner sind scheiße!«

»Die sollte man alle umbringen«, fügte Enyo hinzu.

Zum Glück setzte bei dieser entzückenden Idee Musik ein, und das Gespräch verstummte zwangsläufig.

Na ja, die Musik war auch nicht viel besser. Ihr tiefer, rhythmischer Puls war modern und urtümlich zugleich. Als hätte jemand so einen nervtötenden Shake-your-Body-Song mit einem Fruchtbarkeitstanz gemixt. Und dann fing zu meinem Schrecken Aphrodite an, um den Kreis herumzutanzen. Gut, sie sah verdammt sexy aus. Sie hatte echt einen tollen Körper und bewegte sich wie Catherine Zeta-Jones in *Chicago*. Aber irgendwie packte es mich nicht. Und ich meine, nicht etwa deshalb, weil ich nicht lesbisch wäre (oder gerade, weil ich nicht lesbisch bin). Sondern weil es mir vorkam wie ein billiger Abklatsch von Neferets Tanz zu »In ihrer Schönheit wandelt sie«. Wenn diese Musik ein Gedicht gewesen wäre, hätte als Titel dazu vielleicht so was gepasst wie »Mit ihrem Hinterteil kreist die Schlampe«.

Alle anderen waren natürlich wie gebannt von Aphrodites Pornonummer, also konnte ich mich in aller Seelenruhe im Kreis umsehen und redete mir dabei ein, dass ich definitiv nicht nach Erik suchte, bis … oh Shit … ich ihn auch schon entdeckte. Er stand mir fast direkt gegenüber. Und er war der Einzige im Raum, der nicht Aphrodite anstarrte. Sondern mich. Ich fragte mich fieberhaft, ob ich wegschauen oder ihn anlächeln oder ihm zuwinken oder was auch immer sonst machen sollte (Damien hatte gesagt, ich sollte ihn anlächeln, und Damien war selbsternannter Experte beim Thema Jungs), als die Musik verstummte und ich wieder zu Aphrodite schaute. Sie stand in der Kreismitte vor dem Tisch. Zielstrebig nahm sie eine große violette Altarkerze in die eine Hand und das Messer in die andere. Die Kerze vor sich ausgestreckt wie ein Leuchtfeuer, schritt sie zu einer Stelle im Kreis hin, wo ich jetzt zwischen den roten Kerzen eine gelbe bemerkte. Ohne dass der Krieg oder der

Schrecken (meine Güte, was für Namen) es mir hätten sagen müssen, drehte ich mich nach Osten. Aus den Augenwinkeln sah ich, dass sie die gelbe Kerze entzündete, gerade als mir ein kleiner Wind durch die Haare fuhr. Dann erhob sie das Messer und zeichnete damit ein Pentagramm in die Luft.

Sturmwind, ich rufe dich im Namen der Nyx.
Gib deinen Segen, ich bitte dich,
zu der Magie, die zu wirken wir versammelt sind!

Ich gebe zu, sie war gut. Nicht so von Macht erfüllt wie Neferet, aber ihre seidige Stimme war durchaus geschult und trug in jeden Winkel. Wir drehten uns nach Süden, und sie trat zu der dicken roten Kerze hin, die nicht von Glas umgeben war wie die anderen. Ich konnte bereits die Magie des Kreises und die Hitze des Feuers auf meiner Haut spüren.

Blitzfeuer, ich rufe dich im Namen der Nyx.
Gewitterlohe und Zauberglanz,
leih mir deine Macht für meine Magie!

Wieder wechselten wir die Richtung. Ganz unerwartet und in seltsamem Einklang mit Aphrodite war mir, als werde ich fortgerissen, hingeschwemmt zu der blauen Kerze, die zwischen den roten stand. Ich musste alle Kraft aufbieten, um nicht aus dem Kreis auszu-

brechen und gemeinsam mit Aphrodite die Beschwörung des Wassers zu sprechen.

Regenströme, ich rufe euch im Namen der Nyx.
Verleiht mir eure überflutende Kraft,
um diesen machtvollen Ritus zu wirken!

Was zur Hölle war los mit mir? Ich schwitzte wie verrückt, und mein Mal war nicht nur ein bisschen warm
wie bei dem ersten Ritual vorhin, sondern brannte wie
glühendes Eisen, und ich hörte definitiv das Brausen
der See in den Ohren. Wie betäubt drehte ich mich
zum letzten Mal nach rechts.

Erde fest und feucht, ich rufe dich im Namen der
   Nyx.
Bäume dich auf im Strudel der Macht,
der entsteht durch mein Wirken mit deiner Hilfe!

Wieder zerschnitt das Messer die Luft. Meine rechte
Handfläche kribbelte, als sehne sie sich danach, selbst
die Klinge zu führen. Ich roch gemähtes Gras und
hörte das Rufen einer Nachtschwalbe, als gleite sie
unsichtbar dicht neben mir durch die Luft. Aphrodite
trat wieder in die Mitte des Kreises und stellte die
noch immer brennende violette Kerze wieder auf
ihren Platz auf der Tischplatte. Dann schloss sie die
Beschwörung ab.

Geist wild und frei, ich rufe dich zu mir im Namen
der Nyx!
Höre mich, begleite mich in diesem mächtigen Ritual
und schenke mir die Macht deiner Göttin!

Und irgendwie wusste ich, was sie als Nächstes tun würde. Ich konnte die Worte in mir hören – in meinem eigenen Geist. Als sie den Kelch nahm und im Kreis entlangzugehen begann, tönten ihre Worte tief in mir wider, und obwohl Aphrodite nicht Neferets Macht und sicheres Auftreten hatte, entzündeten sie etwas in mir. Ich brannte förmlich von innen heraus.

»Dies ist die Nacht, da der Mond unserer Göttin seine volle Kraft entfaltet. Groß und erhaben ist sie. Die Vampyre aus alten Zeiten kannten die Geheimnisse dieser Nacht und wussten sie zu nutzen, um sich zu stärken … und um den Schleier zwischen den Welten zu heben und Dinge zu erleben, von denen wir heute nur noch träumen können. Geheimnisvoll waren sie – mystisch und magisch –, die Verkörperung wahrer Schönheit und Macht, unbefleckt von menschlichen Regeln oder Gesetzen. Wir sind *keine* Menschen!« Und ihre Stimme hallte von den Wänden wider, gar nicht so unähnlich der von Neferet vorhin. »Und alles, worum deine Töchter und Söhne der Dunkelheit in diesem Ritual bitten, ist, was wir schon das ganze letzte Jahr zu jedem Vollmond erbeten haben. Befreie die Macht in uns, auf dass wir den großen Raubkatzen der Wildnis, unseren Brüdern, in Anmut und Stärke gleich werden, befreit von den Fesseln der Menschen, losgelöst von ihren Vorbehalten und Schwächen.«

Dicht vor mir blieb Aphrodite stehen. Ich weiß, dass ich genauso erhitzt war und schwer atmete wie sie. Sie hob den Kelch und bot ihn mir an.

»Trink, Zoey Redbird, und bitte Nyx gemeinsam mit uns um das, was unser ist, nach dem Recht des Blutes, des Leibes und des Males der großen Wandlung – des Males, mit dem sie dich bereits bedacht hat.«

Ja, ich weiß, vermutlich hätte ich nein sagen sollen. Aber wie? Und plötzlich wollte ich auch gar nicht mehr. Ich mochte Aphrodite definitiv nicht und traute ihr noch viel weniger. Aber war das, was sie sagte, nicht grundsätzlich wahr? Die Reaktion meiner Mom und des Stiefpenners auf mein Mal standen mir wieder klar im Gedächtnis, ebenso wie Kaylas furchtsamer Blick und Dustins und Drews Feindseligkeit. Und dass mich, seit ich weg war, niemand angerufen oder mir wenigstens eine SMS geschrieben hatte. Ich war abgeschoben, aus den Augen, aus dem Sinn – sollte ich doch selbst sehen, wie ich in meinem neuen Leben klarkam.

So traurig es war, es machte mich auch verdammt wütend.

Ich packte den Kelch und nahm einen tiefen

Schluck. Es war Wein, wie bei dem offiziellen Ritual, schmeckte aber ganz anders. Auch süß, aber mit einer besonderen Note darin, die ich noch nie zuvor geschmeckt hatte. In meinem Mund wurde eine Explosion der Sinne entfacht, die eine heiße, bittersüße Spur in meiner Kehle hinterließ und einen wilden, schwindelerregenden Durst nach mehr auslöste.

»Sei gesegnet«, zischte Aphrodite und riss mir den Kelch wieder aus der Hand, so dass etwas von der roten Flüssigkeit über meine Finger schwappte. Dann zuckte ein schmales, triumphierendes Lächeln über ihre Lippen.

»Sei gesegnet«, gab ich automatisch zurück. Mein Kopf schwirrte noch von dem Geschmack. Während sie Enyo den Kelch anbot, konnte ich nicht anders, als mir die Finger abzulecken, um den Wein noch einmal zu schmecken. Köstlich war gar kein Ausdruck. Und er roch … er roch vertraut …, aber durch den rauschenden Taumel in meinem Kopf konnte ich mich nicht darauf konzentrieren, wo ich so etwas Unglaubliches schon mal gerochen hatte.

Es dauerte nicht lange, bis Aphrodite jedem einen Schluck gewährt hatte und den Kreis wieder schloss. Ich beobachtete sie genau und wünschte, ich könnte noch einen Schluck haben, doch sie kehrte zum Tisch zurück und hob noch einmal den Kelch.

»Große, magische Göttin der Nacht und des Vollmonds, die du durch Sturm und Donner reitest, gefolgt und umschwärmt von den Geistern unserer Ahnen, Schöne und Erhabene, vor der selbst die Ältesten sich neigen müssen, hilf uns bei unserem Anliegen. Erfülle uns mit deiner Kraft, Magie und Macht!«

Dann hob sie den Kelch an die Lippen, und ich sah neidisch zu, wie sie alles bis zum letzten Tropfen austrank. Als sie fertig war, begann die Musik wieder zu spielen. Im Takt schlängelte sie sich in der Gegenrichtung durch den Kreis. Lachend und tanzend entließ sie nacheinander die Elemente und blies die dazugehörigen Kerzen aus. Und während sie tanzte, verschwamm mir plötzlich alles vor Augen. Ihre Gestalt schien zu changieren und zu wabern, und plötzlich glaubte ich wahrhaftig, Neferet zu sehen – nur jünger, eine unausgereifte, rohe Version der jetzigen Hohepriesterin.

»Frohes Treffen, frohes Scheiden, frohes Wiedersehen!«, sagte sie schließlich. Wir wiederholten den Gruß im Chor, und ich blinzelte heftig, bis sich die seltsame Neferet-in-Aphrodite-Vision auflöste. Auch mein Mal hörte auf zu brennen. Aber den Wein schmeckte ich immer noch. Das war einfach völlig gestört. Eigentlich mag ich Wein nicht, wirklich, ich kann den Geschmack einfach nicht leiden. Aber an diesem Wein war etwas … etwas so Köstliches, da konnten selbst Godiva-Schokotrüffel nicht mithalten (kaum zu glauben, ich weiß). Und mir war immer noch ein Rätsel, warum es mir vertraut vorkam.

Dann begannen alle zu reden und zu lachen, und der Kreis löste sich auf. Die Gaslampen an der Decke wurden angedreht, und wir mussten in der plötzlichen Helligkeit blinzeln. Ich spähte herum, ob Erik mich noch beobachtete, da wurde mein Blick von einer Bewegung am Tisch abgelenkt. Die Person, die das ganze Ritual hindurch zusammengesunken und reglos dagesessen hatte, bewegte sich endlich. Sie schwankte ein bisschen und setzte sich dann erst mal richtig auf. Die Kapuze fiel zurück, und entsetzt erkannte ich den ungepflegten rotblonden Wuschelkopf und das zu blasse, pausbäckige Gesicht.

Es war dieser beknackte Elliott! Was bitte hatte der denn bei den Töchtern und Söhnen der Dunkelheit verloren? Ich warf noch einen Blick durch den Raum – jep, genau wie ich gedacht hatte: Keiner der Teilnehmer sah auch nur annähernd unattraktiv oder uncool aus. Jeder hier, wirklich jeder außer Elliott, sah supergut aus. Nein, der gehörte definitiv nicht dazu.

So wie er blinzelte und gähnte, sah es aus, als hätte er eine Dosis zu viel Hasch abgekriegt. Dann hob er die Hand, um sich was von der Nase zu wischen (wahrscheinlich einen von seinen geliebten Popeln), und ich sah, dass seine Handgelenke weiß verbunden waren. Was ...?

Ein schreckliches, unheimliches Gefühl kletterte mir langsam den Rücken hinauf. Nicht weit von mir standen Enyo und Deino, in eine lebhafte Unterhaltung mit dem Mädchen namens Pemphredo vertieft. Ich ging hinüber und wartete, bis eine kleine Gesprächspause entstand. Ohne mir anmerken zu lassen, dass mein Magen mir gerade massiv den Kampf ansagte, nickte ich lächelnd Richtung Elliott.

»Was macht der eigentlich hier?«

Enyo warf einen Blick auf ihn und verdrehte die Augen. »Nichts. Nur unser heutiger Kühlschrank.«

Deino verzog verächtlich den Mund. »Volltrottel.«

»Kaum besser als ein Mensch«, sagte Pemphredo angewidert. »Zapfhahn ist echt das Einzige, wozu der taugt.«

Mein Magen versuchte sich auf links zu drehen. »Wart mal, das kapier ich nicht so ganz. Kühlschrank? Zapfhahn?«

Deino die Schreckliche musterte mich von oben herab aus ihren stolzen schokoladenfarbenen Augen. »So nennen wir die Menschen. Kühlschrank. Zapfhahn. Kleiner Imbiss zwischendurch.«

»Von mir aus auch Hauptmahlzeit«, säuselte die kriegerische Enyo.

»Mir ist immer noch nicht –«, wollte ich anfangen, aber Deino fiel mir ins Wort. »Ach komm schon, jetzt tu nicht so, als wär dir nicht klar gewesen, was im Wein war, und als wärst du nicht voll drauf abgefahren.«

»Ja, gib's zu, Zoey. Das war doch offensichtlich.

Du hättest doch alles runtergestürzt, wenn du gedurft hättest, du warst ja noch schärfer darauf als wir. Ich hab doch gesehen, wie du dir die Finger abgeleckt hast.« Enyo beugte sich so unerträglich dicht zu mir, dass sie eindeutig meine Intimsphäre angriff, und starrte mein Mal an. »Du bist echt ein Freak, oder? Grade mal Gezeichnet, aber vampyrischer geht's nicht mehr. Blutdurst ohne Ende.«

»Blut?« Ich erkannte meine eigene Stimme nicht. In meinem Kopf hallte unaufhörlich das Wort ›Freak‹ wider.

»Ja, *Blut*«, sagte die Schreckliche.

Mir wurde heiß und kalt zugleich. Ich wandte den Blick von ihren hämischen Gesichtern ab und traf unversehens auf Aphrodites Augen. Sie stand auf der anderen Seite des Raumes und redete mit Erik. Als sie meinen Blick bemerkte, begann sie langsam und nachdrücklich zu lächeln. Sie hatte wieder den Kelch in der Hand, und ehe sie ihn noch einmal an die Lippen hob, prostete sie mir kaum merklich damit zu. Und dann drehte sie sich zu Erik um und lachte über etwas, das er gerade gesagt haben musste.

Ich riss mich zusammen, verabschiedete mich lahm von den drei Grausigen und verließ möglichst ruhig den Raum. Kaum hatte ich die schwere Holztür hinter mir geschlossen, rannte ich los wie gestört. Ich hatte keinen Plan, wohin, Hauptsache, weit weg von hier.

Ich hatte Blut getrunken – noch dazu das von diesem ekelhaften Elliott –, und es hatte mir geschmeckt! Noch schlimmer, der köstliche Geruch war mir deshalb so vertraut gewesen, weil ich ihn schon mal gerochen hatte – an Heath auf dem Schulparkplatz. Das war kein neues Eau de Cologne gewesen, was mich so angezogen hatte – es war das Blut an seinen Händen. Und ich hatte es wieder gerochen, als Aphrodite gestern im Gang Eriks Schenkel aufgeschlitzt hatte und ich das Verlangen gehabt hatte, zu lecken …

Ich war ein Freak.

Schließlich bekam ich keine Luft mehr. Ich klappte an der stabilen Außenmauer der Schule zusammen und kotzte mir die Seele aus dem Leib.

Siebzehn

Zitternd wischte ich mir mit dem Handrücken notdürftig den Mund ab und taumelte ein paar Meter von der Kotze weg (ich wollte gar nicht näher darüber nachdenken, was ich da von mir gegeben hatte und wie es aussah), bis ich an eine dicke Eiche kam, die so nahe an der Mauer stand, dass die Hälfte ihrer Zweige darüberhing. Ich lehnte mich an den Stamm und hoffte, dass ich mich nicht noch mal übergeben musste.

Was hatte ich getan? Was passierte da mit mir?

Da hörte ich auf einmal ein Miauen über mir. Na ja, eigentlich war es nicht wirklich ein »Miau«, sondern eher ein grantiges »-Mi-ie-uf-mie-ief-uf-*schnüff*«.

Ich schaute nach oben. Auf einem Zweig, der an die Mauer stieß, saß eine kleine rote Katze, starrte mich mit riesigen Augen an und war ganz offensichtlich äußerst missgestimmt.

»Ja, was machst denn du da oben?«

»Mie-ef«, sagte sie, nieste einmal und balancierte zögernd Millimeter für Millimeter auf dem Zweig entlang; anscheinend wollte sie näher zu mir kommen.

»Na komm her! Miez, miez, miez«, lockte ich.

»Mi-ie-ef-au«, beklagte sie sich, während sie ungefähr eine Pfotenlänge weiterkroch.

»Ja, sehr gut, komm, weiter! Genau so, noch ein Schrittchen.« Jep – ich verdrängte gerade erstklassig meine Riesenpanik und kanalisierte sie komplett auf die Rettung der Katze, aber ganz ehrlich, mein Kopf war noch gar nicht dazu fähig, zu verarbeiten, was eben passiert war. Vielleicht später. Viel später. Das war alles einfach noch zu frisch. Und da war die Katze eine perfekte Ablenkung. Außerdem kam sie mir irgendwie bekannt vor. »Na komm, Kleine, komm schon ...« Während ich ihr gut zuredete, suchte ich einen Riss in der Mauer, in den meine Fußspitze passte, und stemmte mich hoch, bis ich den Ast, auf dem die Katze saß, dicht am Stamm zu fassen bekam. Ich hangelte mich höher die Mauer hinauf, während ich weiter beruhigend auf die Katze einredete, die ihrerseits nicht aufhörte, sich bei mir zu beschweren.

Endlich war ich in Reichweite. Eine lange Zeit betrachteten wir einander reglos, und ich fragte mich plötzlich, ob sie ahnte, was mit mir los war. Merkte sie, dass ich gerade Blut getrunken (und gemocht) hatte? Roch mein Atem vielleicht danach (und nach Kotze!)? Und sah ich womöglich anders aus? Hatte ich plötzlich Reißzähne gekriegt? (Na gut, die letzte

Überlegung war bescheuert. Erwachsene Vampyre haben auch keine Reißzähne. Aber trotzdem.)

Sie machte wieder »mi-ie-ef-au« und kroch noch ein Stück näher heran. Ich hielt ihr die Hand hin und kraulte sie dann am Kopf. Sie senkte die Ohren und begann mit geschlossenen Augen zu schnurren.

»Du siehst ja aus wie eine kleine Löwin, du«, sagte ich zu ihr. »Siehst du, wie viel schöner du gleich bist, wenn du nicht dauernd so rumzeterst?« Da kapierte ich plötzlich überrascht, warum sie mir so bekannt vorkam, und starrte sie an. »Du warst in meinem Traum!« Durch den Klumpen Angst und Übelkeit in mir fuhr ein kleiner freudiger Stoß. »Du bist meine Katze!«

Sie öffnete die Augen, gähnte und nieste noch mal, als wollte sie sagen: *Das hat aber lang gedauert, du Penntüte*. Ich hievte mich mit einem angestrengten Grunzen noch höher, bis ich auf der Mauer neben dem Ast saß, auf dem die Katze kauerte. Sie gab einen niedlichen Seufzer von sich, sprang anmutig von dem Ast auf die Mauer, tappte auf winzigen weißen Pfötchen zu mir hin und kuschelte sich in meinen Schoß. Anscheinend war jetzt alles gut, außer dass sie am Kopf gekrault werden wollte. Dabei schloss sie wieder die Augen und schnurrte genüsslich. Ich streichelte sie und bemühte mich, selbst zur Ruhe zu kommen. Die Luft roch nach Regen, aber insgesamt war die Nacht für Ende Oktober sehr warm. Ich legte den

Kopf in den Nacken, atmete tief durch und nahm das ruhige, silberne Mondlicht in mich auf, das durch die Wolken schimmerte.

Dann sah ich wieder die Katze an. »Tja, Neferet hat ja gemeint, wir sollen heute wenigstens ein paar Minuten allein mit dem Vollmond sein.« Wieder spähte ich zum Himmel hinauf. »Nur die Wolken könnten sich mal verziehen …«

Ich hatte kaum ausgesprochen, als ein leichter Wind aufkam und die fedrigen Wolken unvermittelt zerstreute.

»Oh. Danke«, sagte ich laut in die Nacht hinein. »Das kam echt gelegen.« Die Katze gab einen kleinen Laut von sich, um mich darauf aufmerksam zu machen, dass ich die Frechheit besessen hatte, mit dem Kraulen aufzuhören. Ich machte schnell weiter damit. »Weißt du was, Süße, ich nenne dich Nala. Weil du aussiehst wie eine kleine Löwin. Hm? … Du, ich bin so froh, dass du mich gerade jetzt gefunden hast. Das hab ich echt gebraucht – mal was Gutes nach all der Scheiße heute Nacht. Du hast ja keine Ahnung –«

Ich brach ab, als ein ganz seltsamer Geruch zu mir hochwehte. Ich schnupperte und krauste die Nase. Was war das? Es roch alt und muffig, wie ein verlassenes Haus oder ein alter dunkler Keller. Kein sehr schöner Geruch, aber auch nicht so schlimm, dass mir wieder übel geworden wäre. Er war nur irgendwie falsch, er gehörte nicht hierher ins Freie.

Da sah ich etwas aus den Augenwinkeln. Ich ließ den Blick die lange, gewundene Mauer entlangschweifen. Da – nicht weit entfernt stand ein Mädchen, halb von mir abgewandt, als wüsste sie nicht genau, in welche Richtung sie gehen sollte. Nur dank des Mondlichts und der Tatsache, dass ich seit dem Beginn der Wandlung im Dunkeln viel besser sah, bemerkte ich sie überhaupt, obwohl keine einzige Gaslaterne in der Nähe war. Ich spürte, wie ich unwillkürlich verkrampfte. War mir etwa eine von diesen Höllenhexen gefolgt? Heute Nacht konnte ich echt nicht noch mehr von deren Scheiß gebrauchen.

Mein imaginäres Stöhnen musste doch zu hören gewesen sein, denn das Mädchen sah zu mir nach oben und entdeckte mich.

Entsetzt schnappte ich nach Luft, und namenloses Grauen packte mich.

Es war Elizabeth! Diese Elizabeth Kein-Nachname, die eigentlich tot sein sollte! Als sie mich sah, weiteten sich ihre Augen, die seltsam rötlich zu glühen schienen, und sie gab einen unheimlichen kurzen Schrei von sich. Dann wirbelte sie herum und verschwand mit übermenschlicher Geschwindigkeit in der Nacht.

Im selben Moment machte Nala einen Buckel und fauchte so heftig, dass ihr kleiner Körper richtig bebte.

Ich hielt sie fest und streichelte sie panisch. »Schon gut, alles okay!«, wiederholte ich pausenlos, auch um mich selbst zu beruhigen – wir zitterten beide, und Nala grollte noch immer tief in der Kehle. »Das war bestimmt kein Geist. Das war … das war … einfach ein komisches Mädchen. Ich hab sie bestimmt erschreckt, und sie –«

»Zoey! Zoey! Bist du das?!«

Ich fuhr so zusammen, dass ich fast von der Mauer fiel. Nala wurde es definitiv zu viel. Sie fauchte noch mal mit aller Kraft und machte einen sauberen Satz von meinem Schoß hinunter auf den Boden. In absoluter Megapanik krallte ich mich an dem Ast fest und spähte in die Nacht hinaus.

»Wer – wer ist da?«, rief ich über das Pochen meines Herzens hinweg. Da richteten sich wie Kometen zwei grelle Strahlen von Taschenlampen auf mich, und ich konnte nichts mehr erkennen.

»Klar ist sie's! Als ob ich nicht mehr die Stimme meiner besten Freundin erkennen würde! Mann, *so* lang ist sie ja nun wirklich noch nicht weg!«

»Kayla?« Mit einer Hand, die irrsinnig zitterte, versuchte ich meine Augen vor dem gleißenden Licht abzuschirmen.

»Na also, ich hab doch gesagt, wir finden sie«, sagte eine tiefere Stimme. »Du willst immer so schnell aufgeben.«

»Heath?« Vielleicht träumte ich das alles ja nur.

»Jep! Whoo-hoo! Wir haben dich, Baby!«, grölte er. Und selbst in dem scheußlich blendenden Licht sah ich, wie er Anlauf nahm, an der Mauer hochsprang und weiter nach oben kraxelte wie ein zu groß geratener blonder Affe.

Ich war unfassbar erleichtert, dass er es war und nicht wieder irgendein Schreckgespenst. »Heath«, rief ich ihm zu. »Sei vorsichtig! Wenn du runterfällst, brichst du dir noch was!« Außer wenn er auf dem Kopf landete. Das merkte er bestimmt nicht mal.

»Ich doch nicht!« Er zog sich das letzte Stück hoch und setzte sich rittlings neben mich. »Hey, Zoey, zieh dir das mal rein – guck mich an, ich bin der König der Welt!« Und wie ein kompletter Vollidiot breitete er die Arme weit aus und blies mir seine Bierfahne mitten ins Gesicht.

Kein Wunder, dass ich mich schon länger nicht mehr mit ihm treffen wollte.

»Okay, du musst mir nicht bis in alle Ewigkeit meine total verjährte Ex-Leonardo-Geschmacksverirrung unter die Nase reiben!« Als ich ihn anfunkelte, fühlte ich mich so gut wie seit Stunden nicht mehr. »Die Geschmacksverirrung mit dir war übrigens auch nicht viel besser. Hat zum Glück nicht so lang angehalten, aber du hast ja auch keinen einzigen Film gedreht, nicht mal rührselige Schmachtstreifen.«

»He, bist du etwa echt noch sauer wegen Dustin und Drew? Vergiss die, das sind blöde Spackos.« Er schaute mich mit dem Hundeblick an, den ich noch total süß gefunden hatte, als er in der achten Klasse war. Nur dumm, dass das Kindchenschema seit über zwei Jahren nicht mehr auf seiner Seite war. »Und überhaupt, wir sind extra den ganzen Weg hergefahren, weil wir dich hier raushauen wollen.«

»Was?!« Ich blinzelte ihn kopfschüttelnd an. »Wart mal. Macht doch endlich mal die Taschenlampen aus, ich werd noch blind davon.«

»Dann sehen wir aber nix«, erklärte Heath.

»Okay, dann leuchtet wenigstens woandershin. Dahin von mir aus.« Ich deutete weg von der Schule (und von mir). Beide folgten meiner Bitte. Endlich musste ich nicht mehr die Augen zukneifen und konnte die Hand fallen lassen, die erfreulicherweise aufgehört hatte zu zittern. Heath' Augen weiteten sich, als er mein Mal erblickte. »Hammer! Das ist ja ganz blau geworden. Wow! Sieht aus wie … wie … wie im Fernsehen oder so.«

Oh Mann. Manche Dinge ändern sich echt nie. Das war Heath, wie ich ihn kannte – supersüß, aber nicht die hellste Birne im Leuchter.

»He! Und was ist mit mir? Ich bin auch noch da!«, schrie Kayla. »Hilft mir mal jemand hoch, aber vorsichtig. Ich muss noch meine neue Tasche irgendwohin legen. Oh, und die Schuhe zieh ich am besten auch aus. Zoey, du hast echt was verpasst gestern bei Bakers. Alle Sommerschuhe total reduziert. Also, *total*, manche siebzig Prozent! Ich hab mir fünf Paar für insgesamt …«

»Hilf ihr hoch«, bat ich Heath. »Bitte schnell. Sonst redet sie bis übermorgen weiter.«

Oh ja, manche Dinge ändern sich nie.

Heath rutschte herum, bis er flach auf dem Bauch lag, und streckte die Hände nach Kayla aus. Kichernd packte sie sie und ließ sich von ihm auf die Mauer hochziehen. Und während sie kicherte und er zog, bemerkte ich es: die unmissverständliche Art, *wie* sie kicherte – und ihn dabei angrinste und leicht rot wurde. Es war so klar wie die Tatsache, dass ich nie Mathematikerin werden würde: Kayla fand Heath gut. Okay, nicht gut. Sie fand ihn *toll*.

Heath' schuldbewusster Kommentar von wegen Fremd-Rummachen auf dieser Party, auf der ich nicht gewesen war, bekam plötzlich einen ganz eindeutigen Sinn.

»Wie geht's denn Jared?«, fragte ich Kayla unvermittelt.

Ihr Gekicher stoppte sofort. »Ich denk, okay«, sagte sie, ohne mich anzusehen.

»Du denkst?«

Sie hob die Schultern, und ich sah, dass sie unter ihrer echt süßen Lederjacke das winzige cremefarbene Spitzentop trug, das wir ›Titten-Top‹ nannten, weil es nicht nur ultraweit ausgeschnitten, sondern auch noch fast hautfarben war und den Eindruck vermittelte, dass es sogar noch mehr zeigte, als es eigentlich tat.

»Weiß nicht. Hab schon ein paar Tage nicht mehr so richtig mit ihm geredet.«

Sie sah mich immer noch nicht an, stattdessen warf sie einen verstohlenen Blick auf Heath, der aussah, als würde er überhaupt nichts peilen – aber so sah er immer aus. Na toll. Meine beste Freundin machte sich also an meinen Freund ran. Das pisste mich richtig an, und ich wünschte mir auf einmal, die Nacht wäre nicht so warm, sondern richtig kalt, damit Kayla sich ihre überdimensionalen Melonen abfror.

Da blies von Norden her eine heftige eisige Brise um uns – fast erschreckend frostig. Kayla zog so unauffällig wie möglich die Jacke wieder zu und kicherte noch mal, diesmal eher nervös als kokett. Noch eine Welle von Bierdunst wehte mich an, gemischt mit etwas anderem, das ich erst vor so kurzer Zeit gerochen hatte, dass ich mich fragte, wie ich es nicht sofort hatte riechen können.

»K, hast du etwa gesoffen *und* gekifft?«

Sie fröstelte und blinzelte mich an wie ein leicht verblödetes Häschen. »Nur ein paar. Bierchen, mein ich. Und äh, also, Heath hatte sone winzige Tüte, und ich hatte echt total Angst hierherzukommen, also hab ich so zwei, drei Züge genommen.«

»Zur psychischen Stärkung«, sagte Heath, aber mit Fremdwörtern war er immer überfordert; es klang wie ›pschüchen‹.

»Und seit wann kiffst *du*?«, fragte ich ihn.

Er grinste. »Mach doch kein' Aufstand, Zo. Nur ganz ab und zu. He, davon wird man nicht so leicht süchtig wie von normalen Kippen.«

Ich hasste es echt, wenn er mich Zo nannte. Ich nahm all meine Geduld zusammen. »Heath. Das ist eine total bescheuerte Behauptung, und selbst wenn sie stimmen sollte, heißt das nicht viel. Rauchen ist eklig und ungesund. Und mal ehrlich, kiffen tun nur die größten Loser auf unserer Schule. Außerdem kannst du's dir echt nicht erlauben, noch mehr Gehirnzellen zu verlieren.« Oder Spermien, hätte ich fast hinzugefügt. Aber in die Richtung wollte ich jetzt auf keinen Fall. Dann kriegte Heath nur falsche Vorstellungen.

»Hey, hey«, sagte Kayla.

»Was, Kayla?«, fragte ich.

Sie hielt die Jacke immer noch fest, um den Wind abzuhalten, aber das bemitleidenswerte Häschen hatte sich in eine hinterhältige, lauernde Katze verwandelt. Ich kannte diesen Gesichtsausdruck. Sie hatte ihn oft drauf, wenn sie mit Mädels redete, die sie nicht als Freundinnen betrachtete. Ich hatte das noch nie gemocht und mich immer wieder mit ihr gestritten, sie solle nicht so *fies* sein. Und jetzt machte sie genau diesen Scheiß mit *mir*?

»Ich wollte nur sagen, dass nicht nur Loser kiffen, zumindest nicht, wenn sich's in Grenzen hält. Du kennst doch diese zwei megascharfen Runningbacks von Union, Chris Ford und Brad Higeons? Die waren gestern auf Katies Party, und sie kiffen auch.«

»He, so geil sind die auch nicht«, warf Heath ein.

Kayla schenkte ihm keine Beachtung. »Und Morgan kifft auch manchmal.«

»Morgan? Du meinst Morgie aus der Dance Squad?« Ja, ich *war* sauer auf K – aber Lästern bleibt Lästern.

»Jep. *Und* sie hat sich gerade die Zunge und die« – sie brach ab und formte mit den Lippen das Wort »Klitoris« – »piercen lassen. Kannst du dir vorstellen, was das für *Schmerzen* gewesen sein müssen?!«

»Was? Was hat sie sich piercen lassen?«, wollte Heath wissen.

»Nichts«, sagten Kayla und ich gleichzeitig und klangen dabei irritierenderweise wie die dicken Freundinnen, die wir vor kurzem noch gewesen waren.

»Aber du lenkst ab, K! Noch mal von vorn. Die Union-Spieler waren doch schon immer scharf auf Drogen. Hey – erinnert ihr euch nicht mehr an die Sache mit den Steroiden? Deshalb haben wir ja sechzehn Jahre gebraucht, um sie mal wieder zu schlagen!«

»Yeah! Go, Tigers, Arschkick für Union«, sang Heath.

Ich warf ihm einen genervten Blick zu. »Und Morgan hat doch definitiv nicht mehr alle Latten am Zaun, was man schon allein daran sieht, dass sie sich die ...«, ich schielte noch mal kurz zu Heath rüber, »die Zunge pierct *und* raucht. Nenn mir eine *normale* Person, die kifft.«

K dachte einen Augenblick nach. »Ich!«

Ich seufzte. »K, ich glaube einfach, dass du dir damit keinen Gefallen tust.«

Das hasserfüllte Glitzern kehrte in ihren Blick zurück. »Tja, du weißt halt auch nicht immer alles!«

Ich sah von ihr zu Heath und wieder zurück. »Hast natürlich recht. Ich weiß nicht *alles*.«

Flüchtig sah sie etwas bestürzt aus, dann wurde ihr Ausdruck aber wieder boshaft. Und plötzlich konnte ich nicht anders, als sie mit Stevie Rae zu vergleichen. So kurz ich die auch erst kannte – ich war mir absolut sicher, dass sie niemals versuchen würde, mir meinen Freund auszuspannen, selbst wenn es ein Fast-Ex wäre. Ich glaubte auch nicht, dass sie vor mir abhauen und mich wie ein Monster behandeln würde, wenn ich sie am nötigsten brauchte.

»Ich finde, es wäre langsam Zeit für dich zu verschwinden«, sagte ich zu Kayla.

»Okay«, sagte sie.

»Und wenn ich du wäre, würde ich auch nicht wiederkommen.«

Sie zuckte mit einer Schulter. Dabei ging ihre Jacke auf, und der dünne Träger des Tops rutschte von ihrer Schulter. Sie hatte nicht mal einen BH an.

»Wenn du meinst«, sagte sie.

»Hilf ihr runter, Heath.«

Im Ausführen einfacher Befehle war Heath sehr gut. Er hielt Kayla fest und ließ sie langsam hinunter. Sie richtete die Taschenlampe auf uns. »Beeil dich, Heath, mir ist verdammt kalt.« Dann drehte sie sich um und stapfte in Richtung Straße davon.

»Na dann …«, sagte Heath etwas verlegen. »Ist echt ganz schön kalt geworden plötzlich.«

»Ja, das könnte von mir aus auch wieder aufhören«, sagte ich geistesabwesend und kriegte kaum mit, dass der Wind sofort abflaute.

»Äh, Zo, ich bin echt hier, um dich rauszuhauen.«

»Danke, nein.«

»Hä?«

»Heath, schau dir meine Stirn an.«

»Ja, ich weiß, du hast diesen Halbmond. Und er ist ganz blau, das war er beim letzten Mal noch nicht.«

»Jetzt schon. Heath, hör mir bitte mal richtig zu. Ich bin Gezeichnet worden. Das bedeutet, mein Körper wird sich verändern. Ich mache die Wandlung durch und werde zum Vampyr.«

Heath löste den Blick von meinem Mal und ließ ihn meinen Körper hinunterwandern. Seine Augen ruhten ziemlich lange auf meiner Brust und meinen Beinen (wobei mir auffiel, wie hoch mir der Rock beim Klettern gerutscht war – fast bis zum Schritt).

»Zo, was mit deinem Körper passiert, ist mir total

egal. Du siehst megagut aus. Nicht, dass du vorher nicht schön warst, aber jetzt siehst du aus wie … 'ne Göttin.« Er lächelte mich an und berührte sanft meine Wange. Jetzt wusste ich wieder, warum ich ihn so lange Zeit so gemocht hatte. Trotz all seiner Fehler. Heath konnte wirklich süß sein, und er hatte mir immer das Gefühl gegeben, wunderschön zu sein.

»Heath«, sagte ich leise. »Es tut mir leid, aber die Dinge haben sich geändert.«

»Für mich nicht.« Völlig unvermutet beugte er sich vor, legte mir eine Hand aufs Knie und küsste mich.

Ich fuhr zurück und packte sein Handgelenk. »Lass das, Heath! Ich versuche gerade, mit dir zu reden.«

»Du kannst doch reden, und ich kann küssen«, flüsterte er.

Ich wollte wieder abwehren.

Da fühlte ich es.

Sein Pulsschlag unter meinen Fingern.

Er ging stark und schnell. Ich schwöre, ich konnte ihn sogar hören. Und als Heath sich wieder vorbeugte, um mich zu küssen, konnte ich die Ader an seinem Hals sehen. Sie zuckte leicht im Takt seines Pulses. Blut … Seine Lippen legten sich über meine, und ich musste an den Geschmack des Blutes in dem Kelch denken. Jenes Blut war kalt und mit Wein gemischt gewesen und kam von einem ekligen Idioten. Heaths Blut würde heiß und frisch sein … und süß, viel süßer als das von Elliott, dem Kühlschrank …

»Au! Mann, du hast mich gekratzt!« Er riss sein Handgelenk aus meinem Griff. »Scheiße, Zo, ich blute. Sag doch einfach was, wenn du nicht willst, dass ich dich küsse.«

Er hob das blutende Handgelenk an den Mund und saugte die Blutstropfen auf, die darauf glänzten. Dann sah er mir in die Augen – und erstarrte. Auf seinen Lippen war Blut. Ich konnte es riechen. Und wirklich, es roch unendlich viel besser als der Wein. Der Duft umschmeichelte mich. Ich kriegte Gänsehaut von oben bis unten.

Ich wollte es kosten. Es gab nichts, was ich in meinem Leben jemals so sehr gewollt hatte.

»Ich will …«, hörte ich mich mit völlig fremder Stimme flüstern.

»Ja …«, antwortete Heath wie in Trance. »Ja … was immer du willst. Ich tue alles.«

Dieses Mal war ich es, die sich vorbeugte. Ich leckte ihm das Blut von den Lippen, und der Geschmack explodierte auf meiner Zunge – Hitze – ein Rausch der Sinne – eine nie gekannte, wilde Ekstase.

»Mehr«, keuchte ich.

Heath schien die Gabe der Sprache verloren zu haben. Mit einem einzigen Nicken hielt er mir das Handgelenk hin. Es blutete kaum noch. Als ich die dünne rote Linie ableckte, stöhnte er auf. Die Berührung meiner Zunge schien irgendetwas mit der Wunde zu machen, denn sofort begann der Kratzer stärker zu bluten. Schneller und schneller perlten die Tropfen ... Mit zitternden Händen hob ich sein Handgelenk an den Mund und presste die Lippen gegen die warme Haut. Ich erschauerte und stöhnte vor Verzückung und ...

»Gott im Himmel, was *machst* du da!?« Kaylas Schrei durchschnitt förmlich den scharlachroten Nebel in mir.

Ich ließ Heath' Handgelenk fallen, als hätte ich mich daran verbrannt.

»Hör auf!«, kreischte Kayla. »Lass ihn in Frieden!«

Heath machte keine Anstalten, sich zu bewegen.

»Verschwinde«, sagte ich zu ihm. »Verschwinde und komm nie wieder her!«

»Nein«, sagte er. Es klang beängstigend nüchtern.

»Doch. Verzieh dich!«

»Lass ihn in Ruhe!«, schrie Kayla.

»Kayla, halt's Maul, oder ich flieg von der Mauer und saug dich bis auf den letzten Tropfen Blut aus, du miese Verräterschlampe!«, fauchte ich sie an.

Sie kiekste auf und rannte davon, so schnell die Beine sie trugen. Ich drehte mich zu Heath um, der mich noch immer anstarrte.

»Und du gehst jetzt auch.«

»Ich hab keine Angst vor dir, Zo.«

»Heath, ich hab genug Angst für uns beide.«

»Aber ich hab kein Problem damit, was du gerade gemacht hast. Ich liebe dich, Zoey. Mehr denn je.«

»Hör auf damit!« Ich hatte nicht schreien wollen, aber die Gewalt meiner Worte ließ ihn zusammenzucken. Ich schluckte hart und sprach ruhiger weiter. »Bitte geh einfach. Bitte.« Ich suchte fieberhaft nach einem triftigen Grund, damit er abhaute. »Kayla ist sicher schon dabei, die Bullen zu holen. Das können wir beide nicht gebrauchen.«

»Okay. Dann geh ich halt. Aber nicht für immer.« Er küsste mich noch einmal schnell und leidenschaftlich. Auf unser beider Lippen schmeckte ich noch immer Blut, und weißglühende Verzückung durchfuhr mich. Dann hangelte er sich die Mauer hinab und verschmolz mit der Dunkelheit, bis ich nur noch den winzigen Punkt der Taschenlampe sehen konnte. Und dann gar nichts mehr.

Ich erlaubte mir nicht, nachzudenken. Nicht jetzt. Mit systematischen Bewegungen, wie ein Roboter, kletterte ich zwischen Mauer und Baum auf der Innenseite hinunter. Als ich wieder auf dem Boden landete, zitterten meine Knie so stark, dass ich nur bis zum Stamm der Eiche wanken konnte. Dort sank ich zu Boden und lehnte mich mit dem Rücken an die sicherheitspendende uralte Rinde. Von irgendwoher tauchte unvermittelt Nala auf und sprang mir in den Schoß, als sei sie schon seit Jahren meine Katze und nicht erst seit ein paar Minuten. Und als ich zu schluchzen begann, reckte sie sich hoch zu meinem Gesicht und rieb das warme Köpfchen an meiner feuchten Wange.

Eine scheinbar endlose Zeit später wurden die Schluchzer zu Hicksern, und ich begann mir zu wünschen, ich wäre nicht so kopflos aus dem Raum gerannt. In meiner Handtasche hätte ich noch Taschentücher gehabt.

»Hier. Du siehst aus, als könntest du so was brauchen.«

Ich fuhr zusammen, und Nala beschwerte sich verärgert. Durch die Tränen blinzelte ich zu der Hand hoch, die mir ein Taschentuch entgegenstreckte. Ich nahm es und wischte mir die Nase ab. »D-danke ...«

»Gern geschehen«, sagte Erik Night.

Achtzehn

Alles in Ordnung?«

»Ja, alles okay. Mir geht's gut«, log ich.

»So siehst du aber nicht aus«, sagte Erik. »Hast du was dagegen, wenn ich mich zu dir setze?«

»Nein, mach nur«, sagte ich matt. Meine Nase war garantiert knallrot, ich hatte mir definitiv den Rotz mit dem Handrücken abgewischt, als er schon ganz in der Nähe war, und mir kam der schleichende Verdacht, dass er zumindest einen Teil des Albtraums zwischen Heath und mir mitbekommen hatte. Diese Nacht wurde einfach immer schrecklicher. Ich schielte zu ihm rüber und dachte mir, scheiß drauf, dann kann ich den Abwärtstrend genauso gut fortsetzen. »Falls du's nicht schon von selber gemerkt hast, das war ich, die dich und Aphrodite gestern im Gang gesehen hat.«

Er zögerte nicht mal. »Ich weiß. Und ich wünschte, du hättest es nicht gesehen. Ich will nicht, dass du eine falsche Vorstellung von mir kriegst.«

»Und was für 'ne Vorstellung wäre das?«

265

»Dass zwischen mir und Aphrodite mehr läuft als in Wirklichkeit.«

»Ist nicht meine Sache.«

Er zuckte die Schultern. »Ich will nur, dass du weißt, dass sie und ich nicht mehr zusammen sind.«

Ich wollte schon sagen, dass ich nicht den Eindruck hatte, dass Aphrodite sich dessen bewusst war, aber dann dachte ich wieder daran, was gerade zwischen Heath und mir abgegangen war. Und mir wurde klar, dass ich Erik vielleicht nicht zu hart beurteilen sollte.

»Okay, ihr seid also nicht zusammen«, sagte ich.

Er schwieg eine Weile. Als er wieder die Stimme erhob, klang er fast verärgert. »Sie hatte dir vorher nichts von dem Blut im Wein gesagt.«

Es klang nicht nach einer Frage, aber ich antwortete trotzdem. »Nope.«

Er schüttelte den Kopf, und sein Kiefer spannte sich an. »Sie hatte mir gesagt, sie würde es tun. Wenn du dich umziehen würdest. Damit du den Kelch ablehnen könntest, wenn du es nicht trinken wolltest.«

»Dann hat sie gelogen.«

»Überrascht mich nicht«, sagte er.

»Ach ja?« Auch in mir stieg die Wut über die ganze Sache hoch. »Das war einfach alles nur totaler Mist! Erst werde ich dazu gezwungen, an dem Ritual teilzunehmen, wo ich nichtsahnend Blut vorgesetzt kriege. Und dann treffe ich auch noch meinen Fast-Exfreund, der zufällig das Musterbeispiel eines Menschen ist, und keine verdammte Sau erklärt mir, dass der winzigste Tropfen von seinem Blut mich in ... in ein Monster verwandeln würde!« Ich biss mir auf die Lippe und konzentrierte mich auf meine Wut, um nicht schon wieder anzufangen zu heulen. Außerdem beschloss ich, zumindest den Elizabeth-Geist nicht zu erwähnen – das war nun doch eindeutig zu viel für eine Nacht.

»Das mit dem Blut hat dir niemand erklärt, weil du das, was du da schilderst, eigentlich erst im letzten Schuljahr spüren solltest«, sagte er ruhig.

»Hä?« Meine Eloquenz war mal wieder berauschend.

»Blutdurst bekommt man üblicherweise erst, wenn man schon fast komplett gewandelt ist. Manchmal passiert es auch schon in der Unterprima, aber nicht besonders oft.«

»Aber ... das heißt ...?« Mein Gehirn fühlte sich an, als summte ein Bienenschwarm darin herum.

»In der Unterprima kriegt man erstmals Fächer, die sich mit dem Blutdurst und all den anderen Sachen beschäftigen, mit denen man als Vampyr klarkommen muss. Und dann, in der Oberprima, dreht sich der ganze Unterricht hauptsächlich nur noch darum – außer in den Fächern, die man als Hauptfach wählt.«

»Aber ich bin grade mal in der Untersekunda! Und auch das ja nur kaum, ich bin doch erst vor kurzem Gezeichnet worden!«

»Dein Mal ist aber anders. *Du* bist anders.«

»Ich will nicht anders sein!«, schrie ich unwillkürlich, brachte meine Stimme aber rasch wieder unter Kontrolle. »Ich will das hier genauso durchmachen wie alle anderen!«

»Zu spät, Z«, sagte er.

»Und was jetzt?«

»Am besten solltest du wohl mit deinem Mentor reden. Du hast Neferet, oder?«

»Ja«, sagte ich düster.

»Hey, Kopf hoch. Neferet ist toll. Und sie muss echt an dich glauben, wenn sie sich entschieden hat, deine Mentorin zu werden. Das macht sie sonst kaum noch.«

»Ich weiß, ich weiß. Das alles ist nur … ich fühl mich so …« Ja, wie fühlte ich mich eigentlich bei dem Gedanken, Neferet alles erzählen zu müssen, was heute Nacht passiert war? Verlegen. Als wär ich noch mal zwölf Jahre alt und müsste meinem männlichen Turnlehrer sagen, dass ich meine Periode gekriegt hatte und in die Umkleide musste, um eine frische Unterhose anzuziehen. Ich spähte zu Erik hin. Da saß er, atemberaubend und aufmerksam und absolut göttlich. Nein, das konnte ich ihm beim besten Willen nicht sagen. »Dumm«, entfuhr es mir. »Ich fühl mich total dumm dabei.« Was auch nicht gelogen war, aber außer dumm und verlegen war ich auch noch ziemlich verängstigt. Ich wollte nicht, dass ich wegen dieser blöden Sache zur Außenseiterin wurde.

»Du musst dich nicht dumm fühlen. Eigentlich bist du uns anderen nämlich ein ganzes Stück voraus.«

»Also …« Ich zögerte. Nach einem tiefen Atemzug sprach ich schnell weiter. »Wie hat dir denn das Blut in dem Kelch geschmeckt?«

»Hm, das ist so. Mein erstes Ritual bei den Töchtern der Dunkelheit hatte ich am Ende der Untersekunda. Außer dem ›Kühlschrank‹ war ich damals der Einzige aus meinem Jahrgang dort – wie du heute Nacht.« Er lachte kurz und freudlos auf. »Sie hatten mich nur deshalb eingeladen, weil ich den Shakespeare-Monologwettbewerb gewonnen hatte und am nächsten Tag zur internationalen Entscheidung nach London fliegen sollte.« Er warf mir einen etwas verlegenen Blick zu. »Bis dahin hatte es niemand aus unserem House of Night je nach London geschafft. Die haben einen Riesen-Hype darum gemacht.« Er schüttelte den Kopf und fuhr selbstironisch fort: »Na ja, und ehrlich gesagt hielt ich mich irgendwann selbst für den großen Star. Tja, und als die Töchter der Dunkelheit mir anboten, Mitglied zu werden, nahm ich an. Mir wurde das mit dem Blut damals gesagt. Ich hätte es ablehnen können. Aber das tat ich nicht.«

»Und, hat's dir geschmeckt?«

Dieses Mal war sein Lachen echt. »Ich hab mir die Seele aus dem Leib gekotzt. Es war das Ekligste, was ich je getrunken hatte.«

Ich stöhnte und stützte den Kopf in die Hände. »Das hilft mir überhaupt nicht.«

»Weil es dir geschmeckt hat?«

»Ja. Geschmeckt ist gar kein Ausdruck«, sagte ich, das Gesicht noch in den Händen versteckt. »Bei dir war es das Ekligste, was du je getrunken hast? Bei mir war es das Köstlichste. Na ja, bis ich –« Ich brach ab, als ich merkte, was ich da beinahe gesagt hätte.

»Bis du frisches Blut geschmeckt hast«, sagte er sanft.

Ich konnte nichts erwidern. Ich nickte nur.

Er zog die Hände von meinem Gesicht weg. Einen Finger unter meinem Kinn, hob er es an, so dass ich ihm in die Augen sehen musste. »Das muss dir nicht peinlich oder unangenehm sein. Das ist ganz normal.«

»Für mich ist es *nicht* normal, Blut lecker zu finden.«

»Doch, ist es. Alle Vampyre müssen ihren Blutdurst bezähmen«, sagte er.

»Ich bin kein Vampyr!«

»Ja, vielleicht. Noch nicht. Aber du bist definitiv auch kein durchschnittlicher Jungvampyr, und das ist doch nicht schlimm. Du bist nun mal außergewöhnlich, Zoey. Und das kann auch heißen: faszinierend.«

Langsam nahm er den Finger unter meinem Kinn weg und zeichnete, wie schon einmal in dieser Nacht, sachte den Umriss eines Pentagramms über mein eingefärbtes Mal. Sein Finger fühlte sich gut auf meiner Haut an – warm und ein bisschen rau. Es war auch erleichternd, dass ich in seiner unmittelbaren Nähe nicht solche komischen Reaktionen hatte wie bei Heath. Ich meine, ich hörte weder sein Blut fließen, noch sah ich die Ader an seinem Hals pumpen. Nicht, dass ich was dagegen gehabt hätte, wenn er mich geküsst hätte …

Himmel! Was war denn mit mir los – mutierte ich etwa zu einer Vampyrschlampe? Was kam als Nächstes? War etwa kein männliches Wesen, egal welcher Spezies (was sogar Damien miteinschließen könnte), mehr vor mir sicher? Vielleicht sollte ich sämtlichen Jungs erst mal aus dem Weg gehen, bis mir klargeworden wäre, was mit mir vorging und wie ich mich beherrschen konnte.

Da erinnerte ich mich daran, dass ich ursprünglich hierhergekommen war, um überhaupt allen aus dem Weg zu gehen.

»Was machst du eigentlich hier, Erik?«

»Ich bin dir gefolgt«, sagte er geradeheraus.

»Warum?«

»Ich hatte schon eine Ahnung, was Aphrodite da drin abziehen würde, und dachte mir, dass du vielleicht Beistand brauchen könntest. Du bist mit Stevie Rae im Zimmer, oder?«

Ich nickte.

»Ja, zuerst hatte ich überlegt, ob ich sie holen sollte, aber ich war nicht sicher, ob du wollen würdest, dass sie das da weiß.« Er machte eine vage Handbewegung in Richtung Freizeitraum.

»Nein! Nein, auf keinen Fall«, sagte ich so schnell, dass ich über die Worte stolperte.

»Dachte ich's mir doch. Tja, das heißt, du musst dich mit mir zufriedengeben.« Er lächelte etwas verlegen. »Ich hatte das zwischen dir und Heath echt nicht belauschen wollen, wirklich. Das tut mir sehr leid.«

Ich konzentrierte mich darauf, Nala zu streicheln. Also hatte er gesehen, wie Heath mich geküsst hatte, und dann auch noch die ganze Geschichte mit dem Blut. Gott, wie peinlich … Plötzlich kam mir ein Gedanke. Ich sah mit einem schiefen Lächeln zu ihm auf. »Damit sind wir dann wohl quitt. Ich hatte das mit dir und Aphrodite auch nicht mitkriegen wollen.«

Er lächelte zurück. »Stimmt, wir sind quitt. Das find ich gut.«

Sein Lächeln löste seltsame Reaktionen in meinem Magen aus. »Dass ich runterfliege und Kayla das Blut aussauge, war nicht ernst gemeint«, brachte ich heraus. Er lachte. (Sein Lachen war so umwerfend.) »Ich weiß. Vampyre können nicht fliegen.«

»Aber sie ist total durchgedreht deswegen.«

»Nach dem, was ich gesehen hab, hatte sie das wohl verdient.« Er wartete einen Augenblick und fragte plötzlich: »Kann ich dich was fragen? Ist ein bisschen persönlich.«

»Was meinst du mit persönlich? He, du hast gerade gesehen, wie ich auf Wein mit Blut abgefahren bin, mir die Eingeweide aus dem Leib gekotzt hab, einen Typen geküsst und wie ein Hund sein Blut abgeleckt hab und mir danach die Augen aus dem Kopf geheult hab. Und ich hab gesehen, wie dir jemand einen blasen wollte. Ich glaube, ich bin bereit, dir eine ›ein bisschen persönlichere‹ Frage zu beantworten.«

»War er wirklich in Trance? Er hat so ausgesehen und sich auch so verhalten.«

Ich wand mich unbehaglich, und Nala beklagte sich. Ich streichelte sie beruhigend.

»Scheint irgendwie so«, gab ich schließlich zu. »Keine Ahnung, ob es echt eine Trance war – und ich wollte ihn ganz sicher nicht beherrschen oder was auch immer –, aber ja, irgendwie war er plötzlich komisch. Weiß nicht ... er hatte was getrunken und gekifft. Vielleicht war er einfach nur breit.« Aus meiner Erinnerung stieg wie kondensierender Nebel Heath' Stimme auf: *Ja ... was immer du willst ... ich tue alles ...* Und ich hatte wieder seinen intensiven Blick vor Augen. Himmel, ich hätte nie gedacht, dass Heath, der Proll, zu so einer Intensität überhaupt fähig war (außer auf dem Footballfeld). Ich war mir sicher, dass er nicht mal das Wort buchstabieren konnte (ich meine Intensität, nicht Football).

»War er schon die ganze Zeit so oder erst, nachdem du ... äh, angefangen hattest ...«

»Nicht die ganze Zeit. Warum?«

»Weil das zwei Gründe für sein Verhalten aus-schließt. Dass er high war, denn dann wäre er die gan-ze Zeit so gewesen. Und auch, dass es einfach an dir lag – ich meine, an deinem Äußeren. Mädchen, die so schön sind wie du, können auf Jungs ziemlich betö-rend wirken.«

Als er das sagte, flatterte wieder etwas tief unten in meinem Bauch. So war es mir noch bei keinem ande-ren Jungen gegangen. Weder bei Heath dem Proll noch bei Jordan dem Faultier, noch bei Jonathan-mein-Leben-ist-die-Schulband (ich hatte noch nicht viele Typen, aber dafür eine verdammt bunte Mi-schung).

»Wirklich?«, fragte ich ziemlich behämmert.

»Wirklich.« Er lächelte alles andere als behämmert.

Wie konnte der Kerl mich mögen? Ich war ein blut-saugender Volldepp.

»Aber auch dann hätte es ihn schon packen müs-sen, bevor du ihn geküsst hast. Nun sagst du, er wirk-te erst so verzückt, als Blut ins Spiel kam.«

(*Verzückt*. Er sagte tatsächlich *verzückt*.) Ich war zu sehr damit beschäftigt, mich wie gestört über sein komplexes Vokabular zu freuen, um nachzudenken, bevor ich sprach. »Ich glaube, es hat angefangen, als ich sein Blut gehört hab.«

»Wie bitte?«

Shit. Das hatte ich nicht ausplaudern wollen. Ich

räusperte mich. »Heath hat angefangen, sich so zu verhalten, als ich das Blut in seinen Adern pochen hörte.«

»Das können nur erwachsene Vampyre hören.« Er schwieg einen Moment. Dann fügte er mit einem raschen Lächeln hinzu: »Und der Name Heath klingt nach schwulem Seifenopernstar.«

»Nicht ganz, aber fast. Er ist der Star-Quarterback von Broken Arrow.«

Erik nickte mit leicht belustigter Miene.

»Ach, übrigens. Mir gefällt der Name, den du dir gegeben hast. Night ist ein cooler Nachname«, sagte ich, um meinen Part in der Konversation auszufüllen und wenigstens etwas halbwegs Sinnvolles beizutragen.

Sein Lächeln wurde breiter. »Ich hab ihn gar nicht geändert. Ich hieß schon immer Erik Night.«

»Oh. Ach so. Ich find ihn jedenfalls toll.« Konnte mich bitte jemand erschießen?

»Danke.«

Er warf einen Blick auf die Uhr. Ich spähte auch hin. Es war fast halb sieben – morgens, was ich immer noch total komisch fand.

»Bald wird es hell«, sagte er.

Das war dann wohl das Stichwort, uns zu trennen. Ich rappelte mich auf, was schwierig war, weil ich dabei weiter Nala festhielt, aber da stützte mich Eriks Hand am Ellbogen, und ich fand die Balance wieder.

Er half mir auf und stand dann einfach da, so nah, dass Nalas Schwanz gegen seinen schwarzen Pullover schlug.

»Ich hätte dich gefragt, ob du noch was essen willst, aber es gibt jetzt nirgends mehr was außer im Freizeitraum, und ich schätze mal, da willst du sicher nicht mehr hin.«

»Nein, ganz bestimmt nicht. Aber ich hab sowieso keinen Hunger.« In dem Moment, als ich das sagte, merkte ich, dass es eine himmelschreiende Lüge war. Ich hatte Hunger wie ein Wolf.

»Hm, hast du was dagegen, dass ich dich dann wenigstens zum Mädchentrakt zurückbegleite?«

»Warum nicht?«, versuchte ich ganz locker zu sagen. Stevie Rae, die Zwillinge und Damien würden sterben, wenn sie mich zusammen mit Erik sahen.

Auf dem Weg schwiegen wir, aber es war kein verlegenes Schweigen. Es war eigentlich sogar schön. Manchmal berührten sich unsere Arme, und ich dachte daran, wie groß er war und wie phantastisch er aussah und wie toll ich es fände, wenn er mich an der Hand nehmen würde.

»Oh«, sagte er nach einer Weile. »Ich hab deine Frage nicht ganz beantwortet. Beim ersten Mal, als ich auf einem Ritual der Töchter der Dunkelheit Blut getrunken hatte, fand ich's eklig, aber das wurde von Mal zu Mal besser. Ich kann's noch nicht als köstlich bezeichnen, aber ich bin auf den Geschmack gekommen. Und ich mag definitiv, wie ich mich danach fühle.«

Ich sah ihn scharf an. »So ein bisschen schwindelig und weich in den Knien? Als wäre man betrunken, ist es aber nicht.«

»Ja. Hey, wusstest du, dass Vampyre überhaupt nicht betrunken werden können?« Ich schüttelte den Kopf. »Das liegt an der Veränderung unseres Stoffwechsels durch die Wandlung. Selbst Jungvampyre müssen sich ziemlich anstrengen, um sich die Kante zu geben.«

»Dann ist das Bluttrinken also die Alternative der Vampyre zum Alkohol?«

Er zuckte die Achseln. »So ungefähr, denke ich. Dabei ist es Jungvampyren aber verboten, menschliches Blut zu trinken.«

»Ach. Warum hat dann noch nie jemand den Lehrern was über Aphrodites Ritualsitten gesagt?«

»Die Töchter der Dunkelheit trinken kein menschliches Blut.«

»Äh, Erik, ich war da, und das Blut war im Wein, und es kam von Elliott.« Ich erschauerte. »Mussten die eigentlich ausgerechnet *den* nehmen?«

»Elliott ist aber kein Mensch«, sagte Erik.

»Ach so – *menschliches* Blut ist verboten«, wiederholte ich langsam. (Himmel hilf! Genau das hatte ich gerade getan!) »Aber Blut von einem anderen Jungvampyr zu trinken ist in Ordnung?«

»Nur, wenn der zustimmt.«

»Das ergibt keinen Sinn.«

»Doch. Es ist ganz normal, dass wir allmählich Blutdurst bekommen, während sich unser Körper wandelt. Also brauchen wir ein Ventil dafür. Jungvampyre genesen sehr schnell, also ist das Risiko klein, dass wirklich jemand zu Schaden kommt. Und es hat auch keine Nachwirkungen wie das Trinken von einem lebenden Menschen.«

Seine Worte schlugen in mein Gehirn ein wie das viel zu laute Gehämmer der Musik in manchen Klamottenläden. Ich keuchte und griff das Erste auf, was ich einigermaßen klar verstand. »*Lebender* Mensch? Sag bloß nicht, du meinst im Gegensatz zu einer Leiche!« Die Übelkeit war latent wieder da.

Er lachte. »Nein. Ich meine, im Gegensatz zu dem Blut, das von den Blutspendern der Vampyre kommt.«

»Davon hab ich noch nie gehört.«

»Die meisten Menschen wissen nichts davon. Und wir erfahren es erst in der Unterprima im Unterricht.«

Da bahnte sich der nächste Fakt aus seiner Rede den Weg in meinen Verstand. »Und was meinst du mit Nachwirkungen?«

»Das haben wir jetzt aktuell in Vampsozi. Anscheinend kann, wenn ein erwachsener Vampyr direkt von einem Menschen trinkt, eine sehr enge Verbindung zwischen den beiden entstehen. Der Vampyr ist nicht immer betroffen, aber die Menschen sind sehr anfällig dafür. Und das ist gefährlich für den Menschen. Überleg mal. Erstens ist da der Blutverlust, wenn der Vampyr immer wieder von dem Menschen trinkt. Zweitens werden wir ja viel älter als Menschen, manchmal Jahrhunderte älter. Vom Standpunkt des Menschen aus ist es echt die Hölle, rettungslos in jemanden verliebt zu sein, der nie zu altern scheint, während man selbst langsam Falten kriegt, krank wird und stirbt.«

Wieder stieg Heath' benebelter Blick in mir hoch, und ich wusste, egal wie schwer es war, ich musste Neferet alles sagen.

»Ja, das wär die Hölle«, wiederholte ich schwach.

»Wir sind da.«

Überrascht sah ich, dass wir an der Tür zum Mädchentrakt angekommen waren. Ich blickte zu ihm hoch. »Okay ... Danke, dass du mir gefolgt bist ... denke ich«, sagte ich mit schiefem Lächeln.

»Nichts zu danken. Wenn du jemals wieder jemanden brauchst, der dir ungefragt hinterherspioniert, kannst du auf mich zählen.«

»Ich denk dran. Danke.« Ich nahm Nala wie ein Baby auf die Hüfte und wollte die Tür aufdrücken.

Da rief er: »Hey, Z.«

Ich drehte mich um.

»Gib Aphrodite das Kleid nicht zurück. Mit ihrer Einladung zu dem Ritual heute Nacht hat sie dir formell einen Platz unter den Töchtern der Dunkelheit angeboten, und dazu gehört traditionsgemäß, dass die

Anwärterin auf das Amt der Hohepriesterin dem neuen Mitglied ein Geschenk macht. Ich vermute eher nicht, dass du beitreten willst, aber du hast trotzdem das Recht, das Kleid zu behalten. Vor allem siehst du darin tausendmal besser aus, als es Aphrodite je getan hat.« Plötzlich nahm er meine Hand (diejenige, mit der ich nicht die Katze festhielt) und drehte sie mit der Handfläche nach oben. Mit einem Finger fuhr er die Vene nach, die gut sichtbar übers Handgelenk führte, und mein Puls fing wie verrückt an zu tanzen.

»Und ich will, dass du weißt, dass du auch auf mich zählen kannst, wenn du noch mal Blut probieren willst. Denk auch daran.«

Ohne den Blick von meinen Augen zu lösen, verneigte er sich, biss kaum merklich in die pulsierende Stelle an meinem Handgelenk und küsste sie dann sanft. Diesmal flatterte mein Magen gewaltiger denn je. Die Innenseiten meiner Schenkel begannen zu kribbeln, und mein Atem beschleunigte sich. Die Lippen noch immer auf meinem Handgelenk, sah er mir tief in die Augen, und ein Schauer des Verlangens überlief mich. Ich wusste, dass auch er spürte, wie ich zitterte. Mit der Zunge leckte er einmal kurz über mein Handgelenk, wobei ich nochmals erschauerte. Dann lächelte er mich an und ging davon in die fahle Dämmerung des anbrechenden Tages.

Neunzehn

Mein Handgelenk kribbelte noch von Eriks total unerwartetem Kuss (und Biss und Lecken), und ich war nicht sicher, ob ich schon wieder in der Lage war zu sprechen, daher war ich froh, dass kaum noch Mädchen im Gemeinschaftsraum waren. Und die schenkten mir zum Glück kaum einen Blick, bevor sie sich wieder dem Fernseher widmeten; offenbar lief gerade *America's Next Top Model*. Ich eilte in die Küche, ließ Nala auf den Boden fallen und hoffte, sie würde nicht verschwinden, während ich mir ein Sandwich machte. Meine Befürchtungen waren umsonst: Sie folgte mir auf Schritt und Tritt durch den Raum wie ein kleiner orangeroter Hund und schimpfte mich dabei die ganze Zeit lautstark aus. Ich gab auf ihr komisches Nicht-ganz-Miau solche Sachen zurück wie »Ja, ich weiß« und »Tut mir leid«, weil ich das Gefühl hatte, sie hielt mir vor, wie dämlich ich mich heute Nacht benommen hatte. Und na ja – sie hatte recht. Als das Sandwich fertig war, nahm ich mir noch eine Tüte Salzbrezeln (Stevie Rae hatte recht, es gab hier nirgends gescheites Knabberzeug), eine Cola und meine Katze und stahl mich die Treppe rauf.

»Zoey! Ich hab mir solche Sorgen gemacht! Du musst mir unbedingt alles erzählen!« Stevie Rae hatte es sich mit einem Buch im Bett bequem gemacht und offensichtlich auf mich gewartet. Sie trug einen Schlafanzug mit unzähligen aufgedruckten Cowboyhüten auf der Hose, und ihr kurzes Haar war auf einer Seite zerdrückt, als hätte sie darauf geschlafen. Sie sah nicht älter aus als zwölf, aber wirklich.

»Also«, sagte ich fröhlich. »Wir haben ein Haustier, glaub ich.« Und ich drehte mich um, so dass Stevie Rae Nala auf meiner Hüfte sehen konnte. »Hier, hilf mir mal, sonst lass ich gleich was fallen. Und wenn's die Katze ist, wird sie bis morgen nicht aufhören, sich zu beschweren.«

»Gott, ist die süß!« Stevie Rae sprang auf und versuchte mir Nala abzunehmen, aber die krallte sich an mir fest, als ginge es um ihr Leben, also nahm Stevie Rae stattdessen mein Essen und stellte es auf den Nachttisch. »He, das Kleid ist supergeil.«

»Ja, das hab ich vor dem Ritual angezogen.« Was mich daran erinnerte, dass ich es zurückgeben würde. Egal was Erik sagte, ich würde dieses ›Geschenk‹ bestimmt nicht behalten. Außerdem – wenn ich es Aphrodite zurückgab, war das auch eine gute Gelegenheit, ihr dafür zu ›danken‹, dass sie ›vergessen hatte‹, mich wegen des Blutes zu instruieren. Misthexe.

»Und ... wie war's?«

Ich setzte mich auf mein Bett und gab Nala eine
Brezel, mit der sie prompt zu spielen anfing (immerhin beschwerte sie sich nicht mehr), dann biss ich
herzhaft in das Sandwich. Ja, ich hatte Hunger, aber
ich wollte auch noch etwas Zeit gewinnen. Was sollte
ich Stevie Rae sagen und was nicht? Die Sache mit
dem Blut war so furchtbar verwirrend – und so eklig.
Würde sie mich für pervers halten? Oder Angst vor
mir haben?

Ich schluckte den Bissen herunter und entschied
mich für ein unverfänglicheres Thema. »Erik Night
hat mich heimbegleitet.«

»Nicht im Ernst!« Sie hopste im Sitzen auf und ab
wie ein Cowboy-Springteufel. »Erzähl! *Alles!*«

Ich legte die Stirn in Falten. »Er hat mich geküsst.«

»Nein! Du verarschst mich! Wo? Wie? War's gut?«

»Nur meine Hand«, präzisierte ich. Und entschied
mich zu lügen, weil ich die ganze Handgelenk-Puls-
Biss-Lecken-Blut-Geschichte nicht erklären wollte.
»Als er mir gute Nacht gesagt hat. Direkt vor dem
Gemeinschaftsraum. Und ja, es war gut.« Ich grinste
sie an, während ich mir den nächsten Bissen in den
Mund schob.

»Ich wette, Aphrodite hat Gift und Galle gespien,
als du mit ihm abgezogen bist!«

»Na ja, um genau zu sein, bin ich zuerst allein
gegangen, und er hat mich später eingeholt. Ich war

noch, äh, ein Stück die Mauer langgegangen, da hab ich auch Nala gefunden.« Ich kraulte der Katze den Kopf, und sie rollte sich neben mir zusammen, schloss die Augen und fing an zu schnurren. »Eigentlich glaub ich, *sie* hat *mich* gefunden. Sie saß auf einem Baum, und ich dachte, sie müsste gerettet werden, da bin ich die Mauer raufgeklettert, und dann – das glaubst du mir garantiert nicht – hab ich was gesehen, das aussah wie der Geist von Elizabeth. Und dann sind mein Fast-Exfreund Heath und meine ex-beste Freundin von der SIHS aufgetaucht.«

»Was? Wer? Halt mal! Eins nach'm anderen. Was war mit Elizabeth' Geist?«

Ich schüttelte den Kopf und kaute erst mal. Dann erklärte ich nach einem weiteren Sandwichbissen: »Das war total unheimlich und abgefahren. Als ich da auf der Mauer saß und Nala streichelte, sah ich plötzlich was Seltsames. Als ich genauer hinschaute, stand da unten ein Mädchen in der Gegend rum. Und dann hat sie zu mir hochgeschaut, und ich schwör dir, es war Elizabeth, und sie hatte rotglühende Augen.«

»Das gibt's nich! Bist du da nich total durchgedreht?«

»Total. Und in dem Moment, als sie mich gesehen hat, hat sie einen fürchterlichen Schrei ausgestoßen und ist abgehauen.«

»Ich hätt mir in die Hose gemacht vor Angst.«

»Hätte ich auch fast, aber ich hatte nicht mal die

Zeit, groß drüber nachzudenken, weil keine Minute später Heath und Kayla auftauchten.«

»Wie meinst du das, auftauchten? Wie sind sie hier reingekommen?«

»Sie waren nicht hier drin, sondern außen an der Mauer. Sie müssen gehört haben, wie ich Nala beruhigt hab, weil die auch total ausgetickt ist, als sie Elizabeth' Geist gesehen hat, und da kamen sie angerannt.«

»Nala hat den Geist auch gesehen?«

Ich nickte.

Stevie Rae erschauerte. »Dann war er also wirklich da.«

»Bist du sicher, dass sie tot ist?« Meine Stimme war kaum mehr als ein Flüstern. »War das nicht vielleicht ein Irrtum, und sie lebt noch und schleicht in der Schule rum?« Lächerliche Vorstellung, aber dass ich einen Geist gesehen haben sollte, war auch nicht besser.

Stevie Rae schluckte schwer. »Sie ist tot. Ich hab sie sterben sehen. Die ganze Klasse hat sie sterben sehen.« Sie sah aus, als kämen ihr gleich die Tränen, und mir wurde auch immer mulmiger bei dem Thema, also beschloss ich, eine andere Richtung einzuschlagen. »Ach egal, vielleicht hab ich mich ja geirrt. Vielleicht war's einfach ein anderes Mädel mit komischen Augen, das ihr ähnlich sieht. Es war ja dunkel, und dann kamen auch schon Heath und Kayla.«

»Ja, was sollte das eigentlich?«

Ich verdrehte die Augen. »Heath meinte, sie wollten ›mich raushauen‹. Stell dir das mal vor!«

»Sind die blöd?«

»Anscheinend ja. Ach, und dann hat Kayla, meine tolle beste Freundin, ziemlich deutlich durchblicken lassen, dass sie scharf auf Heath ist.«

Stevie Rae sog die Luft ein. »So ein Miststück!«

»Aber echt. Egal, ich hab ihnen gesagt, sie sollen abhauen und nie wiederkommen. Danach war ich ganz schön fertig. Und genau da hat Erik mich gefunden.«

»Oooh. Und, war er süß und romantisch?«

»Ja, schon irgendwie. Er hat mich Z genannt.«

»Was? Also, wenn er dir 'nen Spitznamen gibt, heißt das schon verdammt viel.«

»Hab ich auch gedacht.«

»Und dann hat er dich hierher zurückbegleitet?«

»Ja. Er hätte mir gern was zu essen besorgt, aber es gab nirgends mehr was außer im Freizeitraum, und da wollte ich nicht noch mal hin.« Oh, Mist. Mir war sofort klar, dass ich jetzt zu viel gesagt hatte.

»War es denn schlimm bei den Töchtern der Dunkelheit?«

Beim Anblick ihrer riesigen Rehaugen war mir klar, dass ich ihr nichts von der Sache mit dem Blut erzählen durfte. Vielleicht später. »Na ja, du weißt doch, wie Neferet war: sexy und wunderschön und total elegant?«

Stevie Rae nickte.

»Aphrodite hat im Grunde das Gleiche gemacht wie sie, aber bei ihr hat's einfach nur nuttig gewirkt.«

Stevie Rae schüttelte angewidert den Kopf. »Die ist einfach *so* billig.«

»Wem sagst du das?« Ich sah sie an und konnte es nicht mehr zurückhalten. »Gestern, kurz bevor Neferet mich hier ins Zimmer gebracht hat, hab ich sie dabei beobachtet, wie sie versucht hat, Erik einen zu blasen.«

»Ääääh! Ist die eklig! Wart mal, was heißt: Sie hat versucht …?«

»Er hat nein gesagt und sie weggeschoben. Er meinte, er will nichts mehr von ihr.«

Stevie Rae kicherte. »Da hat sie bestimmt voll am Rad gedreht.«

Ich musste daran denken, wie verzweifelt sie gebettelt hatte, auch als er schon ganz klar nein gesagt hatte. »Sie hätte mir fast leidgetan, wenn sie nicht so … so …« Ich fand nicht die richtigen Worte.

»So höllenhexenmäßig gewesen wär?«, schlug Stevie Rae hilfsbereit vor.

»Ja, das war's wohl. Sie tut so, als wär's ihr gutes Recht, so fies und billig zu sein, wie sie will, und wir sollen trotzdem alle vor ihr in Ehrfurcht erstarren.«

Stevie Rae nickte. »Und ihre Freundinnen sind genauso.«

»Ja. Ich hab das dreifache Grauen kennengelernt.«

»Du meinst den Krieg und den Schrecken und die Wespe?«

»Genau.« Ich warf mir ein paar Brezeln in den Mund. »Was haben sie sich bloß dabei gedacht, sich so bescheuerte Namen auszusuchen?«

»Na, das, was die ganze Bande denkt: dass sie meilenweit über uns anderen stehen und unberührbar sind, weil die tolle Aphrodite die nächste Hohepriesterin wird.«

Da sprach ich aus, was mir plötzlich von irgendwoher in den Sinn kam. »Das lässt Nyx bestimmt nicht zu.«

»Was meinst du damit? Die haben doch schon alle Macht hier, und Aphrodite ist ihr Boss, seit sich in der Unterprima ihre Affinität offenbart hat.«

»Was ist denn ihre Affinität?«

»Sie kriegt Zukunftsvisionen, zum Beispiel von Unglücken«, sagte Stevie Rae mit gerunzelter Stirn.

»Was ist – glaubst du, sie denkt sie sich aus?«

»Oh nein, das nich. Die sind erstaunlich exakt. Aber ich glaub – und Damien und die Zwillinge sind da meiner Meinung –, dass sie nur mit 'ner Vision rausrückt, wenn andere Leute außerhalb ihres kleinen Verschwörerclubs mitkriegen, dass sie sie hat.«

»Du meinst, sie weiß manchmal, dass was Schlimmes passieren wird, und tut nichts, um es zu verhindern?«

»Genau. Letzte Woche hatte sie beim Mittagessen

'ne Vision, aber die Misthexen haben sie von allen abgeschottet und wollten sie aus dem Speisesaal führen. Wenn Damien nicht in sie reingerannt wäre, weil er zu spät kam, und sie auseinandergestoben wären, so dass er sehen konnte, dass Aphrodite mitten in 'ner Vision ist, hätt's nie jemand erfahren. Und sämtliche Passagiere eines Flugzeugs wären wohl tot.«

Ich verschluckte mich an einer Brezel und würgte zwischen Hustenanfällen hervor: »Was, ein Flugzeug voller Leute?«

»Ja. Weil Damien klar war, dass sie 'ne Vision hatte, ist er gleich zu Neferet. Da musste Aphrodite erzählen, was sie gesehen hatte. Nämlich wie ein Flugzeug gleich nach dem Start abstürzt. Die Vision war so genau, dass sie den Flughafen beschreiben und die Zahlen hinten auf dem Flugzeug lesen konnte. Neferet hat die Info dem Flughafen von Denver weitergegeben. Die haben das Flugzeug noch mal überprüft und 'nen Mangel gefunden, den sie vorher nich bemerkt hatten. Sie meinten, wenn sie das nich repariert hätten, wär die Maschine nich weit gekommen. Aber ich bin mir hundertpro sicher, dass Aphrodite kein Wort gesagt hätte, wenn sie nich erwischt worden wär, auch wenn sie groß getönt hat, dass ihre Freundinnen sie nur weggeführt hätten, um sie gleich zu Neferet zu bringen. Das kann sie sonst wem erzählen.«

Ich wollte schon sagen, dass ich nicht glauben

konnte, dass selbst Aphrodite und ihr Hexenclub absichtlich Hunderte von Menschen in den sicheren Tod gehen lassen würden, aber da musste ich wieder an das denken, was sie heute Nacht gesagt hatten – Scheiß-Menschenmänner … Die sollte man alle umbringen –, und mir wurde klar, dass das nicht einfach so dahergeredet gewesen war: Das hatten sie ernst gemeint.

»Aber warum hat Aphrodite Neferet dann nicht einfach angelogen? Ihr zum Beispiel einen falschen Flughafen beschrieben oder die Ziffern auf dem Flugzeug verdreht oder so?«

»Es ist fast unmöglich, Vampyre anzulügen, vor allem, wenn sie dir 'ne ganz direkte Frage stellen. Und denk dran, Aphrodite will unbedingt Hohepriesterin werden. Wenn Neferet peilen würde, wie assig sie ist, würde ihr das 'nen ganz schönen Strich durch die Rechnung machen.«

»Aphrodite hat überhaupt kein Recht dazu, Hohepriesterin zu werden! So gemein und selbstsüchtig, wie sie und ihre Freundinnen sind.«

»Hm, Neferet sieht das irgendwie nich so. Und sie war Aphrodites Mentorin.«

Ich sah sie überrascht an. »Was? Das gibt's nicht! Sie durchschaut diese Scheiße echt nicht?« So schlau war Neferet doch allemal!

Stevie Rae zuckte die Achseln. »Bei Neferet benimmt sie sich anders.«

»Aber trotzdem …?«

»Und dass sie 'ne so mächtige Affinität hat, heißt, dass Nyx schon was Besonderes mit ihr vorhaben muss.«

»Vielleicht ist sie ja ein – keine Ahnung – ein Sukkubus oder so, aus der Hölle, und kriegt ihre Kräfte von dort! *He!* Hat niemand hier *Star Wars* gesehen? Von Anakin Skywalker hätte auch niemand geglaubt, dass er zur dunklen Seite überlaufen würde, und was ist passiert?«

»Ähm, Zoey, das ist aber reine Fiktion.«

»Na und? Es trifft aber genau den Punkt.«

»Dann erzähl das mal Neferet.«

Nachdenklich kaute ich mein Sandwich. Vielleicht sollte ich das wirklich. Neferet war hundertmal zu klug, um auf Aphrodites Spielchen hereinzufallen. Wahrscheinlich war ihr schon längst klar, dass etwas mit der Hexenbrut nicht stimmte. Vielleicht fehlte nur noch jemand, der ihr das klipp und klar ins Gesicht sagte.

»Hat überhaupt schon jemals jemand versucht, mit Neferet über Aphrodite zu reden?«, fragte ich.

»Nich dass ich wüsste.«

»Warum nicht?«

Stevie Rae zögerte unbehaglich. »Na ja, das hat so was von Petzen. Und außerdem, was kann man schon sagen? Dass wir glauben, dass Aphrodite ihre Visionen geheim halten könnte, aber der einzige Beweis,

den wir haben, ist, dass sie 'n fieses Miststück ist?«
Sie schüttelte den Kopf. »Nee, damit kann man Neferet eher nich beeindrucken. Und außerdem, selbst wenn 'n Wunder geschieht und sie uns glaubt, was soll sie schon machen? Sie kann Aphrodite nich einfach von der Schule schmeißen und draußen elend zugrunde gehen lassen. Das heißt, Aphrodite wär trotzdem noch da, samt ihrem schleimigen Hofstaat, der rennt, sobald sie nur mit der Kralle wackelt. Nee, das isses mir nich wert.«

Da hatte sie in gewisser Weise recht. Aber mir gefielen diese Argumente nicht. Absolut nicht.

Die Sache könnte ganz anders aussehen, wenn jemand anders die Führung der Töchter der Dunkelheit übernehmen würde. Jemand, der sogar noch mächtiger ist.

Ich zuckte schuldbewusst zusammen und nahm schnell einen großen Schluck Cola, damit Stevie Rae nichts merkte. Was dachte ich da? Ich war nicht machtgeil. Ich wollte nicht Hohepriesterin werden oder mir ausgerechnet Aphrodite samt der halben Schule (noch dazu der attraktiveren Hälfte!) zum Feind machen. Ich wollte einfach nur einen Platz für mich in diesem neuen Leben finden, einen Platz, der sich nach Zuhause anfühlte – wo ich reinpasste und nicht anders war als alle anderen.

Dann musste ich wieder an die beinahe elektrischen Schläge denken, die ich beide Male gespürt hatte, als der Kreis beschworen worden war, und wie die Elemente in meinem Körper aufgewallt waren, und auch, wie ich mich hatte zwingen müssen, im Kreis stehen zu bleiben und nicht mit Aphrodite zusammen die Beschwörung zu sprechen.

»Stevie Rae, fühlst du irgendwas, wenn der Kreis beschworen wird?«, fragte ich unvermittelt.

»Was meinst du damit?«

»Na ja, wenn zum Beispiel das Feuer gerufen wird. Hast du da schon mal das Gefühl von Hitze gehabt?«

»Nee. Ich mein, das Rufen der Elemente ist cool, und manchmal, wenn Neferet betet, geht so was wie 'ne Welle von Kraft durch den Kreis. Aber das war's.«

»Also, du hast noch nie so eine Art Wind gespürt, wenn die Luft gerufen wird, oder beim Wasser Regen gerochen oder bei der Erde Gras unter den Füßen gespürt?«

»Nee, kein bisschen. Das könnte höchstens eine Hohepriesterin mit 'ner krass hohen Affinität für –«

Sie brach ab. Ihre Augen wurden riesig. »Sag mal, fühlst *du* etwa so was? Irgendwas davon?«

Ich wand mich verlegen. »Vielleicht ein bisschen.«

»Vielleicht!«, quietschte sie. »Zoey! Weißt du, was das heißen könnte?«

Ich schüttelte den Kopf.

»Erst letzte Woche haben wir in Vampsozi die berühmtesten Hohepriesterinnen der Geschichte behandelt. Es hat seit Hunderten von Jahren keine mehr gegeben, die 'ne Affinität zu allen vier Elementen hatte!«

»Fünf«, sagte ich unglücklich.

»Alle fünf! Hast du etwa auch beim Geist was gespürt?!«

»Ja, ich glaub schon.«

»Zoey! Wahnsinn! Ich glaub, 'ne Hohepriesterin, die zu allen fünf Elementen affin war, gab's überhaupt noch nie!« Sie nickte zu meinem Mal hin. »Das ist es. Kein Wunder – das heißt, du bist anders, und du bist es tatsächlich.«

»Stevie Rae, könnte das vielleicht erst mal 'ne Weile unter uns bleiben? Ich meine, nicht mal Damien und den Zwillingen erzählen? Ich will … ich muss das erst noch verarbeiten. Das passiert alles irgendwie zu schnell.«

»Aber Zoey, ich –«

»Und vielleicht irre ich mich ja auch«, unterbrach ich sie. »Vielleicht war ich einfach nur nervös und aufgeregt, weil ich zum ersten Mal bei einem Ritual war? Was meinst du, wie oberpeinlich das wäre, wenn ich jedem erzählen würde: ›Hey, ich bin die einzige Jungvampyrin, die je eine Affinität zu allen fünf Elementen hatte‹ – und dann stellt sich heraus, dass es nur schwache Nerven waren?«

Stevie Rae kaute auf ihrer Lippe herum. »Weiß nich. Ich find, du solltest es schon jemandem erzählen.«

»Ja, und wenn sich dann herausstellt, dass ich es mir nur eingebildet hab, können Aphrodite und ihre Leute direkt über mich herfallen.«

Stevie Rae wurde bleich. »Oh Mann, du hast recht. Das wär megafinster. Ich sag kein Wort, solange du nich bereit dazu bist. Versprochen.«

Ihre Reaktion erinnerte mich an etwas. »Sag mal, Stevie Rae, was hat Aphrodite dir eigentlich angetan?«

Stevie Rae senkte den Blick, verschränkte die Arme und zog die Schultern hoch, als wäre ihr plötzlich kalt. »Sie hat mich zu 'nem Ritual eingeladen. Ich war noch nich lange hier, erst 'nen Monat oder so, und war total aufgeregt, dass die In-Clique sich für mich interessierte.« Ohne mich anzusehen, schüttelte sie den Kopf. »Das war so blöd von mir. Aber ich kannte noch niemanden so richtig und dachte, vielleicht könnte ich mich mit denen anfreunden. Also ging ich hin. Aber die wollten mich gar nich als Mitglied. Die wollten, dass ich ... – die wollten mich als Blutspender. Kühlschrank haben sie mich genannt. Als wär ich zu nichts anderem gut, als mir Blut abzuzapfen. Das ging so weit, dass ich heulte, und als ich sagte, ich mach das nich, haben sie mich ausgelacht und rausgeworfen. Genau da hab ich Damien getroffen und Erin und Shaunee auch. Die hingen in der Nähe rum und sahen mich aus dem Freizeitraum rennen, da sind sie mir gefolgt und haben mir gesagt, ich soll mich des-

wegen nich fertigmachen. Seither sind wir Freunde.«
Endlich sah sie mich an. »Sorry. Ich hätt's dir gesagt,
aber mir war klar, dass sie das mit dir nich versuchen
würden. Dazu bist du zu stark, und Aphrodite ist zu
neugierig wegen deinem Mal. Außerdem bist du schön
genug, um eine von denen zu sein.«

»He, du aber auch!« Mir war speiübel bei der Vorstellung, Stevie Rae wie Elliott zusammengesunken
auf dem Stuhl sitzen zu sehen ... oder Stevie Raes Blut
zu trinken.

»Nee, ich bin bloß irgendwie süß. Nich so wie die.«

»Ich bin auch nicht wie die!«, rief ich heftig. Nala
wachte auf und maunzte mich irritiert an.

»Weiß ich doch. Das hab ich auch nich gemeint.
Nur, dass sie dich gern für sich gewinnen würden,
also würden sie nie versuchen, dich für so was zu
missbrauchen.«

Nein. Stattdessen hatten sie mich ausgetrickst und
ihr Bestes getan, um mich völlig aus der Fassung zu
bringen. Aber warum? Stopp! Ich wusste, was sie vor-
gehabt hatten. Erik hatte erzählt, wie eklig er es gefunden hatte, das erste Mal Blut zu trinken, und dass
er kotzend rausgerannt war. Ich war erst seit zwei Tagen hier. Die hatten gehofft, ich wäre so angewidert,
dass ich für immer und ewig einen Riesenbogen um
sie und ihr Ritual machen würde.

Sie wollten mich nicht bei den Töchtern der Dunkelheit haben, aber wollten das Neferet nicht so sa-

gen. Also wollten sie, dass *ich* ablehnte, mich ihnen anzuschließen. Aus welchem hirnverbrannten Grund auch immer wollte diese abartige Aphrodite mich aus ihrem Hexenverein ausschließen. Ich hab Tyrannen noch nie gemocht. Leider hieß das auch, dass ich jetzt viel zu gut wusste, was ich zu tun hatte.

Oh, verdammt. Ich musste Mitglied bei den Töchtern der Dunkelheit werden.

»Zoey, bist du jetzt böse auf mich?«, fragte Stevie Rae kleinlaut.

Ich blinzelte und versuchte den Aufruhr in meinem Kopf zu beruhigen. »Natürlich nicht! Du hattest total recht, Aphrodite hat nicht im Traum versucht, mir Blut abzuzapfen oder so.« Ich schob mir das letzte Stück Sandwich in den Mund und würgte es schnell runter. »Hey, ich bin total durch. Meinst du, du kannst mir noch kurz dabei helfen, ein Katzenklo für Nala zu finden, damit ich mich schnell hinhauen kann?«

Sofort hellte sich Stevie Raes Gesicht auf, und mit der gewohnten Lebhaftigkeit sprang sie aus dem Bett. »Schau mal!« Wie ein Gummiball hüpfte sie in eine Ecke des Zimmers und hielt mir eine große grüne Tüte hin, auf der in weißen, großen Buchstaben FELICIA'S SOUTHERN AGRICULTURE STORE, 2616 S. HARVARD, TULSA prangte. Sie drehte die Tüte um, und heraus purzelten eine Katzenkiste, ein Sack Katzenstreu, ein Fress- und ein Trinknapf sowie eine Packung Friskies (die Anti-Hairball-Variante).

»Woher wusstest du das?«

»Ich doch nich. Das stand vor unserer Tür, als ich vom Mittagessen zurückkam.« Sie griff ganz unten in die Tüte und holte ein niedliches pinkes Halsband mit kleinen Silbernieten und einen Briefumschlag heraus. »Hier, für dich.«

Auf dem Umschlag stand mein Name. Während sie daranging, Nala in ihr Halsband zu kriegen, öffnete ich den Brief. Er enthielt nur eine Zeile in einer wunderschön verschnörkelten Handschrift auf teurem elfenbeinfarbenem Briefpapier.

Skylar hat mir gesagt, dass sie kommen würde.

Unterschrieben war es mit einem einzelnen Buchstaben: *N.*

Zwanzig

ch würde mit Neferet reden müssen. Diese Tatsache beschäftigte mich, während ich am nächsten Morgen mit Stevie Rae zusammen ein schnelles Frühstück hinunterschlang. Ich wollte ihr auf keinen Fall was von meiner seltsamen Reaktion auf die Elemente erzählen – ich meine, was ich Stevie Rae gesagt hatte, war keine Ausrede. Vielleicht hatte ich es mir wirklich nur eingebildet. Was, wenn ich es Neferet erzählte, und sie machte irgendeinen merkwürdigen Affinitätstest oder so was mit mir (auf dieser Schule konnte man ja nie wissen!) und fand heraus, dass ich nichts hatte außer einer hyperaktiven Phantasie? Das wollte ich mir garantiert nicht antun. Ich würde einfach den Mund halten, bis ich mehr darüber herausgefunden hatte. Von Elizabeth' Geist, oder was auch immer es gewesen war, würde ich ihr auch nichts erzählen. Ich wollte nicht, dass Neferet mich für gestört hielt. Neferet war zwar cool, aber trotz allem eine Erwachsene, und ich konnte schon fast die Predigt hören, die sie mir halten würde, à la ›das war nur Einbildung, weil so viel gleichzeitig auf dich eingestürmt ist‹. Aber das mit dem Blutdurst würde ich ihr sagen müssen. (Mann, warum fand ich den Gedanken daran immer noch so eklig, wenn es mir doch so schmeckte?)

Stevie Rae zeigte auf Nala. »Glaubst du, sie kommt mit dir in den Unterricht?«

Ich sah meine Katze an. »Geht das denn?«

»Du meinst, ob es erlaubt ist?«

Ich nickte.

»Ja, Katzen dürfen überallhin.«

»Hui.« Ich kraulte ihr den Kopf. »Dann fürchte ich, wird sie mir den ganzen Tag folgen.«

»Na, ich bin jedenfalls froh, dass sie deine ist und nicht meine. Heute Morgen hatte sie schon dein Kissen beschlagnahmt.«

Ich lachte. »Stimmt. Keine Ahnung, wie so ein zierliches Wesen mich von meinem eigenen Kissen verjagen kann.« Ein letztes Mal strich ich ihr übers Fell. »Gehen wir. Wir sind schon spät dran.«

Mit der Müslischale in der Hand stand ich auf und stieß fast mit Aphrodite zusammen. Wie üblich wurde sie von Krieg und Schrecken flankiert. Die Wespe war nirgends zu sehen (vielleicht hatte sie duschen wollen und war den Abfluss runtergespült worden, höhö). Aphrodites Lächeln erinnerte mich an die Piranhas, die ich letztes Jahr beim Bio-Ausflug ins Jenks-Aquarium gesehen hatte.

»Hi, Zoey. He, du bist gestern so schnell abgehauen,

dass ich dir nicht mal tschüs sagen konnte. Tut mir leid, dass es dir nicht so gefallen hat. Schade. Die Töchter der Dunkelheit sind nun mal nicht jedermanns Sache.« Sie warf einen Blick auf Stevie Rae und verzog den Mund zu einem süffisanten Lächeln.

»Ach was, ich fand's ultragenial gestern, und das Kleid, das du mir geschenkt hast, ist einfach phantastisch!«, sprudelte ich so munter wie möglich hervor. »Tausend Dank, dass du mich zu den Töchtern der Dunkelheit eingeladen hast. Ich bin dabei. Voll und ganz!«

Aphrodites Raubtiergrinsen verflüchtigte sich. »Echt?«

Ich grinste wie ein total naives Dummchen. »Echt! Wann ist denn das nächste Ritual oder was auch immer? Oder ich kann auch einfach Neferet fragen. Ich geh sowieso heute Morgen zu ihr. Ich weiß, wie sehr sie sich freuen wird, wenn ich ihr erzähle, wie nett ihr mich gestern empfangen habt und dass ich jetzt eine von den Töchtern der Dunkelheit bin.«

Aphrodite zögerte nur einen Augenblick lang. Dann war ihr Lächeln wieder da, und ihr Tonfall passte sich meinem perfekt an. »Ja, das wird sie sicher total freuen, dass du jetzt bei uns bist. Aber du brauchst sie nicht mit dummen Fragen zu nerven. Ich kenne unseren Terminplan auswendig, ich bin schließlich die Anführerin. Morgen ist unsere Samhainfeier. Wir treffen uns gleich nach dem Abendessen im Freizeitraum, um Punkt halb fünf. Und zieh *dein* Kleid an«, setzte sie mit übertriebener Betonung hinzu.

Mein Lächeln wurde breiter. Ich wollte sie kriegen, und ich hatte sie gekriegt. Ha. »Super! Ich bin dann dort.«

»Schön. Ich freue mich«, sagte sie zuckersüß. Und verließ die Küche, gefolgt von Krieg und Schrecken, die einen irgendwie verstörten Eindruck machten.

»Hexen der Hölle«, murmelte ich vor mich hin. Dann sah ich Stevie Raes bestürzte Miene.

»Du machst bei denen mit?«, flüsterte sie starr.

»Nicht so, wie du denkst. Komm, ich erzähl's dir auf dem Weg zum Unterricht.« Ich steckte unser Frühstücksgeschirr in die Spülmaschine und scheuchte Stevie Rae nach draußen, die viel zu still geworden war. Nala tappte hinter uns den Fußweg entlang und fauchte gelegentlich die eine oder andere Katze an, die es wagte, mir zu nahe zu kommen.

»Das ist nur Feindbeobachtung, wie du's gestern vorgeschlagen hast.«

»Das find ich aber überhaupt nich gut.« Sie schüttelte den Kopf so heftig, dass ihre kurzen Locken wild tanzten.

»Kennst du nicht den alten Ratschlag, dass man sich seine Feinde näher halten soll als seine Freunde?«

»Schon, aber …«

»Genau das hab ich vor. Aphrodite nimmt sich viel zu viel raus und kommt damit auch noch durch. So gemein und selbstsüchtig, wie sie ist, kann Nyx sie nicht als Hohepriesterin wollen.«

Stevie Raes Augen weiteten sich. »Willst du dem etwa 'n Ende setzen?«

»Na ja, ich werd's auf jeden Fall versuchen.« Und als ich das sagte, prickelte die saphirne Mondsichel auf meiner Stirn.

»Danke für die Sachen, die Sie für Nala gekauft haben«, sagte ich.

Neferet sah von der Hausarbeit auf, die sie gerade korrigierte, und lächelte. »Nala. Ein guter Name. Aber du solltest Skylar danken, nicht mir. Er war es, der bemerkt hat, dass sie kommt.« Dann blickte sie zu dem orangenen Fellknäuel hinunter, das ungeduldig zwischen meinen Beinen hin und her strich. »Sie ist wirklich mit dir verbunden.« Wieder sah sie mich an. »Sag, Zoey, hörst du manchmal ihre Stimme in deinem Kopf oder weißt genau, wo sie ist, auch wenn sie gerade nicht bei dir ist?«

Ich blinzelte überrascht. Neferet glaubte, ich könnte eine Affinität für Katzen haben! »Nein, ich – ich höre sie nicht in mir drin. Aber sie beschwert sich andauernd bei mir. Und ich hab keine Ahnung, ob ich spüren könnte, wo sie ist, wenn sie nicht bei mir ist, weil sie bisher immer bei mir war.«

»Süßes Ding.« Neferet lockte Nala mit dem Finger heran. »Komm mal zu mir, Kleine.« Sofort tappte Nala los und sprang auf Neferets Schreibtisch, so dass der Papierkram auf den Boden fiel.

»O Gott, das tut mir leid, Neferet!« Ich wollte Nala packen, aber Neferet winkte ab. Sie kraulte Nala am Kopf, und die schloss die Augen und schnurrte.

»Katzen sind hier immer willkommen, und Papiere sind schnell neu geordnet. Aber was war nun der eigentliche Grund, dass du mich sprechen wolltest, Zoeybird?«

Als sie Grandmas Spitznamen für mich aussprach, wurde mir mit einem Mal das Herz schwer, und ich bekam solche Sehnsucht nach Grandma, dass mir die Tränen in die Augen schossen.

»Vermisst du dein altes Zuhause sehr?«, fragte Neferet sanft.

»Nein, nicht besonders. Außer Grandma, aber bisher war so viel los, dass ich es erst jetzt gemerkt hab«, sagte ich schuldbewusst.

»Deine Eltern vermisst du nicht.«

Es war nicht als Frage formuliert, aber ich hatte das Gefühl, ihr antworten zu müssen. »Nein. Na ja, einen Vater hab ich sowieso nicht wirklich. Er ist abgehauen, als ich noch ganz klein war. Meine Mutter hat vor drei Jahren wieder geheiratet, und, na ja …«

»Du kannst es mir ruhig erzählen. Ich kann dir versichern, dass ich es verstehen werde.«

»Ich hasse ihn!«, entfuhr es mir so wütend, dass ich über mich selbst erschrak. »Seit er in die *Familie* gekommen ist« – ich legte eine Menge Sarkasmus in das Wort –, »ist alles schrecklich. Meine Mom hat sich total verändert. Als ob sie nicht gleichzeitig seine Frau und meine Mutter sein könnte. Ein Zuhause kann ich das schon lange nicht mehr nennen.«

»Meine Mutter starb, als ich zehn war«, sagte Neferet. »Mein Vater hat nicht wieder geheiratet. Stattdessen hat er ersatzweise mich genommen. Fünf Jahre lang hat er mich missbraucht, bis Nyx mich mit fünfzehn durch ihr Zeichen rettete.« Sie machte eine Pause, damit ich den Schock verarbeiten konnte. »Du siehst, ich rede nicht einfach so daher, wenn ich sage, dass ich verstehe, wie es ist, wenn ein Zuhause zu einem unerträglichen Ort wird.«

»Das ist schrecklich.« Mehr fiel mir dazu nicht ein.

»Das war es, ja. Damals. Heute ist es nur noch eine Erinnerung. Zoey, die Menschen deiner Vergangenheit, ja, auch die deiner Gegenwart und Zukunft, werden immer mehr an Bedeutung für dich verlieren, bis du eines Tages kaum noch etwas für sie empfinden wirst. Je weiter du dich wandelst, desto besser wirst du das verstehen.«

Ihrer Stimme haftete eine nüchterne Kühle an, die in mir ein komisches Gefühl auslöste, und ich hörte mich sagen: »Ich will nicht aufhören, etwas für meine Großmutter zu empfinden.«

»Nein, natürlich nicht.« Jetzt klang sie wieder warm und verständnisvoll. »Wir haben erst neun Uhr abends, du könntest sie eigentlich sogar noch anrufen. Es ist kein Problem, wenn du erst später in den Schauspielunterricht kommst; ich lasse Professor Nolan ausrichten, dass du meine Erlaubnis hast.«

»Danke. Das wäre sehr nett. Aber das war nicht der Grund, warum ich mit Ihnen reden wollte.« Ich holte tief Luft. »Ich hab gestern Nacht Blut getrunken.«

Neferet nickte. »Ja, die Töchter der Dunkelheit mischen oft Blut von Jungvampyren in den Ritualwein. Für euch junge Leute hat das natürlich besonders viel Reiz. Hat es dich sehr angeekelt, Zoey?«

»Na ja, ich hab es erst hinterher erfahren. Dann hat es mich angeekelt, ja.«

Neferet runzelte die Stirn. »Das hätte Aphrodite dir aber vorher sagen sollen. Da muss ich mit ihr reden.«

»Nein!«, widersprach ich etwas zu hastig. Dann zwang ich mich, ruhiger zu klingen. »Nein, das ist wirklich nicht nötig. Darum kümmere ich mich lieber selbst. Ich würde mich den Töchtern der Dunkelheit gern anschließen und möchte nicht gleich den Eindruck erwecken, als wollte ich Aphrodite Ärger machen.«

»Stimmt, da hast du wohl recht. Aphrodite kann ziemlich temperamentvoll sein. Und ich vertraue darauf, dass du auf dich selbst aufpassen kannst, Zoey.

Wir möchten die Jungvampyre ohnehin darin ermutigen, die Probleme, die sie untereinander haben, eigenständig zu lösen, wann immer das möglich ist.« Sie betrachtete mich unverkennbar besorgt. »Es ist normal, wenn man Blut beim ersten Mal alles andere als lecker findet. Wenn du schon länger hier wärst, wüsstest du das.«

»Das ist es nicht. Es – es hat mir eigentlich gut geschmeckt. Erik hat gesagt, das wäre ungewöhnlich.«

Neferets Brauen hoben sich. »In der Tat. Hast du dich auch schwindelig oder berauscht gefühlt?«

»Beides«, gab ich leise zu.

Neferet musterte mein Mal. »Du bist einzigartig, Zoey Redbird. Hm, dann sollte ich dich wohl besser aus deinem jetzigen Soziologiekurs rausnehmen und in Soziologie IV stecken.«

»Bitte nicht«, sagte ich rasch. »Ich fühl mich schon jetzt wie ein Freak, wo jeder mein Mal anstarrt und anscheinend erwartet, dass ich gleich irgendwas Komisches tue. Wenn ich plötzlich in den Sozikurs drei Stufen höher gehe, glauben die doch erst recht, ich bin ein Alien.«

Neferet wollte etwas sagen, dachte dann jedoch noch einen Moment nach, während sie Nala den Kopf streichelte.

»Ich verstehe, was du meinst, Zoey. Meine Jugend ist über hundert Jahre her, aber Vampyre haben ein gutes und genaues Gedächtnis, und ich erinnere mich noch gut daran, wie es war, die Wandlung durchzumachen.« Sie seufzte. »Na gut, wie wär's mit einem Kompromiss? Ich lasse dich im bisherigen Sozikurs, gebe dir aber die Lehrtexte für die Oberprima, und du erklärst dich bereit, jede Woche ein Kapitel zu lesen und alle Fragen, die du hast, mit mir durchzusprechen.«

»Deal«, sagte ich.

»Zoey, hör zu. Mit der Wandlung wirst du buchstäblich zu einem anderen Lebewesen werden. So menschlich wir Vampyre sind, wir sind keine Menschen. Es mag dir jetzt abstoßend erscheinen, aber dein Blutdurst ist für dein neues Leben so normal wie deine Lust auf Cola für dein altes Leben.« Sie lächelte.

»Huh! Wissen Sie etwa alles?«

»Nyx hat mich großzügig beschenkt. Außer meiner Affinität zu Katzen und meiner Heilgabe bin ich auch intuitiv begabt.«

»Sie können meine Gedanken lesen?«, fragte ich nervös.

»So kann man es nicht nennen. Aber ich spüre hier und da ein paar Dinge. Zum Beispiel merke ich gerade, dass es noch etwas gibt, was du mir über gestern Nacht sagen willst.«

Ich atmete wieder tief durch. »Nachdem ich das mit dem Blut rausgekriegt hatte, war ich ein bisschen durcheinander, daher bin ich aus dem Freizeitraum geflohen. Draußen hab ich dann Nala getroffen. Sie saß auf einem Baum gleich neben der Mauer. Ich dachte, sie käme nicht mehr runter, also bin ich auf die Mauer geklettert, um ihr zu helfen, und, na ja, während ich mit ihr geredet hab, kamen zwei von meiner alten Schule und haben mich dort gefunden.«

Neferets Hand hatte aufgehört, Nala zu streicheln. Ich hatte ihre gesamte Aufmerksamkeit. »Und was ist passiert?«

»Nichts Gutes. Sie waren beide total zu ... sie hatten was getrunken und geraucht.« Oh. Das hatte ich eigentlich nicht sagen wollen.

»Haben sie versucht, dir was zu tun?«

»Nein, nein, überhaupt nicht. Es waren meine frühere beste Freundin und mein Fast-Exfreund.«

Wieder hob Neferet eine Braue.

»Na ja, ich war eigentlich dabei gewesen, Schluss zu machen, aber irgendwie mochten wir uns schon noch.«

Sie nickte, als verstünde sie. »Erzähl weiter.«

»Kayla und ich haben uns mehr oder weniger gestritten. Sie sieht mich jetzt anders als früher, und ich seh sie auch anders, glaube ich. Und weder sie noch ich mögen das, was wir sehen.« Erst als ich das aussprach, merkte ich, dass es tatsächlich so war. K hatte sich nicht verändert – im Gegenteil, sie war exakt so gewesen wie immer. Nur konnte ich nicht mehr einfach über die kleinen Sachen hinwegsehen, die mich an ihr störten, wie ihr sinnloses Gelaber und ihre fiese Seite. »Sie ist jedenfalls abgehauen, und ich blieb mit

Heath allein.« Ich verstummte, weil ich nicht wusste, wie ich fortfahren sollte.

Neferets Augen verengten sich. »Du hast Blutlust für ihn verspürt.«

»Ja«, flüsterte ich.

»Hast du von seinem Blut getrunken, Zoey?« Ihre Stimme war scharf.

»Nur einen Tropfen. Ich hatte ihn gekratzt. Nicht aus Absicht, aber als ich seinen Puls pochen hörte – da konnte ich nicht anders.«

»Du hast nicht direkt aus der Wunde getrunken?«

»Ich hätte fast, aber da kam Kayla zurück und unterbrach uns. Sie ist total ausgetickt, und da hab ich Heath endlich überreden können zu gehen.«

»Wollte er nicht?«

Ich schüttelte den Kopf. »Nein. Er wollte nicht.« Ich war wieder nahe am Weinen. »Neferet, es tut mir so leid! Das war echt keine Absicht. Ich kapierte nicht mal, was ich tat, bis Kayla kam und zu kreischen anfing.«

»Natürlich war dir nicht klar, was los ist. Wie soll ein frisch gezeichneter Jungvampyr etwas über die Blutlust wissen?« Sie legte mir tröstend, fast mütterlich die Hand auf den Arm. »Ich glaube nicht, dass daraus schon eine Prägung entstanden ist.«

»Prägung?«

»Das ist etwas, was oft passiert, wenn Vampyre direkt von Menschen trinken, vor allem, wenn schon zuvor eine persönliche Bindung zwischen beiden bestand. Daher ist es Jungvampyren verboten, Blut von Menschen zu trinken. Auch erwachsenen Vampyren wird übrigens dringend davon abgeraten. Es gibt eine ganze ideologische Gruppierung unter den Vampyren, die es als moralisch unvertretbar ansieht und es gern verbieten würde.«

Während sie sprach, wurden ihre Augen seltsam dunkel, was mir einen nervösen Schauer den Rücken herunterjagte. Dann blinzelte sie, und ihr Blick war wieder normal. Oder hatte ich mir die unheimliche Dunkelheit nur eingebildet?

»Aber das ist eigentlich ein Thema für eine Diskussion im Sozikurs für die Oberprima.«

»Und was mache ich jetzt mit Heath?«

»Nichts. Sag mir Bescheid, falls er versucht, sich wieder mit dir zu treffen. Nimm nicht ab, wenn er anruft. Falls bei ihm doch der Keim einer Prägung vorhanden sein sollte, kann ihn schon der Klang deiner Stimme beeinflussen und zu dir hinziehen.«

»Das hört sich an wie aus *Dracula*«, murmelte ich.

»Das hat überhaupt nichts mit diesem unerträglichen Buch zu tun!«, sagte sie aufgebracht. »Stoker hat die Vampyre so verteufelt, dass daraus endlose Probleme zwischen uns und den Menschen entstanden sind!«

»Tut mir leid, ich wollte nicht …«

Sie winkte versöhnlich ab. »Nein, mir tut es leid,

311

ich hätte meine Wut über diesen alten Idioten nicht an dir auslassen sollen. Und mach dir keine Sorgen um deinen Freund Heath. Das wird sich alles wieder einrenken. Wie sagtest du – er hatte getrunken und geraucht? Du meinst wahrscheinlich Marihuana?«

Ich nickte. »Nicht, dass ich das auch tun würde«, fügte ich hinzu. »Er übrigens bisher auch nicht und Kayla genauso wenig. Keine Ahnung, was mit den beiden los ist. Ich glaube, sie hängen viel mit diesen Doping-Footballern von Union zusammen, und keiner der beiden hat genug Verstand, um einfach nein zu sagen.«

»Na, dann ist seine Reaktion auf dich vielleicht eher seinem Rauschzustand zuzuschreiben als einer möglichen Prägung.« Sie überlegte kurz und zog dann einen Notizblock und einen Stift aus einer Schublade. »Aber nur für den Fall kannst du mir ja ihre genauen Namen und Adressen aufschreiben. Ach, und am besten auch die Namen dieser Footballer, wenn du sie kennst.«

Mein Herz rutschte mir in die Kniekehlen. »Warum? Sie wollen doch nicht ihre Eltern anrufen, oder?«

Neferet lachte. »Natürlich nicht. Es ist nicht meine Sache, wie sich diese menschlichen Jugendlichen benehmen. Ich frage deshalb, weil ich dann meine Gedanken auf die Gruppe richten und eventuelle Spuren einer Prägung auffangen könnte.«

»Und was passiert dann? Mit Heath?«

»Er ist jung, und falls es eine Prägung gibt, wäre die noch schwach. Nach einiger Zeit der Trennung von dir würde sie verblassen. Und falls sie doch schon voll ausgeprägt sein sollte, gibt es Wege, um sie aufzuheben.« Ich wollte sie schon bitten, das dann doch vorsichtshalber gleich zu machen, als sie weitersprach. »Keiner der Wege ist besonders angenehm.«

»Oh. Okay.«

Ich schrieb Kaylas und Heath' Namen und Adressen auf. Ich hatte keine Ahnung, wo die Union-Spieler wohnten, aber ihre Namen wusste ich noch. Neferet stand auf und holte hinten aus dem Zimmer ein dickes Lehrbuch mit dem silbernen Titel *Soziologie IV*.

»Fang einfach mit Kapitel eins an und lies nach und nach das ganze Buch durch. Sagen wir, das sind vorerst deine Hausaufgaben, statt derjenigen, die ich dem Rest der Untersekunda aufgebe.«

Ich nahm das Buch. Es war schwer und fühlte sich in meinen klammen Händen sehr kalt an.

»Wenn du Fragen hast, egal was für welche, komm immer sofort zu mir. Sollte ich nicht hier sein, komm ruhig zu meiner Wohnung im Nyxtempel. Geh zum Haupteingang rein und gleich rechts die Treppe hoch. Ich bin momentan die einzige Priesterin an dieser Schule, daher habe ich die ganze erste Etage für mich. Hab nur keine Hemmungen, mich zu stören. Ich bin deine Mentorin, es ist deine Pflicht, mich zu stören.«

Sie lächelte herzlich.

»Danke, Neferet.«

»Und mach dir nicht zu viele Sorgen. Nyx hat dir ihre besondere Gnade verliehen, und die Göttin ist mit den Ihren.« Sie umarmte mich. »So, jetzt erkläre ich Professor Nolan, was dich aufgehalten hat. Nimm ruhig das Telefon hier auf dem Schreibtisch und ruf deine Großmutter an.« Noch einmal umarmte sie mich und schloss dann sacht die Tür des Klassenzimmers hinter sich.

Ich setzte mich an den Schreibtisch und war einfach nur überwältigt davon, wie nett sie war, und dachte daran, wie lange es her war, dass meine Mom mich so umarmt hatte. Und plötzlich liefen einfach nur noch die Tränen.

Einundzwanzig

Hi, Grandma, ich bin's.«

»Oh! Mein Zoeybird! Geht's dir gut, Kleines?«

Ich lächelte in den Hörer und wischte mir die Tränen ab. »Mir geht's gut, Grandma. Ich vermiss dich nur ein bisschen.«

»Ich vermisse dich auch, kleiner Vogel.« Sie hielt inne und fragte dann: »Hat deine Mom dich angerufen?«

»Nein.«

Grandma seufzte. »Na, vielleicht will sie dich ja nicht stören, bis du dich in deinem neuen Leben eingerichtet hast. Ich habe ihr erklärt, dass für dich der Tag-Nacht-Rhythmus ab jetzt umgekehrt sein wird.«

»Danke, Grandma, aber ich glaub nicht, dass das der Grund ist, warum sie nicht angerufen hat.«

»Vielleicht hat sie es ja versucht, und du hast es nur nicht gemerkt. Ich hab gestern auch versucht, dich anzurufen, aber bei deinem Handy ging nur die Mailbox dran.«

Mein schlechtes Gewissen versetzte mir einen Stich.

Tatsächlich – ich hatte nicht mal nachgeschaut, ob jemand angerufen hatte. »Ich hab vergessen, es aufzuladen. Es ist in meinem Zimmer. Sorry, dass ich deinen Anruf verpasst hab, Grandma.« Um sie zu beruhigen (und damit wir nicht mehr darüber reden mussten), sagte ich: »Ich schaue sofort nach, sobald ich wieder in mein Zimmer komme. Vielleicht hat Mom ja auf die Mailbox gesprochen.«

»Ja, tu das, Liebes. Aber erzähl mal, wie ist es denn nun im House of Night?«

»Gut. Ich meine, es gibt total viel, was ich hier mag. Der Unterricht ist cool. Hey, Grandma, ich hab sogar Fechten und Reiten!«

»Toll! Ich weiß noch, wie gern du auf Bunny geritten bist.«

»Und ich hab eine Katze!«

»Ach, Zoeybird, wie schön! Wo du Katzen doch so magst. Und hast du auch schon Freunde gefunden?«

»Meine Zimmerkameradin, Stevie Rae, ist einfach klasse. Und ihre Freunde mag ich auch schon supergern.«

»Wenn alles so toll ist, warum dann die Tränen?«

Ich hätte wissen sollen, dass ich vor Grandma nichts verheimlichen konnte. »Ach ... es ist nur, einiges, was mit der Wandlung zusammenhängt, ist ziemlich hart.«

»Aber dir geht's gut, oder?« In ihrer Stimme lag tiefe Besorgnis. »Geht's deinem Kopf besser?«

»Ja, aber das ist es überhaupt nicht. Nur –« Ich hielt inne. Ich sehnte mich danach, ihr alles zu erzählen, so sehr, dass ich fast explodierte. Aber ich wusste nicht, wie. Und ich hatte Angst. Dass sie mich dann nicht mehr lieben würde. Ich meine, Mom hatte ja auch schon aufgehört, mich zu lieben. Na ja, zumindest hatte sie mich gegen einen neuen Mann eingetauscht, was eigentlich noch schlimmer war, als einfach nur aufzuhören, mich zu lieben. Was, wenn Grandma sich nun auch von mir abwandte?

»Zoeybird, du weißt, dass du mir immer alles erzählen kannst. Keine Angst«, sagte sie sanft.

Ich biss mir auf die Lippe, um nicht wieder loszuheulen. »Das ist nicht so leicht, Grandma.«

»Zoey, nichts auf dieser Welt könnte dazu führen, dass ich dich nicht mehr liebe. Ich bin deine Grandma, was auch passiert, und das werde ich immer bleiben, selbst wenn ich zu unseren Ahnen in die Geisterwelt gegangen bin. Auch von dort aus werde ich dich noch lieben, kleiner Vogel.«

»Ich hab Blut getrunken, und es hat mir geschmeckt«, brach es aus mir hervor.

Ohne Zögern sagte Grandma: »Ja und? Genau das macht einen Vampyr doch aus, Liebes.«

»Ja, aber ich bin kein Vampyr. Ich bin noch nicht mal eine Woche lang Jungvampyr.«

»Du bist etwas Besonderes, Zoey. Das warst du schon immer. Warum sollte das jetzt anders sein?«

»Aber ich hab nicht das Gefühl, dass ich was Besonderes bin. Eher was Abnormes.«

»Du bist nicht abnorm, Zoey. Du bist immer noch du selbst. Denk immer daran. Egal ob du Gezeichnet worden bist, egal ob du die Wandlung durchmachst. Der Geist in dir ist immer noch *dein* Geist. Äußerlich kommst du dir vielleicht vor wie eine vertraute Fremde, aber wenn du nach innen schaust, ist da noch das gleiche Ich, das du schon sechzehn Jahre lang kennst.«

»Die vertraute Fremde ...«, flüsterte ich. »Woher weißt du das?«

»Du bist meine Enkelin, Kleines. Die Tochter meines Geistes. Ich kann mir gut vorstellen, wie du dich fühlst – ich glaube, ich würde mich ganz ähnlich fühlen.«

»Danke, Grandma.«

»Nichts zu danken, *U-we-tsi a-ge-hu-tsa*.«

Ich musste lächeln. Wie märchenhaft, ja magisch das Cherokee-Wort für Tochter klang – wie ein von einer Göttin verliehener Titel. Göttin ...

»Grandma, da ist noch was.«

»Erzähl, meine Kleine.«

»Ich glaub, ich kann alle fünf Elemente spüren, wenn in einem Ritual der Kreis beschworen wird.«

»Wenn das stimmt, ist dir große Macht gegeben, Zoey. Und das heißt, du trägst auch große Verantwortung. In unserer Familie gab es viele Stammesälteste,

Medizinmänner und Weise Frauen. Gib acht, kleiner Vogel, dass du immer erst nachdenkst, bevor du handelst. Die Göttin hätte dich niemals aus irgendeiner Laune heraus mit solch außergewöhnlichen Kräften gesegnet. Gebrauche sie mit Bedacht, damit Nyx und deine Ahnen mit Freude und Stolz auf dich blicken können.«

»Ich werde mein Bestes geben, Grandma.«

»Das ist alles, was ich mir von dir wünsche, Zoeybird.«

»Es gibt hier noch ein Mädchen mit besonderen Kräften, aber die ist einfach furchtbar. Sie lügt und macht andere runter. Grandma, ich frage mich …« Ich holte tief Luft und sprach aus, was schon den ganzen Morgen in mir brodelte. »Ich frage mich, ob ich vielleicht stärker bin als sie und ob Nyx mich deshalb Gezeichnet hat, damit ich sie aus der Machtposition verdrängen kann, in der sie im Moment ist. Aber – aber das würde heißen, dass ich ihren Platz einnehmen müsste. Und ich weiß nicht, ob ich dafür schon bereit bin. Oder ob ich es jemals sein werde.«

»Tu das, was dein Geist dir rät, Zoeybird.« Sie zögerte und sagte dann: »Kleines, kannst du dich noch an das Reinigungsgebet unseres Volkes erinnern?«

Ich dachte nach. Unzählige Male war ich mit Grandma zu dem kleinen Bach hinter ihrem Haus gegangen und hatte zugeschaut, wie sie in dem fließenden Wasser eine rituelle Waschung vornahm und dabei das Reinigungsgebet sprach. Manchmal war ich mit ihr ins Wasser getreten und hatte die Worte mitgesprochen. Dieses Gebet zog sich durch meine ganze Kindheit. Wir hatten damit den Wechsel der Jahreszeiten begangen, für die Lavendelernte gedankt oder den Winter eingeleitet, oder Grandma hatte es vor schwierigen Entscheidungen gesprochen. Manchmal hatte ich nicht mal genau gewusst, warum sie sich reinigte und betete. Es war einfach immer so gewesen.

»Ja. Ich erinnere mich.«

»Gibt es auf dem Schulgelände fließendes Wasser?«

»Keine Ahnung.«

»Wenn nicht, versuch dir einen Räucherstab zu basteln. Am besten sind weißer Salbei und Lavendel, aber wenn's nicht anders geht, kannst du auch frische Kiefernnadeln nehmen. Weißt du, was du damit machen musst, Zoeybird?«

»Ja. Mich mit dem Rauch reinigen, von den Füßen an aufwärts, sowohl vorne als auch auf dem Rücken«, rezitierte ich, als sei ich wieder ein kleines Kind und Grandma lehrte mich die Sitten unseres Stammes. »Und dann nach Osten schauen und das Gebet sprechen.«

»Schön, dass du dich erinnerst. Tu es und bitte die Göttin um Beistand, Zoey. Ich bin mir sicher, sie wird dich hören. Am besten noch heute Nacht, vor Sonnenaufgang. Kriegst du das hin?«

»Ich glaub schon.«

»Dann spreche auch ich das Gebet und bitte die Göttin als deine Großmutter, dich zu leiten.«

Und plötzlich fühlte ich mich besser. In solchen Dingen hatte Grandma sich noch nie geirrt. Wenn sie glaubte, das würde mir helfen, dann würde es das auch wirklich tun.

»Ich mache es vor Sonnenaufgang, versprochen.«

»Gut, kleiner Vogel. So, jetzt lasse ich altes Weib dich aber besser an die Arbeit gehen. Eigentlich hast du jetzt doch gerade Unterricht, oder?«

»Ja, ich muss gleich zu Schauspiel. Oh, und Grandma – du wirst nie alt sein.«

»Nicht, solange ich immer wieder deine junge Stimme hören kann. Ich liebe dich, *U-we-tsi a-ge-hu-tsa*.«

»Ich dich auch, Grandma.«

Das Gespräch mit Grandma hatte eine schreckliche Last von mir genommen. Ich hatte immer noch Riesenangst vor der Zukunft und all ihren Unsicherheiten, und ich war alles andere als wild darauf, Aphrodite zu Fall zu bringen. Zumal ich keinen blassen Schimmer hatte, wie ich das anfangen sollte. Immerhin, ich hatte eine Art Plan. Okay, vielleicht keinen echten *Plan*, aber es gab wenigstens etwas, das ich tun konnte. Ich würde das Reinigungsgebet sprechen, und dann … hm … ja, dann würde ich mir den nächsten Schritt überlegen.

Ja, so war es am besten. Den ganzen Vormittag hindurch machte ich mir mit diesem Gedanken Mut. Beim Mittagessen hatte ich mich entschieden, wo ich das Ritual abhalten würde – unter dem Baum bei der Mauer, wo ich Nala gefunden hatte. Ich dachte darüber nach, während ich mich hinter den Zwillingen an der Salatbar entlangschlängelte. Ich fand die Wahl gut, weil Bäume, vor allem Eichen, den Cherokee heilig waren. Außerdem war es ein leicht zugänglicher und trotzdem abgeschiedener Ort. Okay, Heath und Kayla hatten mich dort aufgestöbert, aber ich hatte ja nicht vor, mich wieder auf die Mauer zu setzen, und ich konnte mir nicht vorstellen, dass Heath zwei Tage hintereinander in aller Herrgottsfrühe unterwegs war, egal ob er eine Prägung entwickelt hatte oder nicht. Ich meine, ich rede von einem Typen, der in den Sommerferien bis um zwei Uhr mittags schläft, und zwar *jeden Tag!* Und wenn Schule war, reichten zwei Wecker und seine schimpfende Mutter gerade mal so aus, um ihn wach zu kriegen. Der würde so schnell nicht noch mal vor Anbruch der Dämmerung unterwegs sein. Vermutlich brauchte er Monate, um sich von letzter Nacht zu erholen. Wobei wahrscheinlicher war, dass er und K sich spätabends heimlich getroffen hatten (sie hatte nie Probleme, sich heimlich rauszuschleichen, ihre Eltern waren so was von ahnungslos) und dann die ganze Nacht aufgeblieben waren. Was bedeutete, dass er heute bestimmt die Schule geschwänzt hatte *und* die nächsten zwei Tage krank spielte, damit er ausschlafen konnte. Also, jedenfalls hatte ich keine Angst, dass er auftauchen könnte.

»Findest du Babymais eigentlich auch so unheimlich? Ich hab immer das Gefühl, dieses winzige Zeug kann doch nicht echt sein.«

Ich zuckte zusammen und ließ beinahe die Schöpfkelle aus dem Ranch-Dressing in den Bottich mit Joghurtdressing fallen. Dann blickte ich auf und direkt in Eriks lachende blaue Augen.

»Oh, hi«, sagte ich. »Hast du mich vielleicht erschreckt!«

»Wird wohl anscheinend langsam zur Gewohnheit bei mir.«

Ich kicherte nervös. Mir war sehr bewusst, dass die Zwillinge jede unserer kleinsten Bewegungen beobachteten.

»Du siehst wieder viel besser aus als gestern, Z.«

»Ja, danke, mir geht's wieder gut. Und diesmal stimmt das wirklich.«

»Ich hab gehört, du bist den Töchtern der Dunkelheit beigetreten.«

Shaunee und Erin schnappten gleichzeitig nach Luft. Ich vermied es, sie anzusehen. »Mhm.«

»Sehr gut. Die brauchen dringend mal wieder frisches Blut.«

»›Die‹? Du sagst das so, als ob du gar nicht dazugehörst. Bist du nicht ein Sohn der Dunkelheit?«

»Schon, aber das ist nicht das Gleiche wie eine

Tochter. Wir sind bloß zur Zierde da. Ungefähr das genaue Gegenteil von dem, wie's bei den Menschen ist. Wir Jungs wissen alle, dass wir nur da sind, um gut auszusehen und Aphrodite bei Laune zu halten.«

Ich sah ihn an. In seinen Augen stand etwas anderes. »Und machst du das immer noch – Aphrodite bei Laune halten?«

»Wie ich gestern schon sagte, nein. Noch ein Grund, warum ich mich nicht mehr so richtig als Mitglied betrachte. Ich bin ziemlich sicher, die hätten mich schon hochkant rausgeschmissen, wenn ich nicht so ein bisschen schauspielern würde.«

»›Ein bisschen schauspielern‹ – du meinst, dass L.A. und der Broadway schon hinter dir her sind?«

»Ja, genau das meine ich.« Er grinste mich an. »Aber weißt du, das hat nichts mit der Wirklichkeit zu tun. Beim Schauspielern geht's darum, allen was vorzumachen. Das ist nicht mein wahres Ich.« Er beugte sich zu mir vor und flüsterte mir ins Ohr: »In Wirklichkeit bin ich total uncool.«

»Was? Denkst du etwa, in *der* Rolle bist du überzeugend?«

Er tat übertrieben gekränkt. »Rolle? Nein, Z. Das ist keine Rolle, und das kann ich auch beweisen.«

»Ach was.«

»Doch, wirklich. Lass uns heute Abend zusammen DVDs schauen. Ich zeig dir meine absoluten Lieblingsfilme aller Zeiten.«

»Und was sollen die beweisen?«

»Was meinst du, welche das sind? Die alten *Star Wars*-Filme. Ich kann den kompletten Text mitsprechen.« Er beugte sich wieder vor und flüsterte: »Sogar den von Chewbacca.«

Ich musste lachen. »Oh Mann, du bist echt uncool.«

»Sag ich doch.«

Wir hatten das Ende der Salatbar erreicht. Er kam mit mir zu unserem Tisch, wo Damien, Stevie Rae und die Zwillinge schon saßen. Sie gaben sich nicht die geringste Mühe, uns vielleicht wenigstens *unauffällig* anzugaffen.

»Also Z, hast du Lust … heute Abend?«

Ich spürte, wie die vier regelrecht den Atem anhielten. »Ich würde echt total gern, aber heute Abend kann ich nicht. Ich – äh – ich hab schon was vor.«

»Oh. Okay. Hm … dann vielleicht ein andermal. Bis dann.« Er nickte dem Rest des Tisches zu und verzog sich.

Ich setzte mich. Von allen Seiten wurde ich angestarrt. »Was?«, fragte ich.

»Du bist eindeutig nicht mehr zu retten«, stellte Shaunee fest.

»Meine Rede, Zwilling«, sagte Erin.

»Du hast hoffentlich 'nen echt guten Grund dafür, ihn so abzuservieren«, sagte Stevie Rae. »Mann, du hast ihn total vor den Kopf gestoßen.«

»Ob ich ihn trösten soll?« Damien schaute ihm träumerisch hinterher.

»Gib's auf«, sagte Erin.

»Der spielt nicht in deiner Liga«, fügte Shaunee hinzu.

»Ruhe!«, zischte Stevie Rae und sah mir dann fest in die Augen. »Warum hast du ihm einen Korb gegeben? Was bitte kann wichtiger sein als ein Date mit Erik?«

Ich erwiderte ruhig ihren Blick. »Aphrodite loszuwerden.«

Zweiundzwanzig

Ein offen gestanden signifikantes Argument«, sagte Damien. »Sie ist bei den Töchtern der Dunkelheit eingestiegen!«, rief Shaunee.

»Was?!« Damiens Stimme schnellte ungefähr zwanzig Oktaven in die Höhe.

Sofort kam Stevie Rae mir zu Hilfe. »Jetzt macht keinen Aufstand. Sie macht Feindbeobachtung.«

»Feindbeobachtung! Himmel, wenn sie sich denen anschließt, heißt das, sie packt den Stier geradewegs bei den Hörnern!«

»Sie ist jedenfalls beigetreten«, wiederholte Shaunee.

»Wir haben gehört, wie sie's gesagt hat«, bestätigte Erin.

»Hallo?! Ich bin immer noch anwesend«, sagte ich.

Damien sah mich an. »Okay, was hast du vor?«

»Weiß ich noch nicht genau«, gab ich zu.

»Dann denk dir besser 'nen Plan aus, und zwar schnell, sonst verputzen die dich zum Mittagessen«, sagte Erin.

»Aber echt.« Zur Bekräftigung nahm Shaunee einen Riesenbissen Salat.

Stevie Rae verschränkte die Arme vor der Brust und funkelte die Zwillinge vorwurfsvoll an. »Wieso soll sie sich das denn allein ausdenken müssen? Sie hat doch uns!«

Ich lächelte ihr dankbar zu. »Na ja, so eine Art Idee hab ich schon.«

»Gut. Erklär's uns, dann können wir gemeinsam weiter überlegen«, sagte Stevie Rae.

Alle sahen mich erwartungsvoll an. Ich seufzte. »Also. Ähm ...« Ich zögerte, weil ich Angst hatte, dass ich mich total bescheuert anhören würde. Aber dann beschloss ich, dass ich ihnen genauso gut sagen konnte, worüber ich mir seit dem Telefongespräch mit Grandma den Kopf zerbrach, also beendete ich hastig den Satz: »Ich dachte, ich versuche mit einem alten Cherokee-Reinigungsgebet Nyx um Beistand zu bitten, damit sie mir vielleicht hilft, einen Plan zu finden.«

Die Stille am Tisch dauerte eine halbe Ewigkeit. Schließlich sagte Damien: »Nyx um Hilfe bitten ist wohl nicht die schlechteste Idee.«

»Bist du denn eine Cherokee?«, fragte Shaunee.

»Aussehen tust du so«, sagte Erin.

»Hey! Sie heißt Redbird mit Nachnamen. Natürlich ist sie eine Cherokee«, sagte Stevie Rae entschieden.

»Dann ist's ja gut«, sagte Shaunee, aber es klang zweifelnd.

Ich sah meine Freunde der Reihe nach an. »Ich hab die Hoffnung, dass mich Nyx vielleicht hört und ich womöglich eine Art Eingebung kriege, was ich wegen Aphrodite machen soll. Ich weiß einfach, dass es falsch ist, dass sie immer wieder mit dem ganzen Mist, den sie verzapft, durchkommt.«

»Erzählen wir's ihnen doch«, sagte Stevie Rae plötzlich. »Sie werden's bestimmt nich weitersagen. Wirklich. Und es wär bestimmt sinnvoll, wenn sie's wüssten.«

»Himmelhölle, was ist denn los?«, fragte Erin.

»Okay, Zoey, jetzt hast du keine Wahl mehr.« Shaunee richtete ihre Gabel auf Stevie Rae. »Sie hat genau gewusst, dass wir dich jetzt so lange löchern, bis du uns sagst, was Sache ist.«

Ich schenkte Stevie Rae ein Stirnrunzeln. Sie zuckte verlegen die Achseln. »Sorry.«

Widerstrebend senkte ich die Stimme und beugte mich vor. »Versprecht mir, dass ihr es niemandem erzählen werdet.«

»Versprochen«, kam die Antwort wie aus einem Mund.

»Okay. Ich glaub, ich kann die fünf Elemente spüren, wenn der Kreis beschworen wird.«

Stille. Sie starrten mich sprachlos an. Drei von ihnen entgeistert, Stevie Rae selbstzufrieden.

»Also, glaubt ihr immer noch, sie wird nich mit Aphrodite fertig?«, fragte sie schließlich.

»Ich *wusste* doch, dass an deinem Mal mehr dran ist als nur ›ich bin hingefallen und hab mir den Kopf gestoßen‹!«, stieß Shaunee hervor.

»Wow«, sagte Erin. »So viel zum Thema: *'ne gute Story.*«

»Das darf niemand wissen!«, warf ich hastig ein.

»Nicht aufregen! Sie meint doch nur, *irgendwann mal* wird das 'ne super Story zum Erzählen sein«, sagte Shaunee beruhigend.

»Wir können warten«, grinste Erin.

Damien schenkte ihnen keine Beachtung. »Ich bin mir ziemlich sicher, dass zu keiner Zeit irgendwo eine Hohepriesterin erwähnt wird, die eine Affinität zu allen fünf Elementen hatte.« Seine Stimme wurde aufgeregt. »Weißt du, was das bedeutet?« Er ließ mir keine Zeit zu antworten. »Du könntest potentiell die mächtigste Hierophantin werden, die es je gegeben hat.«

»Hä?!«

»Hohepriesterin«, sagte er ungeduldig. »Vielleicht bist du echt in der Lage, Aphrodite zu Fall zu bringen.«

»Also, das sind echt mal gute Neuigkeiten«, sagte Erin, und Shaunee nickte enthusiastisch.

»Na gut. Wann und wo machen wir nun dieses Reinigungsdingens?«, fragte Stevie Rae.

»Wir?«, fragte ich.

»Wir lassen dich mit alldem doch nicht alleine, Zoey.«

Ich öffnete den Mund, um zu protestieren – ich meine, ich wusste nicht mal, was ich genau vorhatte. Ich wollte meine Freunde nicht in was reinziehen, das vielleicht (beziehungsweise ziemlich sicher) das totale Desaster werden würde. Aber Damien kam meiner Ablehnung zuvor.

»Du brauchst uns«, sagte er schlicht. »Selbst die mächtigste Hierophantin braucht ihren Kreis.«

»Also, ich wollte eigentlich keinen Kreis beschwören, ich wollte einfach nur sone Art Reinigung vollziehen und beten.«

»Kannst du nicht zuerst einen Kreis beschwören und dann das Gebet sprechen und Nyx um Hilfe bitten?«, fragte Stevie Rae.

»Klingt logisch«, pflichtete Shaunee ihr bei.

»Außerdem – wenn du echt ’ne Affinität zu allen fünf Elementen hast, spüren wir das sicher, wenn du den Kreis beschwörst. Oder, Damien?«, fragte Stevie Rae.

Alle sahen unseren schwulen Gelehrten an. Er nickte. »Ich denk schon.«

Ich war unwahrscheinlich erleichtert und froh, dass sie mich unterstützen wollten, dass sie mir nicht den Rücken kehrten und mich allein meiner Unsicherheit überließen. Trotzdem war ich entschlossen, es ihnen weiterhin auszureden.

Du solltest sie schätzen. Sie sind Perlen von höchstem Wert. Die vertraute Stimme jenes neuen Instinkts, der mit dem Kuss erwacht war, den Nyx auf mein Mal gehaucht hatte, schwebte durch meinen Geist. Mir war klar, dass ich sie nicht in Frage stellen sollte.

»Okay. Erst mal brauche ich einen Räucherstab.« Sie sahen mich verständnislos an. Da erklärte ich: »Für die eigentliche Reinigung, weil ich kein fließendes Wasser habe. Oder gibt's hier welches?«

»Du meinst 'nen Bach oder 'ne Quelle oder so was?«, fragte Stevie Rae.

»Ja, so ungefähr.«

»Durch den Hof hinter dem Speisesaal läuft ein kleines Rinnsal. Es verschwindet dann unter der Schule«, sagte Damien.

»Das bringt mir nichts, das ist zu öffentlich. Dann muss der Räucherstab reichen. Am besten wären getrockneter Lavendel und Salbei, aber Kiefer geht zur Not auch.«

»Salbei und Lavendel kann ich besorgen«, versicherte Damien. »Davon gibt's was im Vorratsraum für die Magie- und Ritualkurse der Primaner. Ich sage einfach, dass mich ein Oberstufenschüler gebeten hat, es ihm zu bringen. Was brauchst du noch?«

»Na ja, in dem Reinigungsritual hat Grandma immer den sieben heiligen Richtungen der Cherokee ihren Dank ausgesprochen: dem Norden, Süden, Osten, Westen, der Sonne, der Erde und dem Selbst. Aber ich

glaube, ich will das Gebet stärker an Nyx richten.«
Nachdenklich biss ich mir auf die Lippe.

»Das wär wahrscheinlich besser«, meinte Shaunee.

»Ja«, fiel Erin ein. »Nyx hat ja nichts mit der Sonne am Hut. Sie ist die Nacht.«

»Folg einfach deiner Eingebung«, sagte Stevie Rae.

»Sich selbst zu vertrauen ist eine der ersten Sachen, die man als Hohepriesterin lernt«, bekräftigte Damien.

»Okay. Dann brauche ich auch Kerzen für die fünf Elemente.«

»Easy-peasy«, sagte Shaunee.

»Ja, der Tempel ist immer offen, und da gibt's unendlich viele Kerzen für den Kreis.«

»Darf man die einfach mitnehmen?« Es schien mir nicht die beste Idee zu sein, was aus dem Nyxtempel zu klauen.

»Wenn wir sie danach wieder zurückbringen, ist es kein Problem«, versicherte Damien. »Und sonst?«

»Das ist alles.« Glaubte ich jedenfalls. Himmel, ich hatte keine Ahnung. Es war ja nicht so, als ob ich wirklich wusste, was ich da tat.

»Wann und wo?«, stellte Damien die nächsten entscheidenden Fragen.

»Nach dem Abendessen. Sagen wir um fünf. Und wir sollten nicht alle auf einem Haufen losziehen. Das Letzte, was wir brauchen, wäre, dass Aphrodite oder eine von den Hexen denkt, wir planen irgendwas, und neugierig wird. Treffen wir uns doch bei der großen Eiche an der Ostmauer.« Ich grinste sie schief an. »Die ist leicht zu finden, ihr müsst euch nur vorstellen, dass ihr gerade von 'nem Ritual im Freizeitraum abgehauen seid und einfach nur möglichst weit wegkommen wollt.«

»Keine allzu schwierige Vorstellung«, befand Shaunee.

Erin schnaubte nur.

»Okay, dann bringen wir die Sachen mit«, schloss Damien.

»Ja, und du bringst deine mächtige Hierophantigkeit«, grinste Shaunee mit einem Blick auf Damien.

»Das ist nicht die korrekte Form des Worts. Du solltest wirklich mehr lesen, dann könnte man dir endlich mal ohne Zahnschmerzen zuhören.«

»Willst du Zahnschmerzen? Kannste haben!« Sie drohte ihm scherzhaft mit der Faust.

Ich für meinen Teil war froh, dass es nicht mehr um mich ging und ich in Ruhe meinen Salat essen konnte, während sich die Kabbelei um mich herum weiterspann. Kauend versuchte ich mir den genauen Wortlaut des Reinigungsgebets ins Gedächtnis zu rufen, als Nala neben mir auf die Bank sprang. Sie sah mich mit großen Augen an, dann ließ sie sich gegen mich sinken und fing an zu schnurren wie ein Düsentriebwerk. Keine Ahnung, warum, aber sofort fühlte ich mich besser. Und als es klingelte und wir uns eilig auf den Weg in den Unterricht machten, lächelten all meine vier Freunde mich an, blinzelten mir zu und verabschiedeten sich mit einem verschwörerischen »Bis später, Z.« Auch das baute mich auf, nur krampfte sich mein Herz kurz zusammen – sie übernahmen schon Eriks Spitznamen für mich …

Spanisch ging rasend schnell vorbei. Thema der Stunde war, wie man es ausdrückte, etwas zu mögen oder nicht zu mögen. Es war zum Totlachen, wie ernst Profesora Garmy behauptete, das würde unser Leben verändern. *Me gusta gatos.* (Ich mag Katzen.) *Me gusta ir de compras.* (Ich gehe gern shoppen.) *No me gusta cocinar.* (Ich koche nicht gern.) *No me gusta lavantar el gato.* (Ich wasche nicht gern die Katze.) Das waren Profesora Garmys Lieblingssätze, und den größten Teil der Stunde schrieben wir unsere eigenen auf.

Ich musste mich zurückhalten, nicht so was zu schreiben wie *Me gusta Erik* … oder *no me gusta el hexo Aphrodite.* Okay, ich bin sicher, dass *hexo* bestimmt nicht das spanische Wort für Hexe ist, aber egal. Trotzdem, es machte Spaß, und ich verstand sogar, was gesagt wurde.

Reiten ging nicht ganz so schnell vorbei. Beim Ausmisten konnte man gut nachdenken – ich sagte mir immer wieder im Geist das Reinigungsgebet vor –, aber die Stunde dauerte definitiv eine Stunde. Diesmal brauchte Stevie Rae mich nicht abzuholen. Ich war viel zu nervös, um die Zeit zu vergessen. Als es klingelte, räumte ich rasch Striegel und Bürste weg, glücklich darüber, dass Lenobia mich Persephone wieder hatte striegeln lassen, und aufgeregt, weil sie gesagt hatte, nächste Woche dürfte ich vielleicht schon anfangen, sie zu reiten. Als ich eilig die Stallungen verließ, wünschte ich, es wäre in der »echten Welt« nicht so tief in der Nacht. Ich hätte gern Grandma angerufen und ihr erzählt, wie gut das mit den Pferden klappte.

»Ich weiß, was du da abziehst.«

Ich schwöre, ich wäre fast erstickt vor Schreck.

»Mann, Aphrodite! Kannst du vielleicht irgendein Geräusch zur Vorwarnung machen? Was bist du, eine Raubkatze? Du hast mich zu Tode erschreckt!«

»Was ist denn?«, säuselte sie. »Schlechtes Gewissen?«

»Äh, wenn du dich von hinten an die Leute ranschleichst, erschreckst du sie halt, das hat überhaupt nichts mit schlechtem Gewissen zu tun.«

»Du hast also keines?«

»Aphrodite, ich hab keine Ahnung, wovon du redest.«

»Ich weiß, was du nachher vorhast.«

»Und ich weiß immer noch nicht, wovon du redest.« *Shit! Wie hatte sie das rausgefunden?*

»Die denken alle, du bist so verdammt süß und unschuldig, und alle sind sie ganz hingerissen von

336

deinem irrsinnigen Mal. Alle außer mir.« Sie hielt an und versperrte mir den Weg. Ihre blauen Augen verengten sich, und ihr Gesicht verzerrte sich geradezu höllisch-dämonisch. Huh. Flüchtig fragte ich mich, ob die Zwillinge sich eigentlich darüber im Klaren waren, wie treffend ihr Spitzname für sie war. »Egal was für Scheiße andere so reden, er gehört immer noch mir. Mir und sonst niemandem, und zwar für immer.«

Eine Woge der Erleichterung brandete über mich hinweg; so intensiv, dass ich fast lachen musste. Sie meinte Erik, nicht das Reinigungsgebet! »Hui, du klingst wie Eriks Mom. Weiß er, dass du ihm hinterherspionierst?«

»Hab ich ausgesehen wie Eriks Mom, als ich ihm im Gang den Schwanz gelutscht hab?«

Also wusste sie Bescheid. Egal. Wahrscheinlich war es unvermeidlich, dass sie mich früher oder später darauf ansprechen würde. »Nee, hast du nicht. Du hast jämmerlich und verzweifelt ausgesehen, wie du dich an 'nen Typen ranschmeißt, der dir ganz klar sagt, dass er dich nicht mehr will.«

»So redest du nicht mit mir, du kleine Schlampe!« Sie hob die Hand wie eine Klaue und wollte sie mir übers Gesicht ziehen.

Da schien die Welt stillzustehen. Nur wir beide bewegten uns wie in einer Blase und wie in Zeitlupe. Mit Leichtigkeit – viel zu leicht – packte ich ihr Handgelenk und hielt es fest. Als wäre sie ein kleines, schwächliches Kind, das in seiner Wut versuchte, mich zu schlagen, aber viel zu schwach war, um mir wirklich was zu tun. Für einen Augenblick hielt ich sie so fest und erwiderte ihren hasserfüllten Blick.

»Versuch das bloß nie wieder, Aphrodite. Mich kannst du nicht einschüchtern. Merk's dir, ein für alle Mal: Ich hab keine Angst vor dir.« Damit stieß ich ihren Arm weg und sah total geschockt, dass sie ein paar Schritte zurücktaumelte.

Wütend starrte sie mich an und rieb sich das Handgelenk. »Denk gar nicht erst dran, morgen vorbeizukommen. Betrachte dich als ausgeladen. Und eine Tochter der Dunkelheit bist du auch nicht mehr.«

»Ach, echt?« Ich war unglaublich ruhig. Denn ich hatte noch einen Trumpf im Ärmel, und den spielte ich jetzt aus. »Dann möchtest du der Hohepriesterin Neferet, meiner Mentorin, die überhaupt als Erste auf die Idee kam, ich sollte den Töchtern der Dunkelheit beitreten, gerne sagen, dass du mich rausgeschmissen hast, weil du eifersüchtig bist, dass dein Exfreund mich mag?«

Sie wurde bleich.

»Oh, und wenn Neferet mich darauf anspricht – ich werde total am Boden zerstört sein deswegen, da kannst du Gift drauf nehmen.« Bei den letzten Worten schluchzte und schnüffelte ich ein bisschen.

»Was glaubst du wohl, wie du dich fühlst als Teil

einer Gruppe, in der *niemand* dich haben will?«, knurrte sie durch zusammengebissene Zähne.

Mein Magen zog sich zusammen. Ich musste mich zusammennehmen, damit sie nicht merkte, dass sie einen Nerv getroffen hatte. Oh ja, ich wusste genau, wie es war, Teil von etwas – einer sogenannten Familie – zu sein und sich dort permanent als fünftes Rad am Wagen zu fühlen. Aber das würde ich Aphrodite nicht auf die Nase binden. Stattdessen lächelte ich und sagte, so naiv ich konnte: »Wieso, was meinst du? Erik ist auch ein Sohn der Dunkelheit, und er hat mir heute Mittag erst gesagt, wie sehr es ihn freut, dass ich jetzt dazugehöre.«

»Von mir aus – komm zu dem Ritual und tu so, als gehörtest du dazu. Aber vergiss eines nicht. Die Töchter der Dunkelheit gehören *mir*. Du bist der Außenseiter – der Niemand, der nicht erwünscht ist. Und noch was: Erik Night und ich teilen etwas, was du nie verstehen wirst. Er ist nicht mein *Ex*-was-auch-immer. Wenn du dir unser kleines Spielchen im Gang bis zum Ende angeschaut hättest, wäre dir klar, dass ich ihn immer noch genau da hab, wo ich ihn schon immer hatte und haben will.« Und damit warf sie ihr unendlich langes, unendlich blondes Haar zurück und stöckelte von dannen.

Nur zwei Atemzüge später schaute Stevie Raes Kopf hinter einer alten Eiche in der Nähe hervor. »Ist sie weg?«

Ich sah sie kopfschüttelnd an. »Ja, zum Glück. Was machst du da?«

»Was wohl? Mich verstecken. Bei der Frau scheiß ich mir in die Hosen. Ich hab dich gesucht, da hab ich euch streiten sehen. Mann, die wollte dir wirklich und wahrhaftig eine scheuern!«

»Die Frau hat ein paar ernsthafte Probleme mit ihrer Toleranzschwelle.«

Stevie Rae lachte.

»Äh, Stevie Rae, du kannst jetzt da rauskommen.«

Noch immer lachend, hüpfte sie zu mir herüber und hakte sich bei mir ein. »Du hast's ihr echt gezeigt!«

»Hab ich.«

»Und sie hat dich *echt* gefressen!«

»Oh ja, das hat sie echt.«

»Du weißt, was das bedeutet?«

Ich nickte. »Ja. Ich kann nicht mehr zurück. Jetzt muss ich sie vom Sockel heben.«

»Jep.«

Aber es hatte schon kein Zurück mehr gegeben, bevor Aphrodite versucht hatte, mir die Augen auszukratzen. Es hatte kein Zurück gegeben, seit Nyx mich Gezeichnet hatte. Während Stevie Rae und ich gemeinsam durch die mit tausend Düften und Geräuschen erfüllte, vom Licht der Gaslampen erhellte Nacht schritten, gingen mir wieder und wieder die Worte der Göttin durch den Kopf: *Nicht die gelebten Jahre allein machen dein Alter aus, Zoeybird. Glaube an dich, und du wirst einen Weg finden. Doch denk daran: Die Dunkelheit und das Böse sind nicht immer gleichzusetzen, ebenso wie das Licht nicht immer Gutes verheißt.*

Dreiundzwanzig

Ich hoffe, die anderen finden auch her.« Suchend schaute ich mich um, während ich mit Stevie Rae bei der Eiche wartete. »Letzte Nacht kam es mir nicht so dunkel vor.«

»War's auch nich. Heute Nacht isses total bewölkt, der Mond kommt fast nicht durch. Aber keine Sorge, die Wandlung stellt echt coole Sachen mit unserer Nachtsicht an. Mann, ich glaub, ich kann so gut sehen wie Nala.« Sie kraulte die Katze liebevoll am Kopf, und Nala schloss die Augen und schnurrte. »Die finden uns schon.«

Ich lehnte mich niedergeschlagen gegen den Baum. Das Abendessen war superlecker gewesen – klasse Brathühnchen mit scharf gewürztem Reis und jungen Zuckererbsen (also, eines war sicher, die Köche hier waren genial!). Ja, und ich hatte richtig gute Laune gehabt. Bis Erik an unserem Tisch vorbeigegangen war und hi gesagt hatte. Tja, es war nicht gerade ein »Hi, Z, ich mag dich immer noch«-Hi. Es war ein »Hi, Zoey«. Fertig. Das war's. Er hatte sich gerade sein Essen geholt, zusammen mit ein paar anderen Typen, die die Zwillinge als »obergeil« bezeichneten. Ich muss gestehen, ich nahm sie nicht mal wahr. Da war irgendwie nur Erik. Als sie sich unserem Tisch näherten, sah ich auf und lächelte. Er schaute mich vielleicht eine Millisekunde lang an, sagte »Hi, Zoey« und ging weiter. Und plötzlich hatte das Hühnchen gar nicht mehr so lecker geschmeckt.

»Du hast halt an seinem Ego gekratzt. Sei einfach nett zu ihm, dann lädt er dich garantiert wieder ein.« Stevie Raes Worte holten mich wieder in die Gegenwart unter dem Baum zurück.

»Woher wusstest du, dass ich an Erik denke?«, fragte ich.

Da Stevie Rae aufgehört hatte, Nala zu streicheln, beugte ich mich runter, um selber damit weiterzumachen, bevor sie anfing sich zu beschweren.

»Weil ich daran denken würde, wenn ich du wär.«

»Eigentlich sollte ich darüber nachdenken, dass ich zum ersten Mal in meinem Leben einen Kreis berufen werde und keine Ahnung davon habe, statt über irgendeinen Typen.«

»Von wegen irgendein Typ! Der ist sooo toll!«, protestierte sie so genießerisch, dass ich lachen musste.

»Ihr redet bestimmt von Erik.« Aus dem Schatten der Mauer löste sich Damien. »Keine Sorge. Ich hab gesehen, wie er dich beim Mittagessen angeschaut hat. Der spricht dich schon noch mal an.«

»Glaub ihm«, versicherte Shaunee, und Erin fügte hinzu: »Er ist schließlich unser Gruppenexperte für alles mit Penis.« Beide folgten Damien unter die Eiche.

»Ganz recht«, sagte der nur trocken.

Ehe mir der Kopf anfangen konnte zu schwirren, wechselte ich das Thema. »Habt ihr alles, was wir brauchen?«

»Ja, ich musste nur den Salbei und Lavendel selber zusammenmischen. Ist das hier okay?« Er zog den Räucherstab aus dem Jackenärmel. Er war dick und fast so lang wie mein Unterarm, und Damien hatte ihn am Ende mit extra starker Schnur zusammengebunden. In Windeseile breitete sich der vertraute, süße Duft des Lavendels aus.

Ich lächelte. »Perfekt.«

Er wirkte erleichtert. Etwas verlegen sagte er: »Ich hab ihn mit meinem Stickgarn zusammengebunden.«

»He, ich hab dir schon tausendmal gesagt, du musst dich nicht dafür schämen, dass du stickst. Ich find das toll. Außerdem bist du richtig gut darin«, sagte Stevie Rae.

»Wär schön, wenn mein Dad das auch denken würde«, sagte Damien.

Mir tat die Traurigkeit in seiner Stimme weh. »Das musst du mir irgendwann mal beibringen. Ich wollte schon immer sticken können«, log ich und freute mich, dass seine Miene sich aufhellte.

»Wann immer du willst, Z.«

»Und was ist mit den Kerzen?«, fragte ich die Zwillinge.

»He, wir haben doch gesagt, easy.« Shaunee stellte ihre Tasche ab und zog eine grüne, eine gelbe und eine blaue Votivkerze in jeweils farblich passenden Glashaltern heraus.

»Peasy.« Erin kramte aus ihrer eigenen Tasche eine rote und eine violette Kerze.

»Okay. Schauen wir mal … Lasst uns hier rübergehen, ein Stück vom Stamm weg, aber so, dass wir noch unter den Zweigen stehen.« Sie folgten mir. Ich betrachtete die Kerzen. Was sollte ich damit machen? Vielleicht … Im nächsten Moment wusste ich es. Und ich handelte danach, ohne zu überlegen, wie oder warum, und ohne das plötzliche intuitive Wissen zu hinterfragen. »Jeder von euch kriegt eine Kerze. Dieses Element repräsentiert ihr, wie die Vampyre bei Neferets Vollmondritual. Ich bin Geist.« Erin reichte mir die violette Kerze. »Das heißt, ich stehe in der Mitte. Ihr anderen stellt euch um mich herum auf.« Ohne zu zögern, nahm ich Erin die rote Kerze aus der Hand und gab sie Shaunee. »Du bist Feuer.«

»Hört sich gut an. Ich meine, jeder weiß, wie heiß ich bin.« Übers ganze Gesicht grinsend tänzelte sie lasziv an den südlichsten Punkt des Kreises.

Die grüne Kerze war die nächste. Ich wandte mich an Stevie Rae. »Du bist Erde!«

»Cool, Grün ist meine Lieblingsfarbe!«, rief sie fröhlich und postierte sich Shaunee gegenüber.

»Erin, du bist Wasser.«

»Schön. Ich hab Strandurlaub und Schwimmen früher immer geliebt.« Sie trat auf die westliche Seite.

»Dann bin ich wohl Luft.« Damien nahm die gelbe Kerze.

»Bist du. Dein Element eröffnet den Kreis.«

»Das Element der Offenheit und Aufklärung«, sagte er etwas wehmütig.

Ich lächelte ihn an. »Ja, so in etwa.«

»Okay, und jetzt?«, fragte Stevie Rae.

»Zuerst sollten wir uns mit dem Räucherstab reinigen.« Ich stellte die violette Kerze neben mir ab, um die Hände frei zu haben. Dann schlug ich mir auf die Stirn. »Shit, hat jemand von euch an Streichhölzer oder ein Feuerzeug oder so was gedacht?«

Damien zog ein Feuerzeug aus der Tasche. »Klar doch.«

»Danke, Luft.«

»Keine Ursache, Hohepriesterin.«

Darauf erwiderte ich nichts, aber als er mich so nannte, überlief mich ein aufgeregtes Kribbeln.

»Den Räucherstab benutzt man so …« Zum Glück klang meine Stimme sehr viel ruhiger, als ich mich fühlte. Ich stellte mich vor Damien, da ich es am besten fand, dort zu beginnen, wo auch der Kreis eröffnet wurde. Als ich anfing, den anderen die Reinigung zu erklären, hatte ich das unheimliche Gefühl, mit der Stimme meiner Großmutter aus den Tiefen meiner Kindheit zu sprechen. »Die Räucherzeremonie ist eine rituelle Methode, eine Person, einen Ort oder einen Gegenstand von negativen Energien, Geistern oder sonstigen Einflüssen zu reinigen. Dabei werden spezielle geheiligte Pflanzen und Harze verbrannt, und dann wird der Gegenstand in den Rauch gehalten beziehungsweise die Person oder der Ort damit eingehüllt. Das eigentlich Reinigende ist der Geist der Pflanzen.« Ich sah Damien an. »Fertig?«

»Bestätige«, sagte er auf seine typische Art.

Ich zündete den Räucherstab an und ließ die trockenen Kräuter eine Weile brennen, dann blies ich die Flamme aus, so dass nur noch perfekt schwelende Glut übrig blieb. Ich hielt ihn vor Damiens Füße und wedelte den Rauch an seinem Körper empor. Dabei erklärte ich weiter. »Es ist total wichtig, dass wir die Geister der heiligen Pflanzen bitten, uns zu helfen, und wir sollten ihnen den gebührenden Respekt für ihre Kräfte erweisen.«

»Was sind denn die Kräfte von Lavendel und Salbei?«, fragte Stevie Rae von gegenüber.

Ich antwortete, während ich den Stab langsam an Damiens Körper entlang aufwärts führte. »Weißer Salbei wird in vielen traditionellen Ritualen benutzt. Er vertreibt negative Energien, Geister und Einflüsse. Wüstensalbei wirkt übrigens genauso, aber ich mag

347

weißen Salbei lieber, weil er süßer riecht.« Ich war bei Damiens Kopf angelangt und grinste ihn an. »War eine gute Wahl.«

»Manchmal frag ich mich, ob ich vielleicht ein bisschen telepathisch veranlagt bin«, sagte er. Erin und Shaunee schnaubten, aber ich beachtete sie nicht.

»Okay, jetzt dreh dich im Uhrzeigersinn um, damit ich hinten weitermachen kann«, sagte ich. Er wandte mir den Rücken zu. Ich sprach weiter. »Lavendel nimmt meine Grandma immer in all ihren Räucherstäben. Teilweise wahrscheinlich deshalb, weil sie eine Lavendelfarm hat.«

»Cool!«, sagte Stevie Rae.

Über die Schulter hinweg lächelte ich sie an, während ich Damien weiter reinigte. »Ja, es ist einfach superschön dort. Der zweite Grund ist, dass Lavendel dazu gut ist, die Dinge wieder ins Gleichgewicht zu bringen, und weil er eine friedliche Atmosphäre schafft. Außerdem zieht er gute Energien und Geister an.« Ich klopfte Damien auf die Schulter, dass er sich wieder umdrehen konnte. »Du bist fertig.« Dann ging ich den Kreis entlang zu Shaunee – dem Feuer – und begann sie zu reinigen.

»Gute Geister?«, fragte Stevie Rae und klang etwas verängstigt, wie ein Kind. »Ich dachte, wir rufen nur die Elemente.«

Shaunee sah sie durch den Rauch hindurch missbilligend an. »Also bitte, Stevie Rae, das kann doch nicht wahr sein! Du kannst doch kein Vampyr sein und Angst vor Geistern haben!«

Erin lachte. »Echt nicht. Das klingt total widersinnig.«

Durch den Kreis hindurch blickte ich Stevie Rae an. Unsere Augen trafen sich, und mir war klar, dass sie genau wie ich an meine Begegnung mit dem Wesen dachte, das vielleicht Elizabeth' Geist gewesen war. Aber weder sie noch ich hatten das Bedürfnis, dieses Thema anzusprechen.

»Ich bin noch kein Vampyr«, rief sie, »nur 'n Jungvampyr. Da darf ich Angst vor Geistern haben.«

»Sag mal, Zoey meint doch Geister der Cherokee, oder?«, fragte Damien plötzlich skeptisch. »Die interessieren sich doch bestimmt eher nicht für ein Ritual von ein paar Jungvampyren, bei denen die Cherokee mit knapp zwanzig Prozent relativ unterrepräsentiert sind, selbst wenn's die Hohepriesterin ist?«

Ich war mit Shaunee fertig und ging zu Erin weiter. »Ich glaub nicht, dass es viel ausmacht, was wir nach außen hin sind.« Während ich sprach, spürte ich instinktiv die Richtigkeit meiner Worte. »Worauf es ankommt, ist unsere Absicht. Ich meine, es ist doch so: Aphrodite hat sich die bestaussehenden, begabtesten Leute an der Schule gekrallt. Die Töchter der Dunkelheit müssten eigentlich ein richtig genialer Verein sein. Aber was sind sie? Ein Haufen Arschlöcher, Hexen und eingebildeter Ischen.« Wie, fragte ich mich nicht zum ersten Mal, passte bloß Erik da rein? War er da wirklich nur so reingerutscht, oder steckte er doch tiefer drin, so wie Aphrodite angedeutet hatte?

»Und Leute, die dazu gezwungen wurden, mitzumachen, egal ob sie Bock haben oder nicht«, sagte Erin.

»Genau.« Ich gab mir einen Ruck. Jetzt war nicht der richtige Zeitpunkt für Tagträume von Erik. Nachdem ich Erin gereinigt hatte, trat ich vor Stevie Rae hin. »Was ich sagen wollte, ist, dass ich schon glaube, dass die Geister meiner Ahnen uns hören, so wie auch die Geister von Salbei und Lavendel uns helfen werden. Aber du musst keine Angst haben, Stevie Rae. Wir wollen sie ja nicht herrufen, damit sie Aphrodite einen Arschtritt geben.« Ich hielt beim Räuchern inne. »Obwohl ihr das definitiv mal ganz guttun würde. Und«, sagte ich mit Nachdruck, »ich bin ziemlich sicher, dass hier heute Nacht keine Schreckgespenster rumlungern werden.« Damit reichte ich Stevie Rae den Räucherstab. »Okay. Jetzt reinige du mich.« Sie ahmte meine Bewegungen nach, und ich entspannte mich und atmete den vertrauten süßen Rauch ein, der um mich herumwaberte.

»Können wir sie echt nicht fragen, ob sie Aphrodite einen Arschtritt geben?« Shaunee klang ziemlich enttäuscht.

»Nein. Wir machen diese Reinigung, um Nyx um Rat und Hilfe zu bitten. Ich will Aphrodite nicht vermöbeln.« Ich musste daran denken, wie gut es sich angefühlt hatte, sie von mir wegzustoßen und so richtig zusammenzustauchen. »Okay, vielleicht würde es Spaß machen, aber es würde nicht das eigentliche Problem mit den Töchtern der Dunkelheit lösen.«

Stevie Rae war fertig damit, mich zu reinigen, und ich nahm ihr den Stab wieder ab und drückte ihn sorgfältig auf dem Boden aus. Dann kehrte ich in die Kreismitte zurück, wo Nala sich zufrieden neben der Kerze des Geistes zu einem kleinen, orangefarbenen Knäuel zusammengerollt hatte. Ich blickte in die Runde. »Klar können wir Aphrodite nicht leiden, aber ich glaube, wir sollten uns nicht auf negative Sachen konzentrieren, wie es ihr zu zeigen oder sie aus den Töchtern der Dunkelheit rauszuschmeißen. Das wäre nämlich, was *sie* an unserer Stelle machen würde. Wir sollten das Gute und Richtige wollen – eher so was wie Gerechtigkeit als Rache. Wir sind nicht sie, und wenn wir es schaffen sollten, in die Töchter der Dunkelheit reinzukommen, sollen die auch anders werden.«

»Tja, deswegen wärst du auch Hohepriesterin, und Erin und ich wären nur deine wunderschönen Sidekicks. Weil wir beschränkte kleine Arschlöcher sind und ihr am liebsten die Modelfresse polieren würden«, erklärte Shaunee, während Erin eifrig nickte.

»Nur positive Gedanken, bitte«, rügte Damien scharf. »Wir sind mitten in der Reinigungszeremonie.«

Bevor Shaunee mehr tun konnte, als ihm einen bösen Blick zuzuwerfen, piepste Stevie Rae: »'kay, ich mach mir mal positive Gedanken. Zum Beispiel, wie cool es wär, wenn Zoey die Anführerin der Töchter der Dunkelheit wär.«

»Gute Idee, Stevie Rae«, sagte Damien. »Das tue ich auch.«

»He! Das ist *mein* positiver Gedanke!«, protestierte Erin. »Peter Pan mit uns, Zwilling«, rief sie Shaunee zu. Die hörte auf, Damien finster anzustarren, und sagte: »Okay, ihr wisst doch, ich hab absolut nichts gegen positive Gedanken. Wenn Zoey an die Spitze der Töchter der Dunkelheit kommt und später wirklich mal Hohepriesterin wird – das wär der Hammer.«

Wirklich Hohepriesterin … Ich fragte mich flüchtig, ob es ein gutes oder ein schlechtes Zeichen war, dass bei diesen Worten mein Magen wild protestierte. Schon wieder. Seufzend zündete ich die violette Kerze an und fragte: »Fertig?«

Alle vier nickten.

»Dann nehmt eure Kerzen.«

Und ohne zu zögern (dann würde ich sowieso nur noch nervöser werden), trug ich die Kerze zu Damien hinüber. Weder so überirdisch grazil und weise wie Neferet noch so verführerisch und forsch wie Aphrodite. Ich war weder die eine noch die andere, sondern einfach Zoey, die vertraute Fremde, die sich von der beinahe normalen Schülerin an einer banalen High School zu einem äußerst außergewöhnlichen Jungvampyr gewandelt hatte. Ich holte tief Atem. Wie Grandma sagen würde: Man kann nicht mehr tun, als sein Bestes zu geben.

»Die Luft ist überall um uns, daher ist es nur gut und richtig, dass sie das erste Element ist, das in den Kreis gerufen wird. Bitte höre mich, Luft, und komm zu uns in diesen Kreis.« Mit der violetten Kerze entzündete ich Damiens gelbe. Sofort begann die Flamme wild zu flackern. Damiens Augen wurden riesig und ungläubig, als sich um unsere Körper urplötzlich ein Mini-Wirbelwind erhob, in unseren Haaren spielte und unsere Haut liebkoste.

»Es stimmt wirklich«, flüsterte er. »Du kannst tatsächlich die Elemente heraufbeschwören.«

»Na ja, eines zumindest«, flüsterte ich zurück. Mir war leicht schwindelig. »Mal schauen, wie's weitergeht.«

Ich ging zu Shaunee. Die hielt mir eifrig die Kerze entgegen. »Na mach schon, heiz mir ein!«

Ich musste lächeln. »Feuer erinnert mich an kalte Winterabende und die Wärme und Geborgenheit am Kamin im Haus meiner Großmutter. Höre mich bitte, Feuer, und komm zu uns in diesen Kreis.« Ich entzündete die rote Kerze. Die Flamme schoss hoch auf, viel heller und höher, als es für so eine schlichte Kerze eigentlich möglich war. Die Luft um Shaunee und mich war plötzlich erfüllt von dem würzigen Duft nach brennendem Holz und der wohligen Wärme eines offenen Kamins.

»Wow!«, rief Shaunee aus. Die Flamme der Kerze tanzte in ihren dunklen Augen. »Krass!«

»Nummer zwei«, sagte Damien in meinem Rücken.

Erin grinste schon, als ich mich vor sie stellte. »Wasser marsch«, sagte sie schnell.

»Wasser ist ein Segen an einem heißen Sommertag hier in Oklahoma. Wasser ist der majestätische Ozean, den ich eines Tages so gerne sehen will, und der Regen, der den Lavendel wachsen lässt. Bitte höre mich, Wasser, und sei auch du bei uns in diesem Kreis.«

Ich entzündete die blaue Kerze, und im selben Augenblick spürte ich Kühle auf meiner Haut. Ein reiner, salziger Geruch kam auf, der nur zu dem fernen Ozean gehören konnte, den ich nie gesehen hatte.

»Wahnsinn. Echt Wahnsinn«, sagte Erin und sog die Meeresluft tief ein.

»Und Nummer drei«, sagte Damien.

Als ich vor sie trat, erklärte Stevie Rae: »Ich hab keine Angst mehr.«

»Gut«, sagte ich. Dann lenkte ich meine Gedanken auf das vierte Element. »Die Erde gibt uns Halt und Nahrung. Ohne sie gäbe es uns nicht. Erde, ich bitte dich, höre mich und sei auch du Teil dieses Kreises.« Die grüne Kerze flammte im Nu auf, und Stevie Rae und ich wurden von dem süßen Duft nach frisch ge-

mähtem Gras eingehüllt. Über uns hörten wir Blätter
rascheln, und als wir aufsahen, schien sich die große
Eiche buchstäblich tiefer über uns zu beugen, als wolle sie uns vor allem Leid beschützen.

»Absolut unglaublich«, hauchte Stevie Rae.

»Vier.« Damiens Stimme bebte vor Erregung.

Rasch stellte ich mich wieder in die Mitte des Kreises und hob die violette Kerze.

»Das letzte Element erfüllt alles und jeden. Es
macht uns einzigartig und haucht allem Leben ein.
Ich bitte dich, höre mich, Geist, und geselle dich zu
uns in diesen Kreis.«

Auf unerklärliche Weise war es plötzlich, als sei ich
von allen vier Elementen umgeben, mitten in einem
Strudel aus Luft und Feuer, Wasser und Erde. Aber es
war nicht beängstigend, kein bisschen. Ich hatte den
Eindruck von tiefem Frieden und fühlte mich zugleich
von einer Woge gleißender Kraft durchströmt, und
ich musste die Lippen aufeinanderpressen, um nicht
aus purem Glück laut aufzulachen.

»Schaut! Schaut den Kreis an!«, schrie Damien.

Ich blinzelte, bis sich mein Blick klärte. Dabei spürte ich, wie sich die Elemente beruhigten, wie verspiel-
te Kätzchen, die um mich herumsaßen und nur darauf
warteten, dass ich ihnen wieder ein Wollknäuel oder
was auch immer zuwarf. Über den Gedanken musste
ich grinsen, aber da fiel mein Blick auf das zarte
Leuchten, das sich in einer Kreislinie um mich zog

und Damien, Shaunee, Erin und Stevie Rae verband. Es war silberhell wie das Licht eines vollen Mondes.

»Das sind dann wohl fünf«, sagte Damien.

»Heilige Scheiße«, stieß ich nicht gerade hohepriesterlich hervor. Die vier begannen zu lachen, und die Nacht füllte sich mit ihrer Fröhlichkeit. Und zum ersten Mal begriff ich, warum Neferet und Aphrodite bei ihren Ritualen getanzt hatten. In mir war so viel Glück und Freude, dass auch ich am liebsten getanzt und gejauchzt hätte. *Nicht jetzt*, sagte ich mir. Heute Nacht hatten wir was Ernsteres vor.

»Ich werde jetzt das Reinigungsgebet sprechen«, erklärte ich meinen Freunden. »Dabei werde ich mich jedem Element einzeln zuwenden.«

»Und was sollen wir machen?«, fragte Stevie Rae.

»Euch auf das Gebet konzentrieren. Ganz fest daran glauben, dass die Elemente es zu Nyx tragen werden und die Göttin uns erhören und mir einen Rat geben wird«, sagte ich zuversichtlicher, als ich mich fühlte.

Wieder wandte ich mich nach Osten. Damien lächelte mich ermutigend an. Und ich begann das uralte Reinigungsgebet zu sprechen, das ich so oft mit Grandma gebetet hatte – mit ein paar Abwandlungen, die ich mir den Tag über ausgedacht hatte.

Große Göttin der Nacht, deren Stimme ich im Wind höre, deren Atem ihren Kindern Leben einhaucht, höre mich. Ich brauche deine Kraft und deine Weisheit.

Ich legte eine kurze Pause ein und wandte mich nach Süden.

In Schönheit lass mich wandeln, und lass meine Augen immer wieder den roten und purpurnen Sonnenuntergang schauen, der am Beginn deiner gewaltigen Nacht steht. Lass meine Hände sanft zu den Dingen sein, die du geschaffen hast, und schärfe meine Ohren, damit ich deine Stimme höre. Gib mir Weisheit, um zu verstehen, was du dein Volk gelehrt hast.

Wieder machte ich eine Vierteldrehung nach rechts. Im Rhythmus des Gebets gewann meine Stimme allmählich an Kraft.

Hilf mir, ruhig und stark zu bleiben, was auch immer mir widerfahren mag. Lass mich erkennen, welche Lehre du in jedem Blatt und Stein verborgen hast. Hilf mir, klare und reine Gedanken zu fassen und zu handeln, um anderen zu helfen. Hilf mir, mitzufühlen, ohne mich vom Mitleid überwältigen zu lassen.

Nun drehte ich mich zu Stevie Rae, die sich mit fest zusammengepressten Augen mit aller Kraft zu konzentrieren schien.

*Schenke mir Kraft, nicht um Macht über andere zu
haben, sondern um meinen größten Feind zu be-
kämpfen, meinen inneren Zweifel.*

Ich trat wieder in die Kreismitte, um das Gebet zu
beenden. Und zum ersten Mal in meinem Leben war
es, als spürte ich die Kraft der alten Worte in einem
mächtigen Strom, von dem ich mir von Herz und Seele wünschte, er möge von meiner Göttin erhört werden.

*Lass mich stets bereit sein, mit reinen Händen und
klaren Augen vor dich zu treten, damit mein Geist
ohne Scham zu dir kommen möge, wenn das Leben
erlischt wie ein verblassender Sonnenuntergang.*

Theoretisch war dies das Ende des Cherokee-Gebetes,
das ich von Grandma kannte, aber aus einem spontanen Bedürfnis heraus fügte ich hinzu: »Und Nyx, ich
verstehe nicht, warum du mich Gezeichnet und mir
die Gabe der Affinität zu den Elementen gegeben hast.
Ich muss es auch nicht verstehen. Ich bitte dich nur,
hilf mir, zu erkennen, was ich tun muss, und gib mir
den Mut, es auch wirklich zu tun.« Und in der Erinnerung daran, wie Neferet ihr Ritual beendet hatte,
sprach ich zum Schluss die beiden Worte: »Seid gesegnet.«

Vierundzwanzig

Das war das wahrhaft extraordinärste Ritual, das ich je erlebt habe!«, sprudelte es aus Damien heraus, als der Kreis beendet war und wir die Kerzen und den Räucherstab aufsammelten.

Shaunee runzelte die Stirn. »Was, ordinär?!«

Damien verdrehte die Augen. »Das kommt aus dem Französischen und heißt außergewöhnlich, sensationell – eben *nicht* ordinär.«

»Ich will mich nicht streiten und stimme dir voll und ganz zu.« Damit überraschte sie alle außer Erin, die sagte: »Ja, echt *extraordinär*, der Kreis.«

»Wisst ihr, dass ich die Erde wirklich fühlen konnte, als Zoey sie gerufen hat?«, fragte Stevie Rae. »Als hätt ich plötzlich in 'nem wachsenden Weizenfeld gestanden. Oder nein, nicht gestanden – als wär ich das Weizenfeld *gewesen*.«

»Ich weiß, was du meinst«, sagte Shaunee. »Als sie das Feuer gerufen hat, hatte ich das Gefühl, in mir geht alles in Flammen auf.«

Während die vier sich lebhaft unterhielten, versuchte ich mir darüber klarzuwerden, was ich fühlte. Ich war definitiv froh, aber überwältigt und mehr als nur ein bisschen verwirrt. Also stimmte es. Ich war affin zu allen fünf Elementen.

Warum?

Nur um Aphrodite vom hohen Ross zu stoßen? (Wie, war mir übrigens immer noch ein Rätsel.) Nein, das konnte es nicht sein. Solche Macht vergab Nyx sicherlich nicht, nur um einer verwöhnten, herrsch-süchtigen Zicke die Leitung eines Schulclubs zu nehmen.

Okay, die Töchter der Dunkelheit waren keine einfache Schülervereinigung, aber trotzdem.

»Zoey, alles okay?«

Die Sorge in Damiens Stimme ließ mich von Nala aufblicken, und ich merkte, dass ich schon eine ganze Weile komplett in Gedanken versunken mit der Katze auf dem Schoß dort hockte, wo vorher die Kreismitte gewesen war.

»Oh ja, natürlich, keine Sorge. Ich denke nur nach.«

»Wir sollten zurückgehen. Es wird spät«, sagte Stevie Rae.

»Das ist wahr.« Ich stand auf, Nala an mich gepresst. Aber meine Beine weigerten sich, den anderen zu folgen, die sich schon auf den Weg zum Wohngebäude machten.

»Zoey?«

Damien hatte als Erster bemerkt, dass ich zögerte, und als er nach mir rief, hielten auch die anderen an. Sie wirkten besorgt bis verwirrt.

»Äh, ihr könnt schon vorgehen. Ich bleibe noch ein bisschen hier draußen.«

»Wir können auch auf dich warten, dann –«, begann Damien, aber Stevie Rae, die treue Seele, unterbrach ihn. »Zoey will allein sein und nachdenken. Wolltest du das etwa nicht, wenn du gerade rausgefunden hättest, dass du der einzige Jungvampyr der Geschichte bist, der 'ne Affinität zu allen fünf Elementen hat?«

Zögernd hob Damien die Schultern. »Hm, vermutlich.«

»Aber denk daran, es wird bald hell«, sagte Erin.

Ich lächelte beruhigend. »Tu ich. Ich komm wirklich gleich nach.«

»Ich mach dir noch 'n Sandwich und schaue, ob ich für dich noch 'n paar Chips und 'ne Cola finde. Nach 'nem Ritual muss 'ne Hohepriesterin unbedingt was essen«, sagte Stevie Rae lächelnd und winkte mir noch einmal zu, während sie die anderen voranscheuchte.

Ich rief ihr noch »Danke!« nach, während sie in der Dunkelheit verschwanden. Dann setzte ich mich an den Baumstamm, den Rücken gegen die Rinde gelehnt. Mit geschlossenen Augen streichelte ich Nala weiter. Ihr Schnurren war schlicht und vertraut und unendlich tröstlich. Irgendwie half es mir, wieder auf den Boden zu kommen.

»Ich bin immer noch ich«, flüsterte ich der Katze zu. »Wie Grandma gesagt hat. Alles andere kann sich ändern, aber das, was mich, Zoey, ausmacht – das, was seit sechzehn Jahren Zoey ist –, ist immer noch Zoey.«

Vielleicht würde ich es irgendwann glauben, wenn ich es mir lange genug einredete. Ich stützte das Kinn in eine Hand und streichelte meine Katze mit der anderen. Ich bin immer noch ich, sagte ich mir. Immer noch ich … immer noch ich …

»Oh, sieh nur, wie ihre Hand ihre Wange hält! Wäre ich doch nur der Handschuh auf dieser Hand und könnte diese Wange berühren!«

Nala »mie-ief-auu«-te verärgert, als ich vor Schreck zusammenfuhr.

»Es scheint so, als ob ich dich immer wieder bei diesem Baum finde«, sagte Erik. Er lächelte auf mich herunter und sah aus wie ein Gott.

Mein Magen begann zu flattern, aber diesmal fühlte ich noch etwas anderes. Warum bitte ›fand‹ er mich andauernd? Und wie lange hatte er mich diesmal schon beobachtet?

»Was machst du hier draußen, Erik?«

»Ich freu mich auch, dich zu sehen. Und ja, ich würde mich gern setzen, danke.« Und er machte Anstalten, sich neben mir niederzulassen.

Ich stand auf, was Nala genervt mit sich geschehen ließ.

»Ich wollte eigentlich gerade zurück zum Mädchentrakt gehen.«

»Sorry, ich wollte dich nicht belästigen. Ich konnte mich nur nicht auf meine Hausaufgaben konzentrieren, da bin ich spazieren gegangen. Irgendwie haben meine Füße mich wohl ganz von allein hierhergetragen – ich weiß gar nicht, wie, auf einmal war ich hier und du hier vor mir. Ich schleiche dir echt nicht hinterher, Ehrenwort.« Er steckte die Hände in die Hosentaschen und sah ziemlich betreten – und dabei total süß – aus.

Ich dachte daran, wie gern ich ja gesagt hätte, als er mich gefragt hatte, ob ich mit ihm uncoole Filme anschauen wollte. Und jetzt stand ich hier und wies ihn schon wieder zurück und brachte ihn in Verlegenheit. Ein Wunder, dass er überhaupt noch mit mir redete. Sah ganz danach aus, als nähme ich diese Hohepriesterinnengeschichte viel zu ernst.

»Also, was hältst du davon, mich zum Wohntrakt zurückzubegleiten? Mal wieder?«

»Hört sich gut an.«

Diesmal wollte Nala nicht getragen werden. Stattdessen trottete sie hinter uns her, während Erik und ich ebenso selbstverständlich ein gemeinsames Tempo fanden wie am Abend zuvor. Eine Weile schwiegen wir. Ich hätte ihn gern gefragt, was das alles mit Aphrodite nun wirklich war, oder ihm zumindest erzählt, was sie mir gegenüber behauptet hatte, aber ich hatte keinen blassen Schimmer, wie ich mit einem Thema anfangen sollte, das mich eigentlich gar nichts anging.

»Und, was hast du diesmal an dem Baum gemacht?«, fragte er schließlich.

»Nachdenken.« Was nicht mal eine Lüge war. Ich hatte verdammt viel nachgedacht – vor, während und nach dem Ritual, das ich selbstverständlich zu erwähnen vergaß.

»Oh. Machst du dir Gedanken wegen diesem Heath?«

Tatsächlich hatte ich keinen Gedanken mehr an Heath oder Kayla verschwendet, seit ich mit Neferet gesprochen hatte, aber ich zuckte einfach mal unspezifisch mit den Schultern.

»Ist sicher schwer, sich von jemandem trennen zu müssen, nur weil man Gezeichnet worden ist«, sagte er.

»Ich hab mich nicht von ihm getrennt, weil ich Gezeichnet wurde. Eigentlich war schon davor Schluss. Dass ich Gezeichnet wurde, hat nur den endgültigen Schlussstrich gezogen.« Ich sah ihn an und holte tief Luft. »Und was ist mit dir und Aphrodite?«

Er hielt überrascht inne. »Was meinst du?«

»Sie hat mir heute erzählt, du wärst nicht ihr Ex, sondern würdest für immer ihr gehören.«

Seine Augen verengten sich. Er wirkte echt angepisst. »Das mit dem Die-Wahrheit-Sagen hat sie noch nie besonders gut gekonnt.«

»Na ja, es geht mich nichts an, aber –«

»Es *geht* dich was an«, unterbrach er mich. Und dann tat er etwas, das mir komplett die Sprache raubte: Er nahm meine Hand. »Zumindest würde ich mir wünschen, dass es dich was angeht.«

»Oh«, sagte ich. »Ja, okay.« Wieder einmal gelang es mir hervorragend, ihn mit meiner irrsinnigen Schlagfertigkeit zu beeindrucken.

»Also hast du heute Abend wirklich über was nachdenken müssen und bist mir nicht einfach aus dem Weg gegangen?«, fragte er zögernd.

»Ich bin dir nicht aus dem Weg gegangen. Es war nur …« Ich zögerte und fragte mich, wie zum Teufel ich etwas erklären sollte, von dem ich sicher war, dass er es besser nicht wissen sollte. »Im Moment passiert so viel mit mir. Diese Wandlungsgeschichte ist manchmal ziemlich verwirrend.«

Er drückte meine Hand. »Das wird besser.«

»Was mich betrifft, kann ich das nicht so recht glauben«, murmelte ich.

Lachend tippte er mit dem Finger auf mein Mal. »Du machst es eben schneller als die meisten. Das ist sicher hart, aber glaub mir – mit der Zeit *wird* es besser, auch bei dir.«

Ich seufzte. »Ich hoff's.« Aber ich bezweifelte es.

Vor dem Mädchentrakt hielten wir an. Er wandte

sich mir zu und sagte, plötzlich sehr leise und ernst: »Z, du darfst das Zeug, das Aphrodite erzählt, nicht glauben. Sie und ich sind seit Monaten nicht mehr zusammen.«

»Aber ihr wart's.«

Er nickte mit gepeinigter Miene.

»Sie ist nicht besonders nett, Erik.«

»Ich weiß.«

Und da endlich wurde mir klar, was mich an der Sache wirklich störte. *Ganz egal*, dachte ich, *jetzt spreche ich es auch aus.*

»Mich stört, dass du mit jemandem zusammen warst, der so fies ist. Das gibt mir ein ganz komisches Gefühl bei dem Gedanken, dass ich dich auch mag.« Er öffnete den Mund, um etwas zu sagen, aber ich redete weiter, weil ich keine Entschuldigungen hören wollte, von denen ich nicht wusste, ob ich sie glauben sollte oder wollte. »Danke fürs Heimbringen. Schön, dass du mich wieder gefunden hast.«

»Ich freue mich auch, dass ich dich wieder gefunden habe«, sagte er. »Ich würde dich gern wiedersehen, Z, aber nicht immer nur zufällig.«

Ich zögerte. Und fragte mich, warum. Ich wollte ihn wiedersehen. Ich musste Aphrodite aus dem Kopf kriegen. Mann, sie *war* verdammt hübsch, und er *war* ein Kerl. Wahrscheinlich hatte sie ihn schon mit ihren zugegebenermaßen beträchtlichen Reizen verhext, bevor ihm klar war, was abging. Irgendwie hatte sie schon was von einer Spinne. Ich konnte wahrscheinlich froh sein, dass sie ihm nicht den Kopf abgebissen hatte. Ich sollte ihm eine Chance geben.

»Okay. Wie wäre es, wenn wir am Samstag deine uncoolen DVDs schauen?«, fragte ich, bevor ich so pervers sein würde, mir selber den hinreißendsten Typen dieser Schule komplett madig zu machen.

»Das ist ein Wort.«

Und Erik beugte sich vor, ganz langsam, damit ich zurückweichen konnte, wenn ich wollte, und küsste mich. Seine Lippen waren warm, und er roch echt gut, und der Kuss war sanft und wunderschön. In dem Moment wünschte ich mir von ganzem Herzen noch mehr davon. Zu schnell war es vorbei, aber er zog sich nicht zurück. Er blieb, wo er war, dicht vor mir, und ich merkte, dass ich ihm die Hände auf die Brust gelegt hatte. Seine ruhten ganz leicht auf meinen Schultern.

Ich lächelte ihn an. »Ich bin froh, dass wir doch noch was zusammen unternehmen.«

»Ich bin froh, dass du endlich ja gesagt hast.«

Dann küsste er mich noch einmal, aber diesmal nicht zögernd. Der Kuss wurde intensiver, und ich schlang die Arme um seine Schultern. Ich fühlte mehr, als dass ich hörte, wie er stöhnte, und dann küsste er mich lang und fest, und es war, als hätte er einen Schalter in mir umgelegt, und heißes, süßes, prickelndes Verlangen durchzuckte mich. Es war verrückt und unglaublich, viel stärker, als ich mich je bei einem Kuss gefühlt hatte. Unsere Körper passten wunderbar ineinander, hart gegen weich, und ich presste mich an ihn, vergaß Aphrodite, das Ritual, das ich vorhin geleitet hatte, und den Rest der Welt. Diesmal atmeten wir beide schwer, als wir uns voneinander lösten. Wir sahen einander unverwandt an. Allmählich kamen mir die Sinne wieder, und ich merkte, dass ich an ihm klebte wie ein Blutegel – und das direkt vor der Tür zum Mädchengemeinschaftsraum. Wie ein Flittchen. Ich begann mich aus seinen Armen zu lösen.

Er verstärkte seinen Griff ein wenig. »Was ist los? Was hast du plötzlich?«

Ich wehrte mich stärker. »Erik, ich bin nicht Aphrodite.«

Da ließ er mich gehen. »Ich weiß. Ich würde dich bestimmt nicht mögen, wenn du so wärst wie sie.«

»Ich meine nicht nur vom Charakter her. Sondern auch, weil ich normalerweise nicht irgendwo rumstehe und rumknutsche.«

»Verstehe.« Er hob eine Hand, als wollte er mich zurück in seine Arme ziehen, ließ sie dann aber wieder fallen. »Zoey, ich hab mich noch nie so gefühlt wie mit dir.«

Ich spürte mich rot werden und wusste nicht, ob vor Wut oder Scham. »Behandle mich nicht wie ein Kleinkind, Erik. Ich hab dich im Gang mit Aphrodite gesehen. Du hast dich bestimmt schon auf 'ne Menge Arten ›gefühlt‹.«

Er schüttelte den Kopf, und sein Blick verriet, wie getroffen er war. »Nein. Mit Aphrodite war alles nur körperlich. Bei dir ist mein Herz dabei, Zoey. Ich kenne den Unterschied. Und ich dachte, du würdest ihn auch kennen.«

Ich starrte ihn an, blickte tief in die traumhaft blauen Augen, die schon damals etwas in mir angerührt zu haben schienen, als sie mich zum ersten Mal ansahen. »Tut mir leid«, sagte ich leise. »Das war gemein von mir. Ich kenne den Unterschied.«

»Bitte versprich mir, dass das mit Aphrodite nicht für immer zwischen uns stehen wird.«

»Ich versprech's.« Es machte mir etwas Angst, aber ich meinte es ehrlich.

»Gut.«

Aus dem Dunkel materialisierte sich Nala, strich mir um die Beine und maunzte. »Ich bring sie besser rein ins Bett.«

»Okay.« Er lächelte und gab mir noch einen raschen Kuss. »Bis Samstag, Z.«

Meine Lippen prickelten noch den ganzen Weg bis zu meinem Zimmer.

Fünfundzwanzig

Der nächste Tag begann ganz entspannt – verdächtig entspannt, wie mir später klarwerden sollte. Beim Frühstück redeten Stevie Rae und ich uns den Mund darüber fusselig, wie toll Erik war, und überlegten, was ich zu unserem Date am Samstag anziehen sollte. Nicht mal Aphrodite oder ihre schrecklichen kriegerischen Wespen liefen uns über den Weg. Vampsozi war total interessant – wir waren mit den Amazonen fertig und behandelten jetzt eine Vampyr-Festlichkeit der griechischen Antike namens Correia – so dass ich überhaupt nicht mehr über das heutige Ritual der Töchter der Dunkelheit nachdachte, und für kurze Zeit hörte ich sogar auf, mich ständig zu fragen, was ich bloß mit Aphrodite machen sollte. Schauspiel war auch klasse. Ich entschied mich für einen von Kates Monologen aus *Der Widerspenstigen Zähmung* (ich liebte das Stück, seit ich die alte Verfilmung mit Liz Taylor und Richard Burton gesehen hatte). Als ich das Klassenzimmer verließ, passte mich Neferet im Gang ab und fragte, wie weit ich schon mit dem Vampsozi-Buch für die Oberprima gekommen sei. Ich musste ihr gestehen, dass ich noch nicht so viel (Klartext: null) gelesen hatte, und ihre sichtliche Enttäuschung hing mir noch den ganzen Weg zu Literatur nach. Aber kaum hatte ich mich auf meinen Platz zwischen Damien und Stevie Rae gesetzt, da brach die Hölle los, und jeglicher Anschein von entspannter Normalität war vorbei.

Penthesilea las uns das vierte Kapitel aus *Die letzte Nacht der Titanic* vor. Das Buch war wirklich gut, und wie üblich hörten wir alle aufmerksam zu, als dieser blöde Elliott anfing zu husten. Meine Fresse, dieser Typ nervte echt abartig.

Irgendwann mitten im Kapitel und dem widerlichen Gehuste fiel mir ein Geruch auf, aromatisch und süß und einfach unbeschreiblich. Automatisch atmete ich tief ein und versuchte, mich weiter auf das Buch zu konzentrieren.

Elliotts Husten wurde schlimmer, und ich war nicht die Einzige, die sich umdrehte, um ihn finster anzufunkeln. Ich meine, ehrlich, konnte er sich nicht ein Hustenbonbon oder was zu trinken holen?

Da sah ich das Blut.

Elliott saß nicht wie üblich zusammengesunken da. Er hatte sich kerzengerade aufgerichtet und starrte auf seine Handfläche, auf der frische Blutflecken glänzten. Und dann hustete er wieder, mit einem hässlichen, verschleimten Geräusch, wie ich an dem Tag, an dem ich Gezeichnet worden war. Nur dass aus Elliotts Mund dabei hellrotes Blut sprühte.

»Wa–«, keuchte er rasselnd.

»Holt Neferet!«, rief Penthesilea, riss eine der Schubladen in ihrem Tisch auf und zog ein sauber gefaltetes Handtuch heraus. Während der Junge, der am nächsten zur Tür saß, aufsprang und losrannte, hastete sie zu Elliott.

Wir sahen in erstarrtem Schweigen zu, wie sie ihn gerade noch rechtzeitig erreichte, um seinen nächsten blutigen Hustenanfall mit dem Handtuch aufzufangen. Er presste sich das Tuch vors Gesicht und hustete, würgte und spuckte hinein. Als er es sinken ließ, liefen ihm blutige Tränen über das bleiche, runde Gesicht, und aus seiner Nase rann Blut wie aus einem Wasserhahn, den jemand vergessen hatte zuzudrehen. Und als er zu Penthesilea aufschaute, sah ich, dass auch aus seinem Ohr ein blutiges Rinnsal kam.

»Nein!«, rief er emotionaler, als ich es ihm je zugetraut hätte. »Nein! Ich will nicht sterben!«

»Schsch«, sagte Penthesilea beruhigend und strich ihm das karottenrote Haar aus dem verschwitzten Gesicht. »Gleich hast du keine Schmerzen mehr.«

»Aber – aber, nein, ich –«, protestierte er, nun in seinem üblichen weinerlichen Ton, aber ein weiterer rasselnder Hustenanfall unterbrach ihn. Er würgte wieder und spuckte eine Menge Blut in das bereits durchweichte Handtuch.

Da kam Neferet herein, gefolgt von zwei großen, kräftig aussehenden männlichen Vampyren. Sie trugen eine flache Trage zwischen sich, auf der eine Decke lag. Neferet hielt eine kleine Flasche mit einer milchig weißen Flüssigkeit in der Hand. Keine zwei Schritte hinter ihnen stürzte Dragon in den Raum.

»Sein Mentor«, flüsterte Stevie Rae kaum hörbar. Ich nickte nur.

Neferet reichte Dragon das Fläschchen, stellte sich dann hinter Elliott und legte ihm die Hände auf die Schultern. Sofort hörte er auf zu husten und zu würgen.

»Schnell, trink das, Elliott«, sagte Dragon. Als dieser schwach den Kopf schüttelte, fügte er sanft hinzu: »Damit vergehen die Schmerzen.«

»Bleiben – Sie bei mir?«, keuchte Elliott.

»Natürlich«, sagte Dragon. »Ich lasse dich keine Sekunde mehr allein.«

»Rufen Sie meine Mom an?«, flüsterte Elliott.

»Ja.«

Elliott schloss eine Sekunde lang die Augen. Dann hob er mit zitternden Händen das Fläschchen an die Lippen und trank. Neferet nickte den beiden Vampyren zu, und diese hoben ihn hoch und legten ihn auf die Trage, als sei er eine Puppe und nicht ein sterbendes Kind. Dann verließen sie schnellen Schrittes den Raum. Dragon blieb an Elliotts Seite. Ehe Neferet ihnen folgte, wandte sie sich dem Klassenraum voller erschütterter Sechzehnjähriger zu.

»Ich kann euch leider nicht sagen, dass Elliott wieder gesund werden wird. Das wäre gelogen.« Sie sprach mit ruhiger, aber gebieterischer Stimme. »Die Wahrheit ist, dass sein Körper die Wandlung nicht verkraftet. In wenigen Minuten wird er den endgültigen Tod sterben, statt zu einem erwachsenen Vampyr heranzureifen. Leider kann ich euch auch nicht damit trösten, dass das euch nicht passieren wird. Im Durchschnitt wird jeder Zehnte von euch die Wandlung nicht überleben. Manche Jungvampyre sterben wie Elliott schon früh, zu Beginn der Untersekunda. Andere sind stärker und erreichen die Oberprima, ehe sie plötzlich krank werden und sterben. Ich sage euch das nicht, damit ihr ab jetzt in steter Furcht lebt. Es gibt zwei andere Gründe. Erstens möchte ich euch damit zeigen, dass ich euch als eure Hohepriesterin nicht die Unwahrheit erzählen, sondern für euch da sein werde, falls der Moment kommt, da ihr meine Hilfe braucht, um den Schmerz zu lindern und euch den Übergang in die nächste Welt zu erleichtern. Zweitens möchte ich, dass ihr euch in eurem Leben so verhaltet, wie ihr uns und der ganzen Welt im Gedächtnis bleiben wolltet, wenn ihr morgen sterben würdet – denn das kann jederzeit passieren. Dann wird euer Geist in Frieden ruhen, im Wissen, dass er gute Erinnerungen zurücklässt. Und falls ihr nicht sterbt, legt ihr so den Grundstein für ein langes, erfülltes, integres Leben.« Während ihrer letzten Worte sah sie mir direkt in die

Augen. »Möge Nyx euch heute ihren Segen und Trost gewähren, und möget ihr immer daran denken, dass der Tod ein natürlicher Bestandteil des Lebens ist, selbst eines Vampyrlebens. Denn eines Tages, früher oder später, müssen wir alle in den Schoß der Göttin zurückkehren.« Und mit einem Klacken, in dem alle Endgültigkeit der Welt zu liegen schien, schloss sie die Tür hinter sich.

Ohne jede Sentimentalität machte sich Penthesilea daran, rasch und gründlich die Blutspritzer auf Elliotts Tisch aufzuwischen. Als alle Spuren des sterbenden Jungen getilgt waren, kehrte sie an ihren Schreibtisch zurück und legte mit der Klasse einige Schweigeminuten für Elliott ein. Dann nahm sie das Buch wieder auf und las dort weiter, wo sie unterbrochen hatte. Ich versuchte zuzuhören und die Erinnerung an den Anblick abzuschütteln, wie Elliott das Blut aus Augen, Ohren, Mund und Nasenlöchern geronnen war. Und ich versuchte jeden Gedanken daran zu ersticken, dass der betörende Geruch, der meine Aufmerksamkeit erregt hatte, ohne jeden Zweifel von Elliotts Blut ausgegangen war, das aus seinem sterbenden Körper herausgeflossen war.

Ich wusste ja, dass eigentlich alles einfach ganz normal weitergehen sollte, wenn ein Jungvampyr gestorben war, aber anscheinend war es nicht alltäglich, dass gleich zwei so kurz hintereinander starben, und den Rest des Tages herrschte in der ganzen Schule eine gedrückte Stimmung. Beim Mittagessen war es total still, und viele pickten nur auf ihren Tellern rum, statt zu essen. Die Zwillinge und Damien stritten sich kein einziges Mal, was zur Abwechslung eigentlich mal ganz nett gewesen wäre, wäre nicht der Grund dafür ein so schrecklicher. Als Stevie Rae sich mit einer lahmen Entschuldigung früher erhob, um vor der fünften Stunde noch mal ins Zimmer zu gehen, nutzte ich erleichtert die Chance und ging mit.

In der dichten, wolkenverhangenen Dunkelheit gingen wir nebeneinander den Fußweg entlang. Heute Nacht wirkten die Gaslampen nicht heiter und warm, sondern eisig und nicht hell genug.

»Irgendwie ist es noch viel schlimmer, weil niemand Elliott so richtig leiden konnte«, sagte Stevie Rae. »Bei Elizabeth war's komischerweise leichter. Da konnten wir wenigstens ehrlich darum trauern, dass sie nich mehr da ist.«

»Ich weiß, was du meinst. Ich bin zwar total fertig, aber ich weiß, dass es nicht wegen Elliott ist, sondern weil ich jetzt weiß, was jedem von uns passieren kann, und ich es einfach nicht aus dem Kopf kriege.«

»Wenigstens geht's schnell«, sagte sie leise.

Mich überlief ein Schauder. »Ob es sehr weh tut?«

»Die geben dir was. Dieses weiße Zeug, das Elliott

getrunken hat. Damit hört es auf, weh zu tun, aber du bleibst trotzdem bis zum Schluss bei Bewusstsein. Und Neferet hilft einem dabei ... wenn man dann richtig stirbt.«

»Macht ganz schön Angst, oder?«, fragte ich.

»Mhm.«

Eine Weile sagten wir nichts mehr. Dann kam der Mond zwischen den Wolken hervor und ließ die Blätter der Bäume unheimlich wässrig silbern schimmern, und plötzlich fiel mir wieder ein, dass heute Aphrodites Ritual war.

»Was meinst du, ob Aphrodite nicht vielleicht doch das Samhainritual absagt?«

»Keine Chance. Bei denen wird nie 'n Ritual abgesagt.«

»Mistkacke«, sagte ich. Dann schielte ich zu Stevie Rae. »Er war ihr Kühlschrank.«

Sie sah mich erschrocken an. »Elliott?«

»Ja. Es war echt eklig, und er hat sich total komisch benommen, wie unter Drogen. War vielleicht auch schon ein Anzeichen dafür, dass er die Wandlung nicht verkraften würde.« Es entstand ein unbehagliches Schweigen. Dann fügte ich hinzu: »Ich hatte es dir eigentlich nicht sagen wollen, vor allem nachdem du mir erzählt hattest ... dass ... na ja, du weißt schon. Bist du echt sicher, dass Aphrodite das heute Abend nicht absagen wird? Ich meine, erst Elizabeth, jetzt Elliott.«

»Das ist denen egal. Und es ist ihnen auch egal, wen sie als Kühlschrank nehmen. Die finden schon 'nen Ersatz.« Sie zögerte. »Zoey, ich hab nachgedacht. Vielleicht solltest du da heute doch nich hingehen. Ich hab gehört, was Aphrodite gestern zu dir gesagt hat. Niemand wird dich akzeptieren, dafür wird sie schon sorgen. Die wird total gemein sein, Zoey.«

»Ich komm schon klar, Stevie Rae.«

»Nee, ich hab da 'n total schlechtes Gefühl. Du hast noch keinen richtigen Plan, oder?«

»Na ja, nicht wirklich. Ich bin immer noch in der Feindbeobachtungsphase«, fügte ich hinzu, um einen Hauch Leichtigkeit in die Unterhaltung zu bringen.

»Beobachte später. Das heute war zu grausig, jeder ist völlig fertig. Du solltest echt warten.«

»Ich kann nicht einfach wegbleiben, gerade nicht nach dem, was Aphrodite gestern zu mir gesagt hat. Sonst wird sie denken, dass sie recht hatte und mich einschüchtern kann.«

Stevie Rae holte tief Luft. »Na gut. Dann nimm mich mit.« Verdutzt fing ich an, den Kopf zu schütteln, aber sie redete weiter. »Du bist jetzt 'ne Tochter der Dunkelheit. Prinzipiell kannst du Leute zu 'nem Ritual mit einladen. Also, lad mich ein. Dann kann ich auf dich aufpassen.«

Ich dachte daran, wie ich das Blut getrunken hatte und selbst Krieg und Schrecken gemerkt hatten, wie gut es mir geschmeckt hatte. Und vergeblich versuchte ich meine Gedanken von dem Geruch des Bluts abzulenken ... Heath' Blut, Eriks Blut, sogar das von Elliott ... Eines Tages würde Stevie Rae zwangsläufig merken, wie ich auf Blut reagierte, aber das musste nicht schon heute sein. Nein, das durfte ruhig noch eine Weile dauern. Ich hatte furchtbare Angst davor, was dann mit der Freundschaft zu ihr, den Zwillingen und Damien passieren würde. Klar, sie wussten, dass ich ›speziell‹ war, und hatten es akzeptiert, weil das für sie momentan vor allem auf ›Hohepriesterin‹ hinauslief, und das war was Gutes. Meine Blutlust war nicht so gut. Konnten sie die auch so leicht hinnehmen?

»Nein, Stevie Rae, nie im Leben.«

»Aber Zoey, du kannst nich allein in diese Hexenküche gehen!«

»Ich bin nicht allein. Erik ist auch dort.«

»Ja, aber er war mal mit Aphrodite zusammen. Wer weiß, wie gut er sich gegen sie behaupten kann, wenn sie wirklich mies zu dir wird.«

»Süße, ich kann schon selbst auf mich aufpassen.«

»Ich weiß, aber –« Sie brach ab und sah mich komisch an. »Zoey, vibrierst du?«

»Ich tue bitte was?!« Aber da merkte ich es auch und fing an zu lachen. »Mein Handy! Ich hab's gestern Nacht endlich aufgeladen und mir heute wieder eingesteckt.« Ich zog es aus der Handtasche und warf einen Blick auf die Uhrzeit im Display. »Schon nach

Mitternacht. Wer zum Geier …« Als ich es aufklappte, sah ich zu meinem Schrecken, dass ich fünfzehn SMS und fünf Anrufe in Abwesenheit hatte. »Himmel, da versucht mich jemand verzweifelt zu erreichen, und ich schau seit Tagen nicht nach.« Zuerst schaute ich mir die SMS an. Und mein Magen zog sich zusammen.

Zo, ruf mich an
Lieb dich immer noch
Zo, bitte ruf an
Will dich shn
du & ich
RUMiAN
wl mit d redn
Zo!
ruf an!!!

Ich musste sie gar nicht alle lesen. Sie waren im Grunde alle gleich. »Oh Shit. Sind alle von Heath.«

»Deinem Ex?«

Ich seufzte. »Ja.«

»Was will er?«

»Mich, so wie's aussieht.« Widerstrebend hörte ich meine Mailbox ab und war entsetzt, wie laut und erregt Heaths süße, leicht treudoofe Stimme klang.

»*Zo! Ruf mich an. He, ich weiß, es ist spät, aber …
nee, wart mal, für mich ist es spät, aber für dich nicht.*

*Aber egal, ruf mich an, scheiß drauf, wie spät's ist,
okay? Ja. Also, ruf mich an.«*
Ich stöhnte auf und löschte die Nachricht. Die
nächste klang noch manischer.

*»Zoey! He, wirklich, ruf an! Du, sei nicht böse, ja?
Vergiss Kayla, die geht mir so was von am Arsch vorbei, die Trantüte. Ich lieb dich immer noch, Zo. Nur
dich. Ruf mich an. Bitte, egal wann. Ich wach schon
auf.«*

»Mannomann.« Bei Heath' Lautstärke konnte Stevie Rae ihn gar nicht überhören. »Der Kerl ist besess-
sen. Kein Wunder, dass du ihn in den Wind geschos-
sen hast.«

»Mhm«, murmelte ich und löschte eilig auch die
zweite Nachricht. Die dritte war ähnlich, nur noch
verzweifelter. Ich stellte den Ton leiser und hörte die
Nachrichten ungeduldig durch, damit ich sie endlich
löschen konnte. Mehr zu mir selbst als zu Stevie Rae
murmelte ich: »Ich muss mit Neferet reden.«

»Was? Soll sie dafür sorgen, dass er nich mehr zu
dir durchkommt?«

»Nein. Doch. So in etwa. Ich will sie einfach nur
fragen, na ja, was ich deswegen machen soll.« Ich vermied ihren erstaunten Blick. »Ich meine, er ist hier
schon einmal aufgetaucht. Ich will nicht, dass er noch
mal herkommt und Ärger macht.«

»Oh, okay, stimmt. Wär scheiße, wenn er mit Erik
zusammenrasseln würd.«

»Das wär katastrophal. Gut, dann beeile ich mich besser, damit ich Neferet noch vor der fünften Stunde erwische. Bis nach der Schule!«

Ohne Stevie Raes Erwiderung abzuwarten, eilte ich los Richtung Neferets Zimmer. Schlechter konnte der Tag echt nicht werden. Erst starb Elliott, und ich konnte nur an sein Blut denken. Dann musste ich heute Abend zum Samhainritual, wo mich alle anderen hassten und sicher auch dafür sorgen würden, dass ich das auch garantiert mitkriegte, und zur Krönung des Ganzen hatte ich meinem Ex-Fast-Freund wahrscheinlich eine Prägung verpasst.

Jep. So einen Tag konnte man eigentlich nur noch aus dem Kalender streichen.

Sechsundzwanzig

Ich hätte Aphrodite, die in der kleinen Nische im Gang vor Neferets Zimmer zusammengesunken war, nie bemerkt, hätte nicht Skylar grollend und fauchend davorgestanden.

»Was ist denn, Skylar?« Ich erinnerte mich an Neferets Warnung und hielt ihm ganz vorsichtig die Hand hin, ehrlich erleichtert, dass Nala nicht wie üblich hinter mir hergetappt war – Skylar hätte das arme kleine Ding vermutlich zum Frühstück verspeist. »Na, Skylar, du Guter?« Das Riesenvieh betrachtete mich prüfend (wahrscheinlich überlegte er, ob es sich lohnte, mir die Hand abzubeißen). Dann traf er seine Entscheidung, ›entplusterte‹ sein Fell und trottete zu mir herüber. Nachdem er einmal um meine Beine gestrichen war, fauchte er ein letztes Mal nachdrücklich die Nische an, dann machte er sich in Richtung Neferets Zimmer davon.

Was hat er bloß?, fragte ich mich. Ich spähte in die Nische, argwöhnisch, was einen so herrischen Kerl wie Skylar aus der Ruhe bringen könnte – und bekam selbst einen Mordsschrecken. Sie saß auf dem Boden, im Schatten unter dem Bord, auf dem eine wunderschöne Nyxstatue stand. Ihr Kopf war weit zurückgebogen und die Augen so weit nach hinten gerollt, dass fast nur noch das Weiße zu sehen war. Mir blieb fast das Herz stehen. Erstarrt stand ich da und erwartete jeden Moment Blut über ihr Gesicht strömen zu sehen. Dann stöhnte sie und murmelte irgendwas Unverständliches, und ihre Augen rollten hin und her, als ob sie etwas beobachtete. Da begriff ich, was los war. Sie musste eine Vision haben. Wahrscheinlich hatte sie gespürt, dass sich eine anbahnte, und sich hier versteckt, um ihr Wissen von der nächsten Katastrophe, die sie abwenden könnte, für sich zu behalten. Miststück. Hexe.

Na, mir konnte sie mit solchen Spielchen nicht mehr kommen. Ich beugte mich hinunter und griff ihr unter die Arme, um sie hochzuziehen. (Also gemessen an ihrem Aussehen war sie verdammt schwer!)

»Komm schon«, keuchte ich, während ich sie eher mitschleppte als zog. »Gehen wir mal zu Neferet und schauen, was für eine Tragödie du diesmal verschweigen wolltest.«

Zum Glück war es nicht mehr weit. Als wir in Neferets Zimmer stolperten, sprang sie von ihrem Schreibtisch auf und eilte uns entgegen. »Zoey! Aphrodite! Was in aller Welt?!« Doch kaum erblickte sie Aphrodites Gesicht, wich ihr Schrecken erleichtertem

Begreifen. »Hier, setzen wir sie am besten auf meinen Stuhl, der ist bequem.«

Gemeinsam schleiften wir Aphrodite zu Neferets Ledersessel und ließen sie hineinsinken. Neferet kniete sich neben sie und nahm ihre Hand.

»Aphrodite, mit der Stimme der Göttin ersuche ich dich, ihrer Priesterin von dem zu berichten, was du siehst.« Ihre Stimme war sanft, aber bestimmt, und ich spürte die Macht, die dem Gebot unterlag.

Sofort begannen Aphrodites Augenlider zu flattern. Sie holte tief und keuchend Luft. Dann öffneten sich ihre Augen plötzlich. Sie wirkten riesig und glasig.

»So viel Blut! Aus seinem Körper kommt so viel Blut!«

»Wessen Körper, Aphrodite? Konzentriere dich. Sieh genau hin und erkenne, was du siehst«, befahl Neferet.

Aphrodite schnappte keuchend wieder nach Luft. »Sie sind tot! Nein! Nein. Das geht nicht! Das darf nicht … nein! Das ist nicht natürlich! Ich verstehe nicht … ich verstehe nicht …« Sie blinzelte nochmals, und ihr Blick schien sich zu klären und irrte durchs Zimmer, als erkenne sie nichts. Dann fiel er auf mich. »Du …«, sagte sie schwach. »Du weißt es.«

Oh ja, dachte ich, ich weiß ganz genau, dass du dich mal wieder unerkannt aus der Affäre ziehen wolltest. Aber ich sagte nur: »Ich hab dich im Gang gefunden und –«

Doch Neferet schnitt mir mit erhobener Hand das Wort ab. »Nein, sie ist noch nicht fertig. Sie darf jetzt noch nicht zu sich kommen. Die Vision ist noch zu abstrakt«, erklärte sie mir rasch, dann senkte sie die Stimme wieder und sprach wieder in diesem befehlenden, von Macht erfüllten Ton: »Geh zurück, Aphrodite. Wende dich wieder dem zu, wessen du Zeuge sein und was du verändern sollst.«

Ha, jetzt kommst du da nicht mehr raus! Ich konnte eine gewisse Schadenfreude nicht unterdrücken. Immerhin hatte sie gestern versucht, mir die Augen auszukratzen.

»Die Toten …« Aphrodites Worte wurden immer schwerer zu verstehen. Es klang wie: »Tunnels … sie töten … jemand dort … ich kann nicht … weiß nicht …« Sie wirkte wie in Panik, und sie tat mir fast leid. Was sie sah, jagte ihr offensichtlich eine Riesenangst ein. Dann fiel ihr suchender Blick auf Neferet, und ich sah Erkennen darin und entspannte mich ein wenig. *Jetzt kommt sie wirklich zu sich*, dachte ich, *und dieser Spuk hier ist vorbei.*

Doch gerade in diesem Moment weiteten sich Aphrodites unverwandt auf Neferet gerichtete Augen unvorstellbar. Ein Ausdruck blanken Entsetzens verzerrte ihr Gesicht. Und sie schrie.

Neferet packte sie heftig an den Schultern. »Aufwachen!« Mir warf sie über die Schulter einen flüchtigen Blick zu. »Geh jetzt, Zoey. Die Vision ist wirr. Elliotts

Tod hat sie durcheinandergebracht. Ich muss sie beruhigen und wieder ganz zu sich bringen.«

Das musste sie mir nicht zweimal sagen. Heath' Besessenheit war gerade ziemlich in den Hintergrund gerückt. Ich nahm die Beine in die Hand und rettete mich in den Spanischkurs.

Der Unterricht ging total an mir vorbei. In meinem Kopf spielte sich wieder und wieder die krasse Szene mit Aphrodite und Neferet ab. Offenbar hatte sie Leute sterben sehen, aber so wie Neferet reagiert hatte, war es wohl keine normale Vision gewesen (wenn es so was überhaupt gab). Nach Stevie Raes Schilderung waren Aphrodites Visionen so klar, dass sie den Flughafen und sogar das Flugzeug, das verunglücken würde, genau beschreiben konnte. Diesmal jedoch war überhaupt gar nichts klar gewesen. Na ja, außer dass sie komische Sachen zu mir gesagt und sich bei Neferets Anblick fast das Hirn aus dem Kopf geschrien hatte. Das ergab einfach gar keinen Sinn. Ich freute mich fast darauf, zu sehen, wie sie heute Abend drauf sein würde. Aber nur fast.

Am Ende des Schultages legte ich Persephones Striegel und Bürste weg und hob Nala hoch, die auf der Futterkrippe gesessen und mich pausenlos angemiie-ef-auzt hatte. Langsam schlenderte ich zurück zum Mädchentrakt. Diesmal gab es kein unschönes Aufeinandertreffen mit Aphrodite, aber als ich um die

Ecke bei der alten Eiche kam, standen da Stevie Rae, Damien und die Zwillinge in eine lebhafte Unterhaltung vertieft – die abrupt abbrach, als ich auftauchte. Alle vier sahen mich mit schuldbewusster Miene an. Unschwer zu erraten, über wen sie gerade geredet hatten.

»Was?«, fragte ich.

»Wir haben auf dich gewartet.« In Stevie Raes Stimme war keine Spur ihrer üblichen Heiterkeit.

»Was ist los?«, fragte ich.

»Sie macht sich Sorgen um dich«, sagte Shaunee.

»Wir machen uns Sorgen um dich«, ergänzte Erin.

»Was ist mit deinem Ex los?«, fragte Damien.

»Er nervt, mehr nicht. Wenn er nicht nerven würde, wär er nicht mein Ex.« Ich versuchte einen unverfänglichen Ton anzuschlagen und keinem der vier allzu lange in die Augen zu schauen. (Ich war noch nie eine gute Lügnerin gewesen.)

»Wir finden, es wär besser, wenn ich heut Abend mitkäm«, sagte Stevie Rae.

»Eigentlich fänden wir es am besten, wenn *wir alle* mitkämen«, verbesserte Damien.

Ich runzelte die Stirn. Nie im Leben wollte ich, dass alle vier mitbekamen, wie ich das Blut von dem bemitleidenswerten Loser, den sie heute Nacht als Opfer benutzen würden, trank.

»Nein.«

»Zoey, heute war wirklich ein supermieser Tag. Alle

sind angespannt. Und Aphrodite hat vor, dich fertigzumachen. Es wäre wirklich sinnvoll, dass wir heute
Abend zusammenhalten«, sagte Damien sehr logisch.

Ja, klar war es logisch, aber sie wussten nun mal
nicht alles. Und ich wollte nicht, dass sie alles mit-
kriegten. Noch nicht. Die Sache war, dass ich sie zu
gerne mochte. Bei ihnen fühlte ich mich akzeptiert
und sicher – sie gaben mir das Gefühl dazuzugehören.
Und gerade jetzt, wo alles noch so neu und kompli-
ziert war, wollte ich das nicht verlieren. Also tat ich
das, was ich zu Hause immer gemacht hatte, wenn
ich Angst hatte und durcheinander war und nicht
wusste, was ich sonst tun sollte – ich wurde kratz-
bürstig und wehrte mich.

»Habt ihr nicht gesagt, ich hätte die Kräfte, um mal
eine Hohepriesterin zu werden?« Alle vier nickten
heftig und lächelten mich an, was mir in der Seele
weh tat. Ich biss die Zähne zusammen und versuchte
so kalt wie möglich zu klingen. »Dann hört gefälligst
auf mich, wenn ich nein sage. Ich will euch heute
Nacht nicht dabeihaben. Das ist etwas, womit *ich* fertig werden muss. *Allein*. Und jetzt will ich nicht mehr
darüber reden.«

Und ich drehte mich um und stapfte davon.

Eine halbe Stunde später tat mir mein bescheuertes
Verhalten natürlich schon wahnsinnig leid. Ich drehte
Runde um Runde unter der großen Eiche, die irgend-

wie zu einer Art Heiligtum für mich geworden war, was Nala ganz verrückt machte. Ich wünschte, Stevie Rae würde auftauchen, damit ich mich bei ihr entschuldigen könnte. Meine Freunde wussten ja nicht, warum ich sie nicht dabeihaben wollte. Sie machten sich wirklich nur Sorgen. Vielleicht … vielleicht wäre es sogar okay für sie, das mit dem Blut. Erik schien es nichts auszumachen. Na gut, er war schon in der Unterprima, aber trotzdem. Das mit dem Blut mussten wir alle irgendwann durchmachen, das wusste jeder. Blutlust kriegen oder sterben. Mir wurde etwas leichter, und ich streichelte Nala den Kopf. »Wenn die Alternative der Tod ist, sieht Blutdurst schon gar nicht mehr so schlimm aus, oder?«

Nalas Schnurren wertete ich als Zustimmung. Dann sah ich auf die Uhr. Mist, ich musste zurück, mich umziehen, und dann war es Zeit für die Töchter der Dunkelheit. Wenig begeistert machte ich mich auf den Rückweg an der Mauer entlang. Die Nacht war wieder wolkig geworden, aber das machte mir nichts aus. Tatsächlich fing ich langsam an, die Dunkelheit zu mögen. Sollte ich wohl auch – sie würde für ziemlich lange Zeit mein Element sein. Falls ich so lange lebte.

Als könnte sie meine morbiden Gedanken lesen, gab Nala, die neben mir hertappte, ein verdrießliches »Miie-ef-au« von sich.

»Ja, ich weiß. Ich bin zu schlecht drauf. Ich versprech dir, das wird anders, sobald ich –«

Da überraschte mich Nalas tiefes Grollen. Sie hatte angehalten, machte einen Buckel und sträubte ihr Fell, so dass sie aussah wie ein dickes Plüschkissen. Aber ihr wildes Fauchen und ihre zu Schlitzen verengten Augen wirkten alles andere als lustig.

»Nala, was …«

Noch ehe ich in die Richtung schaute, in die meine Katze starrte, rieselte mir ein eiskalter Schauer den Rücken hinunter. Später konnte ich mir nicht erklären, warum ich gar nicht aufschrie. Ich erinnere mich, dass ich nach Luft schnappte, aber ich blieb totenstill. Als wäre ich betäubt worden, aber das war unmöglich. Niemand, der betäubt ist, kann so dermaßen versteinern, wie ich es tat.

In der Dunkelheit vor der Mauer, keine zehn Schritte vor mir, stand Elliott. Er musste ein Stück vor uns hergegangen sein, aber dann hatte er Nala gehört und sich nach uns umgesehen. Sie fauchte ihn wieder an, und in einer furchterregend schnellen Bewegung wirbelte er zu uns herum.

Ich konnte nicht mal mehr atmen. Er war ein Geist – was sollte er sonst sein? –, aber er sah so fest, so wirklich aus. Hätte ich nicht mit angesehen, wie sein Körper sich der Wandlung verweigert hatte, hätte ich ihn nur für ungewöhnlich blass und … na ja … *seltsam* gehalten. Er war echt krankhaft weiß, aber das war nicht das Einzige, was nicht stimmte. Seine Augen hatten sich verändert. Sie reflektierten alles an

Licht, was es in dieser dunklen Ecke noch gab, und glühten furchterregend rostrot, wie getrocknetes Blut.

Genau wie die Augen von Elizabeth' Geist geglüht hatten.

Und es gab noch mehr, was anders an ihm war. Sein Körper war – dünner? Wie war das möglich? Und dann traf mich der Geruch. Alt und trocken und überhaupt nicht hierher passend, so als habe jemand einen seit Jahren geschlossenen Wandschrank oder Keller geöffnet. Genau der gleiche Geruch wie bei Elizabeth.

Nala fauchte, und Elliott ließ sich in eine merkwürdige, halb kauernde Position fallen und fauchte zurück. Dann fletschte er die Zähne – *und er hatte Reißzähne!* Als wollte er Nala angreifen, machte er einen Schritt auf sie zu. Ohne auch nur eine Sekunde nachzudenken, reagierte ich.

»Lass sie in Ruhe und verpiss dich, aber schnell!« Es erstaunte mich selbst, dass ich mich anhörte, als wollte ich nur einen gereizten Hund verscheuchen, denn ich hatte definitiv eine Scheißangst wie noch nie zuvor.

Sein Kopf schwenkte in meine Richtung, und zum ersten Mal traf mich das Glühen seiner Augen. *Nein!,* schrie die Stimme jener schon vertrauten Intuition in mir. *Das da ist nicht richtig! Das darf es nicht geben!*

»Du ...« Seine Stimme war entsetzlich. Kehlig und krächzend, als seien seine Stimmbänder kaputt. »Ich krieg dich!« Und er bewegte sich auf mich zu.

Mich packte namenloses Grauen.

Mit einem die Nacht durchschneidenden Kampfgeschrei stürzte Nala auf das Elliott-Gespenst. In heller Panik sah ich zu, in der Erwartung, sie fauchend und kratzend durch ihn hindurchsausen zu sehen. Doch sie landete auf seinem Schenkel, mit ausgefahrenen Krallen, und kratzte und brüllte dabei, als wäre sie eine dreimal so große Raubkatze. Er schrie auf, packte sie am Nacken und schleuderte sie ins Gebüsch. Dann machte er mit unglaublicher Geschwindigkeit und Kraft tatsächlich einen mächtigen Satz auf die Mauer und verschwand in der Nacht.

Ich zitterte so, dass ich kaum einen Fuß vor den anderen setzen konnte. »Nala!«, schluchzte ich. »Kleines, wo bist du?«

Noch immer aufgeplustert und knurrend, kam sie zu mir getrottet, aber ihre Augen blieben auf die Mauer gerichtet. Ich kniete mich hin, um zu prüfen, ob sie auch noch ganz war. Sie fühlte sich unverletzt an, also nahm ich sie auf den Arm und floh, so schnell ich konnte, von der Mauer weg.

»Alles okay«, keuchte ich ihr dabei beruhigend zu. »Alles gut. Er ist weg. Du warst echt mutig.« Sie starrte über meine Schulter hinweg weiter hinter uns und fauchte unaufhörlich.

Bei der ersten Gaslaterne, nicht weit entfernt vom Freizeitraum, hielt ich an und untersuchte Nala genauer, ob sie auch wirklich unversehrt war. Was ich fand, zog mir so sehr den Magen zusammen, dass mir fast alles hochgekommen wäre. An ihren Pfoten war Blut. Aber nicht ihr eigenes. Und es roch nicht so, wie Blut sonst für mich roch. Sondern nach schimmeligem, trockenem alten Keller. Gegen ein Würgen ankämpfend, rieb ich Nalas Pfoten am harten Wintergras ab, nahm sie wieder hoch und eilte den Fußweg entlang zum Wohngebäude. Den ganzen Weg über blickte sie weiter grollend hinter uns.

Im gesamten Schülerwohnbereich war verdächtigerweise keine Spur von Stevie Rae, den Zwillingen oder Damien zu sehen. Weder bei den Fernsehern noch im Computerraum oder in der Bibliothek, und in der Küche waren sie auch nicht. Verzweifelt eilte ich die Treppe hoch in der Hoffnung, Stevie Rae in unserem Zimmer zu finden. Nichts.

Da setzte ich mich aufs Bett und streichelte die noch immer verstörte Nala. Sollte ich weiter nach den anderen suchen? Oder einfach hierbleiben? Irgendwann musste Stevie Rae ja hierher zurückkommen. Ich sah auf ihre hüftschwingende Elvis-Uhr. Noch zehn Minuten Zeit, um mich umzuziehen und zum Freizeitraum zu gehen. Aber wie konnte ich nach dem, was gerade passiert war, zu dem Ritual gehen?

Was zum Henker *war* gerade passiert? Ein Geist hatte versucht, mich anzugreifen. Nein, das stimmte nicht. Geister bluteten nicht. Aber war es Blut gewesen? Es hatte nicht so gerochen. Ich hatte nicht den blassesten Schimmer, was da vor sich ging.

Eigentlich sollte ich schnurstracks zu Neferet gehen und ihr alles erzählen – das mit Elizabeth gestern und Elliott heute. Jetzt und sofort, mitsamt meiner total verstörten Katze. Ich sollte …

Nein. Diesmal war es kein Aufschrei in mir, sondern die Ruhe völliger Gewissheit. Ich konnte es Neferet nicht erzählen, wenigstens noch nicht jetzt.

»Ich muss zu dem Ritual«, sprach ich aus, was ich klar und deutlich in mir spürte. »Ich muss bei diesem verdammten Ritual dabei sein.«

Als ich mir das schwarze Kleid anzog und im Zimmer nach meinen Ballerinas suchte, spürte ich, wie ich ganz ruhig wurde. Hier liefen die Dinge nicht nach denselben Regeln ab wie in meiner früheren Welt – in meinem früheren Leben –, und es war an der Zeit, dass ich das akzeptierte und mitspielte.

Ich hatte eine Affinität zu allen fünf Elementen. Das bedeutete, eine uralte Göttin hatte mich mit unvorstellbarer Macht gesegnet. Und wie Grandma sagte, große Macht bringt große Verantwortung mit sich. Vielleicht hatte es einen Grund, dass ich Dinge sah – zum Beispiel Geister, die nicht wie Geister aussahen, rochen oder sich so verhielten. Noch kannte ich den Grund dafür nicht. Überhaupt war ich ziemlich ratlos, bis auf jene beiden klaren, intuitiven Gedanken: Ich konnte es Neferet nicht erzählen, und ich musste zu dem Ritual.

Während ich zum Freizeitraum eilte, versuchte ich

positiv zu denken. Vielleicht kam Aphrodite heute Abend gar nicht. Oder wenn sie kam, war sie vielleicht nicht in der Stimmung, mir die Hölle heiß zu machen.

Natürlich stellte sich beides als frommer Wunsch heraus.

Siebenundzwanzig

ettes Kleid, Zoey. Sieht aus wie meins. Ach, wart mal – es *war* mal meins.« Und Aphrodite lachte, ein tiefes, raues Ich-bin-ja-so-erwachsen-und-du-so-klein-und-doof-Lachen. Ich hasse so einen Tonfall. Klar ist sie älter als ich, aber Möpse habe ich auch.

Ich lächelte und legte eine ordentliche Ladung Naivität in meine Stimme, als ich eine gigantische Lüge vom Stapel ließ – die dafür, dass ich so eine miserable Lügnerin bin, gerade von einem Geist bedroht worden war und jeder uns anstarrte und zuhörte, gar nicht mal übel war.

»Hi, Aphrodite! Mann, gerade hab ich in dem Vampsozi-IV-Buch, das Neferet mir gegeben hat, das Kapitel darüber gelesen, wie wichtig es für die Töchter der Dunkelheit ist, ihre neuen Mitglieder herzlich und kameradschaftlich zu behandeln. Du kannst echt stolz darauf sein, wie toll du das machst.« Dann trat ich einen Schritt näher zu ihr hin und sagte leiser: »Und ich muss sagen, du siehst viel besser aus als beim letzten Mal, wo ich dich gesehen hab.«

Sie wurde bleich, und ich schwöre, in ihren Augen flackerte Furcht auf. Erstaunlicherweise empfand ich darüber keinen Triumph oder Schadenfreude. Ich fühlte mich nur niederträchtig und kleingeistig und müde. Ich seufzte. »Sorry. Das hätt ich nicht sagen sollen.«

Ihre Miene verhärtete sich. »Verpiss dich, Missgeburt«, zischte sie. Und dann lachte sie, als hätte sie gerade einen fetten Witz (auf meine Kosten) gerissen, drehte mir den Rücken zu, warf auf ihre verächtliche Art die blonde Mähne zurück und stöckelte in die Mitte des Freizeitraumes.

Alles klar, meine Reue war sofort verflogen. Dreckige Giftspritze. Jetzt hob sie den langen, schlanken Arm, und die anderen, die mich eben noch angegafft hatten, wandten ihre Aufmerksamkeit (Gott sei Dank) ihr zu. Heute Abend trug sie ein altertümlich wirkendes rotes Seidengewand, das sie umgab wie eine zweite Haut. Wo sie wohl ihre Klamotten kaufte? In einem Laden für Gothic-Nutten?

»Gestern ist ein Jungvampyr gestorben. Und heute ein zweiter.« Ihre Stimme klang voll und klar, und beinahe schien ein Hauch Mitgefühl mitzuschwingen, was mich echt überraschte. Eine Sekunde lang hatte sie enorm viel von Neferet an sich, und ich fragte mich, ob sie tatsächlich vorhatte, etwas Tiefgründiges und Würdevolles zu sagen.

»Wir kannten sie beide. Elizabeth war lieb und still,

und Elliott war bei den letzten Ritualen unser Kühl-schrank.« Plötzlich lächelte sie – düster und nieder-trächtig, und jede Ähnlichkeit zu Neferet war ver-schwunden. »Aber sie waren schwach. Und Vampyre können in ihren Reihen keine Schwachen gebrau-chen.« Sie hob die scharlachgewandeten Schultern. »Wenn wir Menschen wären, würden wir es wohl ›Überleben des Stärkeren‹ nennen. Aber wir sind kei-ne Menschen, der Göttin sei Dank. Also nennen wir es besser Schicksal, und seien wir heute Abend froh, dass es nicht einem von uns einen Arschtritt versetzt hat.«

Ich war total angewidert, als von den Zuhörern ausgelassene Rufe der Zustimmung kamen. Ich hatte Elizabeth kaum gekannt, aber sie war mir nett vorge-kommen. Okay, Elliott hatte ich nicht gemocht – das hatte niemand. Aber eine so eklige Nervbacke er auch gewesen war (und sein Geist oder was auch immer schien sich davon nicht großartig abzuheben) – für mich war es kein Grund zur Freude, dass er tot war. *Sollte ich je Anführerin der Töchter der Dunkelheit werden, dann werde ich mich niemals über den Tod eines Jungvampyrs lustig machen, egal wie unsympa-thisch derjenige auch gewesen war.* Es war zugleich ein Versprechen an mich selbst und eine Art Gebet, das ich in einem spontanen Impuls an Nyx sandte. Ich hoffe, sie hörte es und stimmte zu.

»Aber genug Tod und Verderben!«, hob Aphrodite

wieder an. »Heute ist Samhain! Das Ende der Ernte-
zeit und, noch wichtiger, die Nacht, da wir unserer
Ahnen gedenken – der großen und bedeutenden Vampyre, die vor uns gelebt und gewirkt haben.« Sie hatte
in eine Art Schauergeschichten-Tonfall gewechselt.
Ich verdrehte die Augen – Himmel, musste sie so dick
auftragen? »Die Nacht, da der Schleier zwischen Leben und Tod am dünnsten ist und Geister es am leich-
testen haben, auf Erden zu wandeln.« Sie verstummte
und musterte ihr Publikum, wobei sie mich geflis-
sentlich ignorierte (was auch alle anderen taten). Das
verschaffte mir etwas Zeit, über ihre Worte nachzudenken. Konnte das mit Elliott damit zu tun haben,
dass er an Samhain gestorben war? Wenn die Grenze
zwischen Leben und Tod verwischte ... Aber ich
konnte meinen Gedanken nicht länger nachhängen,
denn Aphrodite rief unvermittelt mit lauter Stimme:
»Was machen wir also?«

»Ausgehen!«, brüllten die Töchter und Söhne der
Dunkelheit im Chor.

Aphrodites Lachen war unangemessen lasziv, und
ich bin ziemlich sicher, dass sie sich anfasste, offen
vor allen Leuten. Mann, wie konnte man nur so abartig sein.

»Genau! Ich hab uns einen traumhaften Platz ausgesucht, und die Mädels haben sogar einen schnucke-
ligen kleinen neuen Kühlschrank für uns!«

Bäh. Meinte sie mit ›den Mädels‹ Krieg, Schrecken

400

und Wespe? Ich sah mich rasch um, konnte die drei aber nirgends entdecken. Super. Ich wollte überhaupt nicht wissen, was dieses Trio und Aphrodite als ›traumhaft‹ betrachteten und was für ein armes Schwein sie diesmal dazu gezwungen hatten, ihr ›Kühlschrank‹ zu sein.

Und ja, ich ignorierte völlig die Tatsache, dass mir das Wasser im Mund zusammenlief, als Aphrodite den Kühlschrank erwähnte – der Gedanke an Blut war sofort wieder da gewesen …

»Also, verschwinden wir! Und denkt dran, keinen Mucks. Konzentriert euch darauf, unsichtbar zu sein, dann werden die Menschen, die zufällig noch wach sein sollten, uns einfach nicht bemerken.« Dann sah sie mich direkt an. »Und möge Nyx dem gnädig sein, der uns verpfeift – denn wir sind's ganz bestimmt nicht.« Mit einem anzüglichen Lächeln wandte sie sich wieder an die Gruppe. »Mir nach, Töchter und Söhne der Dunkelheit!«

Aphrodite folgend, verließen alle zu zweit oder in kleinen Gruppen schweigend den Freizeitraum. Mir schenkte natürlich niemand Beachtung. Fast wäre ich dageblieben. Ich hatte absolut keine Lust auf dieses Ritual – für eine Nacht hatte ich eindeutig schon genug Aufregung gehabt. Ich sollte zurück in unser Zimmer gehen und mich bei Stevie Rae entschuldigen. Dann könnten wir gemeinsam die Zwillinge und Damien suchen, und ich könnte ihnen von Elliott erzählen. (Ich spürte meinem Gefühl nach, ob es mich davor warnte, meine Freunde einzuweihen, aber es blieb still. Gut. Dann durfte ich es ihnen also erzählen.) Ja, mit meinen Freunden zu reden war ein viel verlockenderer Gedanke, als der Oberzicke Aphrodite und ihrer Gang zu folgen, die mich nicht ausstehen konnte. Aber meine Intuition, die sich gerade eben nicht gerührt hatte, bäumte sich plötzlich auf: Ich musste zu dem Ritual. Ich seufzte.

»Komm schon, Z. Die Show willst du doch nicht verpassen, oder?«

An der Hintertür stand mit strahlend blauen Superman-Augen Erik und lächelte mich an.

Na dann. Scheiß drauf.

»Was? Den Zickenterror, das Cliquendrama, die unbegrenzten Möglichkeiten, mich zu blamieren und ausgesaugt zu werden? Nie im Leben!« Und gemeinsam folgten Erik und ich der Horde.

Alle begaben sich in lautloser Prozession zu der Mauer hinter dem Freizeitraum, was definitiv zu nah an der Stelle war, wo ich Elizabeth und Elliott gesehen hatte, um mich wohl zu fühlen. Und dann schienen auf seltsame Weise alle hintereinander in der Mauer zu verschwinden.

»Was zum –«

»Nur ein Trick. Schau.«

Ich schaute. Es war tatsächlich eine geheime Tür, wie sie in alten Krimis hinter schwenkbaren Bücherregalen versteckt sind oder in offenen Kaminen wie in *Indiana Jones* (ja, ich *bin* uncool). Nur war diese Geheimtür in die dicke, ansonsten grundsolide wirkende Schulmauer eingebaut. Ein Teil der Mauer schwang auf, und die entstandene Öffnung war gerade groß genug, dass eine Person (oder Jungvampyr oder Vampyr oder wahrscheinlich sogar ein seltsamer ungeisterhafter Geist) durchschlüpfen konnte. Erik und ich waren die Letzten. Ich hörte ein leises *Wuuuuschhh* und schaute mich gerade noch rechtzeitig um, um zu sehen, wie die Mauer sich nahtlos wieder schloss.

»Sie funktioniert mit elektronischem Türöffner, wie eine Autotür«, flüsterte Erik.

»Hui. Und wer weiß alles davon?«

»Jeder, der jemals ein Sohn oder eine Tochter der Dunkelheit war.«

»Ach.« Das musste doch eigentlich auf die meisten der erwachsenen Vampyre hier zutreffen. Ich sah mich um, fand aber niemanden, der uns gefolgt war.

Erik bemerkte meinen Blick. »Sie kümmern sich nicht darum. Es gehört zur Schultradition, dass wir uns für manche Rituale aus der Schule schleichen. Solange wir nichts allzu Dummes anstellen, tun sie so, als wüssten sie von nichts.« Er zuckte mit den Schultern. »Bisher scheint das heute ganz gut zu klappen.«

»Psssst!«, zischte jemand vor uns. Ich machte den Mund zu und konzentrierte mich auf den Weg.

Es war etwa halb fünf morgens. Kein Mensch war

wach – welche Überraschung. Es war komisch, so völlig unbemerkt durch diese wirklich coole Gegend von Tulsa zu streifen – ein Villenviertel, erbaut mit Geld aus dem Ölboom in den zwanziger Jahren. Wir nahmen Abkürzungen durch atemberaubend gestaltete Gärten, aber nicht ein einziger Hund fing an zu bellen. Als wären wir Schatten ... oder Geister ... Bei dem Gedanken lief es mir kalt den Rücken runter.

Der Mond, der sich bisher meist hinter Wolken versteckt hatte, leuchtete nun silberweiß von einem erstaunlich klaren Himmel herab – so hell, dass ich selbst früher, vor meiner Zeichnung, in seinem Licht hätte lesen können. Es war kalt, aber das störte mich gar nicht, wie es das noch vor einer Woche getan hätte. Ich wollte gar nicht daran denken, was das darüber aussagte, wie schnell und heftig ich mich wandelte.

Wir überquerten eine Straße und glitten lautlos in einen Fußweg zwischen zwei Gärten. Schon bevor ich die kleine Fußgängerbrücke sah, hörte ich Wasser plätschern. Im Mondlicht sah der kleine Bach aus wie mit Quecksilber übergossen. Ich war von seiner Schönheit wie gefangen und verlangsamte automatisch den Schritt. Ich musste daran denken, dass die Nacht jetzt mein neuer Tag war, und hoffte inständig, dass ich den Sinn für ihre dunkle Erhabenheit nie verlieren würde.

»Kommst du, Z?«, flüsterte Erik von der anderen Seite der Brücke.

Seine Gestalt hob sich kaum von der Silhouette einer monumentalen Villa ab, deren ausgedehnter Terrassengarten sich den Hügel hinauf erstreckte – mit Teich und Pavillon und Springbrunnen und kleinen Wasserfällen (da hatte jemand eindeutig zu viel Geld), und er sah aus wie ein romantischer historischer Held, wie … hmmm … Na gut, die Einzigen, die mir einfielen, waren Superman und Zorro. Beide nicht sehr historisch. Aber er hatte in diesem Moment sehr viel von einem edlen, kühnen Ritter.

Und dann kapierte ich langsam, *welcher* Prachtbau das überhaupt war, und ich lief eilig über die Brücke zu ihm hin. »Erik«, flüsterte ich panisch, »das ist das Philbrook-Museum! Wenn die uns hier erwischen, kriegen wir echt Ärger.«

»Die erwischen uns nicht.«

Ich musste mich beeilen, um mit ihm Schritt zu halten. Er hatte es viel eiliger als ich, zu der schweigenden, geisterhaften Gruppe aufzuschließen.

»Okay, noch mal, das ist nicht einfach die Nobelvilla von irgendeinem Bonzen. Das ist ein *Museum*. Die haben hier rund um die Uhr Securityleute.«

»Denen hat Aphrodite bestimmt ein Betäubungsmittel gegeben.«

»Was?!«

»Psst. Das schadet ihnen doch nicht. Sie werden nur eine Weile wie besoffen sein und dann nach Hause gehen und sich an nichts erinnern. Kein Grund zur Aufregung.«

Ich gab keine Antwort, aber es gefiel mir überhaupt nicht, wie egal es ihm war, dass Leute unter Drogen gesetzt wurden. Ich fand es einfach nicht richtig, auch wenn mir der Nutzen schon klar war: Wir schlichen uns verbotenerweise auf das Grundstück und wollten nicht geschnappt werden. Also mussten die Wachen ausgeschaltet werden. Klar, trotzdem, es gefiel mir nicht, und ich hatte das Gefühl, das war ein weiterer Punkt, den man an den ach so heiligen Töchtern der Dunkelheit ändern müsste. Sie erinnerten mich mehr und mehr an die Gottesfürchtigen, und das war alles andere als schmeichelhaft. Aphrodite war kein Gott (oder von mir aus Göttin), egal was für einen Namen sie sich ausgesucht hatte.

Da wurde Erik langsamer, und wir gesellten uns zum Rest der Gruppe. Sie hatte einen losen Kreis um den kuppelförmigen Pavillon in einer Senke unterhalb des Museumsgebäudes gebildet. Ganz in der Nähe war ein kleiner Teich mit Zierfischen, der in die zum Museum hinaufführenden Terrassen mündete. Es war wirklich wunderschön hier. Ich war zwei-, dreimal mit der Schule hier gewesen, und einmal, als wir vom Kunstkurs aus einen Ausflug hierher gemacht hatten, hätte ich mich am liebsten hingesetzt und angefangen, den Garten zu zeichnen, obwohl ich definitiv nicht zeichnen *kann*. Und jetzt hatte die Nacht den Ort von einem hübschen, gepflegten kleinen Park mit Wasserspielen in ein magisches, mondglänzendes Feenreich verwandelt, ein fließendes Aquarell aus silbernen, grauen und nachtblauen Tönen.

Schon allein der Pavillon war bezaubernd. Von anmutigen weißen Säulen getragen, stand er wie ein Thron auf einem Sockel aus steilen Stufen. Seine Kuppel war von innen heraus erleuchtet. Es war, als sei er direkt aus dem alten Griechenland hierher versetzt worden und in all seiner Pracht wiedererstanden, um hell strahlend der Nacht seine Schönheit zu schenken.

Aphrodite stieg die Stufen hinauf und nahm ihren Platz in der Mitte des Pavillons ein – was sofort einen Großteil seiner Magie und Schönheit zunichtemachte. Natürlich waren jetzt auch Krieg, Schrecken und Wespe bei ihr, gemeinsam mit einem vierten Mädchen, das ich nicht kannte. In Wahrheit hatte ich sie bestimmt schon tausendmal gesehen und konnte mich nur nicht daran erinnern – sie war wieder mal so ein blonder Barbieverschnitt (auch wenn ihr Name wahrscheinlich Bosheit oder Rachsucht bedeutete).

In der Mitte des Pavillons hatten sie einen kleinen, schwarz verhüllten Tisch aufgestellt. Ein paar Kerzen und andere Sachen standen darauf, unter anderem ein Kelch und ein Messer. Irgendein armer Jungvampyr saß zusammengesunken daneben, den Kopf auf den Tisch gelegt. Er war in einen schweren Mantel gehüllt und erinnerte mich sehr an Elliott, als der unser Kühlschrank gewesen war.

Anscheinend zehrte es schon ganz schön an den

Kräften, wenn man sein Blut für Aphrodites Rituale hergeben musste. Ich fragte mich, ob das vielleicht mit Elliotts Tod zu tun haben mochte. Und ich blendete so gut wie möglich die Tatsache aus, dass mir beim Gedanken an das mit Wein gemischte Blut in dem Kelch das Wasser im Mund zusammenlief. Seltsam, etwas so sehr zu verabscheuen und zugleich so danach zu gieren.

»Jetzt werde ich den Kreis beschwören und die Geister unserer Ahnen einladen, darin mit uns zu tanzen«, sagte Aphrodite. Sie sprach leise, doch wie ein giftiger Nebel waberten die Worte um uns herum. Die Ankündigung, dass Aphrodite Geister zu uns rufen wollte, fand ich ziemlich unheimlich, vor allem nach meinen kürzlichen Erfahrungen mit Geistern, aber ich gebe zu, neugierig war ich schon. Vielleicht kam mein dringliches Gefühl, hier sein zu müssen, daher, dass ich hier einen Hinweis auf Elizabeth und Elliott bekommen würde? Außerdem hatte dieses Ritual offensichtlich schon lange Tradition bei den Töchtern der Dunkelheit. So gefährlich oder unheimlich konnte es also nicht sein.

Aphrodite gab sich extrem cool und souverän, aber ich hatte das Gefühl, dass das aufgesetzt war. Tyrannen wie sie waren tief drinnen immer unsicher und unreif. Sie vermieden es außerdem, sich mit Stärkeren anzulegen – also war es nur logisch, dass Aphrodite, wenn überhaupt, dann eher nur harmlose Geister rufen würde. Vielleicht waren sie sogar nett. Auf jeden Fall würde sie sich garantiert keinen finsteren Dämonen der Unterwelt stellen wollen.

Oder so etwas Entsetzlichem, was Elliott jetzt war.

Tatsächlich entspannte ich mich ein wenig und genoss das bereits vertraute Summen der Macht, als die vier Töchter der Dunkelheit je eine der Elementkerzen nahmen und sich an die entsprechende Stelle in dem Mini-Kreis im Pavillon begaben. Aphrodite beschwor den Wind, und eine Brise, die nur ich spüren konnte, spielte sanft in meinem Haar. Ich schloss die Augen, um das elektrische Prickeln auf meiner Haut zu genießen. Aphrodite und ihr arrogantes Pack konnten nicht verhindern, dass ich mich an dem beginnenden Ritual freute. Und dass Erik neben mir stand, tröstete mich darüber hinweg, dass niemand der anderen mit mir sprach.

Ich entspannte mich noch mehr und hatte plötzlich das sichere Gefühl, dass die Zukunft gar nicht so schlecht werden konnte. Ich würde mich mit meinen Freunden versöhnen, und gemeinsam würden wir herauskriegen, was mit diesen bizarren Geistern los war, und vielleicht hatte ich demnächst sogar einen superheißen Freund … Alles würde gut werden.

Ich öffnete die Augen und beobachtete Aphrodite, wie sie nacheinander die Elemente rief. Jedes davon zischte und prickelte durch mich hindurch, und ich staunte, wie Erik so nahe neben mir stehen konnte, ohne es zu merken. Ich warf ihm heimlich einen Seitenblick zu, halb in der Erwartung, dass er mich gebannt anstarren würde, während die Elemente mit mir spielten, aber wie alle anderen auch sah er zu Aphrodite hinüber. (Was mich ehrlich gesagt ärgerte – eigentlich gehörte es dazu, dass er immer mal wieder zu mir rüberschielte, oder?) Doch da begann Aphrodite damit, die Ahnengeister zu rufen, und selbst ich wurde ganz davon gefesselt. Mit einem langen Büschel getrockneten Grases stand sie vor dem Tisch in der Mitte und hielt es in die Flamme der violetten Geistkerze. Es flammte rasch auf, und sie ließ es ein kurzes Weilchen brennen, dann blies sie es aus. Während sie zu sprechen begann, schwenkte sie es sanft umher, und zarte Rauchfäden verteilten sich in der Luft. Ich roch das vertraute Aroma von Süßgras, einem der am höchsten geschätzten heiligen Kräuter dank seiner Fähigkeit, spirituelle Energie anzuziehen. Grandma verwendete es oft in ihren Gebeten. Dann aber stieg leichte Sorge in mir auf. Süßgras sollte man nicht verwenden, ohne vorher mit Salbei den Ort gereinigt zu haben; wenn man sich nicht daran hielt, konnte es jede Art von Energie anziehen – was nicht unbedingt ›gut‹ bedeutete. Aber es war zu spät. Ich hätte nichts mehr tun können, selbst wenn man mich gelassen hätte. Aphrodite war schon dabei, die Geister zu rufen, in einem unheimlichen Singsang, den der dicke Rauch um sie noch zu verstärken schien.

Hört meinen uralten Ruf in dieser Samhainnacht,
o Geister unserer Ahnen. Lasst meine Stimme in die-
ser Samhainnacht in die Welt des Jenseits dringen,
wo schimmernde Geister in den Süßgrasnebeln der
Erinnerung tanzen. In dieser Samhainnacht rufe ich
nicht die Geister unserer menschlichen Ahnen. Sie
lasse ich ruhen, denn weder im Leben noch im Tod
sind sie mir vonnöten. In dieser Samhainnacht rufe
ich unsere magischen, mystischen Ahnen – jene, die
einst mehr waren als Menschen und welche selbst
im Tod noch mehr als Menschen sind.

In tiefer Trance sah ich gemeinsam mit allen anderen
zu, wie der Rauch wirbelte, sich dehnte und zerrte
und Form annahm. Zuerst glaubte ich es mir einzu-
bilden und blinzelte, um schärfer sehen zu können,
aber bald erkannte ich, dass das, was ich sah, nichts
mit verschwommener Sicht zu tun hatte. Aus dem
Rauch bildeten sich tatsächlich Personen. Kaum
mehr als Schemen, eher Umrisse als wirkliche Leiber, aber während Aphrodite weiter das Süßgras
schwenkte, gewannen sie an Substanz, und dann,
plötzlich, war der Kreis voll von geisterhaften Gestalten mit dunklen, bodenlosen Augen und offenen
Mündern.

Sie hatten überhaupt nichts mit Elizabeth oder Elliott gemein. Eigentlich sahen sie genau so aus, wie
ich mir Geister immer vorgestellt hatte – neblig und

durchsichtig und gruselig. Ich schnupperte. Nein, es müffelte definitiv nicht nach modrigem Keller.

Aphrodite legte das noch sacht rauchende Grasbündel weg und nahm den Kelch auf. Selbst aus der Entfernung konnte ich sehen, dass sie ungewöhnlich bleich war, als habe auch sie etwas von der Substanzlosigkeit der Geister angenommen. In dem grauen, rauchig-nebligen Kreis war ihr rotes Kleid fast schmerzhaft grell.

»Ich grüße euch, ihr Geister unserer Ahnen, und bitte euch, diesen Wein und dieses Blut als unser Opfer anzunehmen, auf dass ihr euch erinnert, wie das Leben schmeckt.« Sie hob den Kelch, und in den nebligen Schemen bildeten sich aufgeregte Wogen und Strudel. »Ich grüße euch, Geister unserer Ahnen. Im Schutze meines Kreises werde ich –«

Eine laute Stimme schnitt Aphrodite erbarmungslos das Wort ab. »Zo! Hab ich dich doch gefunden! Ich wusste doch, dass man nur dranbleiben muss!«

Achtundzwanzig

Heath! Was zum Teufel machst du hier?!«

»Na ja, du hast mich nicht zurückgerufen.« Ohne sich um die anderen Anwesenden zu scheren, zog er mich an sich. Selbst ohne das helle Mondlicht hätte ich seine blutunterlaufenen Augen bemerkt. »Ich hab dich vermisst, Zo!«, gestand er in einer Wolke aus Bierdunst.

»Heath. Du musst verschwinden –«

»Nein. Lass ihn bleiben«, unterbrach mich Aphrodite.

Heath' Blick irrte zu ihr, und ich stellte mir vor, wie sie in seinen Augen aussehen musste. Sie stand im Lichtkreis des Pavillons, umwabert von dem Süßgrasrauch, der alles schummrig und diffus wirken ließ, als sei sie unter Wasser. Das rote Seidenkleid betonte jede Kurve ihres Körpers, und das blonde Haar fiel ihr schwer und voll über den Rücken. Ihre Lippen waren zu einem boshaften Lächeln verzogen, das Heath garantiert missverstand und für freundlich hielt. Wahrscheinlich bemerkte er nicht mal die durchsichtigen

Geister, die sich nicht mehr um den Kelch scharten, sondern die blicklosen Augen auf ihn gerichtet hatten. Und sicherlich fiel ihm nicht auf, wie seltsam hohl Aphrodites Stimme klang und wie glasig und starr ihr Blick war. Himmel, so wie ich Heath kannte, bemerkte er überhaupt nichts außer ihren prallen Titten.

»Wow, eine echte Vampyrbraut.« Seine Worte bestätigten meine Einschätzung voll und ganz.

»Bring ihn hier weg«, sagte Erik äußerst angespannt.

Da riss Heath den Blick von Aphrodites Oberweite los und starrte Erik finster an. »Was bist'n du für einer?«

Oh Shit. Den Ton kannte ich. Jetzt kam gleich ein Eifersuchtsanfall. (Noch ein Grund, warum er mein Ex war.)

»Heath, du musst hier weg«, sagte ich.

»Nein.« Er drängte sich neben mich und legte mir besitzergreifend den Arm um die Schultern, doch ohne mich anzusehen. Sein Blick klebte weiter an Erik. »Ich hab vor, mich mit meiner Freundin zu treffen, und das werd ich auch.«

Ich schob den Gedanken weg, dass ich Heath' Puls in seinem Oberarm spüren konnte. Und ich zwang mich, nicht so was total Gestörtes und Ekliges zu tun wie ihm ins Handgelenk zu beißen, sondern schüttelte seinen Arm ab und riss daran, so dass er mich statt Erik ansehen musste. »Ich bin *nicht* deine Freundin.«

»Ach Zo, das sagst du doch nur so.«

Ich knirschte mit den Zähnen. Mann, war der schwer von Begriff! (*Noch* ein Grund, warum er mein Ex war.)

»Sag mal, wie beschränkt bist du eigentlich?«, fragte Erik.

»He, du blutsaugender Penner, ich –«, fing Heath an, aber Aphrodites seltsam hallende Stimme übertönte ihn. »Komm hier herauf, Mensch.«

Als wären unsere Augen Magnete und sie der Nordpol, wandten Erik, Heath und ich (und übrigens auch der Rest der Töchter und Söhne der Dunkelheit) ihr den Blick zu. Sie sah wirklich merkwürdig aus. Was war mit ihrem Körper – pulsierte er? Wie das? Sie warf ihr Haar zurück und ließ wie eine billige Stripperin eine Hand an ihrem Körper runtergleiten, umfasste damit erst eine Brust und rieb sich dann zwischen den Beinen. Ihr anderer Arm hob sich, und mit dem Finger lockte sie Heath näher zu sich. »Komm her, Mensch. Ich will dich schmecken.«

Also, das war definitiv nicht richtig. Mir wurde schnell klar, dass Heath etwas Schreckliches passieren würde, wenn er da hochstieg und in den Kreis trat.

Doch der war völlig hin und weg von ihr und schlurfte, ohne zu zögern (und ohne auch nur einen Funken gesunden Menschenverstand), vorwärts. Ich packte ihn an einem Arm und war erleichtert, dass Erik den anderen nahm.

»Lass das, Heath! Ich will, dass du verschwindest, und zwar gleich! Du hast hier nichts zu suchen!«

Mit Mühe riss Heath den Blick von Aphrodite los. Mit einem Ruck und so etwas wie einem Knurren befreite er sich aus Eriks Griff und wandte sich mir zu.

»Du gehst fremd!«

»Hörst du mir nicht zu? Ich kann nicht fremdgehen, weil wir gar nicht zusammen sind. Und jetzt mach dich vom –«

»Wenn er nicht auf unseren Ruf hört, werden wir uns zu ihm begeben.«

Mein Kopf flog nach oben, und ich sah, wie Aphrodites Körper zuckte und graue Nebelfetzen daraus hervorquollen. Sie gab ein Geräusch von sich, das halb Schluchzen, halb Schrei war. Die Geister, einschließlich derer, von denen sie offensichtlich besessen war, stürmten zum Rand des Kreises und warfen sich dagegen, im Bestreben, durchzubrechen und zu Heath zu gelangen.

»Halt sie auf, Aphrodite! Sonst töten sie ihn!«, schrie eine vertraute Stimme. Vor meinen ungläubigen Augen sprang Damien hinter einer der Zierhecken beim Teich hervor.

»Damien, was –«, fing ich an, aber er schüttelte den Kopf.

»Keine Zeit«, warf er mir zu, bevor er wieder auf Aphrodite einredete. »Du weißt, was sie sind«, rief er ihr zu. »Du musst sie im Kreis halten, oder der Junge stirbt.«

Aphrodite hätte selbst ein Geist sein können, so bleich war sie. Langsam löste sie sich aus der Masse der Schemen, die sich noch immer gegen die unsichtbare Grenze des Kreises stemmten, bis sie an eine Kante des Tischs gepresst war. »Nie im Leben. Sollen sie ihn haben, wenn sie ihn wollen. Besser ihn als mich oder sonst jemanden von uns.«

»Ja, auf die Scheiße hier hab ich keinen Bock mehr!«, rief Schrecken, ließ ihre Kerze fallen, die noch einmal aufflackerte und erlosch. Ohne ein weiteres Wort ergriff sie die Flucht aus dem Pavillon, die Treppe hinunter, und die drei Mädchen, die die anderen Elemente verkörpert hatten, rannten ihr hinterher in die Nacht. Zurück blieben die umgeworfenen, erloschenen Kerzen. Vor Entsetzen gelähmt, sah ich den ersten Schemen aus dem Kreis gleiten. Der Rauch, aus dem sein Körper bestand, waberte die Stufen hinab und glitt wie eine Schlange in unsere Richtung. Unter den Töchtern und Söhnen der Dunkelheit entstand Bewegung, und ich sah mich um. Sie wichen zurück, die Gesichter von nacktem Grauen verzerrt.

»Jetzt liegt's an dir, Zoey!«

»Stevie Rae!«

Sie war aufgestanden, noch unsicher auf den Beinen, und hatte den schweren Mantel abgeworfen. Die Bandagen an ihren Handgelenken leuchteten weiß.

Matt lächelte sie mich an. »Ich sag doch, wir sollten zusammenhalten.«

»Beeil dich besser«, rief Shaunees Stimme hinter mir, und im nächsten Moment die von Erin: »Sonst nippelt dein Ex vor Angst noch ab.«

Ich blickte über die Schulter. Die Zwillinge standen neben Heath, der totenbleich mit offenem Mund dastand. Mich durchfuhr ein Ruck purer Freude. Sie hatten mich nicht verlassen! Ich war nicht allein!

»Okay, packen wir's an«, sagte ich, und dann an Erik gewandt, der mich völlig entgeistert anstarrte: »Halt ihn hier fest.«

Ich brauchte mich nicht umzusehen, um sicher zu sein, dass meine Freunde mir folgten, als ich die steilen Stufen zu dem geisterverseuchten Pavillon hochstieg. An der Grenze des Kreises zögerte ich einen Augenblick lang. Immer mehr Geister zwängten sich hindurch, ihre Aufmerksamkeit ganz auf Heath fixiert. Ich holte tief Luft und trat durch die unsichtbare Barriere. Eiskalt streifte mich die Berührung der Toten auf meiner Haut.

Aphrodite bekam sich wieder so weit in die Gewalt, um mir mit geschürzten Lippen den Weg zum Tisch zu versperren, wo die Kerze des Geistes als einzige noch brannte. »Du hast hier drin nichts zu suchen. Das ist *mein* Kreis.«

»Das *war* dein Kreis. Jetzt halt den Mund und mach mir Platz.«

Ihre Augen verengten sich.

Mann, für so was hatte ich jetzt wirklich keine Zeit.

Shaunee stellte sich neben mich. »Mach, was sie sagt, du bescheuerte Barbie, aber schnell. Ich warte seit zwei Jahren darauf, dir mal sone richtige Gesichtsmassage zu verpassen.«

»Ich auch, du kleiner Fickfetzen.« Erin trat an meine andere Seite.

Doch bevor die Zwillinge handgreiflich werden konnten, zerriss Heath' Schrei die Nacht. Ich wirbelte herum. Nebel kroch an Heath' Beinen hoch und hinterließ lange, feine Risse in seinen Jeans, aus denen augenblicklich Blut zu sickern begann. Heath brüllte und trat panisch um sich. Erik war nicht weggerannt, sondern versuchte ebenfalls auf den Nebel einzuschlagen, obwohl dabei auch seine Kleidung zerfetzte und die Haut darunter aufriss.

»Schnell! Auf eure Plätze!«, rief ich, ehe der verführerische Geruch ihres Blutes mich erreichen und meine Konzentration stören konnte.

Meine Freunde sprangen zu den herrenlosen Kerzen, hoben sie rasch auf und nahmen ihre Positionen ein.

Hastig ging ich um Aphrodite herum, die Erik und Heath anstarrte, die Hände auf den Mund gepresst, wie um einen Schrei zu unterdrücken. Ich packte die violette Kerze und rannte zu Damien.

»Wind! Ich rufe dich in diesen Kreis«, schrie ich und berührte mit dem Docht meiner Kerze den seiner gelben. Fast weinte ich vor Erleichterung, als der vertraute Wirbelwind aufkam, meinen Körper liebkoste und mein Haar zauste.

Ich schirmte meine Kerze mit der Hand ab und rannte zu Shaunee weiter. »Feuer! Ich rufe dich in diesen Kreis!« Hitze wallte auf, als die rote Kerze sich entzündete. Ich eilte sofort weiter. »Wasser! Ich rufe dich in diesen Kreis!« Und da war das Meer, salzig und süß zugleich. »Erde! Ich rufe dich in diesen Kreis!« Als meine Kerze die von Stevie Rae berührte, musste ich mich zwingen, nicht vor den Bandagen an ihren Handgelenken zurückzuschrecken. Sie war unendlich blass, aber sie grinste, als die Luft sich mit dem Duft nach frischem Heu sättigte.

Heath schrie wieder auf, und ich eilte zur Kreismitte und hob die violette Kerze. »Geist! Ich rufe dich in diesen Kreis!« Eine sprühende Energie erfüllte mich. Ich spähte zum Rand des Kreises, und tatsächlich erschien dort wieder das Band aus Kraft, das ihn umgrenzte. Ich schloss einen Augenblick lang die Augen. *Tausend Dank, Nyx!*

Dann stellte ich die Kerze auf dem Tisch ab, nahm den Kelch mit dem Wein-Blut-Gemisch und wandte mich Heath, Erik und der Geisterschar zu. »Hier ist euer Opfer!«, schrie ich und schleuderte den Inhalt des Kelchs in weitem Bogen um mich herum, so dass er ein blutiges Rund auf dem Pavillonboden bildete. »Ihr wurdet nicht gerufen, um zu töten, sondern weil wir euch heute, zu Samhain, die Ehre erweisen wollten.« Und ich schaffte es, den letzten Rest aus dem Kelch zu schütteln, ohne mich dem verlockenden Aroma des frischen Blutes im Wein hinzugeben.

Die Geister hielten inne. Ich ignorierte das Grauen auf Heath' Gesicht und Eriks schmerzverzerrte Miene und konzentrierte mich ganz auf sie. Da schallte eine schaurige Stimme zu mir herauf, bei der ich über und über Gänsehaut bekam. Ich konnte fast den verrotteten Geruch des Atems dahinter riechen. »*Wir ziehen dieses warme junge Blut deinem Opfer vor, Priesterin.*«

Ich schluckte schwer. »Das verstehe ich, aber diese beiden Leben gehören euch nicht. Diese Nacht ist eine Nacht der Feier, nicht des Todes.«

»*Und doch wählen wir das Töten. Denn für uns ist der Tod ein Fest.*« Durch den verpesteten Süßgrasrauch trieb geisterhaftes Gelächter zu mir herüber, und die Schemen schlossen sich wieder um Heath.

Ich ließ den Kelch fallen und hob die Hände. »Dann bitte ich nicht mehr darum, sondern befehle es euch. Wind, Feuer, Wasser, Erde und Geist! In Nyx' Namen schließt diesen Kreis und zieht die Toten, die daraus entflohen sind, wieder in ihn zurück! Jetzt!«

Eine Hitzewoge erfasste meinen Körper und bahnte sich durch meine ausgestreckten Hände den Weg nach draußen. Ein salziger, glühend heißer grünlicher Wind schoss von mir weg die Stufen hinunter und umtoste Heath und Erik, deren Kleider und Haare wild flatterten. Auch die Schemen wurden davon erfasst und von ihren Opfern fortgerissen, und mit einem betäubenden Dröhnen wurden sie zurück in die Grenzen des Kreises gesogen. Plötzlich befand ich mich mitten in einer Menge von Rauchgestalten, deren Zorn und Hunger ich ebenso klar spüren konnte wie vorhin Heath' Puls. Aphrodite hatte sich verängstigt auf dem Stuhl zusammengekauert. Als einer der Geister sie streifte, quiekte sie kurz auf, was die Geister in noch größeren Aufruhr zu versetzen schien. Gewaltsam drangen sie auf mich ein.

»Zoey!«, hörte ich Stevie Rae schrill vor Entsetzen rufen und sah sie einen zögernden Schritt auf mich zu machen.

»Nein!«, fuhr Damien sie an. »Der Kreis muss bestehen bleiben! Die werden Zoey nichts tun – und auch keinem anderen von uns. Der Kreis ist zu stark. Aber nur, wenn wir ihn nicht brechen.«

»Ich gehe hier bestimmt nicht weg«, rief Shaunee.

»Ich auch nicht«, keuchte Erin ein wenig atemlos. »Mir gefällt's ganz gut hier.«

Ihre Treue, ihr Vertrauen, ihre Freundschaft umgaben mich wie ein sechstes Element, das mir Zuversicht verlieh. Ich richtete mich kerzengerade auf und sah die wirbelnden, zornigen Geister entschlossen an.

»Also, ihr hört, wir bleiben, wo wir sind. Das heißt, ihr seid dran mit dem Verschwinden.« Ich deutete auf den verschütteten blutigen Wein. »Nehmt euer Opfer und haut ab. Das ist das einzige Blut, das euch heute Nacht zusteht.«

Die durchscheinende Meute hielt in ihrer wogenden Bewegung inne. Ich wusste, jetzt hatte ich sie. Zum letzten Mal holte ich tief Atem. »Mit der Kraft der Elemente befehle ich euch: Geht!«

Auf einen Schlag, als zerquetsche ein unsichtbarer Riese sie mit der Hand, versanken sie im weingetränkten Boden des Pavillons. Und mit ihnen verflüchtigte sich auf unerklärliche Weise die rote Flüssigkeit.

Ich stieß einen tiefen, keuchenden Seufzer der Erleichterung aus. Fast unbewusst drehte ich mich zu Damien um. »Danke, Wind. Du darfst gehen.«

Er wollte die Kerze ausblasen, aber das war nicht nötig – ein winziger spielerischer Windstoß nahm es ihm ab. Damien grinste mich an. Und dann wurden seine Augen rund und riesengroß. »Zoey! Dein Mal!«

»Was?« Ich hob die Hand an die Stirn. Es prickelte bis hinunter in Hals und Schultern. Klar, bei Stress bekam ich immer Nacken- und Schulterschmerzen. Bisher hatte ich es nicht bemerkt, weil mein ganzer Körper noch von der Macht der Elemente vibrierte.

Damiens bestürzter Blick verwandelte sich in Begeisterung. »Schließ den Kreis weiter. Dann kannst du immer noch in einen von Erins vielen Spiegeln schauen.«

Ich trat zu Shaunee und verabschiedete das Feuer. Sie starrte mich an. »Wow. Geil.«

»He, woher weißt du, dass ich mehr als einen Spiegel in der Tasche hab?«, beschwerte sich Erin unterdessen quer über den Kreis bei Damien. Doch als ich mich zu ihr umdrehte, um das Wasser zu entlassen, weiteten sich auch ihre Augen. »Heilige Scheiße!«

»Erin, jetzt fluch doch bitte nich in 'nem heiligen Kreis. Du weißt doch, dass –«, begann Stevie Rae in ihrem süßen Okie-Singsang, während ich sie und ihr Element als Letzte anvisierte. Mit einem Keuchen stockte sie. »Ach du liebe Güte!«

Ich seufzte. Was war jetzt schon wieder los? Rasch trat ich an den Tisch und hob die Kerze des Geistes. »Danke, Geist. Auch du darfst gehen.«

Da stand Aphrodite so abrupt auf, dass sie den Stuhl umwarf. »Warum?« Wie alle anderen starrte sie mich mit lächerlich fassungsloser Miene an. »Warum du? Warum nicht ich?«

»Aphrodite, wovon redest du denn bloß?«

»Davon.« Erin zog ein Schminkdöschen aus der schicken Ledertasche, von der sie sich nie trennte, und reichte es mir.

Ich öffnete es und schaute in den Spiegel, der sich im Deckel befand. Zuerst kapierte ich gar nicht, was ich sah – es war zu fremd, zu unerwartet. Dann hörte ich Stevie Rae neben mir flüstern: »Wunderschön …«

Und ich erkannte: Sie hatte recht. Es war wunderschön. Mein Mal hatte sich erweitert. Um meine Augen wand sich ein zartes, verschnörkeltes saphirblaues Muster. Nicht so kunstvoll und ausgedehnt wie die der erwachsenen Vampyre, aber beispiellos für einen Jungvampyr. Ich fuhr das gewundene Muster mit dem Finger nach. Mir schien, als müsse es eher das Gesicht einer exotischen Prinzessin zieren … oder der Hohepriesterin eines mysteriösen Kultes. Lange betrachtete ich das Ich, das nicht ganz ich war – diese Fremde, die immer vertrauter wurde.

»Das ist nicht alles, Zoey«, sagte Damien leise. »Schau dir mal deine Schultern an.«

Ich schielte am Dekolleté meines tief ausgeschnittenen Kleides entlang und bekam einen kleinen Schock. Auch meine Schulter war tätowiert. Vom Hals aus erstreckte sich darüber und den Rücken hinunter ein verschlungenes Saphirmuster ähnlich dem auf meinem Gesicht, nur wirkten die Zeichen auf meinem Körper noch mysteriöser und irgendwie älter, denn dazwischen fanden sich gelegentlich eine Art buchstabenähnlicher Symbole.

Ich öffnete den Mund, fand aber keine Worte.

Da durchbrach Eriks Stimme meine Erstarrung. »Z, er braucht Hilfe.« Ich sah auf. Gerade stolperte er in den Pavillon, den bewusstlosen Heath halb tragend, halb schleifend.

»Ist doch egal. Lass ihn hier«, sagte Aphrodite. »Wenn's hell wird, wird ihn schon jemand finden. Wir müssen hier weg, bevor die Wachen wieder munter werden.«

Ich wirbelte zu ihr herum. »Und da fragst du noch, warum ich und nicht du? Vielleicht hatte Nyx ja genug von deinem egoistischen, verzogenen, hochnäsigen, gehässigen, ...« Ich hielt inne, zu wütend, um noch mehr Adjektive zu finden.

»Notgeilen!«, riefen Shaunee und Erin im Chor.

»Ja, notgeilen Gehabe.« Ich machte einen Schritt auf sie zu und redete mir alles von der Seele. »Diese ganze Wandlung ist auch ohne dich schon hart genug. Aber wenn man keine Lust hat, einer von deinen«, ich grinste zu Damien hinüber, »Faktoten zu sein, dann lässt du einen spüren, dass man nicht dazugehört – als ob man ein Nichts wäre. Das ist vorbei, Aphrodite. Das hier heute Nacht war absolut falsch und verantwortungslos. Wegen dir hätte Heath sterben können. Und Erik auch und wer weiß wer sonst noch. Und alles nur wegen deiner Selbstsucht.«

»Es war nicht meine Schuld, dass dein Freund dir hierher gefolgt ist!«, keifte sie.

»Nein, das war nicht deine Schuld, aber das ist auch das Einzige. Es war nämlich deine Schuld, dass deine sogenannten Freundinnen nicht dageblieben sind, um den Kreis stark zu halten. Und überhaupt war das mit den negativen Geistern von Anfang an deine Schuld.« Sie sah verwirrt aus, was mich noch mehr ankotzte. »Salbei, du beknackte Hexe! Man muss mit Salbei die negativen Energien vertreiben, bevor man Süßgras verbrennt. Und kein Wunder, dass du so grausige Geister heraufbeschworen hast!«

»Gleich und gleich gesellt sich gern«, sagte Stevie Rae.

»Du hast hier gar nichts zu melden, Kühlschrank!«, höhnte Aphrodite.

Ich deutete mit dem ausgestreckten Zeigefinger auf sie wie mit einer Pistole. »Nein! Diese Kühlschrankscheiße hört als Allererstes auf.«

»Ach, willst du jetzt etwa behaupten, dass du nicht blutgeiler bist als jeder andere hier?«

Ich schielte zu meinen Freunden hin. Keiner von ihnen wirkte abgestoßen. Damien lächelte ermutigend. Stevie Rae nickte mir zu. Die Zwillinge blinzelten verschwörerisch. Und ich kapierte, wie blöd ich gewesen war. Sie hätten sich niemals von mir abgewandt. Sie waren meine Freunde; ich hätte mehr Vertrauen in sie haben sollen, wenn ich schon so wenig in mich selbst hatte.

»Blutlust bekommen wir früher oder später alle«, sagte ich schlicht. »Oder wir sterben. Aber das macht keine Monster aus uns, und es wird Zeit, dass die Töchter der Dunkelheit aufhören, so zu tun, als wären sie welche. Es ist aus, Aphrodite. Deine Zeit als Anführerin der Töchter der Dunkelheit ist vorbei.«

»Ach, und du bist dann wohl meine Nachfolgerin?«

Ich nickte. »Ja, bin ich. Glaub nicht, dass ich darum

gebeten hab – oder um diese Kräfte. Als ich ins House of Night kam, wollte ich nur dazugehören. Scheint so, als sei das Nyx' Antwort auf meinen Wunsch.« Ich lächelte meine Freunde an, und sie grinsten zurück. »Die Göttin scheint Sinn für Humor zu haben.«

»Du dummes Pisshuhn, du kannst nicht einfach die Töchter der Dunkelheit übernehmen! Da muss schon eine Hohepriesterin ein Machtwort sprechen.«

»Na, dann ist es ja ein glücklicher Zufall, dass gerade eine anwesend ist, oder?«, sagte Neferets Stimme.

Neunundzwanzig

Die Hohepriesterin trat aus dem Schatten heraus in den Pavillon und wandte sich als Erstes Heath und Erik zu. Sie berührte Eriks Gesicht und schaute sich die blutigen Klauenhiebe an seinen Armen an, die er bei seinem vergeblichen Versuch, Heath vor den Geistern zu retten, erhalten hatte. Während sie mit den Händen über die Wunden strich, konnte ich buchstäblich beobachten, wie das Blut verschorfte. Erik stieß einen erleichterten Seufzer aus, als sei er auch von Schmerzen befreit worden.

»Das wird jetzt heilen. Komm mit in die Krankenstation, wenn wir zurück in der Schule sind, dann gebe ich dir eine Salbe, damit die Kratzer nicht mehr jucken.« Sie tätschelte ihm die Wange, und er wurde knallrot. »Du hast heute Nacht die Tapferkeit eines Vampyrkriegers bewiesen, indem du hiergeblieben bist, um den Jungen zu beschützen. Ich bin stolz auf dich, Erik Night, ebenso wie die Göttin.«

Auch in mir weckte ihr Lob Freude – ich war ebenfalls stolz auf ihn. Da hörte ich rundum zustimmendes Gemurmel und erkannte, dass die Töchter und Söhne der Dunkelheit zurückgekehrt waren und sich auf den Stufen zum Pavillon versammelt hatten. Wie lange schauten sie schon zu? Doch da wandte Neferet ihre Aufmerksamkeit Heath zu, und ich vergaß alles andere. Sie streifte ihm die zerrissenen Jeans hoch und untersuchte die blutigen Striemen an seinen Beinen und Armen. Dann legte sie die Hände um sein bleiches, wächsernes Gesicht und schloss die Augen. Heath' Körper wurde noch steifer und bäumte sich auf, und dann entspannte er sich mit einem Seufzer, genau wie Erik. Im nächsten Moment schien er einfach nur noch ruhig zu schlafen und nicht mehr still gegen den Tod anzukämpfen.

»Bald wird es ihm wieder gutgehen«, sagte Neferet, noch auf den Knien neben ihm. »Er wird keine Erinnerung an diese Nacht haben, außer dass er sich betrunken verlaufen hat, als er seine Ex-Fast-Freundin suchen wollte.« Bei diesen Worten sah sie mich verständnisvoll und voller Herzlichkeit an.

»Danke«, flüsterte ich.

Neferet nickte mir kaum merklich zu. Dann trat sie zu Aphrodite.

»Für das, was heute Nacht geschehen ist, bin ich ebenso verantwortlich wie du. Seit Jahren wusste ich, wie selbstsüchtig du bist, aber ich habe nichts dagegen unternommen in der Hoffnung, das Alter und die Berührung der Göttin würden dich reifer machen. Ich habe mich geirrt.« Ihre Stimme nahm einen klaren, befehlenden Ton an. »Aphrodite, hiermit enthebe ich dich offiziell deines Amtes als Anführerin der Töchter und Söhne der Dunkelheit. Außerdem wird deine Ausbildung zur Hohepriesterin nicht weitergeführt. Somit unterscheidest du dich in nichts mehr von den anderen Jungvampyren.« In einer einzigen flinken Bewegung griff Neferet die Kette aus Silber und Granat, die als Zeichen ihrer Würde zwischen Aphrodites Brüsten hing, und riss sie ihr ab.

Aphrodite gab keinen Laut von sich, aber ihr Gesicht war kalkweiß und ihr Blick starr auf Neferet gerichtet.

Die Hohepriesterin wandte sich von ihr ab und trat auf mich zu. »Zoey Redbird, von dem Tag an, da Nyx mich vorhersehen ließ, dass du Gezeichnet werden würdest, wusste ich, dass du etwas Besonderes bist.« Sie lächelte und hob mein Kinn mit dem Finger an, um einen besseren Blick auf mein erweitertes Mal zu haben. Dann schob sie mein Haar zur Seite, so dass auch die Tätowierungen auf meinem Hals, meinen Schultern und meinem Rücken zu sehen waren. Ich hörte die Töchter und Söhne der Dunkelheit nach Luft schnappen, als auch sie zum ersten Mal einen Blick darauf erhaschten.

»Außergewöhnlich, wirklich außergewöhnlich«, hauchte Neferet und ließ die Hand wieder fallen. »Heute Nacht hast du gezeigt, dass die Wahl der Göttin, dich mit besonderen Kräften auszustatten, richtig war. Du hast dir das Amt der Anführerin der Töchter und Söhne der Dunkelheit und der Hohepriesterin in Ausbildung redlich verdient, sowohl durch deine von der Göttin verliehenen Gaben als auch durch deine Barmherzigkeit und Weisheit.« Sie übergab mir Aphrodites Kette. In meinen Händen fühlte sie sich warm und schwer an. »Trag dies mit mehr Umsicht als deine Vorgängerin.« Und dann tat sie etwas wirklich Erstaunliches. Neferet, Hohepriesterin der Nyx, grüßte mich mit der vampyrischen Geste des Respekts, die Faust über dem Herzen, den Kopf ehrfürchtig geneigt. Alle Anwesenden außer Aphrodite taten es ihr nach. Als meine Freunde sich grinsend mit den anderen Töchtern und Söhnen der Dunkelheit verneigten, schossen mir Tränen in die Augen.

Doch selbst mitten in solch ungetrübtem Glück nagte leise Verwirrung an mir. Wie hatte ich jemals daran zweifeln können, mit Neferet immer über alles reden zu können?

»Geht zurück in die Schule. Ich kümmere mich darum, dass hier alles in Ordnung kommt«, sagte Neferet zu mir. Flüchtig umarmte sie mich und flüsterte mir ins Ohr: »Ich bin furchtbar stolz auf dich, Zoeybird.« Dann gab sie mir einen kleinen Stoß in Richtung meiner Freunde. »Dann begrüßt mal die neue Anführerin der Töchter und Söhne der Dunkelheit!«

Damien, Stevie Rae und die Zwillinge waren die

Ersten, die in Hurrarufe ausbrachen. Und dann war ich plötzlich umgeben von Mädchen und Jungen, die mich begrüßten und mir gratulierten, und eine ausgelassene Woge aus Lachen und Reden spülte mich förmlich aus dem Pavillon. Ich nickte meinen neuen ›Freunden‹ lächelnd zu, aber ich war nicht bescheuert. Noch vorhin hatten sie zu allem ja und amen gesagt, was von Aphrodite kam.

Die echten Veränderungen würden noch ganz schön viel Zeit brauchen.

Als wir zur Brücke kamen, erinnerte ich meine neuen Schutzbefohlenen daran, dass wir auf dem Rückweg durch das Wohnviertel so leise wie möglich sein mussten, und winkte ihnen dann, schon mal vorzugehen. Als Stevie Rae, die Zwillinge und Damien die Brücke überqueren wollten, flüsterte ich ihnen zu: »Nein, bleibt bitte bei mir.«

So breit, wie sie grinsten, sahen sie schon fast vertrottelt aus. Ich blickte die strahlende Stevie Rae an. »Du hättest dich nicht freiwillig als Kühlschrank hergeben sollen. Ich weiß doch, wie viel Angst du hattest.«

Ihr Grinsen verblasste, als sie den Vorwurf in meiner Stimme hörte. »Wenn ich's nicht getan hätte, hätten wir nie erfahren, wo das Ritual stattfinden würde, Zoey. So konnte ich von hier aus Damien und den Zwillingen 'ne SMS schreiben. Wir wussten doch, dass du uns brauchen würdest!«

Ich hob die Hände, und sie verstummte, sah aber aus, als müsste sie gleich weinen. Ich lächelte sie warm an. »Lass mich doch ausreden. Ich wollte sagen: Du hättest es zwar nicht machen sollen, aber ich bin verdammt froh, dass du's gemacht hast!« Ich umarmte sie fest und lächelte die anderen drei durch Tränen hindurch an. »Danke. Ich bin so froh, dass ihr da wart.«

»Hey, Z, dafür sind Freunde da«, sagte Damien.

»Jep«, sagte Shaunee.

»Genau«, ergänzte Erin.

Und sie schlossen sich der Umarmung an. Es endete als gigantisches Gruppenkuscheln – ich mittendrin und total glücklich.

»He, darf ich auch mit dazu?«

Ich spähte nach draußen. Da stand Erik.

»Klar, auf jeden Fall!«, rief Damien freudestrahlend.

Stevie Rae brach in Kichern aus, und Shaunee seufzte. »Gib's auf, Damien. Ich sag doch, der spielt nicht in deinem Team.« Schließlich schob Erin mich an den Rand der Gruppe, Erik entgegen. »Nimm den Jungen auch mal in den Arm. Er hat heute Nacht sein Bestes getan, um deinen Freund zu retten.«

»Meinen *Exfreund*«, sagte ich schnell und trat in seine Arme, mehr als überwältigt von dem Geruch frischen Blutes, der ihm noch anhing, und der Tatsache, dass er – na ja, mich *umarmte*! Und um das alles noch zu übertreffen, küsste Erik mich so fest, dass ich dachte, mein Kopf explodierte.

»Aber wirklich, also bitte«, witzelte Shaunee.

»Sucht euch ein Zimmer!«, rief Erin schelmisch.

Und Damien verbiss sich einen Lachanfall, als ich mich verlegen wieder aus Eriks Armen löste.

»Ich bin am Verhungern«, sagte Stevie Rae. »Diese Kühlschrankgeschichte macht Hunger.«

»Dann sollten wir dir dringendst was zu essen besorgen«, sagte ich.

Meine Freunde überquerten die Brücke, und ich hörte, wie Shaunee und Damien leise darum stritten, ob wir lieber Pizza oder Sandwiches machen sollten.

»Ist es okay, wenn ich dich begleite?«, fragte Erik.

Ich lächelte ihn an. »Klar. Ich gewöhn mich langsam daran.«

Er lachte und trat vor mir auf die Brücke. Da hörte ich in der Dunkelheit hinter mir ein sehr deutliches, sehr verdrießliches »Mie-ef-au!«.

»Geh doch schon mal vor, ich komm gleich nach«, sagte ich zu Erik und ging ein paar Schritte zurück zum Museumsgrundstück. »Nala? Miez, miez, miez …« Und tatsächlich, aus dem Gebüsch tappste ein sehr missgelauntes, in einem fort schimpfendes rotes Fellbündel auf mich zu. Ich bückte mich und nahm es auf den Arm. Sofort begann es zu schnurren. »Du dummes Ding, was folgst du mir hierher, wenn du so weite Wege nicht magst? Als ob du heute Nacht nicht schon genug durchgemacht hättest«, fügte ich leise hinzu.

Doch ehe ich mich wieder auf den Weg zur Brücke

machen konnte, trat Aphrodite aus den Schatten und versperrte mir den Weg.

»Heute Nacht hast vielleicht du gewonnen, aber das hier ist noch nicht vorbei«, erklärte sie.

Ich war plötzlich echt müde. »Ich wollte nichts ›gewinnen‹. Ich wollte nur ein paar Sachen in Ordnung bringen.«

»Und du glaubst, das hast du geschafft?« Ihr Blick flitzte nervös zwischen mir und dem Pavillon hin und her, als verfolge sie jemand. »Du weißt doch gar nicht, was heute Nacht hier wirklich passiert ist. Du wurdest nur benutzt. Wir alle wurden benutzt. Wir sind Marionetten, mehr nicht.« Wütend wischte sie sich das Gesicht ab, und ich sah, dass sie weinte.

»Aphrodite, wir müssen uns nicht auf Teufel komm raus weiter so anfeinden«, sagte ich sacht.

»Oh doch!«, fauchte sie. »Müssen wir – das sind die Rollen, die für uns vorgesehen sind. Du wirst schon sehen ...« Sie wollte sich umdrehen und gehen.

Da stieg in mir unerwartet eine Erinnerung auf – an Aphrodite, während ihrer Vision. Ich konnte ihre Worte hören, als spräche sie sie noch einmal aus. *Sie sind tot! Nein! Nein. Das geht nicht! Das darf nicht ... nein! Das ist nicht natürlich! Ich verstehe nicht ... ich verstehe nicht ... Du ... du weißt es.* Ihr Entsetzensschrei hallte gespenstisch in mir wider. Ich dachte an Elizabeth ... an – Elliott ... und dass sie *mir* erschienen waren. Zu viel von dem, was sie vor sich hin geredet hatte, ergab Sinn.

»Aphrodite, warte!«

Sie sah über die Schulter.

»Die Vision, die du heute in Neferets Büro hattest – was hast du da genau gesehen?«

Langsam schüttelte sie den Kopf. »Das ist erst der Anfang. Das wird noch viel schlimmer.« Sie wandte sich wieder ab, zögerte dann aber. Fünf Leute versperrten ihr den Weg – meine Freunde.

»Schon okay«, sagte ich. »Lasst sie gehen.«

Shaunee und Erin wichen beiseite. Aphrodite hob den Kopf, warf ihr Haar zurück und ging zwischen ihnen hindurch, als gehöre ihr die Welt. Ich sah ihr nach, und mein Magen zog sich zusammen. Aphrodite wusste etwas über Elizabeth und Elliott, und irgendwann würde ich herausfinden müssen, was.

»Hey«, sagte Stevie Rae.

Ich sah meine Zimmergenossin und neue beste Freundin an.

»Egal was passiert. Wir stehen das zusammen durch.«

Ich fühlte, wie sich der Knoten in meinem Magen löste.

»Gehen wir«, sagte ich.

Und inmitten meiner Freunde ging ich zurück nach Hause.

*Lies schon jetzt das erste Kapitel
vom 2. Buch!*

HOUSE OF NIGHT

BETROGEN

Roman

ab April 2010 im Buchhandel

Eins

Hey, 'ne Neue! Zieht euch das mal rein«, sagte Shaunee und ließ sich auf ihren Platz an ›unserer‹ rustikalen Eichen-Sitzgruppe gleiten, die wir bei allen Mahlzeiten im Speisesaal (mit anderen Worten: High-School-Mensa) als unsere beanspruchten.

»Ach, wie tragisch, Zwilling. Einfach tragisch.« Erin hatte genau den gleichen Tonfall drauf. Zwischen den beiden bestand eine Art psychischer Verbindung, jedenfalls waren sie sich abstrus ähnlich. Deshalb hatten wir sie auch ›die Zwillinge‹ getauft, obwohl Shaunee mit ihrer jamaikanischen Abstammung caffè-latte-farben ist und aus Connecticut kommt, die blonde, blauäugige Erin hingegen aus Oklahoma.

»Sie ist glücklicherweise mit Sarah Freebird in einem Zimmer.« Damien nickte zu dem zierlichen Mädchen mit den total schwarzen Haaren hin, das die verloren wirkende Neue durch den Speisesaal führte. Mit einem schnellen, geübten Blick hatte er die zwei schon modisch gescannt, von den Ohrringen bis zu den Schuhen. »Offenbar hat sie mehr Style als

Sarah, ungeachtet dessen, dass sie gerade Gezeichnet wurde und den Schulwechsel durchmachen muss. Vielleicht kann sie Sarah von dieser eklatant unglücklichen Disposition abbringen, was die Wahl ihrer Schuhe angeht.«

»Himmel noch mal, Damien«, bemerkte Shaunee. »Du raubst mir *schon wieder* ...«

»... den letzten Nerv mit deinem endlosen Fremdwortschrott«, ergänzte Erin.

Damien rümpfte gekränkt die Nase, was extrem hochnäsig und schwul aussah (er ist zwar definitiv schwul, aber normalerweise merkt man das nicht so). »Wenn dein Vokabular nicht so deplorabel wäre, müsstest du nicht ständig ein Wörterbuch mit dir rumschleppen, um mit mir mitzuhalten.«

Die Zwillinge holten schon Luft für die nächste Attacke, da ging meine Zimmergenossin dazwischen. In breitestem Oklahoma-Singsang hatte sie gleich zwei Definitionen parat, so als gebe sie Hilfestellung bei einem Rechtschreibwettbewerb. »Disposition – eine natürliche Neigung zu einem Verhalten. Deplorabel – bedauernswert, jämmerlich. Na bitte. Könnt ihr jetzt mal aufhören zu kabbeln und euch benehmen? Gleich rücken unsere ganzen Eltern an, sollen die uns etwa für gehirnamputierte Kleinkinder halten?«

»Oh, Mist«, sagte ich. »Das mit dem Besuchstag hatte ich total verdrängt.«

Damien stöhnte auf und ließ den Kopf einigermaßen unsanft auf die Tischplatte sinken. »Ich hab's auch völlig vergessen.«

Wir Übrigen schenkten ihm verständnisvolle Blicke. Damiens Eltern fanden es völlig okay, dass er Gezeichnet worden und ins House of Night gekommen war, wo er entweder zu einem Vampyr werden oder, falls sein Körper die Wandlung nicht verkraftete, elend zugrunde gehen würde. Überhaupt nicht okay fanden sie hingegen, dass er schwul war.

Tja, wenigstens fanden sie überhaupt irgendwas an ihm okay. Im Unterschied zu meiner Mutter und ihrem jetzigen Mann – John Heffer, meinem Stiefpenner. Die hassten absolut alles an mir.

»Meine Erzeugerfraktion kommt nicht. Keine Zeit. Waren ja letzten Monat da.«

»Da haben wir's wieder, Zwilling! Gleicher geht's nicht«, sagte Erin. »Meine Leute haben mir 'ne Mail geschickt. Sie machen wohl über Thanksgiving 'nen Trip nach Alaska mit Tante Alane und dem Schwallkopf Onkel Lloyd.« Sie zuckte mit den Schultern. Weder ihr noch Shaunee schien die Abwesenheit ihrer Eltern viel auszumachen.

Stevie Rae lächelte rasch. »He, Damien, vielleicht kommen deine Eltern ja auch nich.«

Er seufzte. »Doch, tun sie. Ich hab doch diesen Monat Geburtstag. Da werden sie mir was schenken.«

»Hört sich doch gar nicht so schlecht an«, sagte ich. »Du brauchtest einen neuen Skizzenblock, oder?«

»Den kriege ich garantiert nicht. Letztes Jahr hatte ich mir eine Staffelei gewünscht. Ich bekam eine Campingausrüstung und ein Abonnement für die *Sports Illustrated*.«

»Yäch!«, riefen Shaunee und Erin simultan. Stevie Rae und ich verzogen das Gesicht und gaben mitfühlende Laute von uns.

Da wandte Damien sich an mich, man merkte, dass er das Thema leid war. »Deine Eltern kommen ja heute zum ersten Mal. Was glaubst du, wie es wird?«

»Albtraum«, seufzte ich. »Horror ohne Ende.«

»Zoey? Ich dachte, ich stell dir mal meine neue Mitbewohnerin vor. Diana, das ist Zoey Redbird – die Anführerin der Töchter der Dunkelheit.«

Ich sah auf, froh, von meiner scheußlichen Familienkiste wegzukommen. Sarahs nervöser, zaghafter Tonfall brachte mich zum Lächeln.

»Wow, es stimmt wirklich!«, platzte das neue Mädchen heraus, noch ehe ich ›hi‹ sagen konnte. Wie üblich starrte sie meine Stirn an. Dann wurde sie puterrot. »Ich meine ... sorry. Ich wollte nicht aufdringlich sein oder so ...«, stotterte sie ganz betreten.

»Schon okay. Ja, es stimmt. Ich hab ein ausgefülltes Mal mit zusätzlichen Ornamenten.« Ich lächelte weiter, um ihr aus der Verlegenheit zu helfen, obwohl ich es total hasste, dass ich (zum wievielten Mal eigentlich?!) so was wie die Hauptattraktion bei einer Freakshow war.

Zum Glück mischte sich Stevie Rae ein, bevor dieses stumme Anstarr-Grinse-Spielchen noch unerträglicher werden konnte. »Ja, das coole Spiralgeschnörkel im Gesicht und die Schultern runter hat Zoey gekriegt, als sie ihren Exfreund vor 'n paar scheißgrausigen Vampyrgeistern gerettet hat«, bemerkte sie fröhlich.

»Das hat mir Sarah schon erzählt«, sagte Diana schüchtern. »Es hat nur so unglaublich geklungen, dass ich … na ja, hm …«

»Dass du's nicht geglaubt hast?«, kam ihr Damien hilfsbereit entgegen.

»Ja. Sorry«, sagte sie wieder und fummelte fahrig an ihren Fingernägeln herum.

Ich kriegte ein einigermaßen lebensechtes Lächeln zustande. »He, denk nicht mehr darüber nach. Mir kommt's auch manchmal ziemlich verrückt vor – und ich war dabei.«

»Und hast den Laden aufgeräumt«, ergänzte Stevie Rae.

Ich warf ihr einen Blick à la du-hilfst-mir-nicht-gerade zu, aber sie nahm ihn gar nicht zur Kenntnis. Tja, eines Tages bin ich vielleicht Hohepriesterin, aber ganz bestimmt nicht der Boss von meinen Freunden.

»Und überhaupt – das alles hier kann einem erst mal ziemlich merkwürdig vorkommen«, erklärte ich dem Mädchen. »Aber das wird schon.«

»Danke«, sagte sie warm und ehrlich.

»Okay, vielleicht gehen wir jetzt besser, damit ich Diana zeigen kann, wo sie die fünfte Stunde hat«, sagte Sarah, und dann wurde es echt ultrapeinlich, weil sie plötzlich total formell wurde und mich, bevor sie sich abwandte, mit der traditionellen Vampyrgeste des Respekts grüßte – den Kopf geneigt, die Faust über dem Herzen.

Ich pikste in meinem Salat rum. »Ich hasse es total, wenn sie das machen.«

»Ich find's nett«, sagte Stevie Rae.

»Du verdienst durchaus Respekt«, sagte Damien in seinem Oberlehrerton. »Du bist die einzige Untersekundanerin, die jemals Anführerin der Töchter der Dunkelheit wurde, *und* die einzige Jungvampyrin der Geschichte, die affin zu allen fünf Elementen ist.«

Shaunee zeigte mit ihrer Gabel in meine Richtung. »Sieh's endlich ein«, nuschelte sie um einen Bissen Salat herum.

»Du bist was Besonderes«, ergänzte (wie üblich) Erin.

Im House of Night heißt die zehnte Klasse Untersekunda – die elfte Obersekunda, die zwölfte Unterprima und die dreizehnte Oberprima. Und ja, ich bin die einzige Untersekundanerin, die je Anführerin der Töchter der Dunkelheit war. Gratuliert mir, Leute!

»Apropos Töchter der Dunkelheit«, sagte Shaunee. »Hast du schon darüber nachgedacht, wie da in Zukunft die Aufnahmebedingungen sein sollen?«

Ich unterdrückte den Drang zu schreien: *Oh bitte nein, ich kann doch in dem Verein nicht wirklich das Sagen haben!* Aber ich schüttelte nur den Kopf, und dann kriegte ich plötzlich die Idee – und die war hoffentlich meiner Brillanz zu verdanken –, einen Teil des Drucks an sie zurückzugeben. »Nee, ich hab noch nichts Genaues überlegt. Eigentlich dachte ich, dass ihr mir vielleicht helfen könnt. Habt ihr denn irgendwelche Vorschläge?«

Wie vermutet verfielen sie alle vier in Schweigen. Ich wollte ihnen gerade für ihre enorme Unterstützung danken, da schallte gebieterisch die Stimme unserer Hohepriesterin durch die Schullautsprecher. Zuerst war ich froh über die Unterbrechung, da kapierte ich, was sie sagte, und mein Magen zog sich zusammen.

»Ich bitte alle Lehrer und Schüler, sich in der Eingangshalle einzufinden. Die Besuchszeit beginnt in fünf Minuten.«

Na toll. Auf in die Hölle.

»Stevie Rae! Stevie Rae! Oh mein Gott, ich hab dich so vermisst!«

»Mama!«, schrie Stevie Rae und warf sich in die Arme einer Frau, die genauso aussah wie sie, nur dreißig Kilo schwerer und ähnlich viele Jahre älter.

Damien und ich standen ein bisschen unbeholfen am Rand rum. Die Eingangshalle füllte sich allmählich mit nervös wirkenden menschlichen Eltern, ein paar menschlichen Geschwistern, einem Haufen Jungvampyre und einigen unserer Lehrer.

Damien seufzte. »Okay, da sind meine Eltern. Dann bring ich's mal hinter mich. Bis dann.«

»Bis dann«, murmelte ich und sah ihm nach, wie er auf ein total gewöhnlich aussehendes Ehepaar zuging, das ein eingepacktes Geschenk dabeihatte. Seine Mom umarmte ihn flüchtig, und sein Dad schüttelte ihm auf extrem männliche Art die Hand. Damien wirkte blass und angespannt.

Ich schlenderte zu dem langen Tisch, der an der Wand entlang aufgestellt war. Auf der weißen Tischdecke standen hübsch arrangiert Platten mit exklusiven Käse- und Wurstsorten und süßen Häppchen, dazu Kannen mit Tee und Kaffee und ein paar Karaffen mit Wein. Auch nach einem Monat im House of Night fand ich es noch ein bisschen krass, wie bedenkenlos hier Wein serviert wurde. Teilweise gibt es dafür einen ganz einfachen Grund: Die Schule ist den europäischen Houses of Night nachempfunden, und in Europa trinkt man Wein anscheinend so zum Essen wie hier Tee oder Cola – niemand denkt sich was dabei. Außerdem spielt auch noch eine genetische Tatsache mit rein: Vampyre können nicht betrunken werden – Jungvampyre müssen sich echt anstrengen, wenn sie sich die Kante geben wollen (das gilt für Alkohol – Blut ist da unglücklicherweise ein ganz anderes Thema). Also ist

Wein hier echt nichts Besonderes. Ich dachte aber doch, es könnte spannend sein, wie Eltern aus Oklahoma auf Alk in der Schule reagieren würden.

»Mama! Du musst unbedingt meine Mitbewohnerin kennenlernen! Ich hab dir doch von ihr erzählt. Das ist Zoey Redbird. Zoey, das ist meine Mama.«

»Hallo, Mrs Johnson. Freut mich, Sie kennenzulernen«, sagte ich höflich.

»Oh Zoey! Ich freue mich ja so, dass ich dich mal treffe! Und *meine Güte!* Dein Mal ist wirklich so wunderschön, wie Stevie Rae gesagt hat.« Und sie verblüffte mich total, indem sie mich plötzlich auf weiche, mütterliche Art in die Arme schloss. Dabei flüsterte sie: »Gut, dass du auf meine Stevie Rae aufpasst. Ich mach' mir Sorgen um sie.«

Ich drückte sie auch ein bisschen und flüsterte: »Keine Sorge, Mrs Johnson. Stevie Rae ist meine beste Freundin.« Und so unrealistisch es war, plötzlich wünschte ich mir, meine Mom würde mich auch in den Arm nehmen und sich Sorgen um mich machen, so wie Mrs Johnson sich um Stevie Rae sorgte.

»Mama, hast du mir Schokoladenkekse mitgebracht?«, fragte Stevie Rae.

»Ja, Kind, hab ich, aber ich merke gerade, dass ich sie wohl im Auto vergessen hab.« Mrs Johnsons breiter Okie-Singsang glich aufs Haar dem ihrer Tochter. »Komm doch mit raus und hilf mir, sie reinzubringen. Ich hab diesmal auch ein paar für deine Freunde gemacht.« Sie lächelte mich freundlich an. »Du kannst uns gerne begleiten, wenn Du magst, Zoey.«

»Zoey.«

Wie ein gefrorenes Echo ihrer warmen, herzlichen Worte hörte ich ein zweites Mal meinen Namen. Über Mrs Johnsons Schulter hinweg sah ich, wie meine Mom und John die Halle betraten. Das Herz rutschte mir in den Magen. Sie hatte ihn mitgebracht. Himmel noch mal, konnte sie ihn nicht einmal zu Hause lassen, einmal allein mit mir sein, nur sie und ich? Aber ich kannte die Antwort auf die Frage. Das würde er niemals zulassen. Und folglich würde sie es niemals tun. Fertig. Aus. Basta.

Seit meine Mom John Heffer geheiratet hatte, musste sie sich keine Geldsorgen mehr machen. Sie wohnte in einem gigantofantösen Haus in einem gepflegten Vorstadtviertel. Sie war ehrenamtlich im Eltern-Lehrer-Ausschuss und natürlich ohne Ende in der Kirche aktiv. Aber in den drei Jahren dieser ›perfekten Ehe‹ war ihr alles, was sie selber ausmachte, komplett und vollständig abhandengekommen.

»Danke, Mrs Johnson, aber meine Eltern kommen gerade. Ich sollte besser zu ihnen gehen.«

»Oh, Liebes, ich würde deine Eltern wahnsinnig gern kennenlernen.« Und als wären wir auf einer ganz normalen High-School-Veranstaltung, wandte sich Mrs Johnson mit strahlendem Lächeln meinen Eltern zu.

Stevie Rae und ich sahen uns an. *Sorry*, gab ich ihr lautlos zu verstehen. Okay – nicht dass ich hundertpro sicher war, dass gleich die Katastrophe kommen würde, aber so wie mein Stiefpenner auf uns zupflügte, wie ein testosteronbekiffter General an der Spitze eines Trauermarschs, schienen mir die Chancen ganz gut für 'ne kleine Horrorshow zu stehen.

Doch dann schwebte mein Herz wieder nach oben, und alles wurde plötzlich leicht und gut, denn da trat die Person, die ich am meisten liebte, hinter John hervor und kam mit ausgebreiteten Armen auf mich zu.

»Grandma!«

Und schon versank ich in ihren Armen und dem süßen Lavendelduft, der sie stets umgab, als trüge sie überall, wo sie war, einen Teil ihrer wunderschönen Lavendelfarm mit sich.

Sie hielt mich ganz fest. »Oh Zoeybird! Ich hab dich vermisst, *U-we-tsi a-ge-hu-tsa*.«

Unter Tränen lächelnd, sog ich den vertrauten, geliebten Klang des Cherokee-Wortes für Tochter ein. In ihm lagen Geborgenheit, Liebe und bedingungslose Akzeptanz, alles Dinge, die es für mich in den letzten drei Jahren zu Hause nicht gegeben hatte – Dinge, die ich, ehe ich ins House of Night kam, nur auf Grandmas Farm hatte spüren können.

»Ich hab dich auch vermisst, Grandma. Ich bin so froh, dass du hergekommen bist!«

Als wir uns voneinander lösten, sagte Mrs Johnson:

»Sie müssen Zoeys Großmama sein. Wie schön, Sie kennenzulernen. Ein klasse Mädel haben Sie da.«

Grandma lächelte herzlich und wollte etwas sagen, doch John kam ihr in seinem üblichen Die-Welt-gehört-mir-Ton zuvor. »Nun, um genau zu sein, wäre das wohl *unser* klasse Mädel.«

Wie eine von den *Frauen von Stepford* kam jetzt meine Mom endlich mit der Sprache heraus. »Ja, wir sind Zoeys Eltern. Ich bin Linda Heffer. Das ist mein Mann John und das meine Mutter, Sylvia Red –« Da fiel es ihr mitten in ihrer ach so korrekt-höflichen Vorstellungsrunde ein, mich überhaupt mal *anzuschauen*, und da blieb ihr die nächste Silbe im Hals stecken, und sie rang nach Luft.

Es gelang mir, ein Lächeln aufzusetzen, aber mein Gesicht fühlte sich heiß und hart an, als wär es aus Gips und zu lange in der Sonne getrocknet, und wenn ich nicht aufpasste, würde es in Stücke zerfallen.

»Hi, Mom.«

»Bei der Liebe Gottes, was hast du mit diesem Mal gemacht?« Das Wort ›Mal‹ betonte sie so, wie sie auch ›Krebs‹ oder ›Kinderporno‹ sagen würde.

»Sie hat das Leben eines jungen Mannes gerettet. Dabei hat sie unbewusst aus einer von der Göttin verliehenen Affinität für die Elemente geschöpft, und im Gegenzug hat Nyx sie auf eine Weise gezeichnet, die bei einem Jungvampyr höchst selten vorkommt«, erklärte Neferet mit ihrer weichen, melodischen Stimme

451

und schritt, die Hand meinem Stiefpenner zum Gruß entgegengestreckt, geradewegs mitten in unsere unbehagliche Versammlung hinein. Wie die meisten erwachsenen Vampyre war Neferet einfach so perfekt, dass es einem die Sprache verschlug. Sie war groß, hatte traumhaft dichtes, glänzendes kastanienbraunes Haar und mandelförmige, ungewöhnlich moosgrüne Augen. Sie bewegte sich mit übermenschlicher Anmut und Selbstsicherheit, und ihre Haut schimmerte auf ganz unbeschreibliche Weise, als hätte man in ihr drin ein Licht angezündet. An diesem Abend trug sie ein elegantes, königsblaues Seidenkostüm und Ohrringe in Form silberner Spiralen (das Symbol für die spirituelle Wanderung auf dem Weg der Göttin – nicht dass das den Eltern normalerweise klar ist). Über ihrer linken Brust war – wie bei allen Lehrern – ein kleines silbernes Symbol der Göttin mit nach oben gereckten Händen eingestickt. Ihr Lächeln war atemberaubend. »Mr Heffer, ich bin Neferet, Hohepriesterin des House of Night; aber betrachten Sie mich besser einfach als eine Art Rektorin wie bei einer gewöhnlichen High School. Es freut mich, dass Sie zum heutigen Besuchsabend gekommen sind.«

Dass er ihre Hand nahm, geschah rein automatisch. Ich war sicher, er hätte sich geweigert, wenn sie ihn nicht so überrumpelt hätte. Neferet schüttelte ihm kurz und energisch die Hand und wandte sich dann an meine Mutter.

»Mrs Heffer, es ist mir eine Freude, Zoeys Mutter kennenzulernen. Wir sind so froh, dass Zoey ins House of Night gekommen ist.«

»Ja, äh, danke«, stotterte meine Mom – von Neferets Schönheit und Charme ebenfalls total erschlagen.

Als Neferet Grandma begrüßte, vertiefte sich ihr Lächeln und wurde echter. Ich sah, dass die beiden sich auf die traditionelle Art der Vampyre begrüßten, indem sie den Unterarm der anderen ergriffen.

»Sylvia Redbird, es ist mir immer ein Vergnügen, Sie hier willkommen heißen zu dürfen.«

»Neferet, auch ich freue mich von Herzen, Sie zu sehen. Ich danke Ihnen dafür, dass Sie Ihren Schwur gehalten und sich um meine Enkelin gekümmert haben.«

»Diesen Schwur zu halten ist mir keine Bürde. Zoey ist ein so außergewöhnliches Mädchen.« Diesmal schloss Neferets Lächeln auch mich ein. Dann drehte sie sich zu Stevie Rae und ihrer Mutter um. »Das sind Stevie Rae, Zoeys Zimmernachbarin, und ihre Mutter. Soweit ich weiß, sind die beiden Mädchen praktisch unzertrennlich. Sogar Zoeys Katze hat sich mit Stevie Rae angefreundet.«

»Stimmt«, sagte Stevie Rae lachend. »Gestern hat sie sich beim Fernsehen doch tatsächlich auf meinen Schoß gesetzt. Und sonst mag Nala niemanden außer Zoey.«

»Eine Katze? Ich kann mich nicht erinnern, dass

wir Zoey erlaubt hätten, eine Katze zu halten«, sagte John. Ich hätte kotzen können. Als ob jemand außer Grandma es für nötig gehalten hätte, sich im ganzen letzten Monat überhaupt mal bei mir zu melden!

»Sie missverstehen das, Mr Heffer. Im House of Night sind Katzen freie Wesen. Sie suchen sich ihre Besitzer aus, nicht andersherum. Zoey brauchte keine Erlaubnis dafür, dass Nala sich mit ihr zusammengetan hat«, sagte Neferet sanft.

John gab ein Schnauben von sich, das von allen ignoriert wurde. So eine Pissnelke.

Neferet machte eine anmutige Geste Richtung Tisch. »Kann ich Ihnen etwas zu trinken oder zu essen anbieten?«

»Herrschaftszeiten! Das erinnert mich daran, dass wir ja die Kekse aus dem Auto holen wollten. Stevie Rae und ich waren grade auf dem Sprung. Hat mich echt gefreut, Sie alle kennenzulernen.« Mit einer raschen Umarmung für mich und einem Winken in die Runde flüchteten Stevie Rae und ihre Mutter und ließen mich zurück. Ich hätte gern auch einen Grund gehabt, mich verdrücken zu können.

Auf dem Weg zum Tisch mit den Häppchen nahm ich Grandmas Hand und verschränkte die Finger mit ihren. Wie viel einfacher wäre es gewesen, wenn nur sie gekommen wäre! Verstohlen blickte ich zu meiner Mom. Das Stirnrunzeln schien ihr so richtig ins Gesicht gemeißelt. Sie war damit beschäftigt, die anderen Kids kritisch zu mustern, und sah kaum einmal in meine Richtung. *Wieso kommst du dann überhaupt?*, hätte ich sie am liebsten angeschrien. *Was soll das? So tun, als ob du dir Gedanken machst, als ob du mich tatsächlich vermisst – und mir dann so klar zu zeigen, dass es doch nicht so ist?*

»Wein, Sylvia? Mr und Mrs Heffer?«, fragte Neferet.

»Einen roten, gern, danke«, sagte Grandma.

Johns zusammengepresste Lippen verrieten deutlich seine Missbilligung. »Danke, nein. Wir trinken nicht.«

Dass ich nicht die Augen verdrehte, war schon eine übermenschliche Heldentat. Seit wann trank er nicht? Ich hätte meine letzten fünfzig Dollar verwettet, dass daheim im Kühlschrank genau jetzt ein Sixpack Bier stand. Und meine Mom trank ganz gerne einen Rotwein, wie Grandma auch. Ich sah sogar, wie sie Grandma einen verkniffenen, neidischen Blick zuwarf, als die an dem Wein nippte, den Neferet ihr eingeschenkt hatte. Aber *nein*, sie tranken nicht. Jedenfalls nicht in der Öffentlichkeit.

»Sie sagten, Zoeys Mal habe sich verändert, weil sie etwas Besonderes getan hat?« Grandma drückte mir liebevoll die Hand. »Sie hat mir erzählt, dass sie zur Anführerin der Töchter der Dunkelheit gemacht worden ist, aber nicht, wie genau es dazu kam.«

In mir wurde wieder alles starr. Ich hatte echt keine

Lust auf die Szene, die es geben würde, wenn meine Mom und John hörten, was genau passiert war – dass die Ex-Anführerin der Töchter der Dunkelheit in der Halloweennacht (im House of Night als Samhain bekannt, die Zeit, wo der Schleier zwischen unserer Welt und der der Geister am dünnsten ist) einen Kreis beschworen und einige verdammt unheimliche Vampyrgeister herbeigerufen hatte, über die sie die Kontrolle verloren hatte, als völlig unerwartet mein menschlicher Exfreund Heath aufgetaucht war, der auf der Suche nach mir gewesen war. Und auf überhaupt keinen Fall wollte ich, dass *jemals* jemand diese Sache erwähnte, die bisher fast niemand wusste: dass Heath deshalb nach mir gesucht hatte, weil ich von seinem Blut gekostet hatte und er sofort eine Art Besessenheit nach mir entwickelt hatte, etwas, was Menschen ziemlich leicht passiert, wenn sie was mit einem Vampyr anfangen – und, was das angeht, selbst mit einem Jungvampyr. Also, die Anführerin der Töchter der Dunkelheit, Aphrodite, hatte total die Kontrolle verloren, und die Vampyrgeister hatten sich darangemacht, Heath mit Haut und Haar zu verschlingen. Buchstäblich. Und noch schlimmer, es hatte so ausgesehen, als ob sie auch nichts gegen einen Bissen von uns anderen gehabt hätten, einschließlich Erik Night, des ultrageilen Vampyrtypen, der – wie ich erfreulicherweise sagen kann – nicht mein *Ex*-Freund ist, sondern vielleicht so was wie mein Fast-Freund, denn irgendwie läuft seitdem schon was zwischen uns ... Na ja, kurz gesagt, ich musste etwas tun. Also hatte ich mit Hilfe von Stevie Rae, Damien und den Zwillingen die Macht der fünf Elemente (Wind, Feuer, Wasser, Erde und Geist) angerufen und einen Kreis beschworen. Dank meiner Affinität für die Elemente hatte ich es geschafft, die Geister wieder dahin zurückzuschicken, wohin sie gehörten (glaube ich zumindest). Und als sie weg gewesen waren, hatte ich plötzlich diese neuen Tattoos, ein zartes Ensemble spitzenartiger saphirblauer Ornamente um mein Gesicht herum – was bei einem Jungvampyr noch nie vorgekommen ist – und dazu passende Schnörkel mit runenartigen Symbolen dazwischen, die meine Schultern entlanglaufen – etwas, was selbst ausgereifte Vampyre eigentlich nicht kriegen. Durch diese Geschichte war aufgeflogen, was für eine grottenmiese Anführerin Aphrodite war, und Neferet hatte sie gefeuert und mich an ihre Stelle gesetzt. Was bedeutet, dass ich jetzt auch zur Hohepriesterin der Nyx ausgebildet werde, der Personifikation der Nacht.

Ich wusste genau, was John und meine Mom mit ihrer ultrareligiösen, kleinkarierten Einstellung zu all dem sagen würden.

»Nun, es gab einen kleinen Unfall. Es ist Zoeys schnellem Denken und ihrer Tapferkeit zu verdanken, dass niemand zu Schaden gekommen ist, und gleichzeitig hat sich herausgestellt, dass sie eine spezielle Affinität zu den fünf Elementen hat und aus ihnen Kraft ziehen kann.« Neferet lächelte stolz, was in mir ein richtiges Hochgefühl auslöste. »Die Tätowierungen sind nur ein äußeres Zeichen der Gunst, in der sie bei der Göttin steht.«

»Was Sie reden, ist Blasphemie.« John sprach in gepresstem, zugleich herablassendem und zornigem Ton. »Sie gefährden ihre unsterbliche Seele.«

Neferet richtete die moosfarbenen Augen auf ihn. Sie wirkte nicht böse. Eigentlich eher belustigt. »Sie sind Kirchenältester der Gottesfürchtigen, nehme ich an.«

Seine Hühnerbrust schwoll an. »Nun, jawohl, das bin ich.«

»Dann sollte ich wohl so schnell wie möglich etwas klären, Mr Heffer. Ich würde niemals daran denken, zu Ihnen nach Hause oder in Ihre Kirche zu kommen und dort Ihre Überzeugungen schlechtzumachen, auch wenn ich sie aus tiefstem Herzen ablehne. Andererseits würde ich niemals Anspruch darauf erheben, dass Sie meinen Glauben teilen. Tatsächlich würde es mir nicht einfallen, zu versuchen, Sie zu meinem Glauben zu bekehren, so innige Treue ich meiner Göttin auch entgegenbringe. Daher bitte ich Sie einzig darum: Erweisen Sie mir die gleiche Höflichkeit, die ich Ihnen entgegenbringe. Bitte respektieren Sie meinen Glauben, solange Sie sich sozusagen bei mir zu Hause befinden.«

Johns Augen verengten sich gehässig. Sein Kiefer

spannte und entspannte sich abwechselnd. »Ihr Lebensstil ist sündig und falsch«, sagte er giftig.

Neferet lachte leise. Aber es lag kein Humor darin, sondern eine Warnung, bei der sich mir alle Härchen aufstellten. »So spricht ein Mann, der sich damit brüstet, einem Gott zu huldigen, der jedes Vergnügen verteufelt, Frauen in die Rolle von Dienstmägden und Zuchtstuten zwängt, obwohl sie das Rückgrat der Kirche bilden, und versucht, die Herrschaft über seine Anhänger mit Hilfe von Schuldgefühlen und Angst auszuüben. Seien Sie vorsichtig, wie Sie über andere urteilen. Vielleicht sollten Sie zuerst vor Ihrer eigenen Tür kehren.«

Johns Gesicht lief knallrot an, und er sog die Luft ein und öffnete den Mund, um eine widerliche Predigt vom Stapel zu lassen, wie richtig sein Glaube sei und wie falsch alles andere, aber Neferet kam ihm zuvor. Nicht, dass sie die Stimme erhob – aber plötzlich lag darin die gebieterische Macht einer Hohepriesterin, und ich erzitterte vor Angst, auch wenn ihr Zorn gar nicht gegen mich gerichtet war.

»Sie haben zwei Möglichkeiten. Entweder Sie verhalten sich während Ihres Besuchs so, wie ein geladener Gast sich zu verhalten hat, was bedeutet, dass Sie unsere Art zu leben respektieren und Ihr Missfallen und Ihre Vorurteile für sich behalten. Oder Sie gehen jetzt und kommen niemals wieder. Niemals. *Entscheiden Sie sich.*« Bei den letzten Worten musste ich dagegen ankämpfen, mich nicht zu ducken. Ich sah, wie meine Mom Neferet anstarrte, wachsbleich und mit weit aufgerissenen, glasigen Augen. John hatte die gegenteilige Entwicklung durchgemacht: Augen wie Schlitze und das Gesicht potthässlich dunkelrot.

»Linda«, sagte er durch zusammengebissene Zähne. »Gehen wir.« Und dann warf er mir einen so feindseligen, angeekelten Blick zu, dass ich buchstäblich einen Schritt zurück machte. Okay, natürlich hatte ich gewusst, dass er mich nicht abkonnte, aber bis zu diesem Augenblick war mir nicht klar gewesen, wie sehr. »Du verdienst es nicht besser, als hier zu sein. Deine Mutter und ich kommen ganz bestimmt nicht wieder. Mach in Zukunft, was du willst.« Und er schnellte herum und marschierte auf die Tür zu. Meine Mom zögerte. Eine Sekunde lang dachte ich, sie würde vielleicht etwas Nettes sagen – zum Beispiel, dass es ihr leidtat – oder dass sie mich vermisste – oder dass ich mir keine Sorgen machen sollte, sie würde wiederkommen, egal was er sagte.

Da schüttelte sie den Kopf. »Zoey, ich kann einfach nicht fassen, wo du hineingeraten bist.« Und wie immer folgte sie Johns Beispiel und verließ den Raum.

Im nächsten Moment schlang Grandma die Arme um mich. »Ach Kind, das tut mir so leid«, flüsterte sie tröstend und hielt mich fest. »Ich komme wieder, mein kleiner Vogel. Versprochen. Und ich bin so stolz auf dich!« Sie hielt mich an den Schultern und lächelte mich durch Tränen an. »Genau wie unsere Cherokee-Ahnen. Ich kann spüren, wie stolz sie sind. Du bist von der Göttin berührt worden, du hast Freunde, die zu dir halten«, sie blickte zu Neferet auf, »und weise Lehrer. Vielleicht wirst du eines Tages sogar lernen, deiner Mutter zu vergeben. Bis dahin denk immer daran, dass du die Tochter meines Herzens bist, *U-we-tsi a-ge-hu-tsa.*« Sie gab mir einen Kuss. »Ich muss auch weg. Ich habe dir dein kleines Auto hergefahren, das heißt, ich muss mit ihnen zurückfahren.« Sie drückte mir die Schlüssel zu meinem Oldie-VW-Käfer in die Hand. »Aber denk immer daran, dass ich dich ganz, ganz liebhabe, Zoeybird.«

Ich gab ihr auch einen Kuss, umarmte sie fest und sog ihren Duft tief ein, als könnte ich ihn in meinen Lungen festhalten und über den nächsten Monat ganz langsam, in winzigen Dosen wieder ausatmen, um ihr nah zu sein. »Ich hab dich auch unendlich lieb, Grandma.«

»Bis dann, Kleine. Ruf mich an, wenn du kannst.« Sie gab mir einen letzten Kuss und ging hinaus.

Ich sah ihr nach. Erst als mir eine Träne von der Wange auf den Hals fiel, merkte ich, dass ich weinte. Neferet hatte ich schon total vergessen – daher fuhr ich überrascht zusammen, als sie mir ein Taschentuch reichte. »Das tut mir sehr leid für dich, Zoey«, sagte sie leise.

Ich putzte mir erst die Nase und wischte mir das

Gesicht ab, ehe ich sie ansah. »Mir nicht. Danke, dass Sie ihm die Meinung gesagt haben.«

»Ich hatte nicht vor, auch deine Mutter wegzuschicken.«

»Das haben Sie nicht. Sie ist ihm freiwillig gefolgt. So wie sie's schon drei Jahre lang ständig macht.« Tief in meiner Kehle spürte ich die Hitze von Tränen aufwallen. Ich redete schnell weiter, um sie zurückzudrängen. »Sie war mal anders. Ich weiß, es ist total dumm von mir, aber ich hoffe immer wieder aufs Neue, dass sie wieder so wird, wie sie war. Aber es passiert nicht. Als hätte er meine Mom getötet und jemand Fremdes in ihren Körper gesteckt.«

Neferet legte den Arm um mich. »Mir gefällt das, was deine Großmutter sagte – dass du vielleicht eines Tages fähig sein wirst, deiner Mutter zu vergeben.«

Ich blickte zur Tür, durch die die drei verschwunden waren. »Das kann noch lange dauern.«

Neferet drückte mir mitfühlend die Schulter. Ich sah zu ihr auf, unendlich froh, dass sie da war, und wünschte mir – ungefähr zum millionsten Mal – sie wäre meine Mutter. Dann fiel mir ein, was sie mir vor fast einem Monat erzählt hatte: dass ihre Mutter gestorben war, als sie noch klein war, und ihr Vater sie körperlich und seelisch missbraucht hatte, bis sie Gezeichnet und so vor ihm gerettet worden war.

»Haben Sie je Ihrem Vater vergeben?«, fragte ich zaghaft.

Neferet sah zu mir herunter, mehrmals blinzelnd, als sei sie in Gedanken weit, weit fort gewesen und komme nur langsam wieder zurück. »Nein. Nein, ich habe ihm nie verziehen. Aber wenn ich heute an ihn zurückdenke, ist das so, als erinnerte ich mich an ein fremdes Leben. Was dieser Mensch getan hat, hat er einem menschlichen Mädchen angetan, nicht einer Hohepriesterin und Vampyrin. Und für die heutige Hohepriesterin und Vampyrin ist er – wie die meisten anderen Menschen – ohne jede Bedeutung.«

Ihre Worte klangen stark und selbstsicher. Aber als ich in die Tiefen ihrer wunderschönen grünen Augen blickte, konnte ich etwas Uraltes, Schmerzliches und alles andere als Vergessenes aufblitzen sehen. Und ich fragte mich, wie ehrlich sie mit sich selbst war ...

P. C. Cast and Kristin Cast
BETROGEN
Roman

© 2007 by P. C. Cast and Kristin Cast
Die Originalausgabe erschien unter dem Titel
Betrayed
A House of Night Novel

Dieses Werk wurde im Auftrag von St. Martin's Press LLC durch die Literarische Agentur Thomas Schlück GmbH, 30 827 Garbsen, vermittelt.
Für die deutschsprachige Ausgabe:
© S. Fischer Verlag GmbH, Frankfurt am Main 2010
ISBN 978-3-596-86004-3

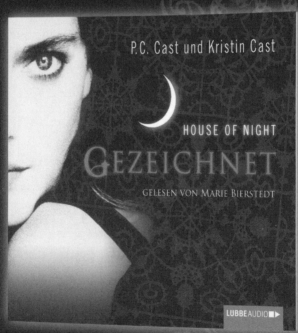